ELFIE BOHNE

Und nur der Dannebrog sah zu

DANNEBROG AUF HALBMAST Die unbeliebte Margot Iwersen hängt tot am Fahnenmast mit dem Dannebrog. Das Entsetzen der Dörfler hält sich in Grenzen, da die Tote zu Lebzeiten mit allem und jedem im »Clinch« lag. Doch als sich ein weiterer Mord ereignet, macht sich doch Unruhe breit. Robert Lassen dümpelt tot im Hafenbecken des Jachtklubs in Fahrensodde. Die Kripo findet eine Verbindung vom ersten zum zweiten Opfer. Beide waren vor vier Jahren, zusammen mit einem dritten Täter, in einen Überfall in Flensburg verwickelt. Hat der dritte Täter die beiden beseitigt? Doch dann wird auch dieser ermordet im Schloss Gottorf aufgefunden. Oberkommissar Sörensen rauft sich die Haare, denn es gehen ihm langsam die Verdächtigen aus. Diese Tatsache beflügelt seinem Bruder Kalli dazu, heimlich »einzugreifen«. »De politi krecht dat jo nich op de Rech!«, ist seine feste Überzeugung. Kalli und seine beiden Skatkumpel bringen den Oberkommissar mit ihrer »Arbeit« zur Verzweiflung, da sie so einige Spuren und Beweise kurzerhand unterschlagen.

Elfie Bohne gehört der dänischen Minderheit an und arbeitet in einem dänischen Kindergarten. Sie hat zwei Söhne und lebt in Flensburg. »Und nur der Dannebrog sah zu« ist ihr erster Kriminalroman um den Flensburger Oberkommissar Steffen Sörensen und seinen Bruder Kalli.

ELFIE BOHNE

Und nur der Dannebrog sah zu

KRIMINALROMAN

GMEINER

Immer informiert

Spannung pur – mit unserem Newsletter informieren wir Sie
regelmäßig über Wissenswertes aus unserer Bücherwelt.

Gefällt mir!

Facebook: @Gmeiner.Verlag
Instagram: @gmeinerverlag
Twitter: @GmeinerVerlag

Besuchen Sie uns im Internet:
www.gmeiner-verlag.de

© 2023 – Gmeiner-Verlag GmbH
Im Ehnried 5, 88605 Meßkirch
Telefon 0 75 75 / 20 95 - 0
info@gmeiner-verlag.de
Alle Rechte vorbehalten
1. Auflage 2023

Lektorat: Claudia Senghaas, Kirchardt
Herstellung: Mirjam Hecht
Umschlaggestaltung: U.O.R.G. Lutz Eberle, Stuttgart
unter Verwendung eines Fotos von: © Frederick Doerschem /
shutterstock.com
Druck: CPI books GmbH, Leck
Printed in Germany
ISBN 978-3-8392-0422-1

-1-

Im nördlichsten Teil von Schleswig-Holstein fegte ein flotter frischer Ostwind übers Land. Obwohl es bereits Ende Mai war, ließ der Frühling es dieses Jahr richtig langsam angehen. Nach einem warmen und relativ trockenen April war der Mai außergewöhnlich kalt und nass gewesen. Nachdem im April Tulpen und Osterglocken um die Wette geblüht hatten und man schon meinte, den nahenden Sommer zu spüren, schien Mutter Natur jetzt erst einmal eine Atempause eingelegt zu haben. Dezent hielt sie sich zurück, als hätte sie Angst, dass der vergangene Winter zurückkehren und noch einmal mit seinen kalten Nachtfrösten zuschlagen könnte. Doch die Menschen hier im hohen Norden ließen sich von niedrigen Temperaturen und zahlreichen Regenschauern nicht aus der Ruhe bringen. Es war kalt? Und? Dann wurden eben die warmen Jacken und Stiefel wieder herausgekramt. Schlechtes Wetter gab es für die Nordlichter nicht, nur die falsche Kleidung. Da war man sich einig, Mutter Natur würde sich schon wieder einkriegen, und das Wetter konnte einfach nur besser werden. Mit typisch norddeutscher Gelassenheit wartete man auf die irgendwann kommenden Sommertage. Auch in dem kleinen ruhigen und idyllisch gelegenen Dorf Hattlund dicht an der dänischen Grenze. Allerdings war es hier mit der Ruhe vorbei, denn in der dänischen Schule im Hattlund ging es hier gerade mal wieder hoch her. Die drei Reinigungsdamen lagen sich, wie so oft in letzter Zeit, gewaltig in den Haaren und beschimpften sich lautstark und äußerst wortreich. Ein Wort gab das andere, und die Luft knisterte wie elektrisch aufgeladen vor Spannung. Wieder war Margot Iwersen, die neue

Eroberung des Hausmeisters Erwin Svenson, der Stein des Anstoßes. Erst seit Kurzem gehörte sie zum dreiköpfigen Reinigungsteam der Schule. Die anderen beiden Damen, Hanne Molzen und Lene Nydam, waren ein gut eingeschworenes Zweierteam und verstanden sich ohne große Worte, schließlich arbeiteten sie schon über 20 Jahre zusammen. Aber seit sich Margot und Erwin »nähergekommen« waren und sie als dritte Putzkraft dazugestoßen war, war es vorbei mit der Ruhe. War man sich früher aus dem Weg gegangen, ging man sich jetzt an den Kragen. Seit ihrer Anstellung hatte Margot sich über Nacht um 180 Grad gewandelt. Vom ersten Tag an meinte sie, die Chefin spielen zu können, obwohl sie lediglich als Hilfskraft eingestellt war. »Von der fleißigen Putze zur Chefin hochgearbeitet«, wie sie es nicht müde wurde, selbstgefällig lächelnd zu betonen. Eine Behauptung, die völlig an den Haaren herbeigezogen war, denn das Wort »Fleiß« war für Margot ein großes Fremdwort. Von früh bis spät spielte sie sich auf und gab zu allem ungefragt ihren Kommentar ab. Auch sparte sie nicht an Kritik, wenn es um die Putzqualitäten ihrer Kolleginnen ging. Immer fand sie etwas zu beanstanden. Selbst die Kollegen ihres Mannes, welche bei größeren Reparaturen auf dem Grundstück der Schule aus Flensburg vorbeikamen, versuchte sie herumzukommandieren und meinte, ihnen ihre Arbeit erklären zu müssen. Und Erwin? Der stand dann nur blöd grinsend in der Gegend herum und war einfach nur stolz darauf, so eine »patente« Frau an seiner Seite zu haben. »Hochgearbeitet? Ach, nennt man dat nu so? De het sik doch Erwin anne Hals schmeten! De is doch veel to fuul om to arbeiden!«*, ereiferte sich gerade Hanne Molzen lauthals und vor Empörung hochrot im Gesicht. Margot hatte ihr soeben unmissverständlich unter-

---

* Hochgearbeitet? Nennt man das jetzt so? Die hat sich doch Erwin an den Hals geschmissen! Die ist doch viel zu faul zum Arbeiten!

8

breitet, dass ihrer Meinung nach das Lehrerzimmer nicht ordentlich gewischt war. Hanne stapfte mit großen Schritten energisch die Treppe zum besagten Lehrerzimmer herauf. Dort angekommen, riss sie die Tür auf und traute ihren Augen nicht. Quer durch den frisch gewischten Raum waren etliche Fußspuren zu erkennen und diese, da war sie sich zu 100 Prozent sicher, konnten nur von Margots Schuhen stammen. Das war doch wieder wie so oft nur reine Schikane von Margot! Jetzt war es in Hannes Augen aber genug, das hier ließ sie sich nicht länger bieten. Den Wischmopp unter den Arm geklemmt, rauschte sie wie ein Orkan wild entschlossen in den Keller. Dort unten vermutete sie Erwin bei der Arbeit. Wie erwartet saß dieser auch im Heizungskeller, allerdings nicht, wie vermutet, bei der Arbeit. Er saß dort auf einem Stuhl, mit den Füßen auf einem kleinen Tisch, und rauchte genüsslich eine Zigarette, obwohl dieses auf dem Schulgelände strikt verboten war. Hanne erschien vor Wut bebend im Türrahmen zum Keller. »So, nu langt mi dat!«,[*] knallte sie ihm ohne Vorwarnung um die Ohren. »Ik lat mi nich länger von Margot triezen.«[**] Erwin schoss vor Schreck einen halben Meter von seinem Hocker hoch und drückte hastig seine Zigarette hinter sich aus. Mit vor Schreck aufgerissenen Augen und rotem Kopf sah er ertappt zu Hanne, öffnete den Mund und wollte etwas sagen. Doch bevor er dazu kam, stand auch schon Margot wie eine angefressene Walküre hinter Hanne. »Anstatt hier so ein Theater zu machen und mich der Schikane zu beschuldigen, solltest du lieber deine Arbeit ordentlich machen«, fuhr sie Hanne barsch über den Mund. Erwin sah hektisch von einer Frau zur anderen und beschloss augenblicklich, sich aus diesem »Weiberkram« besser herauszuhalten. »Wenn Margot dat meent, sullst du man lever op se hörn«,

---

[*] So, jetzt reicht es mir!
[**] Ich lasse mich nicht länger von Margot provozieren!

9

murmelte er halblaut in Hannes Richtung.* »Genau! Aber wenn es dir hier nicht mehr nicht passt, kannst du ja gehen. Gibt genug andere! Nun mach schon, du wirst schließlich nicht fürs Herumstehen bezahlt!«, wies sie ihre überrumpelte Kollegin von oben herab herrisch zurecht. Hanne rang sichtlich nach Worten. »Dorför warst du noch betalen!«,** zischte sie ihre Kontrahentin giftig an und hielt ihren Wischmopp drohend in die Höhe. Auge in Auge standen sich die Frauen kurz gegenüber, dann ging Hanne betont langsam die Treppe hoch. »De olle mors is doch blind un beschürt!«,*** fasste sie kurz und knapp den verliebten Zustand von Erwin zusammen. Geladen stapfte sie die Treppe hoch und horchte auf. Oben angekommen, hörte sie leises Schluchzen. Was war denn jetzt schon wieder los? Suchend lief sie an den Klassenzimmern vorbei. Im Raum der 2b fand sie ihre völlig aufgelöste Kollegin Lene vor. »Lene, wat is los?«,**** sprach sie diese energisch an. »Margot, dat Beest, behauptet, dat ik Geld klaut hev. Dat stimmt nich, sowat mak ik nich. Ik bün nu över 20 johr dorbi un immer weer ik ehrlich. Rut schmieten laten will de mi, het se secht!«,***** klagte Lene noch immer fassungslos über diese unerhörte Anschuldigung. Hanne zog hörbar scharf die Luft ein. Wenn hier jemand lange Finger machte, dann ja wohl Margot. Noch heute Morgen hatten sich zwei Schüler darüber beschwert, dass ihnen Geld gestohlen worden war. Komischerweise genau zu dem Zeitpunkt, als Margot in den Gängen herumgeschlichen war. Hanne wurde nachdenklich, denn in letzter Zeit hatten solche Vorfälle

---

* Wenn Margot das meint, solltest du lieber auf sie hören.
** Dafür wirst du noch bezahlen.
*** Der alte Arsch ist doch blind und bescheuert.
**** Lene, was ist los?
***** Margot, das Biest, behauptet, dass ich Geld gestohlen habe. Das stimmt nicht, so etwas mache ich nicht. Ich bin über 20 Jahre dabei und immer ehrlich gewesen. Rauswerfen lassen will die mich, hat sie gesagt.

erstaunlicherweise zugenommen. Mal war es Geld, dann war einer Lehrerin auf absonderliche Weise eine neue teure Jacke direkt aus dem Lehrerzimmer abhandengekommen. Und interessanterweise war immer Margot in der Nähe gewesen, was den Beklauten ebenfalls aufgefallen war. Darauf angesprochen, wies diese natürlich alles zutiefst empört weit von sich. In ihren Augen war das eine gemeine Intrige gegen ihre Person. Theatralisch heulend hatte sie sich in die Arme von Erwin geworfen. Dieser hatte selbstredend seine Hand für sie ins Feuer gelegt und die Bestohlenen als hinterhältige Lügner bezeichnet. Der Lehrerin, welcher die neue Jacke entwendet worden war, unterstellte Margot kurzerhand, dass diese doch bloß eifersüchtig auf sie wäre und deshalb aus Boshaftigkeit Lügen verbreitete. Die so angegriffene Lehrerin, Frau Mikkelsen, drohte ihr postwendend mit einer Anzeige wegen Verleumdung. Am nächsten Tag hatten Unbekannte mittels einer spitzen Klinge alle vier Reifen ihres VW Golf auf Felge gesetzt. Frau Mikkelsen war sich absolut sicher, dass dieses ein hinterhältiger Racheakt von Margot war, konnte es ihr aber leider nicht beweisen. »Man sieht sich im Leben immer zweimal!«, schleuderte sie daraufhin ihrer Widersacherin wütend entgegen. Diese warf den Kopf in den Nacken und ging hämisch grinsend an ihr vorbei. Dass Margot scheinbar rasend eifersüchtig auf alles und jeden war, war schon lange ein offenes Geheimnis. Wer ihr in die Quere oder ihrem Erwin zu nahe kam, bekam das gnadenlos zu spüren. Dann machte sie ihren vermeintlichen Widersacher eiskalt mit Worten oder Taten platt. Auch die Eltern der bestohlenen Kinder hatten ebenfalls Margot dringend in Verdacht gehabt, aber konnten auch keinen konkreten Beweis dafür vorbringen. Ihre Fahrzeuge wurden bei einer nächtlichen Attacke aus dem Hinterhalt mit Steinen beworfen, was diverse Beulen und

Lackschäden mit sich brachte. Auch in diesem Fall war man sich sicher, dass der Anschlag von Margot kam, aber hier fanden sich wieder keine konkreten Beweise, und so zog Margot mal wieder mit einem triumphierenden Grinsen an ihnen vorbei. Die Liste der Leute, denen Margot ein Dorn im Auge war, wuchs stetig an.

Mittlerweile hatte Hanne die aufgelöste Lene soweit beruhigt, dass diese ihre Arbeit fortsetzen konnte. Schweigend wischten die beiden ein Klassenzimmer nach dem anderen. Hanne war tief in Gedanken versunken. Mechanisch schob sie ihren Wischmopp vor sich her. So konnte es nicht weitergehen. Hanne und Lene arbeiteten nun schon weit über 20 Jahre zusammen, und nie hatte es in irgendeiner Weise Ärger oder Anlass zu Beanstandungen ihrer Arbeit gegeben. Es half nichts, Lene und Hanne mussten gleich morgen früh ein ernstes Wort mit Rektor Truelsen reden. Mitten in ihren Gedanken wurde sie durch das Klappern eines umfallenden Eimers aufgeschreckt. Wasser breitete sich rasch in dem eben fertig gefeudelten Zimmer aus. Im Türrahmen tauchte wie von Geisterhand Margot süffisant grinsend auf. »Ups, wie ungeschickt von mir! Na, da müsst ihr wohl noch mal ran!«, sagte sie und machte einen auf zerknirscht. Hanne sah ihr direkt ins Gesicht, und es begann gefährlich in ihr zu brodeln. »Driv dat nich op de spitz, sech ik di!«,* zischte Hanne sie wütend an und baute sich mit ihrem Wischmopp drohend vor Margot auf. »Ach, du willst mir doch wohl nicht drohen?«, fauchte Margot und wich hektisch einen Schritt zurück. Anschließend wedelte sie mit ihrem frisch manikürten und lackierten Zeigefinger mahnend vor Hannes Gesicht herum. Wegen dieser gepflegten Nägel sah sie sich leider außerstande, beim Putzen mit

---

* Treib es nicht auf die Spitze, sag ich dir!

anzupacken. Es könnte ja einer dieser Nägel beschädigt werden. Kommandieren ging damit allerdings hervorragend, und Erwin gab ihr natürlich wie immer volle Rückendeckung dabei. In seinem verliebten Zustand sah er jede Situation durch seine rosarote Brille und erkannte Margots Schikanen dadurch nicht. Am liebsten hätte Hanne Margot jetzt den nassen Feudel um die Ohren geknallt, doch sie beherrschte sich, wenn auch sehr mühsam. Nun gut, heute vielleicht nicht, aber sie würde ihre Chance schon noch bekommen. Der Feudel wurde ausgewrungen, auf den Boden geklatscht und dieser damit energisch erneut trocken gewischt. Feierabend!

-2-

Die nächsten Tage verliefen ähnlich. Gespickt mit mehr oder weniger großen Gehässigkeiten von Margots Seite. Rektor Truelsen hatte vergeblich versucht, die Wogen zu glätten. Hanne hatte ihm daraufhin das Versprechen abgerungen, dass er Margot ins Gewissen reden würde. Dann hatte es am Mittwoch erneut einen Diebstahl gegeben. Dieses Mal war Rektor Truelsen selbst das Opfer gewesen. Für den anstehenden Abend zur *Årsmøde* hatte er eine Summe Geld aus dem Safe genommen und nur ganz kurz das Zimmer verlassen, aber offenbar lange genug für den dreisten Dieb, um das Geld an sich zu nehmen. Wieder waren sich alle einig, da konnte nur Margot dahinterstecken, denn zu dem Zeitpunkt des Diebstahls hatte sie sich nebenan im Lehrerzimmer herumgedrückt. Angeblich, um Staub zu wischen, wie sie empört behauptete. Als man sie direkt auf den Diebstahl angesprochen hatte, hatte erstaunlicherweise der sonst so ruhige Erwin Svenson ein Machtwort gesprochen. Hochrot im Kopf war ihm wütend der Kragen geplatzt. Er hatte es einfach satt, dass seine Freundin immer wieder ungerechterweise für alles beschuldigt wurde. Schließlich hatte sie es gar nicht nötig, lange Finger zu machen. Mit Sicherheit waren es irgendwelche missratenen Gören hier an der Schule. Noch eine Anschuldigung und er würde Anzeige bei der Polizei wegen übler Nachrede erstatten. Truelsen reagierte über diesen Ausbruch seines sonst so besonnenen Hausmeisters sehr erstaunt und versuchte, ihn zu beruhigen. Was ihm dann zu guter Letzt auch gelang. Arm in Arm mit seiner siegessicher lächelnden Freundin marschierten beide mit hocherhobenem Kopf aus dem Büro. Dass Truelsens gute Lederaktentasche am nächsten Tag einer Farbbeutelattacke zum Opfer fiel, sei hier nur am Rande erwähnt.

Das *Årsmøde* Wochenende* stand vor der Tür, und es gab viel zu tun.** Samstagabend fand aus diesem Anlass

---

* Jahrestreffen der dänischen Minderheit
** De danske årsmøder i Sydslesvig – Die dänischen Jahrestreffen in Südschleswig sind ein jährlich im Mai oder Juni stattfindendes Festwochenende der in Südschleswig lebenden dänischen Volksgruppe. Die Årsmøder bestehen aus mehreren Veranstaltungen mit Musik, Vorführungen, Debatten, Lesungen und Festreden im ganzen Landesteil sowie drei größeren Open-Air-Abschlussveranstaltungen in Flensburg, Schleswig sowie in Nordfriesland. Veranstalter ist der Sydslesvigsk Forening mit seinen einzelnen Ortsvereinen. Es nehmen etwa 16.000 Menschen an den Jahrestreffen teil.

wie jedes Jahr eine kleine Veranstaltung in der dänischen Schule in Hattlund statt. Wie immer wurden zahlreiche Redner der Minderheit und aus Dänemark erwartet. Schon am frühen Nachmittag wieselte Hausmeister Erwin Svenson geschäftig umher. Er war dafür zuständig, dass die Sporthalle mit Tischen und Stühlen ausgestattet wurde, und natürlich musste jede Menge Kaffee vorbereitet werden. Etliche Platten mit *Wiener Brot* waren bereits vom Bäcker geliefert worden und warteten nun darauf, auf den Tischen verteilt zu werden. Für die Tischdekoration waren Margot und ihre Kolleginnen zuständig. Aber wie aus heiterem Himmel wurde Margot plötzlich von einer fiesen Migräne niedergestreckt, und es blieb, wie so oft in letzter Zeit, mal wieder alles an Hanne und Lene hängen. Doch diese ärgerten sich keineswegs darüber und genossen die Abwesenheit ihrer intriganten Kollegin. Mittlerweile war es kurz vor 18 Uhr, und Erwin war nach draußen geeilt, um den *Dannebrog** zu hissen. Kaum hatte er die Sporthalle verlassen, da erschien, wie durch eine Blitzheilung genesen, Margot mit ihrem scheinheiligen Gesicht im Türrahmen. Hanne schwante Böses. Das roch gewaltig nach Ärger. Und sie sollte recht behalten. »Du meine Güte! Wie sieht das denn hier aus?«, kreischte Margot los und zeigte mit einem spitzen Finger auf die fertig dekorierten Tische. Hanne und Lene sahen sich nur an. Was stimmte denn nun schon wieder nicht? Hanne stemmte die Arme in die Seite und sah Margot direkt ins Gesicht. »Ach, wedder op de been? Dat ging jo fix! Wat passt di nu wedder nich?«,** fauchte sie Margot herausfordernd an. Deren Augenbrauen zogen sich gefährlich zusammen, und es blitzte hinterhäl-

---

* Dänische Flagge
** Ach, wieder auf den Beinen? Das ging ja fix! Was passt dir denn jetzt
   schon wieder nicht?

tig in ihren Augen auf. »Das hier muss alles neu gemacht werden, so will ich das nicht haben«, befahl sie kurzerhand und wedelte mit ihrer Hand in Richtung der Tische. Hanne glaubte, sich verhört zu haben und baute sich drohend vor Margot auf. Hanne war eine imposante Erscheinung von knapp ein Meter 80 und kräftig gebaut. Sie überragte Margot locker um einen Kopf und ließ sie damit klein und mickrig aussehen, was diese noch mehr anstachelte. »Wat is los? Dat sieht genauso ut wie Truelsen dat hem wullt und dat blivt nu ok so!«,[*] gab Hanne bissig zurück. »Das interessiert mich nicht! Ich bestimme hier und sonst niemand!«, keifte Margot aufgebracht und wollte mit einer Handbewegung die Dekoration eines der Tische herunterwischen. Genau in diesem Moment betrat Rektor Truelsen die Halle und sah anerkennend über die gedeckten Tische. Dann fiel sein Blick auf die beiden Damen, die sich kampfeslustig Auge in Auge gegenüberstanden. Truelsen hatte mit einem Blick den Ernst Lage erfasst: Margot machte mal wieder Ärger. Das konnte er jetzt allerdings überhaupt nicht gebrauchen. Gleich würde sich der Saal mit Leuten füllen, und zwei Damen, die sich wie durchgeknallte Kampfhühner benahmen, waren jetzt entschieden fehl am Platze. Rasch winkte er Hanne und Lene zu sich und bedankte sich überschwänglich für die gelungene Dekoration. Dabei hob er bewusst ein wenig seine Stimme, sodass Margot auch wirklich jedes Wort mitbekam. Das war offenbar zu viel für Margot. Sie stampfte kurz mit einem Fuß auf und verließ wutschnaubend den Saal. Hanne und Lene sahen sich feixend an, endlich hatte mal jemand Margot die Stirn geboten. Doch die dachte nicht daran, kampflos aufzugeben, und schwor ihnen Rache. Sie raste

---

[*] Was ist los? Das sieht genauso aus wie es Truelsen haben wollte und das bleibt auch so!

durch das Schulgebäude, um Erwin zu finden. Mit ihm an der Seite wollte sie Hanne und Lene endgültig zeigen, wer hier das Sagen hatte. Doch gerade als Margot dabei gewesen war, ihre Kolleginnen übel zu schikanieren, war Erwin leise und unbemerkt zur Seitentür hereingekommen und hatte somit alles haarklein mitbekommen. Nach diesem Auftritt war ihm mit einem Schlag einiges klargeworden. Es fiel ihm mit einem Mal wie Schuppen von den Augen, wie hatte er sich nur so von dieser Frau täuschen und sich von ihr einwickeln lassen. Nu langt dat! De flücht rut bi mi!,* nahm er sich fest entschlossen vor. Nicht nur alle Kollegen und Freunde begannen ihn bereits zu meiden und machten sich hinter seinem Rücken über ihn lustig, auch blieb alles an ihm hängen. Erwin wurde nachdenklich. Wann hatte Margot eigentlich mal eine anständige Mahlzeit auf den Tisch gebracht? Hatte sie jemals auch nur einen Finger im Haushalt gerührt? Gab es was anzupacken, dann hatte sie immer einen Termin oder dergleichen und verschwand nach Flensburg. Geld ausgeben, ja, das konnte sie, wie Erwin mit Erschrecken nach einem Blick auf seinen Kontostand festgestellt hatte. Seine Ersparnisse hatten sich komplett verflüchtigt. Und wieso schlief er eigentlich noch immer auf der Couch? Sex! Fehlanzeige! Er ging kurz in sich. Morgen frö kann de eehr plün packen un verschwinnen,** beschloss er kurzerhand. Durch diesen Beschluss fühlte er sich mit einem Schlag beschwingt und erleichtert. Es war, als hätte er einen Schalter in die richtige Richtung umgelegt.

Zur gleichen Zeit raste Margot hektisch durch das Schulgebäude. Sie schäumte vor Wut. »Wo steckt dieser Kerl bloß wieder?«, murmelte sie leise vor sich hin. Je länger sie auf

---

* Jetzt reicht es! Die fliegt bei mir raus!
** Morgen früh kann die ihre Sachen packen und verschwinden!

der Suche nach Erwin war, desto aggressiver wurden ihre Schritte. »Erwin!«, brüllte sie herrisch. Sie brauchte ihn, und das jetzt und sofort. Von dem Gedanken getrieben, dass Hanne und Truelsen sie mehr oder weniger vorgeführt hatten, hetzte sie weiter durch das halbdunkle Gebäude. Das ließ sie sich nicht bieten! So sprang man nicht mit Margot Iwersen um! Hanne konnte sich auf was gefasst machen. Und der Schulleiter? Dem würde sie auch noch zeigen, wo der Hammer hing. »Dieser alte Waschlappen!«, schnaubte sie gehässig. Ihre Gedanken wurden immer wirrer, und sie schmiedete in Gedanken bereits perfide Rachepläne, wie sie es Hanne und Truelsen heimzahlen konnte. Aber dazu brauchte sie wie immer die volle Rückendeckung von Erwin, und um die zu bekommen, war Margot jedes Mittel recht. Aber das war für sie kein Problem, denn sie wusste genau, welche Knöpfe sie bei Erwin drücken musste. Bei den Gedanken an ihn glitt ein gehässiges Grinsen über ihr Gesicht. Dieser Schlappschwanz fraß ihr doch aus der Hand und tat genau das, was sie wollte. Den hatte sie schon lange im Sack. Mit seiner Hilfe würde sie hier bald ganz das Sagen haben. Ein hysterisches Kichern entschlüpfte ihrer Kehle. Weiter ging die hektische Suche nach Erwin. Margot blieb kurz stehen und horchte. Aus dem letzten Klassenzimmer drang ein leises Geräusch. Margot hatte es mitbekommen und marschierte nun zielstrebig auf das Zimmer zu. »Hier hast du dich also verkrochen!«, murmelte sie grimmig. Wie auf Knopfdruck tauschte sie das noch eben gehässige Grinsen gegen eine verzweifelte Miene aus und flatterte aufgelöst in das Zimmer. »Erwin!«, hob sie sofort mit weinerlicher Stimme an. »Ich halte das nicht mehr aus. Die wollen mich fertigmachen. Du musst mir helfen!« Diese Masche hatte bis jetzt immer hervorragend funktioniert. Eine dunkle

Gestalt bewegte sich im Raum und kam langsam auf sie zu. Margot flog ihr vor Empörung zitternd entgegen. Wie immer war sie bereit, ihr altbewährtes Programm abzuspulen. Aber als sie der Person jedoch Auge in Auge gegenüberstand, erstarrte sie kurz entgeistert und begann dann sofort loszukeifen. »Was hast du hier zu suchen?«, fuhr sie ihr Gegenüber aggressiv an und fuhr ihre Krallen aus. »Na warte, dich mache ich fert...!« Weiter kam sie nicht, denn ein gezielter Faustschlag traf sie mitten ins Gesicht. »Aber...«, krächzte sie noch kurz fassungslos, dann wurde sie von gnädiger Dunkelheit umhüllt und sank bühnenreif zu Boden. »Nein, dich werde ich fertigmachen, Schätzchen, und zwar so, wie du es dir in deinen schlimmsten Albträumen nicht vorstellen kannst! Glaub mir, ich sorge dafür, dass du ganz groß rauskommst«, raunte die Gestalt kaum hörbar in einem hässlichen Ton und schlug dann zweimal gnadenlos mit einer kurzen Eisenstange auf die am Boden liegende Margot ein. Um ganz sicher zu gehen, legte die unbekannte Person einen dünnen Draht um den Hals von Margot und zog kräftig zu. Dann wurde Margot an den Füßen gepackt und langsam aus dem Klassenzimmer hinunter in den Keller geschleift.

Der gesellige Abend zur Feier der *Årsmøde* verlief wie jedes Jahr ruhig und harmonisch. Dass Margot nicht wieder aufgetaucht war, hatte man freudig überrascht zur Kenntnis genommen. Niemand hatte sie ernsthaft vermisst. Wie immer war dieser Abend ein voller Erfolg und gut besucht gewesen. Kurz vor Mitternacht löschte Erwin das letzte Licht und schlurfte völlig erledigt in seine Wohnung. Leise öffnete er die Wohnungstür und huschte rasch ins Wohnzimmer. Um einer eventuellen Konfrontation mit Margot aus dem Weg zu gehen, schlich er auf Zehenspitzen zur

Couch und warf sich erschöpft darauf. Morgen war schließlich auch noch ein Tag. Mit einem tiefen Seufzer sank er auf ein Kissen und war sofort eingeschlafen.

-3-

Die Sonne stand schon hoch am Himmel, als Erwin erwachte. Ein rascher Blick auf die Uhr, und er stand kerzengerade vor der Couch. Schon fast 9 Uhr! »Verdammt! Verpennt!«, stieß er hektisch hervor und taumelte schlaftrunken in die Küche. Dort angekommen, stutzte er überrascht. Komisch, Margot schien noch nicht auf zu sein. Kein Kaffee oder Frühstück stand parat. Er schüttelte kräftig den Kopf, scheinbar war er wirklich noch nicht ganz wach. Was war das nur für ein bescheuerter Gedanke von ihm! Margot hatte doch noch nie Frühstück gemacht. Wie selbstverständlich war das vom ersten Tag an ihm hängen geblieben. Erwin holte tief Luft und marschierte fest entschlossen ins Schlafzimmer. So schnell wie möglich wollte er Margot aus dem Haus haben. Sollte sie doch durchdrehen und toben, Hauptsache, sie packte ihre Sachen und verschwand noch heute auf Nimmerwiedersehen. Doch zu seiner großen Überraschung war das Bett unberührt. Ein erleichtertes

Strahlen glitt kurz über sein Gesicht. Sollte sie ihre Koffer gepackt haben und aus eigenem Antrieb abgehauen sein? Aber egal, darum konnte er sich später kümmern, erst einmal musste schleunigst der *Dannebrog* eingeholt werden. Eigentlich hätte er das gleich nach Ende der Versammlung machen müssen, aber er war einfach zu kaputt gewesen. Dass die Fahne über Nacht hängen geblieben war, hatte hoffentlich niemand bemerkt. Gott sei Dank hatte es in der Nacht nicht geregnet, und der *Dannebrog* war wenigstens nicht auch noch nass geworden, wie Erwin erleichtert feststellte, als er aus der Tür trat. Strahlender Sonnenschein und eine kräftige kühle Brise empfingen ihn, die ihn richtig wach werden ließen.

Nachdem Margot gestern Abend mal wieder für Unruhe und Streit gesorgt hatte, war Erwin von Truelsen nach der Veranstaltung diskret beiseite genommen worden. Dieser hatte eindringlich auf ihn eingeredet, dass es so nicht weitergehen konnte. Truelsen hatte ihm dann mehr oder weniger die Pistole auf die Brust gesetzt. Entweder Erwin würde Margot endlich zur Vernunft bringen oder Truelsen sah sich gezwungen, Erwin aus Hattlund versetzen zu lassen. Hausmeister Erwin Svenson war zutiefst entsetzt über Truelsens Drohung, ihn weg aus seinem geliebten Hattlund versetzen zu lassen. Umgehend hatte er Truelsen zugesichert, dass Margot gleich am nächsten Morgen verschwinden würde. Aber, wie Erwin ja bereits freudig überrascht festgestellt hatte, war Margot ihm wohl zuvorgekommen und hatte sich bereits vom Acker gemacht. Diese Tatsache ließ Erwin erleichtert aufatmen. Doch jetzt musste er zusehen, dass die Fahne schleunigst ins Haus kam, denn wenn Truelsen mitbekam, dass der *Dannebrog* die ganze Nacht an der Fahnenstange verbracht hatte, stand erneuter Ärger ins Haus. Darauf konnte Erwin gut und gerne verzichten, und er marschierte kurz darauf beschwingt in Richtung Vorplatz. Dort angekommen, bremste er jedoch plötzlich abrupt ab und traute seinen entsetzten Augen nicht. Die Fahne hing nicht mehr dort oben am Mast, wo sie hingehörte, sondern hing so weit herunter, dass sie fast den Erdboden berührte, was auf gar keinen Fall passieren durfte. Irgendein Spaßvogel hatte sich in der Nacht daran wohl zu schaffen gemacht. »Ik hev dat doch wusst!«*, stöhnte Erwin gequält auf und beschleunigte seinen Schritt. Ein kräftiger Windstoß blies den *Dannebrog* hoch, und was Erwin da zu sehen bekam, ließ ihm das Blut in den Adern gefrieren.

Circa 20 Zentimeter über dem Boden hing Margot an der Fahnenstange und glotzte ihn mit weit aufgerissenen starren Augen an. Erwin konnte einfach nicht fassen, was er dort sah. Mit wackeligen Schritten stakste er vorsichtig näher heran und meinte, sich versehen zu haben. Doch leider hatte er richtig gesehen. Margots Körper war mit einem roten Strick stramm am Fahnenmast festgebunden. Um ihren Hals war ihr pinkfarbenes Halstuch geknotet, und ihr Haar war mit der Tischdeko vom letzten Abend geschmückt. »Margot, wat shall dat nu wedder?«,** japste Erwin fassungslos. Doch eine Antwort ihrerseits blieb verständlicherweise aus. Margots Arme hatten sich in der Fahnenschnur verheddert, und eine Windbö ließ ihre Hände auf und nieder wippen, als würde sie Erwin munter zuwinken. Das war zu viel für Erwin! Verzweifelt rang er um Fassung. Es lief ihm eiskalt den Rücken runter, Panik machte sich in ihm breit, und er wollte nur noch weg. Aber seine Beine verweigerten ihren Dienst, und so blieb er vor Entsetzen wie angewurzelt stehen und starrte auf die grotesk

---

* Ich habe es doch gewusst!
** Margot, was soll das denn wieder!

winkende Erscheinung. Eine erneute Windbö blies, und der *Dannebrog* bäumte sich nochmals kurz auf, um dann Margots Körper wieder gnädig zu verhüllen.

Erwin stand noch immer wie angewurzelt da, als Truelsen mit seinem Fahrrad vorfuhr. »Moin, Erwin!«, brüllte er quer über den Platz, doch Erwin reagierte nicht. Wie angewurzelt stand er einfach nur da und schien etwas anzustarren. Truelsen stutzte kurz, doch dann fiel sein Blick tadelnd auf den auf halbmast hängenden *Dannebrog*, und er schob energisch sein Fahrrad in Erwins Richtung. »Mensch, Erwin, was ist denn los? Wieso hängt der *Dannebrog* noch am Fahnenmast?«, wollte er sichtlich verstimmt wissen. Doch Erwin hob nur zitternd eine Hand, zeigte hinüber zur Fahnenstange und murmelte kaum verständlich: »Margot mokt schon wedder Unruh!«* Truelsens Blick folgte der ausgestreckten Hand, und auch er erstarrte entsetzt, als er die am Fahnenmast drapierte Margot entdeckte. »Großer Gott!«, stieß er keuchend aus und suchte hektisch nach seinem Handy in der Jackentasche. Mit bebenden Fingern wählte er die Nummer der örtlichen Polizei. »Moin, Clasen. Truelsen hier. Ein Mord in der dänischen Schule. Kommen Sie bloß fix her!«, stotterte er aufgeregt ins Telefon.

Am anderen Ende der Leitung verschluckte sich der örtliche Polizeimeister Clasen fast an seinem Brötchen, als er »Mord in der dänischen Schule« hörte. Misstrauisch starrte er den Telefonhörer an. Wollte ihn da jemand veräppeln? Darüber konnte er nun wirklich nicht lachen. Mord, hier in seinem Revier? So etwas schätzte er gar nicht. »Clasen? Hallo, sind Sie noch da?«, wurde er aus seinen Gedanken gerissen. Wieder ertönte die Stimme von Schuldirektor Truelsen. »Mann, nun sagen Sie doch was!«, befahl Truelsen

---

* Margot macht schon wieder Ärger!

ungeduldig. Clasen riss sich zusammen, schluckte rasch ein Stück Brötchen herunter und gab Antwort. »Natürlich bin ich da!«, quäkte er misstrauisch ins Telefon. »Haben Sie wirklich Mord gesagt?« Truelsen stöhnte hörbar auf. »Mein Gott, schwingen Sie den Hintern auf Ihr Fahrrad und kommen Sie sofort hierher!«, kommandierte er sichtlich genervt. Dieser Trottel von einem Dorfpolizisten ist aber auch so was von lahmarschig, dachte er genervt. Er, Truelsen, hatte hier eine Leiche direkt vor der Haustür, und dieser Clasen reagierte nicht sofort darauf. Er dachte kurz nach und holte tief Luft. Entschlossen griff er abermals zum Telefon und rief jetzt direkt bei der Polizei in Flensburg an. Es nützte nichts, hier mussten Fachleute ran. Clasen war für einen Hühnerdiebstahl wohl der richtige Mann, aber das hier war eindeutig ein paar Nummern zu groß für ihn.

Truelsen beendete sein Gespräch mit der Flensburger Polizei und schritt mit energischen Schritten wieder zu Erwin. Der Mann brauchte jetzt erst mal einen Schnaps, so viel war schon mal sicher. Bei Erwin angekommen, nahm er ihn behutsam am Ellbogen und führte ihn zurück in dessen Wohnung. »Svenson, wo haben Sie den *Aquavit* stehen?«, wollte er leise von Erwin wissen und sah sich suchend um. Dieser stand noch immer komplett neben sich und machte nur eine vage Handbewegung in Richtung Küchenschrank. Truelsen nahm sich den Schrank vor, und nach kurzer Sucherei fand er die gewünschte Kömbuddel*. Er fischte ein benutztes Glas aus dem Abwasch, spülte es gründlich aus und goss einen ordentlichen Schluck *Aquavit* hinein. Das gefüllte Glas drückte er Erwin in die Hand. »So, und nun runter damit!«, befahl er streng. Erwin tat wie befohlen, und kippte den Köm auf einen Zug hinunter. Truelsen behielt ihn besorgt

---

* Flasche mit Kümmelschnaps

im Auge. Erwin war noch immer aschfahl im Gesicht und drohte jeden Moment aus den Latschen zu kippen. Doch dann tat der Köm seine Wirkung. Erwin fing fürchterlich an zu husten, sein Gesicht verfärbte sich krebsrot, und er fuchtelte wild mit den Armen in der Luft herum. Als der Hustenanfall vorüber war, holte er erst mal tief Luft, und sein Gesicht nahm wieder eine gesunde rosa Farbe an. »Besser?«, wollte Truelsen noch immer besorgt wissen. »Besser!«, keuchte Erwin leicht atemlos. Doch dann fiel ihm wieder die am Fahnenmast baumelnde Margot ein. »Aber wat mokt wi nu mit eer dor buten?«,[*] krächzte er verzweifelt. Doch bevor er eine Antwort von Truelsen erhielt, hörte er in der Ferne Martinshörner heulen. Truelsen atmete hörbar erleichtert auf. Dem Himmel sei Dank, Hilfe ist im Anmarsch!, dachte er zufrieden und entspannte sich etwas. Auch Clasen hörte die herannahenden Martinshörner, während er kräftig in die Pedale seines Fahrrads trat. Fast zeitgleich mit der Flensburger Kripo erreichte er die dänische Schule. Clasen hatte ein ziemliches Tempo drauf, bremste scharf ab und kam erst kurz vor dem Fahnenmast zum Stehen. Dann sah er sich plötzlich von Angesicht zu Angesicht mit der toten Margot. Clasen musste hart schlucken, so etwas hatte er nun wirklich nicht erwartet. Langsam drehte er sich um, schob sein Fahrrad zur Seite und atmete ein paarmal tief durch. Seine Beine begannen zu zittern, und eine leichte Übelkeit stieg in ihm auf. Diesen Anblick musste er erst mal verdauen.

---

[*] Aber was machen wir nun mir ihr da draußen?

-4-

An diesem frühen *Årsmøde* Sonntag lag Oberkommissar
Sörensen noch im Tiefschlaf. Die Nacht hatte er in Flintby
im Gästezimmer seines Bruders verbracht. Den Samstagabend war er gemeinsam mit seinem Bruder Kalli und dessen
Frau Marta auf einer Veranstaltung der dänischen Minderheit in Hattlund gewesen. Es war wie immer ein amüsan-
ter und gemütlicher Abend gewesen, und man hatte dort
reichlich Freunde und Bekannte aus Hattlund und Flintby
getroffen. Heute, am Sonntag, wollten sie gemeinsam den
Tag in Flensburg verbringen. Dort fand zum Abschluss
der *Årsmøde* jedes Jahr ein Umzug vom Nordermarkt
über die Toosbüystraße zu den *DGF Sportanlagen* an der
Marienhölzung statt, wo eine größere Open-Air-Veran-
staltung mit kulturellen Auftritten und Reden prominen-
ter Gäste aus Dänemark und Deutschland stattfand. Tradi-
tionsgemäß gingen die beteiligten Orchester des *FDF** zum
Abschluss noch vom Nordertor zum Südermarkt durch
die Flensburger Altstadt. An der Westküste sowie in der
Stadt Schleswig fanden am gleichen Tag ebenfalls Umzüge
statt. In Schleswig führte dieser vom Slesvighus am Loll-
fuss zum dänischen A.P.Møller Gymnasium auf der Frei-
heit. Gestern Abend war es recht spät geworden, aber es
war ja Sonntag, und somit konnte Sörensen guten Gewissens ausschlafen. Doch das penetrante Klingeln seines Handys ließ ihn aus dem Schlaf hochfahren. Wer, zum Teufel,
rief so früh am Sonntagmorgen an? Da er dieses Wochenende keinen Bereitschaftsdienst hatte, konnte es eigent-

---

*dänische Blaskapelle

lich nur seine Freundin Camilla sein. Sicherlich wollte sie sich noch mal vergewissern, ob er heute auch wirklich in Flensburg sein würde. Im Halbschlaf fischte er nach seinem Handy und meldete sich schlaftrunken. Ein wütender Wortschwall ergoss sich über Sörensen, und es dämmerte ihm sofort, wer ihn da so unsanft aus dem Schlaf gerissen hatte. Sein Vorgesetzter Petersen! »Ja, Ihnen auch einen schönen guten Morgen«, murmelte Sörensen verschlafen ins Handy. Am anderen Ende schien Petersen dadurch kurzfristig den Faden verloren zu haben. Aber nur kurz, denn er hob sofort zu einer schier endlosen Tirade an. Mann, was will der Alte denn schon wieder, schoss es Sörensen durch den Kopf. »Hören Sie mir überhaupt zu?«, tönte es giftig in sein Ohr. »Sicher höre ich Ihnen zu, aber ich habe heute keinen Bereitschaftsdienst, sondern frei«, knurrte er müde zurück. Ein Umstand, der Petersen jetzt erst recht in Rage brachte. »Was bilden Sie sich ein! Ein Mordfall! Sie werden hier gebraucht, also schwingen Sie Ihren Arsch aus dem Bett und tanzen sofort im Büro an. Wenn ich sage, dass Sie Bereitschaft haben, dann ist es so. Basta!«, bellte Petersen wütend ins Handy. Dann brach die Verbindung abrupt ab, was typisch für Petersen war. Sörensen ließ sich entnervt ins Kissen zurückfallen. So viel zu seinem freien Wochenende. Mann, wie sollte er das bloß Camilla plausibel machen. Das konnte ja heiter werden. Ob Petersen auch seinen Kollegen Nielsen aus dem Bett geholt hatte? Na, das konnte heute noch was werden. Nielsen wollte gestern Abend noch »einen Zug durch die Gemeinde machen«, wie er sich ausgedrückt hatte. Und da dieser nicht ins Glas gespuckt haben dürfte, würde er heute sicherlich einen ziemlichen Brummschädel haben. Schläfrig rollte Sörensen sich aus dem Bett und sammelte seine Klamotten zusammen, dabei fiel sein

Blick auf seine Armbanduhr. Echt jetzt? Erst kurz nach 9 Uhr? »Ja, spinnt der Alte denn jetzt total«, stöhnte Sörensen. Vor 10 Uhr ließ der sich doch eh nie im Büro blicken und am Wochenende schon mal gar nicht.

Nach einer ausgiebigen Dusche marschierte Sörensen hinunter in die Küche zu seiner Schwägerin. »Na, ausgeschlafen? Setz dich, gibt gleich Frühstück«, begrüßte Marta ihn strahlend. »Tut mir leid, Marta, aber mit Frühstück wird das wohl nichts. Muss sofort nach Flensburg ins Büro. Befehl von Petersen«, erklärte er ihr mit einem schiefen Grinsen. Marta war hoch empört. »Dieser Blödmann Petersen kann warten. Ohne Frühstück fährst du mir nicht los!«, bestimmte sie resolut. Nach einem kurzen Geplänkel mit Marta einigten sie sich darauf, dass Sörensen zumindest sein Frühstück eingepackt bekam. Kurz darauf machte er sich auf den Weg nach Flensburg, ausgestattet mit einem stattlichen Lunchpaket und einer gut gefüllten Thermoskanne mit frischem Kaffee. Hoffentlich schaffte er es doch noch heute Nachmittag pünktlich um 14 Uhr zum Start des *Årsmøde* Umzugs am Neptunbrunnen in Flensburg. Seine Freundin Camilla würde es sicherlich sehr begrüßen, schließlich hatte er sie in letzter Zeit oft genug versetzt. Lange würde sie das wohl nicht mehr klaglos hinnehmen.

Im Büro angekommen, war, wie erwartet, natürlich weit und breit kein Petersen zu sehen. Genau wie Sörensen es geahnt hatte. Sein Handy meldete sich mit einem zarten »Pling« zu Wort. Eine knappe Mail von Petersen: Adresse vom Tatort plus minimaler Tatbeschreibung und mit dem bissigen Zusatz: Und das ein wenig flott. Diese Daten hätte er Sörensen auch am Telefon geben können, dann wäre Sörensen direkt nach Hattlund gefahren, anstatt einen Umweg über Flensburg zu machen. Aber das war mal wieder typisch Petersen. Sicherlich saß dieser jetzt gemütlich am Frühstückstisch und genoss den Sonntag. Sollte er doch, so konnte er ihm wenigstens nicht vor die Füße laufen. Doch wo steckte Nielsen? Weilt er schon wieder unter den Lebenden?, fragte sich Sörensen grinsend. Doch seine Sorge war unbegründet, denn kurz darauf flog die Bürotür weit auf, und sein Kollege taumelte ins Büro. »Mann, du siehst ja wie Columbo höchstpersönlich aus«, rutschte es Sörensen trocken heraus, womit er optisch gesehen voll ins Schwarze traf. Nielsen wirkte, als hätte er in seinen Klamotten geschlafen, zerknittert und falsch zugeknöpft. Lippenstift zierte seinen Hemdkragen, und sein Hemd hing halb aus seinem Hosenbund heraus. Unrasiert und mit kleinen Knopfaugen stand er im Büro und regte sich fürchterlich auf. »Sag mal, spinnt der Alte jetzt total? Mitten in der Nacht durchzuklingeln? Hat der noch alle Latten am Zaun?«, rief er aufgebracht und ließ sich auf einen Stuhl gegenüber von Sörensen fallen. »Mann, war das eine Nacht!«, keuchte Nielsen völlig erschöpft und hauchte Sörensen alkoholschwanger ins Gesicht. Mit einem Blick hatte dieser die kritische Lage erkannt. So konnte er Nielsen nicht zum Tatort mitnehmen. Hier halfen als Erste Hilfe nur kaltes Wasser und starker Kaffee. »Klatsch dir kaltes Wasser ins Gesicht, ich mache dir einen starken schwarzen Kaffee. Und mach dich etwas zurecht«, befahl er Nielsen kurz und knapp. Dieser trollte sich leise protestierend in Richtung Waschraum. Kurz darauf hörte Sörensen das Wasser rauschen. Er selbst machte sich an der Kaffeemaschine zu schaffen, damit sein Kollege so schnell wie möglich einen starken Kaffee bekam. Eine halbe Stunde später war Nielsen einigermaßen vorzeigbar. Frisch rasiert und mit gerichteten Klamotten tauchte er im Büro auf. »Mein

Kopf!«, stöhnte Nielsen auf, als er sich bückte, um einen Schnürsenkel zu binden. Statt einer Antwort drückte Sörensen ihm einen heißen Becher Kaffee und ein *Aspirin* in die Hand. Wortlos trank Nielsen seinen Kaffee und warf sein *Aspirin* gleich hinterher. Amüsiert betrachtete Sörensen seinen leicht ramponierten Kollegen. Hauptkommissar Lars Nielsen war 42 Jahre jung und wie Sörensen Junggeselle. Im Gegensatz zu seinem Kollegen hasste er das Landleben und bezeichnete sich stets als eine eingefleischte Stadtpflanze. Privat waren Nielsen und Sörensen gut befreundet. Doch immer wieder neidete Nielsen Sörensen seinen guten Schlag bei den Frauen. Nielsen dagegen war als Partygänger berühmt-berüchtigt. Gerne machte er mal einen Zug durch Flensburgs Gastronomie und versackte dabei auch regelmäßig, genau wie letzte Nacht. Aber er hatte seinen Spaß gehabt, und das war es, was für ihn zählte. Im Morddezernat war er der ärgste Widersacher von Herbert Petersen, dem Leiter der Kripo. Nie ließ er sich von Petersen provozieren und blieb immer ruhig und besonnen, was Petersen dann total auf die Palme brachte. Allerdings hatte Nielsen auch ein hitziges Temperament, besonders wenn es um aufmüpfige Straftäter ging. Ab und an musste er deswegen von Sörensen ausgebremst werden. »Können wir dann mal?«, wollte Sörensen ungeduldig wissen. Sörensen fuhr, und Nielsen machte es sich auf dem Beifahrersitz gemütlich. Nielsen nickte wortlos, und sie machten sich auf den Weg nach Hattlund.

»Ach ne, Clasen, auch schon da?«, wurde Clasen von hinten angesprochen. Clasen fuhr herum und erkannte sofort den Eigentümer der Stimme. Es war die von Steffen Sörensen, Kriminaloberkommissar bei der Flensburger Kripo. Clasen war erleichtert, Gott sei Dank hatte er mit diesem Schlamassel jetzt nichts mehr zu tun, die Kripo war ja da. Dann konnte er sich beruhigt wieder in seine ruhige Amtsstube zurückziehen. Dankbar lächelte er Sörensen an, drehte sich um und machte Anstalten, auf sein Fahrrad zu steigen, denn er wollte so schnell wie möglich weg von hier. Doch Sörensen hatte andere Pläne mit ihm. »Sie wollen uns doch nicht schon verlassen? So, Clasen, nun mal fix den Tatort abgesperrt! Halten Sie mir die Schaulustigen von hier weg«, befahl Sörensen. Clasen starrte ihn entgeistert an. »Aber ich dachte …«, setzte er leise protestierend an. »Sehen Sie zu, dass Sie in die Gänge kommen!« Clasen parkte wieder sein Fahrrad, setzte sich langsam in Bewegung und murmelte leise: »Jawohl, wird gemacht!«

Mittlerweile hatten sich, angelockt durch die Martinshörner und Blaulichter, zahlreiche Schaulustige aus Hattlund und Flintby eingefunden. Unter ihnen auch Kalli Sörensen, der Bruder von Kriminaloberkommissar Sörensen. Mithilfe einiger Flensburger Streifenbeamter hatte Clasen den Tatort endlich mittels eines rot-weißen Flatterbands weitläufig abgesperrt. Jetzt flitzte er wie ein Irrer herum, um die immer mehr werdenden Schaulustigen zurückzudrängen. Durch diese Aufgabe schien sein Selbstbewusstsein um einiges in die Höhe zu schnellen. Mit gestrafften Schultern pfiff er allzu neugierige Personen energisch zurück. Allerdings vermied er es geflissentlich, auch nur in die Nähe der Leiche zu geraten. Wieder drängten sich ein paar Neuankömmlinge neugierig heran. »Nu bliv doch torüch! Her givt dat nix to seen. Mönsch, wenn de Kripo dat hier siet, kom ik in Dübels Köck!«,[*] fauchte er diese an. Völlig außer Atem japste er von links nach rechts. »Nu speel di man nich so op, Herbert«,[**] tönte es spitz aus der Menge. Clasen drehte sich giftig um, um den Übeltäter auszumachen. »Wer weer dat?«,[***] wollte er aufgebracht wissen. Selbstredend trat niemand freiwillig vor. »Na, dat is doch mol wat anners als klaute Höhner«,[****] meldete sich die gleiche unsichtbare Stimme erneut zu Wort, was ihr zahlreiche Lacher bescherte. So langsam nahm dieser Tatort eine Art von Volksfeststimmung an. Clasen sah sich verzweifelt um, denn er wurde immer wieder gern zur Zielscheibe der Dörfler.

Hier stand er nun, der Dorfpolizist von Flintby, und kämpfte tapfer gegen die vorrückende Meute an. 46 Jahre alt, rund und gesund, bis auf einen zu hohen Blutdruck. Er liebte das Essen, und auch einen guten Köm (oder zwei!) ließ er nicht schlecht werden. Stets kontrollierte er sein ländliches Revier mit dem Fahrrad. Doch rasante Verfolgungsfahrten endeten bei ihm meistens bei einem gefühlten Herzinfarkt. Solche Aktionen schätzte er überhaupt nicht. Mit fast allen Flintbyern und Hattlundern war er per Du, denn er war hier mit den meisten aufgewachsen beziehungsweise hatten sie zusammen die Schulbank gedrückt. Ein Umstand, welcher oft zu Rangeleien führte, denn man nahm ihn einfach nicht so richtig ernst. Dann hieß es meis-

---

[*]Nun bleibt doch zurück! Hier gibt es nichts zu sehen. Mensch, wenn die Kripo das hier sieht, komme ich in Teufels Küche!
[**] Nun spiel dich man nicht so auf, Herbert!
[***] Wer war das?
[****] Na, das ist doch mal was anderes als gestohlene Hühner.

tens: »Nun komm schon, Herbert, drück mal ein Auge zu! Den alten Zeiten zuliebe!« Herbert Clasen war ein richtiges Landei, der das ruhige Landleben überaus schätzte. In Flensburg arbeiten und wohnen? Allein der bloße Gedanke trieb ihm schon die Schweißperlen auf die Stirn. Jeden Tag aufs Neue mit Verbrechen konfrontiert werden? Wie oft hatte er von Kalli Sörensen die Geschichten von dessen Bruder zu hören bekommen. Verbrechen über Verbrechen in der Stadt! Nee, da blieb er lieber hier auf dem ruhigen Land. Tja, und nun das, ein Mord vor seiner Haustür. Bei diesem Gedanken lief es Clasen erneut eiskalt den Rücken rauf und runter. Dieses heutige Geschehen brachte nicht nur seinen gewohnten Tagesablauf komplett durcheinander, nein, sein gesamtes Bild vom ruhigen Landleben geriet gehörig ins Wanken.

Kriminaloberkommissar Sörensen sah sich suchend nach Wachtmeister Clasen um und musste bei dessen Anblick schmunzeln. Dieser wieselte hektisch herum und versuchte mehr oder weniger erfolgreich, die nun immer zahlreicher werdenden Schaulustigen hinter der Absperrung in Schach zu halten. Immer mehr Dörfler hatte es zu dieser frühen Stunde, angesichts dieser unerwarteten Neuigkeit, aus dem Bett heraus hin zur Schule getrieben. Eine Sensation wie einen Mord in der Nachbarschaft gab es schließlich nicht alle Tage, und so etwas durfte man sich einfach nicht entgehen lassen. So, wie es aussah, mussten da schon einige Telefondrähte in aller Frühe heftig geglüht haben. Die elektronischen Buschtrommeln funktionierten in Hattlund und Flintby prächtig. Sörensens Kollege, Kriminalhauptkommissar Nielsen, konnte sich das verzweifelte Bemühen von Clasen nicht länger mit ansehen und beschloss, energisch einzugreifen. Kompetent, wie er nun mal war, scheuchte er die gaffende Meute mit drohender Miene und lauter Stimme hinter das Absperrband zurück. Murrend wichen die Leute langsam zurück. Vereinzelte Stimmen murmelten halblaut einen Protest, aber gegen Nielsen kamen sie nicht an. Diese Aktion quittierte Clasen mit einem dankbaren Aufatmen. »Moin, Clasen«, rief Nielsen ihm freundlich zu. »Na, eine hochgezogene Leiche am Fahnenmast ist ja mal ganz was Neues in Ihrem Revier.« Clasen nickte zustimmend und riskierte kurz noch einen Blick auf die groteske Leiche, was ein fataler Fehler seinerseits war. Margots tote leere Augen schienen jetzt genau ihn zu fixieren. Plötzlich wurde er kreidebleich im Gesicht und schien heftig mit seinem Frühstück zu ringen. Sein Magen bestand auf einer unverzüglichen Leerung, Clasen wiederum weigerte sich standhaft und behielt vorerst alles tapfer bei sich. Bloß wie lange noch?, fragte er sich insgeheim panisch und mit butterweichen Knien. »Nun, was halten Sie denn von der Toten am Mast? Kannten Sie die Dame persönlich?«, wollte Nielsen freundlich von ihm wissen und sah Clasen erwartungsvoll an. Dann ging alles ganz schnell. Clasen stieß nur ein gepresstes »Oh mein Gott« aus und wankte, so flott er nur konnte, steifbeinig zu einer kleinen Baumgruppe in der Nähe. Wie der Blitz verschwand er hinter dem ersten Baum, und kurz darauf ließen sich gedämpfte gurgelnde Laute vernehmen. Clasens Blitzstart in die Büsche war der gaffenden Meute natürlich nicht entgangen. Anwesende Dörfler ließen es sich daher nicht nehmen, dieses Geschehen umgehend zu kommentieren. »Na Herbert, wat hett di denn op de moch schlogen?«,[*] schallte es hörbar aus der Menge. Sörensen und Nielsen sahen sich erstaunt an. Was war denn nun los? Auf so eine Reaktion seitens Clasens

---

[*] Na Herbert, was ist dir denn auf dem Magen geschlagen?

waren sie nicht im Geringsten gefasst gewesen. Ein Kerl wie ein Baum, der aber offensichtlich mit einem zart besaiteten Magen gesegnet war. Kurze Zeit später erschien Clasen wieder auf der Bildfläche, allerdings sichtlich peinlich berührt. »Dat givt Geschludder int Dörp«,[*] stellte er resigniert fest, als er verlegen in feixende und grinsende Gesichter schaute. Sörensen hatte Mitleid mit dem Dorfpolizisten, der jetzt wie ein begossener Pudel auf dem Platz stand. »Geht's wieder? So, Clasen, Sie gehen jetzt man besser nach Hause. Wir kommen später noch bei Ihnen vorbei«, meinte er verständnisvoll, und somit war Clasen für heute entlassen. Clasen nickte dankbar, bestieg umständlich sein Fahrrad und eierte davon. Sein unrühmlicher Abgang blieb auch dieses Mal nicht unkommentiert. »Na Herbert, kannst dat nich af? Jo, dor mutt man schon en richtich Mannsbild sin«,[**] schallte erneut eine Stimme aus der Menge hinter ihm her. Clasen murmelte grollend ein leises »Olle Mors« in die Richtung des Kommentators und machte sich so fix, wie er konnte, auf seinem Fahrrad davon. Für heute war das Maß für ihn voll, er hatte genug. Die nächsten Tage würden noch hart genug werden, denn die Schadenfreude der Dörfler war ihm gewiss.

Sörensen und Nielsen warteten indes ungeduldig auf den Gerichtsmediziner Andreas Marcussen. So lange dieser sich die Tote nicht genau angesehen hatte, konnten sie nicht viel machen. Bevor Marcussen eine Leiche nicht höchstpersönlich in Augenschein genommen hatte, durfte sich niemand der Leiche auch nur nähern. In diesem Punkt war er sehr eigen und äußerst penibel. Sörensen schielte ungeduldig auf seine Uhr. »Mann, wo bleibt denn Marcussen bloß?«, mur-

---

[*] Das gibt Gerede im Dorf!
[**] Na Herbert, verträgst du das nicht? Ja, da muss man schon ein richtiger Mann sein!

melte er ungehalten. Wie auf ein geheimes Stichwort bog ein röhrendes Motorrad um die Ecke. Der Fahrer bremste scharf ab, was den Kies unter den Rädern spritzen und die Kripobeamten hastig zur Seite springen ließ.

Andreas Markussen, 43 Jahre alt, der Flensburger Gerichtsmediziner, hatte sich am Tatort eingefunden. Umständlich kletterte er von seiner Geländemaschine herunter. Er war mit gerade mal ein Meter 70 nur mittelgroß und von gedrungener und kräftiger Statur. Wenn man es genau nahm, war er mit dieser Statur zu kurz geraten für diese Art von Motorrad. Deshalb kam er auch heute wieder gefährlich ins Schwanken, als er lässig vom Motorrad gleiten wollte. Eine weniger hoch gebaute Maschine, etwa wie eine Harley, würde ihn besser aussehen lassen. Nielsen hatte Marcussen diesen Vorschlag schon des Öfteren unterbreitet, aber davon wollte Marcussen absolut nichts wissen. »Moin, Steffen! Moin, Lars!«, brüllte er den Kripobeamten gut gelaunt zu und schritt mit federnden Schritten auf die Leiche zu. »Na, wen haben wir denn hier?«, fragte er freudig überrascht, ganz so, als würde er diese Frage persönlich an die Tote richten. Doch die Leiche hüllte sich in eisernes Schweigen, was der Gerichtsmediziner aber nicht persönlich nahm. Gewissenhaft, schon fast pedantisch, schlich er langsam um die aufgeknüpfte Tote herum. Bis er direkt vor der Leiche stehen blieb, sprach er kein Wort. Auch die Kripobeamten schwiegen und ließen ihn gewähren, denn sie wussten nur zu genau, dass Marcussen diesen ersten Eindruck der Leiche erst in sich aufnehmen musste. Ein Windstoß bauschte den *Dannebrog* unerwartet auf und flatterte hoch über Marcussen und der toten Margot im Wind. »Ich denke, wir nehmen die Dame als Erstes herunter! So wird das nichts!«, meinte Marcussen mit einem misstrauischen

Blick in die Höhe und machte sich daran, die Tote loszubinden. Doch damit schien der *Dannebrog* ganz und gar nicht einverstanden zu sein, es schien, als wollte er die tote Margot nicht freigeben. Der Wind ließ urplötzlich nach, sodass Marcussen und Margot plötzlich aus dem Blickfeld der herbeieilenden Sörensen und Nielsen verschwanden. Marcussen kämpfte sich hektisch unter dem *Dannebrog* hervor. »So geht das nicht! Die Flagge muss eingeholt werden. Sonst kann ich nicht arbeiten!«, schnaufte er atemlos. Sörensen winkte einen der umherlaufenden Polizisten heran und bat ihn, die Flagge herunterzuholen, was dieser auch prompt erledigte. Fast schon liebevoll faltete er den *Dannebrog* zusammen und trug ihn respektvoll hinüber zum Schulgebäude, was von Truelsen wohlwollend zur Kenntnis genommen wurde. Er schmetterte dem jungen Beamten ein lautes: »Tak for det!«,[*] entgegen, worauf dieser kurz und knackig mit: »Det var så lidt!«,[**] antwortete und Truelsen zunickte. Truelsen erkannte mit einem Blick, dass dieser junge Mann in der dänischen Minderheit groß geworden war, wie er zufrieden feststellte. Zusammen mit Marcussen lösten die Kripobeamten die Schnüre, welche Margot am Fahnenmast eisern festhielten, und legten sie danach vorsichtig auf eine bereitliegende Plane. Marcussen kniete sich daneben, machte sich sofort an die Arbeit und war für die nächste halbe Stunde nicht mehr ansprechbar.

»Wer hat die Tote gefunden?«, wollte Sörensen von einem der herumwieselnden Beamten der Spurensicherung wissen. Dieser hielt kurz in seiner Arbeit inne und zeigte auf Erwin Svenson. »Der Hausmeister! Der steht da drüben. War wohl seine Lebensgefährtin«, bekam Sörensen auf seine Frage knapp und präzise zur Antwort. »Na, dann lass uns

---

[*] Vielen Dank!
[**] Gern geschehen!

mal hören, was der gute Mann uns zu erzählen hat«, sagte er, an Nielsen gewandt, und wollte losmarschieren, doch Nielsen schien ihn nicht gehört zu haben und rührte sich nicht vom Fleck. Wie angewurzelt stand er da und starrte auf die Leiche herunter. Sörensen sah ihn erstaunt von der Seite an. »Was ist nun, kommst du?«, sprach er seinen Kollegen erneut an. Doch Nielsen rührte sich noch immer nicht. »Was ist …?«, hob Sörensen an, doch Nielsen fiel ihm ins Wort. »Die kenne ich doch!«, stieß er aufgeregt aus. Marcussen und Sörensen sahen ihn überrascht an. »Na, sieh selbst! Das ist doch diese aufgetakelte Tussi von dem Überfall auf den Juwelier Jörgensen in Flensburg. Muss knapp vier Jahre her sein«, rief Nielsen aufgeregt aus und lief um die Tote herum. Jetzt war auch Sörensens Neugierde geweckt, und er trat ebenfalls dicht an die Leiche heran, ohne auf das halblaute Protestgemurmel von Marcussen zu achten. »Sieh sie dir ganz genau an, ich sage dir, das ist sie! Wie hieß die noch gleich … Gudrun irgendwas!« Schlagartig verstand Sörensen, was sein Kollege meinte. »Gudrun Lorenzen! Mensch, du hast recht, das ist die vom Überfall«, stimmte Sörensen seinem Kollegen zu. »Hat damals drei Jahre bekommen, aber was, zum Teufel, hat die hier in Hattlund zu suchen? Und wieso hängt die hier aufgeknüpft am Fahnenmast?« »Klingt ja alles schön und gut für euch, aber ihr zertrampelt mir hier alles und seid mir entschieden im Weg!«, mischte sich der nun reichlich aufgebrachte Gerichtsmediziner ein und scheuchte die Beamten energisch wie störende Insekten von der Leiche weg. Doch so schnell gab Sörensen nicht auf, er trat einen Schritt vor und machte rasch mit seinem Handy ein paar Fotos von der Toten. Und bevor Marcussen total ausflippte, verließen sie rasch den vermeintlichen Tatort. Marcussen atmete hörbar auf, warf ihnen ein paar empörte Blicke hinterher und war kurz darauf wieder völlig in seine Arbeit vertieft. Vor der Obduktion bekamen sie von ihm sowieso keine Auskünfte.

Etwas abseits des Geschehens standen die Beamten und sahen sich die Fotos genauer an. Der Mund der Toten war mit einem Stück Panzertape verklebt worden, was Sörensen vermuten ließ, dass der oder die Täter sie symbolisch zum Schweigen bringen wollten. Sörensen sah Nielsen ratlos an. »Wo ist dieser Hausmeister, der angebliche Lebensgefährte der Toten? Mal sehen, ob dieser uns sagen kann, was die Lorenzen hier zu suchen hatte«, wollte Sörensen aufgeregt wissen und sah sich suchend um. Nach kurzer Suche entdeckte er Erwin Svenson zusammengesunken auf einer Bank sitzen. Neben ihm stand der Rektor der Schule, Knut Truelsen, tätschelte Erwins Schulter und sprach beruhigend auf ihn ein. Als Erwin Svenson die Beamten sah, sprang er auf und stammelte erschüttert: »Ich versteh das nicht, wer macht denn so was? Und dann auch noch mit dem *Dannebrog* …«, empörte er sich und sah hilflos zu Sörensen hoch. Sörensen war schockiert über den Zustand des Hausmeisters. Was hatte Svenson mehr erschüttert: der Umstand, dass seine Lebensgefährtin dort am Fahnenmast baumelte, oder dass der *Dannebrog* für diesen heimtückischen Mord beschmutzt worden war? »Ich habe gehört, dass die Tote Ihre Lebensgefährtin war, mein Beileid. Sie haben sie entdeckt?«, hob Sörensen leise an und ließ Erwin dabei nicht aus den Augen. »Wann war das genau? Haben Sie etwas Ungewöhnliches beobachtet?« Svenson sah ihn aus glasigen Augen an und schwieg. Dann wandte er seinen Blick zu Truelsen, der ihm ermunternd zunickte. Erwin fasste sich ein Herz und begann, zögernd zu erzählen. »Also, das war heute Morgen, so gegen 9 Uhr, als ich den *Danne-*

brog runternehmen wollte, das hatte ich gestern Abend nicht mehr geschafft«, murmelte er leise und sah geknickt in Truelsens Richtung. Dieser quittierte die Aussage mit einer hochgezogenen Augenbraue. So, der *Dannebrog* war also über Nacht draußen geblieben. Darüber müssen wir uns später noch mal unterhalten!, signalisierte er so Svenson. Der hatte diesen Blick durchaus richtig verstanden. Ein Anpfiff seitens Truelsen war ihm damit sicher. Sörensen kam Truelsen mit seiner nächsten Frage zuvor. »Wieso haben Sie den *Dannebrog* denn nicht gestern Abend eingeholt? Das ist doch so üblich.« Svenson stöhnte gequält auf und suchte nach der passenden Antwort. Eine Antwort, die sowohl den Kripobeamten wie auch Rektor Truelsen zufriedenstellen würde. »Ganz ehrlich? Nach dem ganzen Theater hier gestern war ich einfach nur fix und fertig! Verstehen Sie?«, stieß er erschöpft aus. Truelsen hatte verstanden, Sörensen jedoch verstand nur Bahnhof. »Bitte etwas konkreter, was war denn hier gestern außer dem *Årsmøde*-Treffen noch los?«, hakte er ruhig nach, denn es war ihm bewusst geworden, dass er mit zu viel Druck bei Svenson nichts erreichen würde. Dieser druckste herum und rang erneut nach den richtigen Worten. Da preschte Truelsen vor, das hier ging ihm alles zu langsam. Svenson kam nicht zu Potte, also griff er jetzt ein. »Wie Sie sicher mitbekommen haben, hatten wir hier gestern Abend ein Treffen zur jährlichen *Årsmøde*.« Fragend sah er von Nielsen zu Sörensen. »Sie wissen, wovon ich rede?« Beide Kripobeamte nickten, und Sörensen meinte nur kurz: »Und weiter?« »Wie gesagt, das Treffen der dänischen Minderheit, damit waren meine Mitarbeiter und ich den ganzen Tag vollauf beschäftigt. Der Saal musste bestuhlt werden, die Tische dekoriert und gedeckt werden. Es gab wirklich genug zu tun. Erwin

war dafür zuständig, dass alles glatt lief. Doch …« Sörensen unterbrach Truelsen an dieser Stelle. »Wer war gestern
noch an dieser Arbeit beteiligt?« Truelsen schien durch
diese Unterbrechung kurz den Faden verloren zu haben
und verstand erst nicht so recht, was der Beamte meinte.
Doch dann dämmerte es ihm. »Ach so, da waren noch Lene
Nydam und Hanne Molzen. Die Damen sind für die Reinigung der Schule zuständig und sehr zuverlässig, ganz
im Gegenteil zu …«, brach er verlegen ab. »Im Gegenteil zu wem?«, hakte Nielsen ernst nach. Truelsen errötete
leicht, linste entschuldigend zu Erwin Svenson hinüber und
räusperte sich umständlich. »Tut mir leid, Erwin, aber das
muss ich jetzt erzählen.« Und so erzählte er den Kripobeamten von dem unschönen Zwischenfall zwischen Hanne
Molzen und Margot. Erwin war dies sichtlich unangenehm,
und er rutschte unruhig auf der Bank hin und her. »Haben
Sie sich nicht gewundert, dass Ihre Lebensgefährtin heute
Morgen nicht neben Ihnen lag?«, hörte er wie durch eine
Nebelwand. Erwin zuckte zusammen, räusperte sich und
lief rot an. »Ähm, also, ich habe die Nacht auf der Couch
verbracht. Dachte gestern Abend, es wäre besser, Margot
aus dem Weg zu gehen, nach dem Theater, was sie wieder veranstaltet hatte. Na ja, und heute Morgen dachte ich,
dass sie ihre Sachen gepackt hat und abgehauen ist. Wollte
sie eh heute auf die Straße setzen, das ging einfach nicht
mehr so weiter. Rektor Truelsen hat mich mehr oder weniger vor die Wahl gestellt: mein Job oder Margot!« Dass er
eigentlich jede Nacht auf der Couch verbrachte, dass zwischen ihm und Margot nie etwas gelaufen war, verschwieg
er geflissentlich. Das ging niemanden etwas an, das war
seine Privatsache, entschied er. Jetzt war es Truelsen, der
einen roten Kopf bekam, als er die Blicke der Beamten auf

sich ruhen sah. »Ja gut, ich habe Erwin wirklich nahege-
legt, sich von dieser Margot zu trennen. Es ist sonst nicht
so, dass ich mich in das Privatleben meiner Angestellten
mische, aber in diesem Fall …«, stellte er umständlich klar.
Sörensen und Nielsen sahen sich ratlos an. Von welcher
Margot redeten Erwin Svenson und Rektor Truelsen da
nur ständig? »Wir reden hier über die Tote und nicht über
eine Margot«, unterbrach Sörensen die beiden leicht ungehalten. Die jedoch starrten jetzt den Kripobeamten an, als
hätte dieser nichts begriffen. »Ja, mein Gott, ich rede doch
von meiner Lebensgefährtin Margot Iwersen. Na, die da am
Fahnenmast!«, brach es aus Erwin heraus. Er sprang auf und
zeigte mit ausgestrecktem Zeigefinger zitternd in Richtung
Fahnenstange. »Ich verstehe nicht, was Sie meinen!« Doch
dann ging Sörensen ein Licht auf. »Moment, Herr Svenson,
Sie kannten die Tote offenbar unter dem Namen Margot
Iwersen, aber ihr richtiger Name war Gudrun Lorenzen.
Die Dame ist uns nicht unbekannt, sie war vor vier Jahren
an einem Überfall auf einen Juwelier beteiligt. Dafür hat sie
drei Jahre abgesessen«, klärte Sörensen ihn behutsam auf.
Erwin wurde aschfahl im Gesicht und sah verwirrt hinüber
zu Truelsen. »Ha, ich habe es doch immer gewusst! Mit
dieser Person stimmte was nicht!«, schoss es triumphierend aus Truelsen heraus. Erwin jedoch schien durch diese
Mitteilung völlig den Boden unter den Füßen verloren zu
haben. Jetzt wurde ihm schlagartig so einiges klar. Margot
hatte auf Fragen nach ihrer Familie beziehungsweise über
ihre Vergangenheit immer elegant abgeblockt. Na ja, und
im Bett war auch nichts gelaufen. Wollte er ihr mal näher-
kommen, hatte sie prompt eine Migräne oder so vorgescho-
ben. Hatte diese Frau ihn wirklich einfach nur verarscht?
Ihn vor allen zum Volltrottel degradiert?

Sörensen holte ihn mit seiner nächsten Frage knallhart zurück in die Realität. »Wie und wo haben Sie Margot Iwersen kennengelernt?«, wandte sich Sörensen an den Hausmeister. Dieser schüttelte seine Gedanken ab wie ein nasser Hund das Wasser. Umständlich setzte er sich wieder auf die Bank und dachte über Sörensens Frage nach. Nach kurzer Zeit begann er über den Tag, an dem er Margot Iwersen kennengelernt hatte, zu reden. »Nachdem mich meine Frau vor einem halben Jahr ohne Grund Knall auf Fall verlassen hatte, habe ich öfters mal einen Samstagvormittag in Flensburg verbracht. Bin immer auf dem Wochenmarkt gewesen und hab bei einem Bekannten vorbeigeschaut. Der hat da einen Gemüsestand. An einem Samstag waren wir gerade in ein angeregtes Gespräch vertieft, ich kam mit der Trennung überhaupt nicht zurecht, als Margot das erste Mal neben mir stand. Ich weiß nicht, wie lange sie dagestanden hatte oder ob sie mir zuhörte. Eine Kundin halt, dachte ich mir, die Obst und Gemüse einkauft. Glaubte ich zumindest und hab mir erst mal einen Kaffee to go besorgt und bin weiter über den Holm gebummelt. Margot war da schon wieder weg, aber später ist sie direkt in mich hineingelaufen und hat meinen Kaffee über meine Jacke verschüttet. Sie war total untröstlich darüber, aber ich habe ihr gesagt, dass das ja nicht so schlimm wäre. Doch sie war nicht zu beruhigen, daraufhin habe ich sie spontan zu einem Kaffee eingeladen. Dabei sind wir dann ins Plaudern gekommen. Sie hat mir unter Tränen von ihrer gewaltvollen Ehe und der heftigen Scheidung erzählt. Dass ihr Ex-Mann sie mittel- und wohnungslos zurückgelassen hatte und sie jetzt nicht wusste, wo sie bleiben sollte. Sie hat mir maßlos leidgetan, und ich habe sie dann ganz spontan zu mir nach Hause eingeladen. Ich hatte ja nun Platz genug. Sie ist noch am selben Tag bei mir eingezogen, ging ja wohl doch ein bisschen zu fix. Eigentlich haben wir uns ganz gut verstanden, bis ich ihr einen Putzjob in der Schule besorgt hatte. Da hat sie sich verändert, ewig gab es Ärger, und ich Blödmann habe sie immer in Schutz genommen. Mann, was war ich nur für ein Idiot«, endete Erwin atemlos und war restlos fertig. Sörensen und Nielsen sahen sich an, so wie es aussah, hatte Margot Erwin ganz gezielt ausgesucht. »Zu Ihrer Info, es hat in den letzten drei Jahren weder eine gewalttätige Ehe gegeben, noch war sie wohnungslos. Die Dame hatte die letzten Jahre freie Kost und Logie auf Staatskosten«, klärte Nielsen Erwin Svenson knallhart auf. Diese Frau hatte ihn manipuliert und Erwin nur für ihre Pläne benutzt. Aber was für Pläne hatte sie gehabt? Was hatte sie in Hattlund gewollt?

Truelsen räusperte sich leise und errang so die Aufmerksamkeit von Sörensen. Dieser sah ihn aufmunternd an. »Da ist doch noch was, das sehe ich Ihnen an«, sprach er Truelsen freundlich an. »Ja, also da ist wirklich noch was. Ich weiß nicht, ob es wichtig ist«, hob dieser zögernd an. »Bei Mord ist alles wichtig!«, knurrte Nielsen aus dem Hintergrund. »Na gut! Seit Margot hier arbeitete, bekam ich immer wieder anonyme Briefe mit Beschuldigungen oder Beschwerden. Der anonyme Schreiberling forderte vehement, dass ich Erwin sofort versetzen sollte. Dann forderte auch plötzlich der Elternbeirat, dass Erwin und Margot die Schule verlassen sollten. Es hatte zahlreiche Diebstähle und Unterschlagungen in der Schule gegeben. Also ganz ehrlich, Erwin hat sich nie etwas zuschulden kommen lassen. Wir verstanden beide die Welt nicht mehr. Das muss mit dieser Frau zusammenhängen!«, endete Truelsen ratlos. Die Kripobeamten jedoch wurden hellhörig. Tauchte dort etwa ein Motiv auf? Sie mussten umgehend mit den Elternbeiratsmitgliedern reden. Wer beziehungsweise warum wollte man beide plötzlich loswerden? Sörensen bat Truelsen um eine Liste mit den Namen des Elternbeirats. Er versprach, diese herauszusuchen und sie den Kripobeamten schnellstens zukommen zu lassen.

Lone Svenson hatte sich nach zehn Jahren Ehe mit Erwin von heute auf Morgen ohne gewichtigen Grund, wie Erwin es sah, von ihm getrennt. Sie hielt es an seiner Seite nicht mehr aus, sie konnte einfach nicht mehr. Eine Tatsache, die Erwin überhaupt nicht verstand. In seinen Augen war doch alles bestens gewesen. Als Lone ihm ihre endgültige Entscheidung mitgeteilt hatte, war er aus allen Wolken gefallen und verstand die Welt nicht mehr. »Aber wieso denn nur?«, hatte er sie ratlos gefragt. »Wir haben doch alles, was wir brauchen? Zwei Autos, eine schöne Wohnung, und wir beide haben Arbeit.« Da war Lone der Kragen geplatzt. Mein Gott, er verstand es einfach nicht. »Wir haben alles? Ich rede hier nicht von materiellen Dingen! Es geht hier um uns, verstehst du denn nicht, um unser Zusammenleben. Wie oft haben wir in den letzten Jahren etwas unternommen? Sind spontan essen gegangen, haben am Wochenende mal was unternommen oder sind in den Urlaub gefahren? Na, denk mal scharf nach. Ja richtig, nie! Ständig bist du zu müde oder hast einfach keine Lust. Liegst den ganzen Abend vor dem Fernseher oder gehst mit den Hühnern ins Bett. Und ich, was ist mit mir? Mal zusammen ausgehen oder ein Wochenende in Dänemark verbringen? Fehlanzeige! Der gnädige Herr will nicht, ist alles zu anstrengend! Dein Leben spielt sich nur noch zwischen deiner Arbeit und dem *Dorfkrug* ab, denn dazu kannst du dich ja erstaunlicherweise noch aufraffen! Mir reicht es endgültig!«, brüllte

Lone Erwin an. So fuchsteufelswild hatte Erwin Lone noch nie erlebt. Mit hochrotem Kopf und geballten Fäusten stand sie bebend vor ihm. Erwin schluckte, er wusste, dass er irgendetwas tun oder sagen sollte, aber er wusste nicht was. Sein Blick flackerte ratlos durch den Raum. Er öffnete den Mund, aber es kam kein Wort heraus. Lone senkte resigniert die Hände und machte Anstalten zu gehen. Doch kurz vor der Tür drehte sie sich noch einmal um. »Erwin, das war es mit uns! Selbst jetzt kriegst du den Mund nicht auf, du hast einfach nichts begriffen«, stellte sie traurig fest. Lone war dann ins Bett gegangen und hatte die Tür hinter sich verriegelt. Erwin selbst hatte eine unruhige und schlaflose Nacht auf der unbequemen Couch verbracht. Am nächsten Morgen war er früh hinüber zur Schule gegangen, um dort seinen Dienst zu versehen. Als er gegen Mittag wieder die gemeinsame Wohnung betrat, war Lone weg. Nur eine Nachricht hatte sie auf dem Wohnzimmertisch zurückgelassen. Mit zitternden Fingern hob er den Zettel auf, sank langsam auf einen Stuhl und las. Lone schilderte nochmals, warum sie beschlossen hatte, ihn zu verlassen, und bat ihn, ein paar ihrer Sachen eine Zeit lang auf dem Dachboden zwischenlagern zu dürfen. Zu gegebener Zeit würde sie diese abholen. Als Adresse gab sie die *Gärtnerei Butenschön* an. Der Gärtnermeister hatte ihr freundlicherweise einen Job und eine Unterkunft angeboten, was sie dankend angenommen hatte. Erwin holte tief Luft, natürlich, dieser Butenschön! Schon immer hatte Erwin den Verdacht gehabt, dass Butenschön seine Frau anbaggerte. Eifersucht stieg auf, doch dann schob Erwin diesen unsinnigen Gedanken wieder weit von sich. Ach was, Lone würde schon bald zurückkommen, sie müsste sich nur beruhigen. Aber warum kroch sie gerade bei diesem Butenschön unter? Der Stachel der

Eifersucht bohrte sich erneut in ihn, und trotzig zerknüllte er die Nachricht und feuerte sie in die Ecke. »Alles nur eine Frage der Zeit, bis Lone wiederauftaucht«, redete er sich ein. »Die kriegt sich schon wieder ein! Aber warum Butenschön?« Dieser Gedanke ließ sich einfach nicht beiseiteschieben. Aber Lone hatte es durchaus ernst gemeint und kam nicht zurück. Ein paar Wochen später flatterten Erwin die Scheidungspapiere ins Haus. Lone hatte einen endgültigen Schlussstrich unter ihre Ehe gezogen. In Gärtnermeister Emil Butenschön hatte sie tatsächlich eine neue Liebe gefunden. Diese Tatsache hatte Erwin den Boden komplett unter den Füßen weggerissen. In dieser Verfassung war er so für Margot eine leichte Beute gewesen.

Am Samstag nach dem Empfang der Scheidungspapiere war er nach Flensburg gefahren, um den Kopf freizubekommen. Doch das war leichter gesagt als getan. Es wollte einfach nicht in seinen Kopf, dass Lone ihn einfach so verlassen hatte. Verlassen für diesen Butenschön, wie er es sich einredete; dass er keine Mitschuld am Ende der Ehe trug, stand für ihn außer Frage. Müde schlich er durch die Einkaufsmeile, und seine Körpersprache sprach Bände. Zufällig hatten sich Erwins und Margots Wege gekreuzt. Mit einem Blick hatte Margot Iwersen Erwins Verfassung erkannt, ihn gezielt beobachtet und war ihm diskret gefolgt. Am Gemüsestand hatte sie etwas Gemüse eingekauft und dabei heimlich das Gespräch zwischen Erwin und seinem Bekannten belauscht. Ja, dieser Mann war perfekt für ihre Pläne. Mit einem Kaffeebecher bewaffnet hatte sie auf eine Gelegenheit gewartet, um ihn an den Haken zu bekommen. Und sie hatte auch nicht lange warten müssen, denn wie jeden Samstag herrschte dichtes Gedränge in der Innenstadt. Margot lag wie eine Raubkatze auf der Lauer, und als Erwin an ihr vorbeiflanierte, rannte sie gezielt in ihn hinein. Dabei verschüttete sie geschickt ihren Kaffee über Erwins und ihrer Jacke. Erwin war so erschrocken darüber, dass er sich mehrmals bei ihr über sein vermeintliches Missgeschick entschuldigte. Dass es eigentlich Margots Schuld war, hatte er überhaupt nicht mitbekommen. Spontan lud er Margot zu einem Kaffee ein. Quasi als Entschuldigung. Margot war mit sich zufrieden, den hatte sie schon mal am Haken. Geschickt lenkte sie das Gespräch so in die Bahn, wie sie es haben wollte. Nach einer halben Stunde kannte sie Erwins komplette Lebensgeschichte, und man war bereits beim Du angekommen. Es sprudelte nur so aus Erwin heraus: dass seine Frau abgehauen war und schon einen Neuen hatte. Mitfühlend drückte sie seine Hand und raunte ihm zu: »Die weiß doch gar nicht, was sie an dir hatte.« Dieser Mann war perfekt für ihre Pläne. Treudoof und emotional angeschlagen. Besser konnte es gar nicht laufen. Nun war es an der Zeit, ihre zugegebenermaßen erfundenen Lebensumstände preiszugeben. Sie holte theaterreif einmal tief Luft und legte mit tränenerstickter Stimme los. Sie erzählte von einem gewalttätigen Ex-Mann, von dem sie zwar seit Kurzem geschieden war, aber immer noch in Angst vor ihm lebte. Dann kam sie auf den für sie entscheidenden Punkt. Ihre Augen begannen sich erneut mit Tränen zu füllen, und mit belegter Stimme fügte sie kaum hörbar hinzu, dass dieser Ex-Mann ihr alles, wirklich alles genommen hatte, kurz gesagt, sie hatte weder Geld noch Unterkunft noch einen Job. Zurzeit würde sie in einer schäbigen Pension hausen und sich nach einer Arbeit umsehen. Aber das war ja alles nicht so einfach. Erwin war sichtlich entsetzt, als er Margots »Geschichte« hörte, wie sie hochzufrieden zur Kenntnis nahm. Das es nie einen Ex-Mann gegeben hatte und sie direkt aus der JVA kam, erwähnte sie selbstredend mit keiner Silbe. Spontan bot Erwin ihr an, erst einmal zu ihm zu ziehen, schließlich hatte er ja Platz genug, und einen Job würde er sicher auch für sie finden. Für Erwin war es Liebe auf den ersten Blick, für Margot eiskalte Berechnung. Sie hatte einen Dummen für ihre Zwecke gefunden. Hattlund war perfekt, denn dort kannte sie niemand, und Flensburg war weit genug weg. Noch am selben Nachmittag verstauten sie Margots wenige Habseligkeiten in Erwins Kombi. Erwin war überglücklich. Margot beglückwünschte sich selbst, denn Erwin war Wachs in ihren Händen. Sie würde ihn so zurechtbiegen, wie es ihr gerade passte. Wie bei einer Marionette würde sie alle Fäden in der Hand halten. Auf der Fahrt nach Hattlund konnte Erwin sein Glück beinahe nicht fassen. Neben ihm saß eine tolle, attraktive Frau, die ihn verliebt anhimmelte. Er fühlte sich, als hätte er das große Los gezogen. Margot, die geborene Schauspielerin, zog alle Register ihres Könnens und strahlte ihn glücklich an. Hätte er genauer hingesehen, hätte er bemerkt, dass ihre Augen kalt blieben. In Hattlund angekommen, zeigte ihr Erwin mit stolzgeschwellter Brust seine Wohnung. »Fühl dich hier wie zu Hause!«, rief er ihr zu und schleppte ihre Habseligkeiten ins Haus. »Glaub mir, darauf kannst du dich verlassen!«, murmelte sie leise. Erwin schleppte, ganz Gentleman, sein Bettzeug ins Wohnzimmer. »Ich schlafe erst mal auf der Couch und überlasse dir das Schlafzimmer«, meinte er augenzwinkernd. Margot brachte es tatsächlich fertig, zart zu erröten, und hauchte: »Wie rücksichtsvoll!« Doch ihre Gedanken sagten etwas anderes. *Erst mal* auf die Couch? Vergiss es! Sie hatte einen Dummen gefunden, der ihr einen Unterschlupf bot, und das reichte erst einmal. Mehr würde da eh nicht laufen. In nächster Zeit brauchte sie Erwin nur die große Liebe vorzugaukeln, alles andere kam dann in Schritt zwei.

Keine zwei Tage später hatte Erwin Rektor Truelsen davon überzeugt, dass man noch eine dritte Reinigungskraft benötigte. Nach anfänglichem Zögern hatte er sich Erwin zuliebe breitschlagen lassen, Margot einzustellen, was er mittlerweile allerdings zutiefst bereute. Seitdem Margot zum Reinigungsteam gestoßen war, herrschte Krieg zwischen den Damen. Margot war lediglich als Hilfskraft eingestellt worden. Nur als Hilfskraft? Nicht mit ihr! Das Sagen wollte sie haben, nicht mehr und nicht weniger. Es dauerte nicht lange, und sie zeigte ihren Kolleginnen ihr wahres Gesicht. Vor keiner Gemeinheit oder fiesen Intrige schreckte sie zurück, um Lene oder Hanne tagtäglich zu schikanieren. Die beiden Damen konnten sich beklagen oder sagen, was sie wollten, Erwin stellte sich immer schützend vor Margot und unterstellte den anderen Damen nur Neid und Missgunst. Die sind doch nur eifersüchtig auf Margot, weil sie mit mir zusammen ist, redete Erwin sich das Geschehen stets schön. Doch dann kamen immer wieder Beschwerden aus der Lehrerschaft über Diebstähle oder mutwillige Sachbeschädigungen. Komischerweise war der oder die Betroffene und Margot stets zuvor zusammengerasselt. Auch zum Zeitpunkt der Diebstähle hatte sich Margot immer wie zufällig in der Nähe befunden. Konnte es so viele Zufälle geben? Auf diese Vorfälle angesprochen, wies Margot stets empört und tränenreich alle Vorwürfe zurück, und Erwin hielt prompt bombenfest zu ihr. Mittlerweile trug er vor lauter Liebe seine rosarote Brille nonstop. Aber es sollte noch schlimmer kommen, denn das, was bis jetzt geschehen war, war nur die Spitze vom Eisberg. Margot war ein durch und durch schlechter und durchtriebener Mensch. Ihr Charakter war rabenschwarz und böse. Die ewigen Streitereien in der Schule schienen ihr nicht mehr zu reichen, und sie suchte nach einem neuen Betätigungsfeld. Bei einem abendlichen Streifzug durch Erwins Wohnung war sie auf dem Dachboden gelandet und hatte dort zahlreiche gefüllte Umzugskartons entdeckt. Neugierig sah sie in jeden Karton hinein und wühlte in dem Inhalt herum. Ein gieriges Funkeln trat in ihre Augen, hier roch es nach schnell verdientem Geld. Als sie Erwin scheinheilig auf die Kartons ansprach, erzählte er ihr, dass das noch Sachen von seiner Ex-Frau wären. Diese wollte die Kartons demnächst abholen. Mit dieser Erklärung gab sich Margot scheinbar zufrieden, doch in ihrem Kopf reifte ein gemeiner Plan heran. Sie beschloss, Lones Eigentum zu Geld zu machen. An einem der nächsten Abende, als Erwin im *Dorfkrug* saß, huschte sie auf den Dachboden, öffnete Kiste um Kiste und fotografierte mit dem Handy akribisch den Inhalt. Dann ging es rasch zurück an den Laptop, die Fotos wurden hochgeladen, und ein Teil nach dem anderen wurde bei *eBay Kleinanzeigen* eingestellt. Hämisch grinsend rieb sie sich die Hände, das Zeug würde eine Menge Kohle für sie einbringen. Sie sollte recht behalten, denn in den nächsten Tagen war alles verkauft. Damit Erwin von ihren Geschäften nichts mitbekam, wurden die verkauften Sachen stets an den Abenden, wo Erwin außer Haus war, abgeholt. Das war zwar riskant, Erwin konnte ja plötzlich unerwartet auftauchen, aber Margot brauchte scheinbar diesen Nervenkitzel. Ein paar Tage zuvor waren Handwerker in der Schule gewesen und hatten einen großen leeren Container hinter dem Haus aufgestellt. Perfekt für Margot, denn in diesen versenkte sie heimlich die leeren Umzugskisten. Im Ganzen gesehen hatte sich ihre diebi-

sche Aktion gelohnt, stolze 2.600 Euro verschwanden in
ihrer Tasche. Zwei Wochen später jedoch drohte alles auf-
zufliegen. Lone kündigte sich plötzlich an, um ihre Kisten
abzuholen. Da sie noch einen Schlüssel zum Haus hatte,
brauchte sie nicht auf Erwins Anwesenheit zu warten und
marschierte schnurstracks auf den Speicher. Sie wollte nur
ihre Sachen abholen und dann schnellstens wieder verschwinden. Margot zog es vor, diesen Tag in Flensburg zu
verbringen, sie hatte angeblich noch ein paar wichtige Termine zu erledigen. In Wirklichkeit wollte sie den Erlös von
Lones Habseligkeiten auf den Kopf hauen. Als sie am späten Nachmittag in bester Laune und mit Tüten einer bekannten Flensburger Boutique nach Hattlund zurückkehrte, war
dort bereits die Hölle los. Lone und Erwin standen sich
feindselig gegenüber. »Ich frage dich zum letzten Mal, wo
ist mein Eigentum abgeblieben?«, fauchte ihn Lone zornig
an. Erwin wusste partout nicht, was sie meinte. »Wie gehabt,
auf dem Dachboden. Wo denn sonst? Ich weiß gar nicht,
was du hast?«, schnappte er aufgebracht zurück. »Ach, und
warum ist da oben nichts mehr? Dort steht kein einziger
Karton! Alle sind weg!«, schnauzte Lone ihn heftig an.
Erwin zuckte nur hilflos mit den Schultern und wusste
nicht, was er dazu sagen sollte. Margot hatte die Szene aus
sicherer Entfernung verfolgt. Mein Gott, dieser Kerl hat
wirklich keinen Arsch in der Hose! Steht nur da und zuckt
mit den Schultern!, stellte sie kopfschüttelnd fest. Es half
nichts, da musste sie wohl selbst eingreifen. Rasch hatte sie
ein falsches Lächeln aufgesetzt und schritt mit wiegenden
Hüften auf die Streithähne zu. »Halloo, mein Schatz, ich
bin wieder da«, flötete sie Erwin entgegen. Lone ignorierte
sie komplett. Erwin drehte sich um und schien sichtlich
erleichtert zu sein, sie zu sehen. Lone hatte es durch diesen

theaterreifen Auftritt glatt die Sprache verschlagen und starrte Margot neugierig an. Im Dorf hatte sie schon einiges über Erwins neue Flamme zu hören bekommen, deshalb war ihr erster Eindruck alles andere als schmeichelhaft. Was für eine hohle, aufgedonnerte Zicke!, war ihr erster Gedanke, doch bald darauf sollte sie Margot richtig kennenlernen. »Alles in Ordnung?«, wollte diese scheinbar besorgt wissen. »In Ordnung? Nichts ist in Ordnung! Meine Kisten sind weg. Alles verschwunden!«, zischte Lone giftig. Margots Augen begannen gefährlich zu funkeln. »Natürlich sind die nicht mehr da, du hast sie doch heimlich abgeholt und machst jetzt hier so einen Aufstand!«, schnappte sie angriffslustig zurück. Lone war sprachlos und wich vor Margot zurück. »Ich habe gar nichts abgeholt und schon gar nicht heimlich! Was für eine dreiste Unterstellung!«, konterte Lone aufgebracht, nachdem sie die Sprache wiedergefunden hatte. Margot baute sich drohend vor ihr auf. »Doch, du hast ja noch einen Schlüssel, den du übrigens mal fix abgeben solltest. Du warst hier, dafür gibt es Zeugen!«, knallte sie ihrer verblüfften Gegnerin um die Ohren. Erwin griff beherzt ein und wollte die Wogen etwas glätten. »Wann soll das denn gewesen sein, Schatz? Davon hast du mir gar nichts erzählt.« »Du warst an dem Tag nicht da, und ich fand das auch nicht so wichtig, aber hätte ich gewusst, was für eine falsche Schlange deine Ex ist, hätte ich was gesagt«, gab Margot eiskalt zur Antwort. Das schien Erwin zu überzeugen, und er sah Lone enttäuscht an. »Also, das hätte ich von dir nicht erwartet. Besser, du gehst jetzt!« Doch Lone war noch nicht fertig. »Das ist vorn und hinten gelogen! Ich bin nicht heimlich hier gewesen. Sie lügt! Wahrscheinlich steckt sie selbst hinter dem Verschwinden der Kisten!«, stellte sie aufgebracht fest. »Du nennst mich eine Lügnerin? Erwin, das muss ich mir von dieser Person nicht bieten lassen. Erst betrügt sie dich und haut ab und jetzt bezeichnet sie mich als Lügnerin. Sie soll sofort verschwinden, und das für immer!« »Margot hat recht, geh jetzt! So eine Hinterhältigkeit hätte ich von dir nicht erwartet«, warf Erwin der entsetzten Lone enttäuscht an den Kopf. Dann nahm er die scheinbar völlig aufgelöste Margot beruhigend in den Arm und verschwand mit ihr im Haus. Kurz vor der Haustür drehte Margot sich noch mal um, warf Lone einen triumphierenden Blick zu und zeigte ihr frech den Mittelfinger. Lone blieb völlig fassungslos mit offenem Mund zurück. Eines war für sie klar, Margot hatte definitiv mit den verschwundenen Kisten zu tun. Das würde noch ein Nachspiel haben. »Gleich morgen werde ich einen Rechtsanwalt aufsuchen. Das wirst du mir büßen, du gemeine Diebin!«, rief Lone schäumend vor Wut. Doch Margot drehte sich nur grinsend nach ihr um. »Und, haste Beweise?«, knallte sie Lone um die Ohren. Sollte die doch zum Rechtsanwalt gehen, die Sachen hatte sie eh schon längst bei *eBay* vertickt. Lone hatte hilfesuchend zu Erwin geschaut, aber dieser hatte wie immer nur hilflos in die Gegend gestarrt. Was wollte Lone denn noch, wenn Margot sagte, dass sie heimlich die Kisten abgeholt hatte, dann war es wohl auch so. Margot hatte leider recht, Beweise hatte Lone keine, nur Erwins Wort. Das allerdings war wohl keinen Pfifferling mehr wert. Sie hatte ihm vertraut, was im Nachhinein ein riesiger Fehler gewesen war. Resigniert stieg Lone in ihren Wagen und rollte langsam vom Platz. Tränen der Wut und Enttäuschung stiegen in ihr auf, und sie schwor Margot Rache.

-6-

Sörensen und Nielsen hatten Truelsen und Erwin Svenson nochmals eingehend befragt, aber es war nichts Neues
dabei herausgekommen. Inzwischen waren Lene Nydam
und Hanne Molzen eingetrudelt. Die beiden Reinigungskräfte sollten an diesem Sonntagmorgen zusammen mit
Erwin eigentlich die Sporthalle aufräumen. Lene und Hanne
wohnten im fünf Kilometer entfernten Flintby. Bis dahin
hatte sich das Geschehen in der Hattlunder Schule wohl
noch nicht herumgesprochen, denn beide Damen waren
sichtlich überrascht, die Polizei und etliche Schaulustige
hier vorzufinden. »Wat is denn hier los?«, wunderte sich
Lene und sah sich um. Hanne grinste sie schelmisch an.
»Pass mol op, de holen bestimmt dat olle Vievstück af!«*
Mit dem alten Weibsbild war natürlich Margot gemeint.
Hanne ahnte nicht, wie nah sie an der Wahrheit war. Rektor Truelsen hatte die beiden schon von Weitem gesehen
und eilte ihnen rasch entgegen. Sörensen und Nielsen hef-
teten sich an seine Fersen. »Wat het se nu weder mokt?«,**
wollte Lene neugierig von Truelsen wissen. Dieser verstand
sofort, von wem sie sprach, doch bevor er die Gelegenheit bekam zu antworten, stellte sich Sörensen rasch vor.
»De Politie?«,*** stieß Hanne atemlos aus und bekam große
Augen. Truelsen riss die Unterhaltung wieder an sich und
stellte seine Reinigungskräfte vor. »Also, das sind Lenne
Nydam und Hanne Molzen. Beide leisten hier schon über
20 Jahre treue Dienste. Ich lege meine Hand für sie ins

---

* Pass mal auf, die holen bestimmt das alte Weibsbild ab!
** Was hat sie wieder angestellt?
*** Die Polizei?

Feuer, dass sie nichts mit dem Mord zu tun haben«, stellte er klar. »Danke! Aber ich denke, die Damen können für sich selbst reden«, wurde er von Nielsen angeknurrt. Bei der Erwähnung »Mord« hatten beide Frauen aufmerksam aufgehorcht und sahen sich angestrengt um. Aber außer den zahlreichen Neugierigen konnten sie nichts Verdächtiges erspähen. »Wer is denn nu dot?«,[*] hakte Lenne trocken nach und sah erwartungsvoll von Sörensen zu Nielsen. Sörensen musste leicht schmunzeln, so leicht ließ sich Lene Nydam wohl nicht aus der Fassung bringen. »Leider muss ich Ihnen mitteilen, dass heute Morgen Margot Iwersen tot aufgefunden worden ist. Doch als Erstes hätte ich gern Ihre Personalien. Von beiden bitte.«

Lene und Hanne sahen sich verdattert an. »De is dot? Wi hett se dat denn henkrecht? Op de natte Feudel utrutscht oder is se biet Nagel lackeern vunne Sofa kippt?«,[**] wollte Hanne trocken wissen. Truelsen schürzte missbilligend seine Lippen. »Så, så Hanne!«,[***] tadelte er schockiert, doch in seinen Augen blitzte es amüsiert auf. Nielsen sah sich die Personalien der Damen genauer an. »Ihren Worten nach waren Sie und die Verstorbene wohl nicht die besten Freundinnen. Ein Unfall scheidet definitiv aus, Margot Iwersen ist ermordet worden. Wer könnte ein Interesse an ihrem Tod haben?«, fasste Sörensen kurz und bündig zusammen. Lene grinste von einem Ohr zum anderen. »Na, dat wart een lange List!«,[****] meinte sie knapp. Nielsen hatte sich inzwischen die Personalien der Putzkräfte notiert. Beide waren Mitte 50 und schon über 25 Jahre beim dänischen Schulverein als Reinigungskräfte angestellt. Von Truelsen hatte er

---

[*] Wer ist denn nun tot?
[**] Die ist tot? Wie hat sie das denn hinbekommen? Auf einem nassen Feudel ausgerutscht oder beim Nägel lackieren vom Sofa gekippt?
[***] Na, na Hanne!
[****] Na, das wird eine lange Liste werden!

schon einiges über das Verhältnis der drei Damen zu Erwin Svenson in Erfahrung gebracht. Lene und Hanne arbeiteten hier in Hattlund seit 20 Jahren zusammen und waren ein eingespieltes Team gewesen, bis eben Margot dazustieß. Seit dem Tag lagen sie im Dauerclinch mit Margot, da diese keine Gelegenheit versäumte, ihnen das Leben schwer zu machen. Hanne und Lene waren zwar nicht gerade zimperlich und zurückhaltend, auch sparten sie nicht mit Kommentaren, doch Margots Schikanen zerrten langsam an ihren Nerven. Schulleiter Truelsen kannte Erwin Svenson ebenfalls schon seit vielen Jahren, und sie waren immer bestens miteinander ausgekommen. Aber seit Margot in Erwins Leben getreten war, hatte sich vieles zum Negativen verändert. Margot schnüffelte überall herum und wurde von der Lehrerschaft immer wieder des Diebstahls und der Sachbeschädigung verdächtigt. Doch Erwin stellte sich jedes Mal schützend vor sie. Leider konnte Truelsen ihr nie etwas nachweisen, aber der Verdacht blieb hängen und sorgte somit für unnötige Unruhe an der Schule. Wenn es nach Truelsen gegangen wäre, dann wäre Margot schon längst nicht mehr hier gewesen. Aber er hatte Mitleid mit Erwin gehabt und sich immer wieder von diesem beschwatzen lassen. Bis auf gestern Abend, da hatte Margot in seinen Augen endgültig den Bogen überspannt. Am Ende der Veranstaltung hatte er Erwin diskret zur Seite genommen und ihn vor die Wahl gestellt. Entweder er warf Margot raus, oder Truelsen wollte dafür sorgen, dass Erwin zusammen mit Margot an eine andere Schule versetzt würde. Erwin war über den Gedanken, Hattlund verlassen zu müssen, zutiefst entsetzt gewesen und hatte Truelsen geknickt zugestimmt und sich somit gegen Margot entschieden. Nielsen hatte inzwischen Truelsens Aussage aufgenommen und las sie jetzt noch einmal genau durch. So, wie es aussah, waren Erwin Svenson und auch Rektor Truelsen tatverdächtig. Beide hatten sie genügend Gründe, um Margot loszuwerden. Nielsen sah zu seinem Kollegen hinüber, der mit den beiden Reinigungskräften sprach. Soeben schien Lene die Zusammenarbeit mit Margot zu schildern. Ihre Körpersprache sprach Bände. »De weer de Dübel in Person!«,[*] stellte sie soeben fest. »Tatsächlich?«, unterbrach Nielsen sie. »Wo waren Sie denn gestern Abend?« Lene sah ihn misstrauisch an. »Se globen doch nich, dat ik dat weer? Nee, dor liggen se forkehrt. Margot weer en ganz schön Aas, aber sick de Finger an ehr schietig moken? Nee, dat könn Se vergeten!«[**] »Beantworten Sie bitte meine Frage, wo waren Sie zur Tatzeit? Ein gutes Motiv haben Sie ja allemal«, ließ sich Nielsen nicht beirren. »Ik bün mit min Mann na de Veranstaltung na Hus fohrt. Se kön em frogen. Dat weer spät un ik muss jo hüt morgen wedder frö hoch«,[***] stellte Lene kampflustig klar. »Glauben Sie mir, ich werde Ihren Mann fragen!«, schnappte Nielsen bissig zurück. In seinem Kopf hämmerte ein komplettes Bergwerk, und Lenes schnippische Antworten gingen ihm gewaltig auf die Nerven. Gerade als er sich an Hanne Molzen wenden wollte, meldete sich Lene zu Wort. »Ach jo, un Hanne hebbt vi ok na hus fohrt!«[****] Das wäre Nielsens Frage an Hanne gewesen. »Min Mann wart se dat betügen. Wi hebbt dormit nix to don!«,[*****] wurde er von Lene ange-

---

[*] Also, das war der Teufel in Person!

[**] Sie glauben doch wohl nicht, dass ich das war? Nee, da liegen Sie falsch. Margot war zwar ein ganz schönes Aas, aber sich an der die Finger schmutzig machen? Nein, das können Sie vergessen!

[***] Nach der Veranstaltung bin ich mit meinem Mann nach Hause gefahren. Sie können ihn gerne fragen. War ja spät genug, und ich musste heute Morgen wieder früh raus!

[****] Ach ja, und Hanne haben wir auch nach Hause gefahren!

[*****] Mein Mann wird Ihnen das bezeugen. Wir haben mit der Sache nichts zu tun!

faucht, bevor er Hanne auch nur eine Frage stellen konnte. Nielsen schloss die Augen und holte tief Luft. Hanne nickte dazu wie ein Buddha. Die beiden Damen schafften ihn zwar, aber er konnte sich keine der beiden als Täterin vorstellen. »Schnakken Se man mol mit Lone Svenson, de kun Margot nich utstan, de hett eer beklaut und secht dat se lücht. Nich dat ik schludern will, aber wo rog is, dor is ok fyr. Ik weer jo dürchdreit«,* ertönte Hannes Stimme unheilschwanger hinter ihm. Nielsen sah sie überrascht an. Moment, das klang ja interessant, ein völlig neuer Aspekt. Damit waren Lene und Hanne mit ihrem Alibi erst mal raus. Das konnte man allerdings nicht von Erwin Svenson und Knut Truelsen behaupten, denn beide hatten auch ein gutes Motiv, Margot loszuwerden.

Sörensen nahm sich vor, Erwin Svenson nochmals in die Mangel zu nehmen. Er hatte das ungute Gefühl, dass der Mann nicht alles gesagt hatte, was er wusste. Mit irgendetwas hielt er hinter dem Berg, und genau das wollte Sörensen herausfinden. »Nun, Sie haben uns erzählt, wie Sie Ihre Lebensgefährtin kennengelernt haben.« Sörensen sagte ganz bewusst Lebensgefährtin, denn dieser Wirrwarr zwischen Gudrun/Margot irritierte ihn. »Aber wie kam denn Ihre Ex-Frau damit zurecht? Sind die Damen sich jemals begegnet?«, bohrte Sörensen hartnäckig nach und ließ Erwin nicht aus den Augen. Dieser bekam prompt einen roten Kopf und knetete sichtlich nervös seine Finger. Sörensen wartete geduldig auf eine Antwort, doch Erwin schien noch nach den richtigen Worten zu suchen. Nach einer Weile hob er langsam an: »Was sollte Lone schon groß sagen, sie

---

* Fragen Sie mal lieber Lone Svenson, die hat Margot gehasst, schließlich hat Margot sie bestohlen und als Lügnerin dargestellt. Nicht, dass ich was auf Klatsch gebe, aber wo Rauch ist, ist auch Feuer. Also ich an ihrer Stelle wäre ausgerastet.

ist schließlich abgehauen und hat sich mit diesem Butenschön eingelassen!«, meinte er bockig, denn schon der bloße
Gedanke an Butenschön brachte ihn sofort auf die Palme.
Wieder legte er eine längere Pause ein und schwieg beharrlich. Nielsen wurde nun sichtlich ungeduldig. »Mann, nun
machen Sie es nicht so kompliziert! Lassen Sie sich doch
nicht jedes Wort aus der Nase ziehen. Gab es einen Vorfall zwischen Ihrer Frau und der anderen Dame?« Erwin
druckste herum. »Ja, da gab es schon was …!« Sörensen
nickte ihm aufmunternd zu. Erwin kämpfte mit sich und
druckste weiter herum. »Also, Lone, meine Ex-Frau, hatte
noch ein paar Kisten mit persönlichen Dingen bei mir auf
dem Dachboden untergestellt, die sie bei Gelegenheit abholen wollte. Als sie nun neulich hier war und die Kisten
abholen wollte, waren die weg. Margot hat steif und fest
behauptet, dass Lone hier gewesen ist und die Kisten heimlich abgeholt hat. Lone hat das natürlich vehement abge-
stritten und Margot eine dreiste Lügnerin genannt. Ich fand
das ein starkes Stück, was Lone Margot da an den Kopf
geworfen hatte. Dass sie so hinterhältig sein konnte, hätte
ich nicht von ihr gedacht. Das hat mich maßlos enttäuscht«,
stieß er atemlos aus. Nielsen sah Erwin ernst in die Augen
und meinte trocken: »Schon mal den Gedanken gehabt,
dass Ihre Frau recht gehabt hat? Dass Ihre Margot Sie nur
belogen und betrogen hat?«, knallte er Erwin schonungslos entgegen. Dieser zuckte zusammen und sah ihn verwirrt an. »Was meinen Sie damit? Dass Margot doch hinter dem Verschwinden der Kisten gesteckt hat?«, fragte er
ungläubig und sah von Nielsen zu Sörensen. Diese sagten
nichts dazu, aber ihre Gesichter beantworteten seine Frage.
Erwin sackte auf seinem Stuhl zusammen. »Wie konnte
ich nur so dumm sein?«, stammelte er sichtlich erschüttert

und verbarg das Gesicht in seinen Händen. »Das verzeiht Lone mir nie!«

Bei den Beamten stand jetzt Lone Svenson als Tatverdächtige ganz oben auf deren Liste. Lone Svenson wollten Sörensen und Nielsen als Nächstes aufsuchen, mit etwas Glück wäre der Fall dann vielleicht schon gelöst. Zurück ließen sie einen völlig aufgelösten Erwin Svenson. Die Beamten machten sich auf den Weg zur *Gärtnerei Butenschön* in Flintby. Doch zuvor wollte Sörensen einen Abstecher zu seinem Bruder Kalli und dessen Frau Marta in Flintby machen. Ein Gespräch mit den beiden könnte vielleicht ganz nützlich sein, denn diese kannten sich gut in der Nachbarschaft aus. Wenn Sörensen ehrlich sein sollte, gegen einen kleinen Happen hatte er auch nichts einzuwenden, denn seit dem Frühstück hatte er nichts mehr gegessen.

-7-

Mittlerweile war es später Nachmittag geworden, und der Tag versprach noch lang zu werden. Nielsen war mit Sörensens Vorschlag einverstanden, und so machten sie sich auf den Weg zum Hof der Familie Sörensen. Als sie auf den Hof fuhren, kam Marta gerade mit einem Wäschekorb unter dem Arm aus dem Garten. Erfreut über den unerwarteten Besuch, nahm sie die beiden freudig in Empfang. Natürlich wusste auch sie schon über den Mord in Hattlund Bescheid. Nachdem Kalli sich zu den Schaulustigen gesellt und sich ein Bild des Verbrechens gemacht hatte, war er schnurstracks nach Hause geeilt und hatte alles seiner Frau erzählt. Beide kannten die Svensons recht gut. Kalli war mit Erwin zur Schule gegangen, und Lone und Marta waren schon seit Ewigkeiten befreundet. Leider konnte Kalli nicht viel berichten, denn es war ihm einfach nicht gelungen, einen Blick auf die Leiche zu werfen. Wachtmeister Clasen hatte ganze Arbeit geleistet und dieses erfolgreich verhindert, wie Marta lobend feststellte. Kalli jedoch war darüber sichtlich erbost. Anschließend hatte er vergeblich versucht, seinen Skatkumpel Detlef Johannsen telefonisch zu erreichen. Das hatte ihn dann noch mehr auf die Palme gebracht. Nun hatten sie einen Mord in der Nachbarschaft, und Kalli konnte keine Theorien beziehungsweise Lösungen zur Aufklärung des Mordes mit Detlef ausarbeiten. Somit war für ihn der Tag erst einmal gelaufen. Kalli lag bräsig auf der Couch, als er Stimmen draußen auf dem Hof hörte. Langsam richtete er sich auf, horchte und versuchte herauszufinden, wer sich mit Marta unterhielt. Sein Gesicht hellte sich auf, als er die Stimmen von seinem Bruder Steffen und dessen Kollegen Nielsen erkannte. Kalli riss es nun vor Neugier von seiner Couch, und er eilte hinaus. »Moin, moin! Wat givt dat nües?«,[*] fiel er auch sofort mit der Tür ins Haus. Bevor Sörensen eine Antwort geben konnte, griff Marta ein. »Mensch, Kalli, nun lass die beiden doch erst mal reinkommen!«, bremste sie ihren Mann energisch aus und scheuchte die Männer ins Haus. »Setzt euch hin, es gibt gleich Abend-

---

[*] Was gibt es Neues?

brot!«, befahl sie und verschwand in der Küche. Kurz darauf ertönten Geräusche von klapperndem Geschirr. Kalli war kaum zu halten, er platzte förmlich vor Neugierde. »So, nu mok dat nich so spannend! Vertell mol, wat weer dor los bi Erwin?«,[*] wollte er aufgeregt wissen. Nielsen, der der plattdeutschen Sprache nicht besonders mächtig war, hielt sich dezent im Hintergrund. »Apropos Erwin ...«, hob Sörensen an und wurde unterbrochen. Die Tür zum Wohnzimmer öffnete sich, und Detlef Johannsen trat ein. Er hatte seinen Anrufbeantworter abgehört und sich umgehend auf den Weg gemacht. »Moin, Detlef. Komm sett di dol un hör to«,[**] wurde er von Kalli angewiesen. Gehorsam setzte er sich, und Sörensen versuchte es nochmals. »Also, dieser Erwin Svenson, den kennst du doch noch aus der Schule. Was ist das für ein Typ? Neigt der zur Gewalt?«, fragte Sörensen mit ernster Miene. Kalli sah ihn entgeistert an, als hätte sein Bruder einen blöden Witz gemacht. »Erwin un Gewalt? Nee, de weer schon immer een Bangbüx. Dusselig un naiv wür ik mol seggen. Worum wist du dat weeten? Du glovst doch nich dat he dat Wiefstück um de eck brücht hat? Dat kannst du vergeeten!«,[***] winkte er lachend ab. »Wieso bist du dir da so sicher? Was hat man denn über das Verhältnis der beiden so erzählt?«, hakte Sörensen nach. »Ach, sei so nett und erzähl bitte auf Hochdeutsch, damit Nielsen es auch versteht.« Sein Kollege warf ihm einen dankbaren Blick zu, und Kalli grinste nur. »Erwin hat sich nicht mal als Kind geprügelt, ist immer heulend

[*] So, nun mach das nicht so spannend! Erzähl mal, was war da bei Erwin los?
[**] Komm, setz dich und hör zu.
[***] Erwin gewalttätig? Nee, der ist schon immer ein Weichei gewesen. Gutgläubig und naiv würde ich mal sagen. Wieso willst du das wissen? Du glaubst doch wohl nicht, dass er dieses Weibsbild umgebracht hat? Das kannst du vergessen!

weggelaufen. Hat sich auch später aus allem rausgehalten und ist Problemen immer elegant aus dem Weg gegangen. Wie die beiden sich verstanden haben, weiß ich nicht. Da musst du Marta fragen«, erzählte Kalli. Wie aufs Stichwort flog die Küchentür auf, und Marta erschien. »So, und nun ab an den Tisch, bevor alles kalt wird!«, scheuchte sie die Männer hinaus. »Marta, ich hätte da noch ein paar Fragen an dich«, setzte Sörensen an. »Später, jetzt wird erst einmal gegessen!« Ihr Blick blieb an Detlef hängen, den sie erst jetzt entdeckte. »Moin, Detlef! Was ist mit dir? Ist auch was Vegetarisches dabei«, ermunterte sie ihn, sich ebenfalls an den Tisch zu setzen. Das ließ der sich nicht zweimal sagen und flitzte hinter den anderen her. »So, und das gilt auch für dich!«, bestimmte sie und scheuchte ihren Schwager in die Küche, da gab es bei ihr keine Widerrede. »Gut, aber später müssen wir reden!«, gab Sörensen nach und marschierte den anderen nach.

Nach dem Essen ging es zurück ins Wohnzimmer. Kalli kramte einen *Aquavit* zur Verdauung aus dem Schrank hervor. Marta hörte, wie er mit den Gläsern herumhantierte, und steckte den Kopf durch die Tür. »Aber nur einen, Kalli! Steffen muss noch fahren, und du schnarchst mir wieder wie ein Sägewerk heute Nacht«, bestimmte sie und verschwand wieder in der Küche. Dass sie Kallis Schlafgewohnheiten mit einem Sägewerk verglich, führte bei den anderen Männern zu einem kleinen Heiterkeitsausbruch. Kalli rutschte peinlich berührt auf dem Sofa hin und her. »Jaja, ist ja gut nun! Erzähl mal lieber, wie diese Frau umgekommen ist. Clasen hat mich nicht an die Tote rangelassen, dieser Mors!«, beschwerte er sich reichlich empört. Dass er nicht an Wachtmeister Clasen vorbeigekommen war, wurmte ihn noch immer gewaltig. Nielsen wischte sich rasch ein paar Lachtränen weg und ergriff das Wort. »Ja, Clasen hat ganze Arbeit geleistet, Hut ab!«, lobte er den Dorfpolizisten, was Kalli natürlich völlig anders sah. »Du weißt doch, laufende Ermittlung, da dürfen wir nichts zu sagen«, erklärte er ruhig. Kalli platzte fast, was Sörensen schmunzelnd zur Kenntnis nahm. Er nickte Nielsen kaum sichtbar zu und erteilte ihm damit die Erlaubnis, ein paar eher unwichtige Fakten auszuplaudern. Nielsen beschloss, diese Kalli häppchenweise zu servieren. Somit verschaffte er Sörensen genügend Zeit, sich in Ruhe mit Marta zu unterhalten, und seinen Spaß hatte er allemal dabei. Nielsen räusperte sich, nahm noch einen Schluck *Aquavit* und setzte eine ernste Miene auf. Es fiel ihm verdammt schwer, diese beizubehalten. »Also gut«, fing er leise an und beugte sich etwas über den Tisch. Detlef und besonders Kalli hielten die Luft an und rutschten näher an Nielsen heran. Jetzt nur nichts verpassen! Sörensen stand leise auf und verließ den Raum, um in der Küche mit Marta zu reden. Kalli und Detlef nahmen keine Notiz von ihm, sie hingen wie gebannt an Nielsens Lippen.

Marta war dabei, die Spülmaschine einzuräumen, als Sörensen die Küche betrat. Sie sah auf und unterbrach ihre Arbeit. »Was wolltest du denn vorhin mit mir bereden?«, wollte sie von ihm wissen. Sörensen setzte sich an den Küchentisch, Marta setzte sich dazu. »Es geht um Lone Svenson. Soviel ich weiß, bist du ja schon lange mit ihr befreundet. Was war denn los zwischen ihr und Erwin?«, gab er ihr zur Antwort. »Lone Svenson? Wieso interessierst du dich für sie?«, fragte Marta und sah Sörensen misstrauisch von der Seite an. Der sah ihr direkt ins Gesicht und rang mit sich. Eigentlich durfte er ihr von den laufenden Ermittlungen nichts erzählen, aber im Gegensatz zu Kalli war seine Schwägerin 100-prozentig verschwiegen.«»Marta, das, was ich dir jetzt erzähle, bleibt bitte unter uns. Ich verlasse mich da ganz auf dich. Und bitte, kein Wort zu Kalli!« Marta nickte ihm als Zustimmung zu und sah ihn erwartungsvoll an. »Ich weiß nicht, was Kalli dir schon erzählt hat, aber die neue Lebensgefährtin von Erwin Svenson ist ermordet worden. Erwin hat sie heute Morgen aufgeknüpft am Fahnenmast gefunden.« Marta war entsetzt und schlug sich eine Hand vor den Mund. Dann dämmerte es ihr langsam, warum Sörensen an Lone interessiert war. »Und jetzt glaubst du, dass Lone ihre Hand im Spiel hatte? Vergiss es, nie im Leben!«, fuhr sie hoch und erhob ihre Stimme. »Marta, beruhige dich bitte und beantworte meine Frage«, versuchte er, die nun sichtlich aufgebrachte Marta zu beruhigen. »Also noch einmal, wie war das zwischen Erwin und Lone? Aber am besten, du fängst ganz von vorne an«, begann Sörensen erneut. Marta setzte sich wieder hin, starrte kurz auf ihre Hände und begann dann zu erzählen. »Was soll ich da groß beschönigen, zwischen den beiden lief es schon länger nicht mehr besonders gut. Erst war es die große Liebe, aber nach ein paar Jahren war Lone nur noch frustriert. Erwin mutierte immer mehr zum Pascha. Seinen Job als Hausmeister in der dänischen Schule in Hattlund hatte er schon, als sie zusammenkamen, und Lone half immer wieder als Vertretung in der Putzkolonne aus. Anfangs haben Erwin und Lone auch viel unternommen, aber das wurde von Mal zu Mal weniger. Wie oft hat Lone sich deshalb bei mir ausgeheult. Erwins Leben spielte sich nur noch zwischen Arbeit und Stammtisch ab, zu mehr konnte oder wollte er sich nicht aufraffen. Für ihn war das Leben einfach perfekt, wie es war. Lone schmiss den Haushalt, das Essen stand pünktlich auf dem Tisch, alles, was er brauchte, war da beziehungsweise wurde gemacht. Doch

Lone wollte mehr vom Leben, mal ausgehen, ins Kino, einfach mal was erleben. Wie oft hatte sie versucht, Erwin zu Unternehmungen zu überreden, aber Fehlanzeige, er verstand es einfach nicht. Auch von Kindern war bei Erwin nicht mehr die Rede. Er fühlte sich zu Hause nun mal am wohlsten, er war einfach nur bequem und träge geworden. Von Kalli weiß ich, dass Erwin zu Hause ziemlich verzogen worden war. Das typische Einzelkind, dem immer alles abgenommen und hinterhergetragen wurde. Der ging schon als Kind jedem Konflikt aus dem Weg und verkroch sich immer hinter seinen Eltern. Wie sagte Lone einmal so treffend? ›Mit dem Kerl kann man sich nicht mal streiten, der haut einfach ab!‹ Dann hat sie einen Job in der *Gärtnerei Butenschön* angeboten bekommen, und da ist sie dann regelrecht aufgeblüht«, schmunzelte Marta und sah Sörensen leicht verklärt an, was diesen erstaunt eine Augenbraue hochziehen ließ. »Butenschön hat ihr sofort schöne Augen gemacht und ihr jeden Wunsch von den Augen abgelesen. Das hat Lone dann erst recht so richtig wachgerüttelt. Aber sie hat Erwin fairerweise noch eine Chance gegeben, die er natürlich auch wieder vergeigt hat. Einfach unbelehrbar, dieser Mann! Lone hat dann endgültig genug gehabt und ist schließlich ausgezogen. Bei Butenschön hat sie dann einen Fulltimejob bekommen und Emil Butenschön gleich dazu. Und weißt du was, das hatte sie auch verdient!«, setzt Marta entschieden hinzu. Sörensen schwieg und sah sie fragend an. »Dann hatte Lone wohl auch kein Problem mit Erwins neuer Flamme?« »Ganz und gar nicht! Bis zu dieser Sache mit den verschwundenen Kisten, aber das hat dir sicherlich Erwin schon alles erzählt. Stell dir mal vor, diese Margot klaut Lones persönliche Sachen und verkauft die dann bei *eBay*. So ein durchtriebenes Miststück!«, erboste sich Marta und kam jetzt so richtig in Fahrt. »Woher weißt du das so genau? Das mit *eBay* und so«, hakte Sörensen vorsichtig nach. »Meta von der Poststelle hat das mit *eBay* spitzgekriegt und unter die Leute gebracht. Das ist dann natürlich auch Lone zu Ohren gekommen, aber die hatte sich einen guten Anwalt in Flensburg genommen. Der meinte zwar, dass dieser Diebstahl schwer zu beweisen wäre, aber er hätte dieser Margot ganz sicher die Hölle heißgemacht.« Sörensen horchte auf, Marta hatte ihm soeben ein erstklassiges Motiv geliefert. Der Rechtsanwalt hatte schon recht gehabt, es stand Aussage gegen Aussage, und der Diebstahl ließ sich nicht so ohne Weiteres beweisen. Eigentlich war es schwierig, stichhaltige Beweise zu präsentieren. Das musste auch Lone klar gewesen sein, somit hatte sie einen guten Grund gehabt, Margot zu beseitigen. Mord aus Rache war ein klassisches Motiv. Marta sah Sörensen an und wurde sich schlagartig bewusst, dass sie mit ihrer Aussage ihre Freundin Lone quasi ans Messer geliefert hatte. Entsetzt sah sie Sörensen an. »Steffen«, hob sie ernst an, »vergiss es! Lone war es nicht! Warum sollte sie sich wegen dieser verlogenen Person ihr neues Leben ruinieren? Das wäre doch völlig unlogisch! Sie hat schließlich einen tollen Job und einen neuen liebevollen Partner, das hätte sie niemals aufs Spiel gesetzt. Sie war einfach rundum glücklich. Klar, sie hatte vor Wut geschäumt, aber sie hätte die gestohlenen Sachen irgendwann schon verschmerzt.« Da war was dran, das musste Sörensen zugeben, aber es sprach im Moment leider vieles gegen Lone.

Nun war es an der Zeit, Lone Svenson selbst dazu zu befragen. Während Sörensen sich in der Küche mit Marta unterhalten hatte, war Nielsen mit Kalli ins Plaudern geraten. Kalli schwelgte gerade in alten Schulerinnerungen, als sein Bruder das Zimmer betrat. Sörensen traute seinen Augen nicht, als er seinen Bruder in Aktion sah. Sein Kollege Nielsen schien sich prächtig über Kallis blumige Schilderungen aus seiner gemeinsamen Schulzeit mit Erwin Svenson zu amüsieren. Eben demonstrierte Kalli recht anschaulich, wie Erwin sich in der Schule in brenzligen Situationen verhalten hatte. Wurde es eng für ihn, zog er den Kopf ein, verschränkte die Arme wie einen Schutzschild vor der Brust und setzte ein weinerliches Gesicht auf. Stets zog er dann einen geordneten Rückzug vor. Genauso eine Situation spielte Kalli nun nach, und das sehr anschaulich mit Händen und Füßen. Seine Miene veränderte sich in ein ängstliches, aber auch leicht verschlagenes Gesicht. »Und was passierte, wenn Erwin mal nicht so aus der Klemme flüchten konnte?«, wurde Kallis dramatische Darbietung abrupt von Sörensen unterbrochen. Mitten in der »Rückzugspose« von Erwin blieb Kalli wie angewurzelt hängen und sah seinen Bruder überrascht an. »Na, dann trat am nächsten Tag der alte Svenson auf den Plan und machte Rabatz in der Schule. Erwin versteckte sich dann meistens hinter dem Alten und feixte, wenn er uns in die Pfanne gehauen hatte. Damit hat er sich so manche Tracht Prügel auf dem Nachhauseweg dafür eingefangen. Der Sohn vom Höker Fintzen hat Erwin immer zum Blödsinnmachen angestiftet, wurde er dann erwischt, hat er immer versucht, alles auf uns andere abzuwälzen. Er war und ist nun mal ein naiver Dummnickel. Das kann man drehen und wenden, das ist einfach so. Wenn der Fintzen Bengel ihm eingetrichtert hatte, dass er sagen sollte, dass wir es waren, dann hat er es gemacht. Wie ein kleiner Befehlsempfänger, genauso war es mit seiner neuen Flamme, dieser Margot«, endete Kalli leicht außer Atem, aber mit einem Grinsen im

Gesicht. »Wie – mit dieser Margot?«, hakte Nielsen interessiert nach. Kalli sah ihn an, als wäre Nielsen schwer von Begriff. »Na, die hatte ihren Erwin doch voll unter ihrer Fuchtel, der hatte nichts mehr zu melden«, wurde Nielsen rasch aufgeklärt. Inzwischen war auch Marta zu den Männern im Wohnzimmer gestoßen und hatte mitbekommen, was ihr Mann gerade erzählt hatte. Auch sie kannte Erwin von früher und konnte sich lebhaft an Erwins dauernde »Anschwärzerei« erinnern. Mit einem Kopfnicken pflichtete sie ihrem Mann bei. Kalli fühlte sich durch diese Geste bestätigt und war nun völlig in seinem Element. Er räusperte sich und senkte seine Stimme. »Wenn ihr mich fragt, zwischen den beiden ist sonst auch nichts gelaufen. Erwin hat mal am Stammtisch durchblicken lassen, dass er immer auf der Couch schlafen musste. Madame fühlte sich nicht wohl oder hatte Migräne«, fasste Kalli grinsend zusammen und zwinkerte seinem Bruder und Nielsen zu. »Die hat ihn doch nie rangelassen, bei Erwin herrschte nur noch Notstand«, setzte er kichernd hinzu. Nun wurde es Marta allerdings zu bunt. »Karl-Heinz!«, fuhr sie empört dazwischen. Kalli zuckte zusammen und zog es vor, ab jetzt lieber zu schweigen, denn wenn Marta ihn Karl-Heinz nannte, konnte es ungemütlich werden. Sörensen und Nielsen verabschiedeten sich mit einem Schmunzeln im Gesicht. Detlef Johannsen tat es ihnen gleich, denn er spürte, dass eventuell ein Gewitter im Hause Sörensen aufziehen könnte.

-8-

Jetzt war es wirklich an der Zeit, mit Lone persönlich zu reden. Für Nielsen war sie die Verdächtige Nummer eins. Doch wenn er es genau betrachtete, war sie auch die Einzige, zumindest zurzeit. Die beiden Beamten beschlossen, gleich heute Abend bei Lone vorbeizuschauen. Draußen begann es, dämmrig zu werden, und leichter Bodennebel stieg aus den tiefer gelegenen Feldern auf. Nielsen begann zu frösteln, als sie zu ihrem Wagen gingen. Der Stadtmensch hatte für ländliche »Naturphänomene« nicht viel übrig. Sörensen dagegen war auf dem Land groß geworden und war immer wieder aufs Neue von den aufsteigenden Nebelschwaden fasziniert. Ende Mai konnte es abends noch recht frisch sein, was Nielsen schon beim ersten Schritt nach draußen bemerkt hatte. Sörensen stand mit dem Autoschlüssel in der Hand mitten auf dem Hof und machte keine Anstalten, den Wagen zu öffnen. Er sah begeistert dem immer dichter werdenden Nebel zu und sog die kalte, feuchte Abendluft tief ein. »Ich störe dich ja nur ungern in deinen Naturbetrachtungen, aber mach jetzt endlich den Wagen auf. Mir ist kalt!«, riss er seinen Kollegen unsanft aus dessen Betrachtungen. Sörensen musste beim Anblick von Nielsen grinsen, denn dieser hatte den Jackenkragen hochgeschlagen, und die Hände waren tief in den Jackentaschen versenkt. Fröstelnd hüpfte er von einem Bein auf das andere. »Du alte Frostbeule!«, rief Sörensen lachend und öffnete die Wagentür. »Na endlich, geht doch!«, murmelte Nielsen angesäuert und sprang blitzschnell in den Wagen. Kaum saß auch Sörensen hinter dem Lenkrad, da wurde auch schon die

Heizung von Nielsen bis zum Anschlag aufgedreht. So präpariert machten sie sich auf den Weg zur *Gärtnerei Butenschön*, die etwas außerhalb von Flintby lag.

Es war bereits dunkel, als die *Gärtnerei Butenschön* in Sicht kam. Sörensen parkte den Wagen auf einem der unbeleuchteten Parkplätze vor der Gärtnerei, und sie stiegen aus. Das Gelände lag in völliger Dunkelheit. Nur eine kleine Laterne wies ihnen mit ihrem matten Licht den Weg zum Wohnhaus. Aber auch dieses Gebäude war dunkel, es schien niemand zu Hause zu sein. Nielsen ging ums Haus herum und spähte über den Zaun in den angrenzenden Garten. Durch ein großes Terrassenfenster konnte er das Flackern eines Kamins erkennen. Es war wohl doch jemand im Haus. Er ging zurück zu seinem Kollegen und berichtete ihm von seiner Beobachtung. Daraufhin drückte Sörensen energisch auf den Klingelknopf. Ein lauter, schriller Ton schallte durch das dunkle Haus. Kurz darauf ging das Licht im Flur an, und Emil Butenschön höchstpersönlich öffnete die Tür. Butenschön war eine stattliche Erscheinung von ein Meter 90 und kräftig gebaut. Durch Wind und Wetter war sein Gesicht stets leicht gebräunt, und er strahlte tatkräftige Energie aus. Butenschön war für Sörensen kein Unbekannter, er kannte ihn von Kallis wöchentlichen Skatabenden. Der Gärtnermeister sprang ab und an für Pastor Gutbier ein, wenn dieser verhindert war. Kalli und Emil Butenschön waren zusammen mit Erwin Svenson zur Schule gegangen. Pikanterweise lebte nun Butenschön mit Erwins Ex zusammen, was für reichlich Klatsch im Dorf gesorgt hatte. Butenschön war 55 Jahre alt und verwitwet und hatte bis vor sechs Monaten mit seinem hochbetagten Vater Gustav Butenschön zusammengelebt. Seit knapp einem Jahr gehörte nun auch Lone Svenson dazu, was anfangs für gewaltige Spannungen zwischen ihr und dem alten Butenschön gesorgt hatte. Gustav Butenschön war 85 Jahre alt und Gärtnermeister im Ruhestand. Er hatte die Gärtnerei aufgebaut und war mit seiner verstorbenen Frau Klara recht erfolgreich gewesen. Nach ihrem Tod vor sechs Jahren war er allerdings ein furchtbarer Querulant geworden, der sich mit der Zeit mit fast ganz Flintby und Umgebung angelegt hatte. Er liebte es, Gerüchte zu verbreiten, was schon so manche Ehe in eine gefährliche Schieflage gebracht hatte. Nach dem letzten Eklat hatte dann sein Sohn Emil endgültig die Leitung der Gärtnerei übernommen. Mit Lone als neue Schwiegertochter war der Alte ganz und gar nicht einverstanden gewesen und schikanierte sie, wo er nur konnte. Bis zu seinem Tod vor sechs Monaten hatte er einen täglichen Kontrollgang durch das Dorf gemacht, um seine Mitmenschen zu piesacken oder ihnen etwas am Zeug zu flicken. Nach seinem Tod war ein dubioses Schriftstück bei seinem Notar aufgetaucht, welches belegen sollte, dass im Falle seines Todes Lone ihre Finger im Spiel gehabt hatte. Darüber war Emil Butenschön außer sich gewesen, als er davon erfahren hatte. Gustav Butenschön war altersbedingt einfach einem schnöden Herzinfarkt erlegen. Das Schriftstück hatte er, wie so viele andere Dinge, nur aus lauter Bösartigkeit hinterlegt. Allerdings hatte Meta von der Post Wind von dem dubiosen Schriftstück bekommen und natürlich dieses böse Gerücht sofort im Dorf verbreitet. Lone war von den Flintbyern schief angesehen worden, und hinter ihrem Rücken wurde fleißig getuschelt. Es dauerte nicht lange, und sie war völlig mit den Nerven fertig und wollte alles hinschmeißen. Doch da hatte Emil Butenschön, der normalerweise als ruhig und besonnen galt, ein Machtwort gesprochen, und seitdem ließ man Lone endlich in Ruhe. Doch es gab immer wieder das eine oder andere Tratschmaul, das im Geheimen Lone schief ansah und fleißig weiter tratschte. Frei nach der gängigen Devise: »Wo Rauch ist, da ist auch Feuer.«

Und da stand dieser ruhige Mann nun im Türrahmen und sah die beiden Männer, die vor seiner Tür standen, freundlich fragend an. Sörensen zückte seinen Dienstausweis und stellte sich und seinen Kollegen vor. »Polizei?«, rief er laut aus, was Lone dazu veranlasste, ebenfalls an die Haustür zu kommen. Er reichte den Beamten die Hand, die schon eher einer Pranke ähnelte, und bat sie einzutreten. Sörensen und Nielsen wurden von ihm freundlich ins Wohnzimmer geführt. Durch einen kurzen Flur landeten sie in einem im skandinavischen Stil eingerichteten Raum. Im Kamin knisterte munter ein kleines Feuer, das den Raum behaglich wärmte. Eine Stehlampe in der einen Ecke tauchte den Raum mit ihrem spärlichen Licht in ein gemütliches Halbdunkel. Nielsen sah sich angenehm überrascht um. Dieser Raum war ganz nach seinem Geschmack. Zahlreiche gerahmte Fotografien zierten die Wände. Auf der Kaminumrandung stand ein Foto des alten Butenschön. Quer über das Bild war ein schwarzer Trauerflor gespannt. Butenschön bat die Beamten, Platz zu nehmen. »So, was kann ich denn für Sie tun?«, fragte er neugierig, denn dass man die Polizei im Haus hatte, kam schließlich nicht alle Tage vor. Sörensen ließ sich auch nicht lange bitten. »Nun, heute Morgen hat man die Lebensgefährtin von Erwin Svenson tot aufgefunden. Sie ist einem Gewaltverbrechen zum Opfer gefallen«, klärte Sörensen Butenschön kurz und knapp auf. Diese Nachricht schlug bei Lone Svenson und Emil Butenschön wie eine Bombe ein. »Ermordet?«, flüsterte Lone fassungslos, griff nach Butenschöns Hand und sah die Kripobeamten entsetzt an. »Hat Erwin etwa …?«, hob sie fragend an, um sofort wieder zu verstummen. Nielsen sah sie gespannt an und hakte sofort nach. Jetzt schien es interessant zu werden. »Wie kommen Sie darauf, dass Ihr Ex-Mann etwas mit dem Mord zu tun hat?« Lone schluckte, sah Butenschön verzweifelt an und suchte sichtlich nach den richtigen Worten. Aber diese wollten nicht über ihre Lippen kommen. Da griff Butenschön forsch ein. »Also, diese Margot hatte Erwin doch dermaßen unter ihrer Fuchtel, der hatte absolut nichts mehr zu melden. Alle seine Konten hat die leergeräumt und überall nur Streit angefangen. Erwin konnte sich zuletzt sogar nicht mehr am Stammtisch sehen lassen. Der hat mir schon fast leidgetan. Wäre für mich nur logisch, dass Erwin die Sicherungen durchgeknallt sind. Dieses Weibsbild war durchtrieben und verlogen. Sogar Lone hat sie beklaut und deren Eigentum bei *eBay* verhökert. Lone hat ihr allerdings mit einem Anwalt gedroht. Und was meinen Sie, was dieses Biest Lone da an den Kopf geknallt hat? Ob Lone Beweise hätte und so. Ausgelacht hat diese Person Lone und als Lügnerin bezeichnet. Und was hat Erwin gemacht? Der stand nur blöd aus der Wäsche schauend da und hat nur wie immer ratlos in die Gegend gestarrt und bockig gemurmelt, was Lone denn bloß wolle, wenn Margot sage, dass auf dem Dachboden nichts wäre, dann wäre es auch so. Schließlich hätte er selbst nachgesehen und der Dachboden sei leer gewesen. Wozu diese Aufregung? Mehr hatte Erwin dazu nicht zu sagen gehabt«, stellte er trocken fest und sah mit grimmiger Miene in die Runde. »Aber was wollen Sie denn von uns? Lone hat mit Erwins Neuer nichts zu tun gehabt. Übrigens, diese Person ist hier einmal aufgetaucht, und ich habe ihr als Erstes ein Ladenverbot verpasst!«, fügte er noch

entschieden hinzu. »Das sehe ich etwas anders, Frau Svenson hatte schon was mit Margot Iwersen zu tun. Den Diebstahl haben Sie ja schon angesprochen. Darüber war Ihre
Partnerin rasend vor Wut, dafür gibt es Zeugen«, wurde er
von Sörensen korrigiert. Lone fuhr hoch und rief entsetzt
aus: »Natürlich war ich ziemlich sauer darüber, aber deswegen bringe ich doch niemanden um! Mein Rechtsanwalt
hätte Margot schon gewaltig die Hölle heißgemacht. Fragen Sie ihn doch, der wird Ihnen das bestätigen!« »Genau
das werden wir auch machen. Aber für mich haben Sie
ein erstklassiges Motiv und sind für mich dringend tatverdächtig! Ich denke, Sie wollen den Verdacht nur auf Ihren
Ex-Mann lenken«, schnappte Nielsen zurück. Dieser Ton
passte Butenschön allerdings ganz und gar nicht, und er ging
dazwischen. »Wenn das alles war, möchte ich Sie bitten zu
gehen. Ab jetzt reden wir mit Ihnen nur im Beisein eines
Anwalts!« Mit diesen Worten wurden die Beamten mehr
oder weniger höflich hinauskomplimentiert. Aber Sörensen ließ sich nicht so einfach abwimmeln. »Gut, aber eine
Frage habe ich noch an Sie, Herr Butenschön. Wie kamen
Sie denn mit Erwin Svenson zurecht? Immerhin leben Sie
ja jetzt mit dessen Ex-Frau zusammen.« Emil Butenschön
sah Sörensen pikiert an und legte dann los: »Erwin war ein
alter Schulkamerad von mir, und wie Sie sicherlich schon
wissen, bin ich seit sechs Jahren verwitwet. Lone war gut
mit meiner verstorbenen Frau befreundet, und so sind auch
wir Freunde geworden. Erwin hat immer wieder behauptet,
dass ich ihm mehr oder weniger die Frau ausgespannt hätte.
Das ist natürlich vollkommener Quatsch, er hat mir Lone
förmlich selbst in die Arme getrieben. Sie konnte es mit
Erwin einfach nicht mehr aushalten, und über seine Neue,
diese Margot, konnte ich nur den Kopf schütteln. Mit der

stimmte was von Anfang an nicht, das war mir sofort klar. Wie es sich dann herausgestellt hat, hatte ich recht. Was Erwin an der gefunden hat, ist mir nie klar geworden. Und ja, ich konnte dieses Weibsbild nicht ausstehen!« Damit waren die Beamten entlassen und verließen das Haus. Kaum waren sie draußen, fiel die Haustür ins Schloss, und der Schlüssel wurde laut im Schloss umgedreht. Das spärliche Licht wurde ebenfalls gelöscht, und sie standen plötzlich völlig im Dunkeln, denn es war mittlerweile zappenduster geworden. Sörensen und Nielsen beschlossen, endlich Feierabend zu machen. Für heute war es genug. Gleich am nächsten Morgen wollte Sörensen sich die alte Akte vom Überfall auf den Juwelier in Flensburg kommen lassen. Er hatte das Gefühl, dass der Überfall von damals mit Margots Tod zu tun hatte. Doch was genau, konnte er nicht sagen, es war nur so ein Gefühl.

-9-

Nachdem er am nächsten Morgen erst einmal die Kaffeemaschine in Gang gesetzt hatte, schnappte sich Sörensen die Akte, die ein Kollege freundlicherweise für ihn herausgesucht hatte. Doch bevor er sich daran machte, sie durchzuarbeiten, goss er sich zur Stärkung einen Becher mit frischem Kaffee ein. So ausgerüstet schlug er die Akte auf und begann zu lesen.

Überfall auf den Juwelier Jörgensen vor vier Jahren.

Margot hatte damals den Lockvogel gespielt, sie sollte dem Wachmann schöne Augen machen und ihn so von der Eingangstür ablenken. Aufreizend gekleidet zu sein, das war für sie ein Kinderspiel. Sie war in ein hautenges schwarzes Etuikleid mit einem waffenscheinpflichtigen Ausschnitt geschlüpft. Mit einem raffinierten Make-up ausgestattet und auf mörderisch hohen High Heels hatte sie mit wiegenden Hüften den Laden betreten. Von Anfang an hatte sie auf Teufel komm raus mit dem Wachmann geflirtet. Der Mann von der Security sollte durch diese Ablenkung die Tür für ein paar Minuten aus den Augen lassen. Schon beim Betreten des Ladens war der Security Dennis Madsen fast in ihr Dekolleté gefallen. Er konnte einfach seine Augen nicht von Magots wogendem Busen lassen, und genau das sollte ihm zum Verhängnis werden. Als einer der Verkäufer eifrig auf Margot zu schwebte und Margot Madsen nochmals einen tiefen Einblick in ihren Ausschnitt gewährte, erinnerte sich der einige Sekunden zu spät daran, die Tür zu schließen. Darauf hatten Margots Komplizen nur gewartet. Der Juwelier war auf die Reinigung und Restaurierung von altem und wertvollem Schmuck spezialisiert. Deshalb konnte man den Laden nur nach dem Klingeln und einer gründlichen Begutachtung durch die Security betreten. War der Wachmann zufrieden, öffnete er die Tür und ließ den Kunden eintreten. Bei Margot hatte der Wachmann keinerlei Bedenken gehabt, das pralle Dekolleté hatte ihn vollends überzeugt. Dieser Einblick hatte ihn schlichtweg umgehauen. Es war kurz vor Feierabend gewesen, und es hatten sich keine weiteren Kunden mehr im Verkaufsraum befunden. Dann war alles ganz schnell gegangen. Zwei maskierte Personen waren in den Laden gestürmt und hatten den überrumpelten Wachmann brutal zur Seite gestoßen. Dieser knallte mit dem Kopf gegen eine Wand und blieb benommen liegen. Mit vorgehaltener Waffe ließen sie die Verkäufer wissen, auf welche Schmuckstücke sie es abgesehen hatten. Täter 1 scheuchte den Verkäufer zum Tresor und hielt diesem einen Leinenbeutel unter die Nase, in welche er die Beute legen sollte. Er hatte ganz genaue Vorstellungen, welche der antiken Schmuckstücke er haben wollte. Täter 2 raffte nebenbei alles, was er erreichen konnte, in eine große Sporttasche. Margot indes bebte vor Aufregung und hoffte, dass die Schmuckstücke, die sie sich vor ein paar Tagen hatte zeigen lassen, dabei waren. Mit vor Aufregung zitternden Finger zeigte sie auf diese Schmuckstücke. Von ihrer Extratour wussten die Täter allerdings nichts. Sie hätten es auch nicht gutgeheißen. Eine vor Angst bebende Verkäuferin packte wie befohlen alles Gewünschte in den Beutel. Margots Blick streifte den am Boden liegenden Wachmann. Ein hämisches Grinsen huschte über ihr Gesicht, und ihre Lippen formten ein tonloses »Weichei«. Der Wachmann stutzte plötzlich, als hätte er Margot wiedererkannt. Dann lief der Überfall völlig aus dem Ruder. Der Wachmann rappelte sich mühsam hoch und verstellte Margot den Weg nach draußen. »Sie kenne ich doch. Sie waren doch erst vor ein paar Tagen hier und haben sich diesen Schmuck zeigen lassen«, keuchte er ihr schwer atmend ins Gesicht. Täter 1 erkannte mit einem Blick, dass Margot dabei war, alles zu vermasseln. »Raus hier!«, brüllte er Täter 2 zu. Doch Madsen war entschlossen, nicht klein beizugeben, und stürzte sich auf Täter 2. Bei dem folgenden

Handgemenge löste sich ein Schuss, welcher Madsen tödlich verletzte. Der Wachmann sackte zusammen und blieb
reglos in einer großen Blutlache liegen.

Sörensen legte die aufgeschlagene Akte kurz zur Seite
und dachte nach. War es Absicht oder war der tödliche
Schuss ein Unfall gewesen? Der Gerichtsmediziner hatte
diesen Punkt offengelassen, denn er konnte weder Vor-
satz noch einen Unfall zu 100 Prozent belegen. Sörensen
nahm den Bericht erneut in die Hand und vertiefte sich
wieder darin.

Die vermummten Täter stürzten nach dem verhängnis-
vollen Schuss in wilder Panik aus dem Laden und warfen
sich in den vor der Tür wartenden Fluchtwagen. Der dritte
Täter, der den Fluchtwagen fuhr, raste mit aufheulendem
Motor davon. Margot hatte sich ihnen hysterisch schreiend
anschließen wollen, wurde aber von Täter 1 brutal in den
Laden zurückgestoßen. Zwei Verkäufer ergriffen sie und
hielten die sich heftig wehrende Frau mutig fest, denn sie
hatten in Margot eine Mittäterin erkannt. Die beiden Juwe-
lendiebe entkamen mit der Beute im Wert von 500.000 Euro
unerkannt. Margot wurde von der eintreffenden Polizei
festgenommen und später zu dreieinhalb Jahren Haft verurteilt. Sie konnte nichts Genaues zu den Mittätern sagen,
da sie keine Ahnung hatte, wer sie waren. Sie war quasi per
Mail als Lockvogel gecastet worden, und diese Mail hatte sie,
wie befohlen, auch gleich wieder gelöscht. Aber sie schwor
den unbekannten Tätern blutige Rache, sollte sie jemals
herausfinden, wer sie waren. Ein Kollege von Sörensen aus
dem Raubdezernat hatte den Fall damals bearbeitet. Margot
hatte er zunächst ordentlich in die Mangel genommen, aber
diese konnte oder wollte nichts zu den Komplizen sagen.
Deshalb war der Fall bis heute ungeklärt, und die Beute

war ebenfalls nie aufgetaucht. Es waren ganz gezielt einige recht teure und seltene Stücke gefordert worden.

Bis hier klang alles wie ein Raub mit Todesfolge, aber Sörensen stutzte, weil die Täter gezielt die wertvollsten Stücke geraubt hatten. War das ein Raub auf Bestellung gewesen? Die Täter mussten Insiderwissen gehabt haben, denn genau an diesem Tag waren die antiken Stücke aus einem Museum angeliefert worden. Von wem hatten die Täter den Tipp bekommen?

Die 29-jährige Angestellte des Juweliers, Silke Matthiesen, war dann in den Fokus der Ermittler geraten. Sie war eine langjährige und kompetente Fachkraft gewesen. Von den Kollegen respektiert und von den Kunden wegen ihres Wissens geschätzt. Knappe ein Meter 65 war sie groß und unscheinbar. Sie war mit einer undefinierbaren Haarfarbe gesegnet, welche man salopp als straßenköterblond bezeichnen konnte, und rundlich von Statur mit zu kurz geratenen Beinen. Mit etwas Geschick und Geschmack hätte sie mehr aus sich machen können, aber Make-up und dergleichen lehnte sie vehement ab. Ein spröder, unscheinbarer Typ, dem die Männer nicht gerade zu Füßen lagen. Was dazu führte, dass sie Dauersingle war. Doch dann verliebte sie sich Hals über Kopf in einen Mann. Dieser Mann nannte sich Knut und trug sie förmlich auf Händen. Dass dieser ihr alles vorspielte und sie nur ausspionierte, bekam sie in ihrem verliebten Zustand nicht mit. Durch Knuts Einfluss veränderte sie sich äußerlich quasi über Nacht total. Neue Haarfarbe und eine neue kesse Frisur, perfekt geschminkt, flotte Kleidung, die ihrer Figur schmeichelte. Die Kollegen und ihr Chef waren begeistert gewesen, und auch der eine oder andere Kunde hatte sich anerkennend geäußert. Die Kollegen waren der Meinung, dass Knut ihr mehr als guttat. Doch circa eine Woche vor dem Überfall trennte Knut sich Knall auf Fall von ihr, und sie war total am Boden zerstört. Auch Knut schien untröstlich zu sein, aber angeblich hatte er ein lukratives Jobangebot in Hamburg bekommen und musste dort sofort antreten. Silke wollte natürlich sofort alles in Flensburg aufgeben und mit ihm nach Hamburg gehen. Das konnte Knut ihr vorerst ausreden, denn er müsste erst einmal selbst in Hamburg Fuß fassen, eine Wohnung finden und so weiter. Silke sollte um Himmels willen jetzt nicht ihren tollen Job in Flensburg aufgeben, vielleicht später, wie Knut ihr versicherte. Silke knickte ein und entschloss sich schweren Herzens, vorerst in Flensburg zu bleiben. Selbstverständlich würde man in Kontakt bleiben, wie Knut ihr hoch und heilig versprach. Ein paar Briefe erreichten sie noch, dann herrschte Funkstille. Knut war weder telefonisch noch per Mail oder Brief zu erreichen. Er hat sicher viel zu tun, redete sich Silke die Situation schön.

Ein paar Tage später fand dann der Überfall statt. Silke wurde dabei zwar nicht verletzt, erlitt aber einen schweren Schock und brach vollkommen zusammen. Einer der Täter hatte sie mit vorgehaltener Waffe als Geisel genommen, ihr den Zettel mit den geforderten Schmuckstücken in die Hand gedrückt und sie dann gezwungen, alles rasch in einem Leinenbeutel zu verstauen. Dieses Drama war zu viel für sie gewesen, denn sie hatte dabei permanent um ihr Leben gefürchtet. Nur ein Gedanke hielt sie auf den Beinen: Wenn ihr doch Knut zu Hilfe kommen würde! Dabei stand dieser die ganze Zeit neben ihr, was sie zu diesem Zeitpunkt weder ahnte noch wusste. Als die Täter flüchteten, wurde sie genau wie Margot unsanft in den Raum gestoßen, wo sie dann ohnmächtig zusammensackte. Seit dem Überfall litt sie unter Angstzuständen und Panikattacken und konnte nicht mehr im Laden arbeiten. Vergeblich hatte sie auf ein Lebenszeichen von Knut gewartet, denn sie hatte ihm nach dem Überfall eine Mail geschickt. Dass diese nicht angekommen war, hatte sie nicht bemerkt. Der sogenannte Knut hatte damals nur ein Prepaidhandy benutzt und dieses kurz darauf entsorgt. Silke hatte keine Ahnung, wer ihr Leben völlig zerstört hat. Oder vielleicht doch? Hatte sie vielleicht Margot aufgelauert, um von ihr zu erfahren, wer die anderen waren? Hatte sie die richtige Antwort erhalten und dann Margot erledigt? War sie auf einem Rachefeldzug? Fragen über Fragen bauten sich vor Sörensen auf. Doch eines war für Sörensen sonnenklar, Silke Matthiesen hatte unbewusst ihr Insiderwissen ausgeplaudert. Dieser Knut hatte ganz gezielt diese Angestellte des Juweliers ins Auge gefasst. Silke Matthiesen hatte in ihrer Vernehmung eine genaue Beschreibung von Knut abgeliefert. Dabei hatte sie angefangen zu strahlen, so sehr stand sie noch immer unter dem Bann von Knut. Sie, die kleine unscheinbare Person, war einem professionellen Verbrecher auf den Leim gegangen.

Knut hatte Silke Matthiesens Gewohnheiten akribisch ausspioniert. Dabei hatte er herausgefunden, dass sie jede freie Minute, mit einer Kamera bewaffnet, am Wasser an der Holnis Spitze verbrachte. Silke entpuppte sich als begeisterte Hobbyfotografin. An einem frühen Sonntagmorgen hatte Knut sich in Holnis auf die Lauer gelegt und gewartet bis Silke auftauchte. Als Tarnung hatte er ebenfalls eine Kamera dabei und so war man quasi von Fotografen zu Fotografen rasch ins Gespräch gekommen. Spontan hatte Knut Silke dann auf einen Kaffee in das Restaurant Fährhaus in Holnis eingeladen. Zuerst hatte sie sich gewaltig geziert, war aber dann seinem Charme erlegen. So hatte Knut schon mal einen Fuß in der Tür zum Juwelier gehabt. Die Beziehung ging circa drei

Monate, dann hatte Knut alles erfahren, was er wissen wollte. Bis heute glaubte Silke Matthiesen nicht daran, dass sie von Knut nur benutzt worden war. Sörensen schüttelte den Kopf, nein, bei der jungen Verkäuferin lag er wohl falsch. Zuerst hatte er den dringenden Verdacht gehegt, dass sie eine Mittäterin gewesen war, aber das schob er nun zur Seite. Die junge Verkäuferin war wirklich vor Entsetzen außer sich gewesen. Schließlich wurde sie von dem einen Täter mit der an ihren Kopf gehaltenen Waffe in Schach gehalten und hatte um ihr Leben gefürchtet. Aus diesem Grund machten sie und ihre Kollegen alles, was die Täter von ihnen verlangten. Als die Räuber aus dem Laden stürmten, hatte sie panisch zu schreien begonnen und war dann wimmernd zusammengebrochen. Zwar war sie körperlich unversehrt, aber ihre Psyche war zerstört. Der später eintreffende Notarzt veranlasste die sofortige Unterbringung in der Psychiatrie, denn was sie jetzt brauchte, war sehr viel Ruhe und fachliche Betreuung. Als Mittäterin kam sie für Sörensen absolut nicht infrage, aber als Racheengel kam sie für ihn durchaus in Betracht.

Sörensen klappte die Akte zu und legte sie nachdenklich beiseite. Eine neue Verdächtige mit einem guten Motiv war aufgetaucht. Er suchte die Adresse von Silke Matthiesen heraus, um sie so schnell wie möglich aufzusuchen.

Nielsen hatte sich zeitgleich das Protokoll seiner Vernehmung, die er mit Margot Iwersen durchgeführt hatte, vorgenommen. Da bei dem Überfall ein Mensch zu Tode gekommen war, wurde Margot Iwersen vom Raubdezernat weitergereicht zur Mordkommission. Mit Schaudern dachte er an diesen Tag zurück. Die wild kreischende und um sich schlagende Margot wurde damals nach dem Überfall von zwei Polizeibeamter in Handschellen gelegt und in einen Streifenwagen verfrachtet. Wilde Verwünschungen ausstoßend, knallte die Autotür hinter ihr ins Schloss. Der eine Beamte wischte sich mit seinem Taschentuch den Schweiß von der Stirn: »Mann, was für 'ne Furie!« Sein Kollege nickte nur grimmig zur Bestätigung. Zeitgleich traf die Kripo am Tatort ein. Nielsens trockener Kommentar zur tobenden Margot: »Na, auf die Vernehmung freue ich mich jetzt schon. Das wird kein Spaziergang!« Dabei verzog er angewidert das Gesicht, und er sollte mit seiner Vermutung recht behalten. Margot trat aggressiv und herausfordernd auf, als sie Nielsen im Präsidium gegenübersaß. Auch Nielsen war alles andere als begeistert. Die kann sich mal warm anziehen, war sein erster Gedanke. Margot schaute ihm arrogant direkt ins Gesicht und säuselte augenzwinkernd: »Hallo, du bist mir ja ein ganz Hübscher!« Nielsen ging auf diese plumpe und billige Anmache nicht ein, aber sein Gesicht signalisierte ihr: »Jede andere, aber du nicht.« Bevor er dieser durchtriebenen Person auch nur ein winziges Lächeln schenkte, musste schon ein Wunder geschehen. Margot räkelte sich, wie sie sich selbst einredete, verführerisch auf dem harten Metallstuhl. Doch Nielsen ignorierte ihr Gehabe eiskalt. Langsam dämmerte es ihr, dass sie damit bei ihm nichts bewirken konnte. So ließ sie endlich die Maske fallen und zeigte ihr wahres Gesicht. Nun funkelte sie Nielsen giftig an und begann, ihre Krallen auszufahren. Bei diesem Blick schauderte es Nielsen gewaltig, aber er verzog sein Pokergesicht nicht einen Millimeter, sodass Margot ihn nicht einschätzen konnte. Sein Auftreten verunsicherte sie immer mehr. Innerlich schien sie abzuwägen, ob sie ihn nun angreifen oder besser die Klappe halten sollte. So vergingen einige schweigsame Minuten. Doch dann hielt sie es nicht mehr aus, und es platzte aus ihr heraus: »Was wollen Sie eigentlich von mir?«, fuhr sie Nielsen mit vor Wut funkelnden Augen an.

»Ich habe mit der ganzen Sache nichts zu tun. Ich war nur rein zufällig als Kundin in dem Laden. Was anderes können Sie mir nicht beweisen!«, rief sie triumphierend. Nielsen fuhr ihr barsch über den Mund. »Nichts beweisen?«, rief er ungläubig aus. »Einer der Verkäufer hat mitbekommen, dass der Wachmann Sie eindeutig wiedererkannt hat. Auch er selbst konnte sich noch gut an Sie erinnern. Und wer hat denn lauthals gerufen: ›Vergesst mich nicht, wartet auf mich?‹«, wurde sie von Nielsen angeblafft. »Ich brauche Ihnen nichts beweisen, das haben Sie schon selbst erledigt.« Margot rang hörbar nach Luft. »Ich habe keine Ahnung, wovon Sie reden!«, schnappte sie zurück. Wie zwei Kampfhähne saßen sich die beiden Kontrahenten gegenüber. Die Luft im Raum schien zu vibrieren, und es herrschte absolute Stille. Nielsen ergriff als Erster das Wort. »Ach, Sie haben keine Ahnung, wovon ich rede?«, zischte er sie mit einem gefährlichen Unterton an und blickte ihr dabei direkt in die Augen. Margot zuckte erschreckt zurück. Jetzt schien die Temperatur im Raum mit einem Mal auf den Gefrierpunkt zu fallen. »Gut, dann werde ich Ihnen mal auf die Sprünge helfen.« Margot hatte sich rasch wieder im Griff und meinte spöttisch: »Na, da bin ich aber mal gespannt.« Nielsen half ihr mit Freuden auf die besagten Sprünge. »Mit Ihrem Ausbruch im Laden haben Sie sich quasi selbst überführt. Dafür gibt es Zeugen! Aus der Nummer kommen Sie nicht mehr raus!« Margot kochte vor Wut, ihr wurde immer mehr klar, dass ihr die Felle davonschwammen. Die Beweislast war einfach zu erdrückend. Man sah ihr an, dass sie Nielsen am liebsten ins Gesicht springen und ihm den Hals umdrehen würde. Die eben noch großspurig und arrogant auftretende Margot rutschte jetzt nervös auf dem Stuhl herum, als wäre dieser mit Dornen gespickt. »Also gut, was ist für mich drin?«, wollte sie herausfordernd von Nielsen wissen. Nielsen sah sie entgeistert an. »Was für Sie drin ist? Schnallen Sie es nicht, es ist aus und vorbei für Sie. Die Beweise und die Zeugenaussagen reichen für ein paar Jahre Knast. Sind Sie wirklich so blöd, dass Sie diesen Schlamassel allein ausbaden wollen?« Margot schien nachzudenken. »Kein Deal?« »Kein Deal! Wenn Sie kooperativ sind, kann sich das auf das Strafmaß auswirken«, klärte Nielsen sie auf. »Also, wer war mit von der Partie beim Juwelier?«

»Robert hatte mir genaue Anweisungen für meine Rolle als Ablenkung für den Wachmann gegeben«, hob sie zögerlich an. »Robert *wer*?«, hakte Nielsen nach. Margot dachte nach, was wusste sie eigentlich von Robert? Nichts! Der Typ hatte sie einfach nur benutzt und dann in die Arme der Polizei gestoßen, schoss es ihr durch den Kopf. »Na, Robert eben, mehr weiß ich nicht. Hab ihn in einer Flensburger Kneipe kennengelernt. Charmant, lange Haare und Vollbart«, zählte sie langsam auf. »Nachname, Adresse?«, fragte Nielsen ungeduldig. »Weiß ich nicht!«, gestand Margot, und ihr wurde schlagartig klar, dass sie gelinkt worden war. Blinde Wut stieg in ihr auf. »Ich will einen Anwalt, sofort!«, schrie sie, und nach dieser Ansage hüllte sie sich in tiefes Schweigen, was Nielsen als sehr angenehm empfand. Sollte sie doch den Mund halten, denn das, was sie ausgesagt hatte, langte locker für eine Verurteilung.

Nielsen klappte die Akte zusammen und warf sie auf seinen Schreibtisch. Nach dem Studium der Aussage war es für ihn klar, dass Margot zufällig auf ihre Komplizen gestoßen sein musste und damit gedroht hatte, diese zu enttarnen. Es gab für Nielsen keinen Zweifel mehr, dass der Mord mit dem Überfall vor vier Jahren zusammenhing. Bloß beweisen konnte er es nicht, noch nicht!

10

Schulleiter Truelsen hatte mittlerweile die Liste des Elternbeirats bereit und wartete auf Sörensen, der am Nachmittag
vorbeikommen wollte. Bei der Durchsicht der Unterlagen
war ihm etwas Merkwürdiges aufgefallen: Sven Kaiser, der
Vorsitzende, hatte vor einiger Zeit Hals über Kopf sein Amt
niedergelegt. Kaiser, der sich sonst beinhart für die Belange
der Schüler einsetzte, wollte plötzlich alles hinschmeißen.
Es war sogar gemunkelt worden, dass er sein Haus, das er
noch gar nicht so lange besaß, so schnell wie möglich verkaufen wollte. Auch aus Hattlund wollte er weg. Darüber hatten sie alle nur dem Kopf geschüttelt, und niemand
konnte sich darauf einen Reim machen. Aber heute Morgen, am Tag nach dem Verbrechen, war er bei Truelsen
gut gelaunt aufgekreuzt und hatte alles wieder rückgän-
gig gemacht. Auch der Hausverkauf war mit einem Mal
vom Tisch. Dieses Verhalten kam Truelsen merkwürdig
vor. Bestimmt hatte das nichts mit dem Mord an Margot
Iwersen zu tun, aber man wusste ja nie. Darüber musste
er unbedingt mit Sörensen reden, denn Kaiser hatte nicht
nur alles hingeschmissen gehabt, er hatte auch auf einmal
einen großen Bogen um Margot gemacht. Er brachte seine
Kinder nicht mehr selbst in die Schule beziehungsweise
in den nebenan liegenden Kindergarten. Diese Aufgabe
musste seine berufstätige Frau Lisa noch vor der Arbeit
erledigen. Die arme Frau hetzte jeden Tag zwischen Kindergarten, Schule und Arbeitsplatz hin und her. Truelsen
hatte sie einmal auf das veränderte Verhalten von Sven angesprochen, aber auch sie konnte sich das Ganze nicht erklä-

ren und hatte nur mit den Schultern gezuckt. Truelsen ging kurz in sich und dachte über Sven Kaiser und Margot Iwersen nach. Hatte Sven vielleicht Margot …? Doch diesen absurden Gedanken schob er ganz schnell von sich. Sven ein Mörder? Nein, dieser nette junge Mann und liebevolle Vater würde so etwas niemals tun. Dafür legte er seine Hand ins Feuer. Das merkwürdige Verhalten musste einen anderen plausiblen Grund haben. Kurz nach 15 Uhr fuhr Sörensen auf den Parkplatz der Schule. Truelsen erwartete ihn schon ungeduldig und nahm deshalb Sörensen schon auf dem Schulhof in Empfang. »Schön, dass Sie es so kurzfristig einräumen konnten. Ich habe bereits alle Unterlagen für Sie heraussuchen lassen«, kam Truelsen auch gleich zur Sache und drückte dem überraschten Kripobeamten einen Aktenordner in die Hand. Sörensen war angenehm überrascht, denn so kooperativ war nicht jeder. Im Lehrerzimmer bat Truelsen Sörensen, Platz zu nehmen, und sah ihn ernst an, als der ihm gegenübersaß. »Ich habe das Gefühl, dass Sie mir noch etwas mitteilen möchten«, half er Truelsen auf die Sprünge. Dieser zierte sich zunächst ein wenig, fand dann aber, dass es wohl das Beste wäre, seine Beobachtung loszuwerden. Obwohl er mittlerweile davon überzeugt war, dass das nichts mit dem Mord zu tun hatte. Auf Drängen von Sörensen fasste er kurz seine Beobachtung zusammen. Der Kripobeamte hörte aufmerksam zu. Bei Truelsens Erwähnung, dass Sven von heute auf morgen Margot geflissentlich aus dem Weg gegangen war, wurde er hellhörig. Dieses Verhalten klang in der Tat merkwürdig, selbst wenn Truelsen sich nun vehement dagegen aussprach, dass Sven etwas mit dem Mord zu tun haben könnte. Noch vor einer Stunde hatte Sörensen mit seinem Kollegen Nielsen zusammengesessen und hatte sich dessen Theorie, in der

dieser Lone Svenson des Mordes verdächtigte, angehört.
Und nun präsentierte ihm der Schulleiter einen eventuell
neuen Verdächtigen. Sven Kaisers überstürzte Handlun-
gen konnten theoretisch auf eine Erpressung seitens Margots stammen. Hatte er ihr Schweigegeld gezahlt und damit
gehofft, dass sie den Mund hielt? Doch wie Sörensen Margot Iwersen kennengelernt hatte, war diese sicherlich gierig
geworden und hatte noch mehr Geld gefordert. Sven könnte
das als Anlass gesehen haben, Margot ganz zum Schweigen
zu bringen. Vorausgesetzt, es hatte eine Erpressung gegeben! Von weiter Ferne hörte Sörensen Truelsens Stimme,
die ihn aus seinen tiefen Überlegungen zurückholte. »Gibt
es noch etwas, was ich für Sie tun kann?«, drang es fragend
an sein Ohr. »Bitte? Nein, danke, Ihre Ausführungen waren
sehr hilfreich. Ich muss dann auch mal los«, antwortete er
und erhob sich zeitgleich mit dem Schulleiter. Man verabschiedete sich, und Sörensen marschierte über den Schulhof zu seinem Parkplatz. Truelsen sah ihm nachdenklich
nach. Hoffentlich hatte er nicht unbeabsichtigt etwas Falsches ins Rollen gebracht.

11

Im Auto klappte Sörensen den Ordner auf und sah sich die Liste des Elternbeirats an. Ein bekannter Name stach ihn sofort ins Auge. Der Töpfer Clemens Lassen saß ebenfalls im Elternbeirat. Detlef Johannsen, der regelmäßig mit Kalli Sörensen Skat spielte, war ein guter Freund von Clemens. Beide verband die Liebe zur ökologischen Lebensweise. Clemens samt Familie waren 100-prozentige Veganer und Stammkunden in Detlefs Bioladen. Aus Freundschaft zu Clemens durfte dieser Töpferware im Bioladen anbieten. Im Gegenzug lagen in der Töpferei zahlreiche Flyer vom Bioladen auf. Und diesen Clemens Lassen wollte Sörensen als Nächstes aufsuchen und hören, was dieser zu Sven Kaisers überstürztem Verhalten zu sagen hatte. Gespannt machte er sich auf den Weg. Die kleine Töpferei lag etwas außerhalb von Flintby, auf halbem Weg nach Hattlund. Sörensen holperte einen scheinbar endlosen schmalen Feldweg entlang, und erst nach einer Wegbiegung erblickte er das kleine Anwesen der Familie Lassen. Idyllisch umgeben von Wald und Wiesen waren die Gebäude nicht auf den ersten Blick zu sehen gewesen. Ein kleiner Bach plätscherte hinter dem Haus vorbei. Idylle pur! So gefiel es Sörensen, und er atmete die frische Waldluft tief ein. Clemens Lassen lebte hier mit seiner Frau Anna und den beiden kleinen gemeinsamen Kindern im Einklang mit der Natur und, genau wie Detlef Johannsen, streng ökologisch. Die Familie Lassen hatte häufig Besuch aus Flensburg und Dänemark, wie Sörensen von Detlef Johannsen wusste. Wahrscheinlich gleichgesinnte Ökofreunde. Die Familie war erst vor ein paar Jahren aus Flensburg nach Flintby gezogen. Clemens wurde von den ansässigen Bauern gern belächelt, da er sein kleines Stück Land streng nach den Mondphasen bewirtschaftete. Letztes Jahr hatte er um sein Grundstück einen Bienenfuttergürtel angepflanzt. Deswegen hatte man Clemens regelmäßig aufgezogen, aber dann wurde dies von manchen Bauern nach einiger Zeit nachgeahmt. Da hatten die zwei Ökologen wirklich ganze Arbeit geleistet. Clemens Lassen und seine Frau Anna waren ruhige und hilfsbereite Leute, die zwar fernab von Flintby zurückgezogen lebten, aber relativ gut in die Dorfgemeinschaft integriert waren.

Sörensen rollte auf den Hof und wurde sofort von dem großen Familienhund Bella »begrüßt«. Knurrend hinderte der schwarze Labrador Sörensen daran, aus dem Auto zu steigen. Doch schon flog die Tür zur Töpferei auf, und ein großer schlanker Mann Anfang 40 trat heraus. »Bella, aus!«, herrschte er den Hund an, der darauf den Schwanz einzog und langsam davonschlich. Sörensen stieg aus dem Auto, und der Mann ging auf ihn zu. »Moin! Sie müssen Bella entschuldigen, aber sie meint, Haus und Hof verteidigen zu müssen«, sagte der Mann entschuldigend lächelnd und stellte sich als Clemens Lassen vor. Es wurden Hände geschüttelt, und Sörensen wurde freundlich in die Töpferei gebeten. In dem Raum saß eine junge Frau an einer Töpferscheibe bei der Arbeit. Mit geschickten Händen formte sie aus einem Stück Ton eine schlanke Vase. Sörensen sah ihr gebannt auf die flinken Finger. »Das ist meine Frau Anna«, stellte Clemens sie vor. Anna war mindestens zehn Jahre jünger als ihr Mann, wie Sörensen feststellte. »Also, was kann ich für Sie tun?«, wollte Clemens von Sörensen wissen. Dieser zog seinen Dienstausweis und stellte sich vor. Der Töpfer warf einen Blick auf den Ausweis, und Sören-

sen glaubte, ein nervöses Flackern in dessen Augen auf-
blitzen zu sehen. Aber Clemens hatte sich rasch wieder
im Griff, sodass Sörensen sicher war, sich geirrt zu haben.
»Es dreht sich um den Mord in der dänischen Schule in
Hattlund. Ich nehme an, Sie haben davon gehört?«, klärte
Sörensen seine Anwesenheit auf. »Wer hat davon wohl
noch nicht gehört! Einfach nur schrecklich, und das an
unserer Schule!«, rief Clemens schockiert aus. »Aber weshalb kommen Sie da zu uns?« »Nun, Herr Truelsen war so
freundlich, mir eine Liste des Elternbeirats zu geben, auf
der unter anderem auch Sie verzeichnet sind. Wir befragen
jeden, der Margot Iwersen gekannt oder mit ihr Kontakt
gehabt hat. Wie sieht es da bei Ihnen aus?«, wurde Clemens
aufgeklärt. Verblüfft sah dieser Sörensen an. »Da sind Sie
bei mir verkehrt, denn ich habe die Frau weder gekannt
noch Kontakt mit ihr gehabt. Es gab zwar immer wieder
Gerüchte oder Beschwerden, dass diese Person lange Finger bei Schülern und Lehrern gemacht habe. Deswegen
wollte der Elternbeirat, dass diese Frau die Schule verlässt.
Aber, wie gesagt, ich hatte mit der nichts zu schaffen!«,
sagte Clemens und wollte sich wieder an seine Töpferscheibe begeben. »Eine Frage hätte ich da noch«, wurde er
von Sörensen zurückgepfiffen. »Wie gut kennen Sie Sven
Kaiser? Er soll sich, laut Truelsen, in letzter Zeit merkwürdig verhalten, also alle Posten hingeschmissen haben,
und aus Hattlund wollte er auch plötzlich weg. Margot
Iwersen hat er gemieden, ist ihr in auffallender Weise aus
dem Weg gegangen. Hatte er ernsthafte Probleme mit ihr?«,
hakte Sörensen nach und sah von Clemens zu Anna Lassen. Clemens' Frau hatte sich die ganze Zeit nicht an dem
Gespräch beteiligt, auch jetzt starrte sie stur auf ihre Töp-
ferarbeit und hielt den Mund. Auf Clemens' eben noch

ernster Miene breitete sich ein kleines Lächeln aus, und er räusperte sich. »Also mit der Toten hatte er genauso wenig zu schaffen wie ich. Sein Verhalten begründet sich damit, na ja, es soll wohl eine andere Frau kurzzeitig im Spiel gewesen sein. Sie wissen schon … Am besten, Sie fragen ihn selbst!«, klärte er den überraschten Sörensen auf. »Aber einen Tag nach dem Mord hat er wieder zurückgerudert. Sie müssen mir sicher zustimmen, das sieht schon merkwürdig aus«, sagte Sörensen. »Wenn Sie damit andeuten wollen, dass Sven etwas mit dem Mord zu tun hat, dann liegen Sie völlig falsch. Wir kennen uns schon länger, zu so was ist der gar nicht fähig. Reiner Zufall, dass er einen Tag nach dem Mord wieder zur Besinnung gekommen ist und beschlossen hat, seine Ehe zu retten. War's das? Ich habe noch einen wichtigen Auftrag fertigzustellen«, beendete Clemens abrupt das Gespräch und machte sich wieder an die Arbeit. Doch so schnell gab Sörensen nicht auf. »Was ist mit Ihnen, Frau Lassen? Haben Sie die Tote gekannt?« Anna Lassen zuckte leicht zusammen und sah errötend kurz ihren Mann an. »Nein, ich habe sie nicht gekannt. Den ganzen Schulkram hat immer mein Mann geregelt«, antwortete sie, ohne aufzusehen oder mit ihrer Arbeit aufzuhören. Während sie sprach, formten ihre Hände mechanisch den Körper der Vase zur Perfektion. Sörensen fing einen Blick von Clemens auf, den er seiner Frau schickte, und wusste sofort, wer das alleinige Sagen im Hause Lassen hatte. Sörensen sah ein, dass er hier nicht weiterkam, und verabschiedete sich. Er beschloss, am Abend bei seiner Schwägerin Marta vorbeizufahren, um zu hören, was sie über die Familienverhältnisse der Familie Lassen wusste. Sein Bauchgefühl sagte ihm, dass hier was faul sein könnte. Jetzt ging es erst einmal zurück nach Flensburg ins Büro.

Dieser Mord hatte mehrere Tatverdächtige hervorgebracht. Lene und Hanne, die beiden Putzfrauen, waren mittlerweile komplett raus, sie hatten beide ein hieb- und stichfestes Alibi, da gab es nichts dran zu rütteln. Sie waren von Lenes Ehemann nach der Veranstaltung abgeholt worden und hatten anschließend ihre Wohnungen nachweislich nicht mehr verlassen. Somit waren diese beiden nicht mehr unter Tatverdacht, obwohl jede von ihnen Margot liebend gern den Hals umgedreht hätte. Lone Svenson allerdings stand bei Nielsen noch immer ganz oben auf der Liste. Sie hatte Margot wirklich gehasst, wenn auch zu Recht. Aber reichte das aus, um Margot aus dem Weg zu schaffen? Auch ihr Lebensgefährte, Emil Butenschön, hatte ein gutes Motiv. Immerhin gab er sofort zu, dass er Margot verabscheut hatte. Erst recht, als diese Lone so übel mitgespielt und deren Eigentum verscherbelt hatte. Sörensen gab zu bedenken, dass auch Erwin Svenson noch nicht aus dem Schneider war. Nach Sörensens Meinung hatte dieser das überzeugendste Motiv. Schließlich hatte Margot ihn für ihre Belange benutzt, manipuliert und klammheimlich hinter seinem Rücken sein Konto leergeräumt. Außerdem hatte sie ihn vorgeführt und vor allen lächerlich gemacht, ihn zur Witzfigur degradiert. Dass ihm da die Sicherungen durchgeknallt waren, wäre schon fast verständlich. Die Beamten hatten nur sein Wort, dass er nach der Veranstaltung sofort ins Bett gegangen war und somit den *Dannebrog* schlicht und einfach vergessen hatte. Zeugen gab es dafür nicht. Sörensen und Nielsen gingen nochmals die gesammelten Fakten durch, kamen aber zu keinem eindeutigen Ergebnis. Eigentlich traute Sörensen weder Lone noch Butenschön diesen Mord wirklich zu. Ein von Lone beauftragter Anwalt hätte Margot ganz schön die Hölle heißmachen können. Und Butenschön? Hätte er, wenn er die Tat begangen hätte, so freimütig über seine Abscheu gegen Margot geredet? Nein, das glaubten beide Beamten nicht. Auch hätte sich Butenschön, der der dänischen Minderheit angehörte, niemals am *Dannebrog* vergriffen, ihn für dieses Verbrechen beschmutzt. Wenn Butenschön wirklich der Täter gewesen wäre, dann hätte er die Leiche mit seinem Bagger irgendwo kurzerhand verbuddelt. In diesem Punkt waren die Beamten sich schnell einig, Butenschön war somit ebenfalls vorläufig raus. Nielsen war felsenfest davon überzeugt, in Lone die Täterin zu haben, doch für Sörensen war ihm ihr Motiv zu dünn. Diese Tat hatte viele persönliche Züge. Der mit Klebeband verklebte Mund, das Zurschaustellen der Leiche, das man schon als Präsentation bezeichnen konnte. Für Sörensen waren das Hinweise, dass der oder die Täter aus tiefstem Hass gehandelt hatten. Dazu brauchte es mehr als einen Diebstahl von persönlichen Dingen wie bei Lone. Bei Erwin jedoch passte es schon besser. Aber solch eine grausige Tat passte nicht zu dessen Charakter, der von wenig Selbstbewusstsein zeugte. Doch man könnte sich in ihm getäuscht haben. Damit standen Sörensen und Nielsen wieder am Anfang.

Was hatten sie übersehen? Wer konnte einen so gewaltigen Hass auf Margot Iwersen gehabt haben? Sörensen war sich mehr und mehr sicher, dass das Motiv in ihrer Vergangenheit liegen musste. Sie mussten einfach noch tiefer buddeln. Wie passten Clemens Lassen oder Sven Kaiser ins Bild? Waren sie die Täter oder einer von ihnen ein Komplize beim Raub im Juweliergeschäft gewesen? Hatte Margot sie erkannt und damit erpresst? Aber wie hatte sie es herausgefunden? Es war zum Haareraufen, alles nur Theorien, aber keine konkreten Beweise. Nielsen wollte sich nochmals die

Akte von Margot Iwersen vornehmen, um herauszufinden, ob sie schon früher in Kontakt mit Clemens Lassen beziehungsweise Sven Kaiser gekommen war.

-12-

Zurück in Sörensens Büro wurden die Beamten bereits von ihrem Vorgesetzten, Herbert Petersen, erwartet. Dessen Laune war wie so oft im Keller, was er vorzugsweise an seinen Beamten ausließ. Genauso war es auch heute wieder. Kaum betraten Sörensen und Nielsen den Raum, wurden sie auch schon aus dem Hinterhalt angeblafft. »Resultate, meine Herren, wo bleiben, verdammt noch mal, Ihre Resultate?«, bellte er sie an und sah mit zornrotem Kopf von einem Beamten zum anderen. Um sich nicht von Petersen provozieren zu lassen, zählte Sörensen innerlich bis drei und holte dabei tief Luft. Nielsen jedoch setzte sein freundlichstes Gesicht auf und strahlte Petersen wie eine angeknipste 100-Watt-Birne an, was diesen sichtlich irritierte und ihn kurzzeitig den Faden verlieren ließ. »Ihnen auch einen schönen guten Tag!«, flötete Nielsen ihm entgegen. Zu seiner Freude biss Petersen auch sofort an und war kurz vorm Ausflippen, wie Nielsen befriedigt feststellte.

»Sparen Sie sich Ihren schönen Tag! Wie weit sind Sie? Ich erwarte, dass dieser Fall so schnell wie möglich aufgeklärt wird, das kann ja wohl nicht so schwer sein!«, schnaubte er und sah dabei Sörensen herausfordernd an. Dieser hielt seinem Blick mit unbeweglicher Miene stand. Innerlich aber brodelte es gefährlich in dem sonst so besonnenen Beamten. Am liebsten hätte er auf der Stelle Petersens Hals, der aus dem Kragen eines sündhaft teuren Hemdes ragte, umgedreht. Aber er beherrschte sich, auch wenn ihm das heute verdammt schwerfiel. Dementsprechend fiel seine Zusammenfassung auch kurz und knapp aus. »Nein, wir haben den Fall noch nicht gelöst, weil es noch zu früh ist, denn es sind noch nicht alle Ergebnisse der verschiedenen Spuren ausgewertet. Das dauert eben seine Zeit«, knallte er Petersen schroff um die Ohren. Dieser sog geräuschvoll die Luft ein und rang sichtlich um Fassung. »Was erlauben Sie sich, in diesem Ton mit mir zu reden! Mir sitzt die Presse im Nacken, und Sie drehen hier nur Däumchen. Ich verlange noch heute Resultate von Ihnen!«, bellte er Sörensen mit herausforderndem Blick an. Sörensen verzog keine Miene und sah Petersen direkt in die Augen. Diese Reaktion brachte Petersen aus dem Gleichgewicht, und seine vorwurfsvollen Tiraden brachen abrupt ab. Dann folgte wie so oft ein theaterreifer Abgang des Chefs. Verstimmt warf er den Kopf in den Nacken und rauschte Türen knallend aus dem Büro. Nielsen amüsierte sich jedes Mal königlich über Petersens Auftritte. »Ich dachte mir schon, dass sein Lieblingsthema *Presse* dabei sein würde«, kommentierte er grinsend das Geschehen. »Kannst du dich noch an sein letztes Statement gegenüber der *Flensborg Avis* erinnern?«, wollte Nielsen kichernd wissen. Mann, was hatte Petersen sich da blamiert. Es war ihm schon immer ein Dorn im Auge gewesen, dass Sörensen fließend Dänisch sprach. Petersen hatte zwar auch eine dänische Schule besucht, aber er war nie das große Sprachtalent gewesen und hatte mit den Jahren die dänische Sprache wieder fast verlernt, was er allerdings nicht zugeben wollte. So war das letzte Interview mit der dänischen Zeitung in einem Fiasko geendet und hatte große Schadenfreude bei zahlreichen Kripobeamten ausgelöst. Petersen hatte sich dem Reporter gegenüber wie immer fürchterlich aufgeblasen und darauf bestanden, das gesamte Interview in dänischer Sprache zu halten. Was dazu führte, dass sich der fassungslose Reporter nach einigen Minuten an den Kopf fasste und laut ausrief: »Hvad for fanden, om hvad snakker ham der?«* Nur der bloße Gedanke an diese peinliche Episode brachte Nielsen zum Lachen. »Mann, der Alte geht mir so was von auf den Sack!«, brach es gereizt aus Sörensen heraus und holte Nielsen zurück in die Realität des Büros. Sörensen war mindestens auf 180. Immer der gleiche Ärger mit Petersen. Selbst bekam dieser nichts auf die Reihe, aber nach unten treten, das konnte er bestens. Und jetzt machte er mal wieder ungerechterweise Druck auf seine Beamten. Petersen wollte wie immer Resultate haben, um sich selbst damit zu brüsten. Den Superermittler spielen, zeigen, dass ohne ihn nichts lief. Sörensen hatte inzwischen seine Betriebstemperatur um einiges überschritten und knallte eine Akte so laut auf seinen Schreibtisch, dass Nielsen vor Schreck hochfuhr. »Nun mach aber mal halblang!«, beschwerte er sich erschrocken. Sörensen zog ein zerknirschtes Gesicht. »Tut mir leid, aber dieser Idiot von Petersen zerrt an meinen Nerven. Es geht nun mal nicht schneller. Die Jungs von der Forensik brauchen auch ihre Zeit, aber das scheint bei dem noch nicht angekommen zu

---

* Von was, zum Teufel, redet er da?

sein.« Nielsen sah Sörensen ernst an. »Du kennst ihn doch, nichts in der Birne, aber das Maul aufreißen«, beruhigte er seinen Kollegen. »Du hast ja recht! Lass uns noch mal alles durchgehen. Wer hatte alles ein gutes Motiv? Ich denke, wir müssen nur tiefer in Margot Iwersens Leben herumwühlen«, gab Sörensen zurück und beruhigte sich langsam. »Was mich allerdings brennend interessiert, ist, warum ist sie gerade nach Hattlund gekommen? Wegen Erwin Svensons Charme sicherlich nicht. Wollte sie hier einfach nur untertauchen oder hatte sie jemanden im Visier? Vielleicht jemanden vom Überfall?«, meinte Nielsen nachdenklich. »Dieser Gedanke ist mir auch schon gekommen. Irgendwie ergibt es keinen Sinn, dass die Iwersen sich aufs platte Land verzogen hat. Flensburg wäre für sie lukrativer gewesen. Dort hätte sie schon einen Dummen mit Geld gefunden. Aber in Hattlund? Ein Hausmeister verdient ja nicht gerade Unsummen. Hast du ihr Konto schon überprüft?«, sagte Sörensen nachdenklich. Nielsen verneinte und nahm sich die Überprüfung für den nächsten Tag vor. Beide Beamte schwiegen und hingen ihren eigenen Gedanken nach.

-13-

Am nächsten Tag erschien Nielsen erst im Laufe des Vormittags im Büro. Er hatte das Bankkonto von Margot Iwersen genauer unter die Lupe genommen. In weiser Vorausschau hatte er ebenfalls Erwin Svensons Konto überprüft. Dabei war er auf etwas Erstaunliches gestoßen. Erwin war quasi bankrott, wogegen das Konto von Margot stetig gewachsen war, obwohl sie nur auf 450-Euro-Basis jobbte. Was bei Erwin verschwand, tauchte auf ihrem Konto wieder auf. Aber besonders die beiden letzten Einzahlungen hatten sein Interesse geweckt. Ein paar Tage vor ihrem gewaltsamen Tod waren dort höhere Beträge bar eingezahlt worden. Die Summen beliefen sich auf 1.000 beziehungsweise 2.000 Euro. Margot hatte es bar eingezahlt, somit ließ sich leider nicht feststellen, woher das Geld stammte. Da stimmte was nicht, da war sich Nielsen sicher. Er brannte darauf, Sörensen davon zu berichten. Wen hatte Margot in Hattlund im Visier gehabt? Laut verschiedenen Zeugen war Margot in letzter Zeit nahezu euphorisch gewesen. »Als hätte die den Jackpot geknackt«, wie sich ein Zeuge ausdrückte. Diese Aussage ließ Nielsen aufhorchen. Da passte alles zusammen, ein plötzlicher Geldsegen hätte bei ihr bestimmt zu einer Hochstimmung geführt. Beim unbekannten Geldgeber jedoch hatte es Mordgelüste freigesetzt, die dieser dann in die Tat umgesetzt hatte. Doch eine eventuelle Erpressung konnte Nielsen nicht beweisen. Es war nur eine Theorie, die auf Vermutungen basierte. Auch die Bank hatte nicht weiterhelfen können, denn Margot hatte das Geld bar eingezahlt. Der Bankangestellte konnte sich noch lebhaft an Margot erinnern. Scherzhaft hatte er damals nachgefragt, ob sie im Lotto gewonnen habe, aber Margot hatte nur geheimnisvoll gelächelt. »Wer weiß?«, hatte sie ihm verschwörerisch zugeraunt. »Mein persönlicher Jackpot«, hatte sie ihm dann noch augenzwinkernd verraten und sich weit über den Tresen gebeugt, sodass sie dem Bankangestellten einen tiefen Einblick in ihr pralles Dekolleté gewährte. Dann hatte sie ihm noch verschwörerisch zugezwinkert und hüftenschwingend die Bank verlassen. Deshalb konnte sich der Bankangestellte noch so gut an Margot erinnern. Durch diese Äußerung von Margot fühlte sich Nielsen indirekt bestätigt, aber beweisen konnte er damit auch nichts. Es war zum Verrücktwerden.

-14-

Im Hause Lassen herrschte dicke Luft. Clemens Lassen erzog seine zwei Kinder nach rein ökologischen Regeln und sehr umweltbewusst. Ein Umstand, den sein jüngerer Bruder Robert nicht immer akzeptieren konnte oder wollte. Regelmäßig kam es deshalb zum Streit zwischen den Brüdern, denn Robert liebte seine Nichte und seinen Neffen und machte ihnen gerne eine Freude. Doch diesmal hatte er in Clemens' Augen den Bogen überspannt. Am Morgen waren Robert und sein sechsjähriger Neffe Noah zum Flensburger Hafen aufgebrochen. Dort wollten sie sich Segelboote anschauen und den Tag am Hafen verbringen, denn Noah liebte alles, was mit Schiffen zu tun hatte. An und für sich freuten sich Clemens und seine Frau Anna über Roberts Interesse an den Kindern und hatten die beiden ohne Bedenken losziehen lassen. Am späten Nachmittag war dann jedoch eine Bombe geplatzt. Freudestrahlend berichtete Noah von den vielen Segelbooten und Jachten, die er gesehen hatte. Doch dann zog er ein buntes Teil aus der Tasche, welches sich als ein kleines Plastikboot entpuppte. Mit leuchtenden Augen zeigte er es seinen Eltern. Mit einem Blick sah Clemens, dass es sich um ein Spielzeug aus einer *Happy Meal*-Tüte von *McDonald's* handelte. Clemens sah Noah streng an und wollte auf der Stelle wissen, wo er das Teil herhatte. Noah wurde blass und schwieg eisern, denn sein Onkel hatte ihm eingetrichtert, ja nichts von ihrem Besuch der Fast-Food-Kette zu erzählen. In Clemens brodelte es, denn in seinem Haus war Fast-Food ein absolutes No-Go! Noah schwieg noch immer, und Robert scharrte nervös mit den Füßen. Er war sich bewusst, was jetzt kommen würde. Auch Anna ahnte es, schnappte sich Noah und verschwand rasch mit ihm aus dem Zimmer. Clemens war mehr als stocksauer und brüllte Robert wütend an. Robert kannte noch aus der Kindheit Clemens' jähzornige Ausbrüche und wappnete sich schon mal innerlich. »Sag mir nicht, dass du mit Noah bei *McDonald's* warst?«, wollte Clemens sichtlich aufgebracht von Robert wissen. »Mein Gott, nun mach nicht so eine Welle wegen einer Lappalie. Noah hat einen schönen Tag gehabt, und das ist wohl das, was zählt!«, konterte Robert und hoffte inständig, dass Clemens nicht völlig ausflippen würde. Er war sich schon im Klaren darüber, wie sein Bruder über Fast Food und Plastikspielzeug dachte. Aber deswegen so einen Aufstand machen? Doch ein Blick auf Clemens' angespannte, verzerrte Miene ließ ihn nicht Gutes ahnen. »Wie kannst du es wagen, meine Erziehung zu torpedieren? Du kennst meine Einstellung, und ich erwarte, dass du das akzeptierst. Meine Familie isst kein Fast Food, meine Kinder spielen nicht mit Plastikschiffen! Hast du das verstanden?«, bellte Clemens Robert erneut an. »Mann, nun komm mal wieder runter! Du und dein Ökoscheiß, das, was du als Erziehung bezeichnest, ist doch Bullshit!«, knallte Robert seinem Bruder wütend um die Ohren. Schon lange hatte er Clemens sagen wollen, was er von seiner Ökoschiene hielt. Nämlich überhaupt nichts! Robert hatte die Nase voll von dem, was sein Bruder hier gerade abzog. »Spiel du dich bloß nicht so auf! Dieses ganze ökologische Geschwätz ist doch nur Fassade. Erzähl mir nicht, dass deine Töpferei so viel abwirft. Deine sogenannten Ausflüge nach Dänemark, von wegen Töpfermärkte besuchen und so. Ich kenne dich besser, als du glaubst!«, brüllte nun Robert Clemens an. Dieser war blass geworden, und es schien ihm kurz die Sprache verschlagen zu haben. In seinem Kopf schossen zahlreiche Gedanken herum. Was wusste Robert von seinen geheimen Geschäften? Bluffte er vielleicht nur und fischte nur auf gut Glück im Trüben? Robert beobachtete seinen Bruder genau. Er wusste, dass er einen wunden Punkt getroffen haben musste. Aber welchen genau, dass würde er noch herausfinden müssen und ihn dann damit unter Druck setzen. Clemens ging Robert schon lange auf den Wecker. Schon immer war dieser der Erfolgreichere gewesen, und das ließ er gern seinen jüngeren Bruder spüren. Robert hatte es einfach nur satt.

Es tat ihm allerdings leid, dass er seinen Neffen Noah mit hineingezogen hatte. Robert hatte den kleinen Kerl wirklich gern und hatte ihm nur eine kleine Freude machen wollen, aber das hatte dieser Ökospinner von Vater ja nun gänzlich versaut. Die Brüder standen sich zornbebend gegenüber. Clemens' Gesicht hatte mittlerweile eine gefährliche Rottönung angekommen. Er wirkte wie ein Hochdruckkessel, der jeden Moment in die Luft fliegen würde. Und genau das tat Clemens jetzt auch. »Mach, das du verschwindest! Raus aus meinem Haus! Lass dich bloß nicht wieder hier blicken!«, brüllte er los und beförderte Robert nach draußen. »Du spinnst doch komplett!«, schleuderte Robert ihm entgegen, drehte sich um und ging davon. Anna und ihr Sohn Noah ließen sich wohlweislich nicht blicken, denn Anna kannte diese cholerischen Ausbrüche ihres Mannes nur zu gut. Der musste sich erst einmal abkühlen und wieder unter Kontrolle haben, solang hielt sie sich mit den Kindern im Hintergrund.

Clemens war außer sich, was bildete Robert sich nur ein, ihn so zu hintergehen. Er ging hinüber in seine Töpferei, um noch etwas zu arbeiten, aber er war zu aufgewühlt dazu, und so beschloss er, einen Spaziergang zu machen. Clemens verließ sein Haus, denn er brauchte dringend frische Luft, um wieder runterzukommen. Unterwegs traf er Detlef Johannsen und berichtete ihm von Roberts Fauxpas und rannte damit bei Detlef natürlich sofort offene Türen ein, denn dieser vertrat die gleiche Einstellung. Man entschloss sich zu einem Spontanbesuch im *Dorfkrug*. Dort angekommen, marschierten beide direkt zur Theke. Clemens bestellte sich erst mal einen *Lütt un Lütt*, doch es sollte nicht bei dem einen bleiben. Detlef zog erstaunt eine Augenbraue hoch und klammerte sich an seine Weinschorle.

Nicht lange und Clemens, der keinen Alkohol gewohnt war, war ziemlich angesäuselt. Sein alkoholgeschwängerter Blick wankte durch den Schankraum. Dann sah er plötzlich Kalli Sörensen am Stammtisch sitzen. Clemens rappelte sich umständlich von seinem Stuhl hoch und steuerte, zum Entsetzen von Detlef, leicht schwankend auf Kalli zu. Detlef schwante Böses, das roch hier gewaltig nach Ärger. Clemens baute sich vor Kalli auf, schwankte leicht hin und her wie ein Bäumchen im Wind und feuerte ihm ein giftiges »Tiermörder!« entgegen. Kalli verschüttete vor Schreck fast sein Bier. Was, um aller Welt, war denn in Clemens Lassen gefahren? Die Gespräche an den Tischen ringsherum verstummten abrupt, und alle starrten Clemens verblüfft an. Clemens holte wieder tief Luft und setzte zur nächsten Attacke an. Detlef sprang beherzt auf und wollte ihn zurückhalten. Doch Clemens schüttelte seinen Arm wie ein lästiges Insekt ab, und das Unheil nahm seinen Lauf. Clemens stand schwankend vor Kalli und stierte ihn aus glasigen Augen an. Kalli schaute hoch und sah ihm ruhig ins Gesicht. »Wat is los mit di?«,* wollte er völlig ruhig von Clemens wissen. Doch dieser holte erneut tief Luft und schleuderte eine neue verbale Attacke in den Raum. »Du altes Umweltschwein! Du bist eine Schande für die Umwelt, genau wie alle anderen hier«, trötete Clemens lautstark durch den Raum und fuchtelte mir erhobenem Zeigefinger herum. Die Luft im Schankraum knisterte vor Anspannung. Kalli sah zu Clemens hoch und fixierte ihn mit seinen Augen. »Clemens, du hest een toveel hat. Gaa naa hus un schlop di ut!«,** befahl er leise. Doch Clemens dachte nicht daran. Jetzt hatte er seinen großen Auftritt, und den ließ er sich von nieman-

---

* Was ist los mit dir?
** Clemens, du hast wohl einen zu viel gehabt. Geh nach Hause und schlaf dich aus!

dem nehmen. »Clemens, lass es gut sein!«, hörte er Detlefs Stimme in seinem Ohr. »Detlef hat recht, lass es gut sein, du Ökospinner!«, ließ sich eine Stimme provokant von den hinteren Rängen vernehmen. Doch Clemens war mit seinem benebelten Hirn nicht in der Stimmung, klein beizugeben. »Ihr seid alle Tiermörder!«, posaunte er laut heraus und zeigte mit dem Zeigefinger in die Runde der Anwesenden. Durch die Wirkung der ungewohnten Alkoholmenge hatte seine Stimme einen pöbelnden Ton angenommen, welches nun den Wirt, Hermann Nissen, auf den Plan rief. Energisch bahnte sich der korpulente Mann einen Weg durch die Tischreihen in Richtung Clemens, um diesen an die Luft zu befördern. Unruhe in seinem *Krug* duldete er nicht. Doch bevor er den Störenfried erreicht hatte, stand Kalli langsam auf. Alle im Raum hielten den Atem an. Was würde Kalli nun machen? Bekam Clemens ein paar an die Ohren? Auge in Auge standen sich Kalli und der schwankende Clemens gegenüber. Kalli konnte man recht deutlich ansehen, dass er langsam auf Betriebstemperatur kam. »Pass op, min Jung, wat du hier sechst! So schnackst du nich mit mi!«[*] Atemlos horchte der gesamte Saal, Biergläser verharrten auf halber Höhe in der Luft, und der Raum schien vor Spannung zu vibrieren. Jeder hatte die Ohren gespitzt, jetzt nur nichts verpassen. Clemens starrte Kalli aus glasigen Augen an, der Alkohol forderte jetzt seinen Tribut. »Aber ich hab' doch recht!«, lallte er trotzig. Kalli hatte genug von dessen Geschwafel. Ein kaltes Grinsen huschte über Kallis Gesicht. »Kennst du de Ünnerscheet twischen een Schnneemann un mi?«,[**] wollte er drohend von Clemens wissen. Dieser sah ihn nur verständnislos mit sei-

---

[*] Pass auf, mein Junge, was du hier loslässt! So lasse ich nicht mit mir reden!
[**] Kennst du den Unterschied zwischen einem Schneemann und mir?

nen glasigen Augen an und schwankte bedrohlich hin und her. Kalli hob erneut an, diesmal allerdings mit einem breiten Grinsen im Gesicht. »Een Sneemann kannst du nur inne Winter anne mors lecken, aber mi …!«[*] Clemens schien kurz einen lichten Moment zu haben, denn er hatte verstanden, was Kalli ihm damit sagen wollte. Doch bevor er kontern konnte, packte ihn von hinten eine große Hand an der Schulter und schob ihn energisch zur Tür hinaus. Der Wirt Nissen waltete seines Amtes unter dem schallenden Gelächter der Anwesenden. Noch draußen auf dem Parkplatz konnte man das laute Gelächter hören. »So, Feierabend! Ab nach Hause und schlaf erst mal deinen Rausch aus!«, befahl Nissen kopfschüttelnd, denn so hatte er Clemens noch nicht erlebt. Detlef war Clemens und Nissen nach draußen gefolgt und bot sich an, Clemens sicher nach Hause zu bringen. »Mensch, Clemens, was hat dich da bloß geritten?«, redete er leise auf Clemens ein. Doch statt einer Antwort murmelte der Angesprochene nur angespannt: »Mensch, ist mir schlecht!«, und verschwand blitzartig hinter einem Busch, von wo kurz darauf würgende Laute zu vernehmen waren. Der rebellierende Magen und die kalte Abendluft hatten ihn schlagartig nüchtern werden lassen. Detlef sah ihm kopfschüttelnd hinterher. Da dürfte wohl jemand morgen einen ziemlichen Brummschädel haben. In Nissens Gasthaus stand Kalli noch immer wie angewurzelt da und schaute Clemens fassungslos und kopfschüttelnd hinterher. So kannte er diesen überhaupt nicht. In Flintby war Clemens Lassen als ruhig und besonnen bekannt, ein Mensch, mit dem man gut auskommen konnte. Ein liebevoller, aber auch strenger Vater für seine zwei Kinder. Die Familie lebte zwar etwas außerhalb von Flintby, aber man

---

[*] Einem Schneemann kannst du nur im Winter am Arsch lecken, aber mir …!

konnte jederzeit auf einen Klönschnack in der Töpferei vorbeischauen. Kalli dachte kurz nach, doch Clemens war schon ein feiner Kerl. Er hatte heute einfach nur einen zu viel intus. Kallis Frau Marta sah es allerdings etwas anders. »Der ist mir zu aalglatt, dem traue ich nicht so recht über dem Weg! Glaub mir, der kann auch ganz anders!«, pflegte sie stets zu sagen. Ach was, Marta hörte nur die Flöhe husten, da war alles in Ordnung. Obwohl ...? Kalli legte seine Stirn in nachdenkliche Falten. Anna, Clemens' Frau, wirkte immer ein wenig verängstigt oder unsicher, wenn ihr Mann in der Nähe war. Besorgte Fragen wiegelte er stets mit einem charmanten Lächeln ab. »Ja, bei zwei Kindern kommt der Schlaf schon mal zu kurz.« Stimmt, das musste der Grund sein, dachte Kalli beruhigt und widmete sich wieder seinem Stammtisch.

Clemens hing kreidebleich an Detlefs Arm, der ihn nun mehr oder weniger nach Hause schleifte. Nachdem er sich erfolgreich seines Mageninhalts entledigt hatte, ließ die Wirkung des Alkohols langsam nach, und es dämmerte ihm, was er im *Dorfkrug* verzapft hatte. Mein Gott, so etwas darf mir nie wieder passieren!, befahl er sich im Geiste selbst. Wie konnte er sich nur zu solch einer Entgleisung hinreißen lassen? Er, der sich normalerweise immer 100-prozentig unter Kontrolle hatte, hatte zu viel getrunken, und die Zügel waren ihm komplett aus den Händen geglitten. Aber das war alles nur Roberts Schuld! Wäre er nicht mit Noah verbotenerweise zu *McDonald's* gegangen, wäre das heute Abend nie geschehen. Clemens war über den Fehltritt von Robert dermaßen in Rage geraten, dass er trotz aller Vernunft zum Alkohol gegriffen hatte. Er musste dringend noch mal ernsthaft und in Ruhe mit Robert reden. Entweder tat Robert, was er von ihm erwartete, oder Clemens war gezwungen zu handeln, was bedeutete, dass er seinen Neffen nicht mehr sehen durfte. Aber als Erstes musste er sich morgen bei Kalli entschuldigen, das hatte wirklich oberste Priorität. Sein hart erarbeitetes Ansehen im Dorf durfte keine Risse bekommen. Da gab es keine zwei Meinungen. Der bloße Gedanke an seinen Auftritt heute Abend im *Krug* ließ ihn erschaudern. So etwas durfte ihm nie, aber wirklich nie wieder passieren. Und dann passierte es doch wieder. Clemens' Magen begann erneut zu rebellieren, und er stieß ein gequältes »Oh mein Gott!« aus. Sein Blick huschte hektisch von rechts nach links, um eine geeignete diskrete Stelle am Weg zu finden, wo er sich erleichtern konnte. Doch die Zeit drängte, und so sprang er beherzt in einen Graben am Wegesrand. Da um diese Jahreszeit die Gräben noch gut mit Wasser gefüllt waren, landete er knietief im kalten morastigen Wasser. Detlef hatte ihn noch warnen wollen, aber seine Mahnung kam zu spät. Würgende Geräusche drangen aus dem Wassergraben hoch. Kurz darauf krabbelte ein kreidebleicher Clemens auf allen vieren aus dem Graben. Von den Knien abwärts war er klatschnass, wie Detlef grinsend feststellte. Clemens war peinlich berührt über seinen desolaten Zustand. Er sah an seinen triefenden Hosenbeinen hinab und schwor auf der Stelle, in Zukunft die Finger vom Alkohol zu lassen. Erst sein überaus peinlicher Auftritt im Gasthof, und jetzt auch noch das unfreiwillige Fußbad im Graben. Ja, es war wirklich genug für heute, er wollte nur noch nach Hause und ins Bett. Dabei war ihm Detlef gern behilflich, indem er ihn hilfreich stützte. Schweigend trotteten die beiden selbsternannten Ökologen, der eine schwankend, Seite an Seite zu Clemens' Töpferei.

-15-

Am nächsten Morgen fuhren Sörensen und Nielsen wieder nach Flintby. Dort wollten sie Sven Kaiser aufsuchen, denn die Bemerkung von Schulleiter Truelsen ließ sie nicht ruhen. Irgendetwas war zwischen ihm und Margot Iwersen vorgefallen. Was genau, das wollten die Beamten so schnell wie möglich herausfinden. In Flintby angekommen, standen sie bei Familie Kaiser allerdings vor verschlossener Tür, es war niemand zu Hause. Die Nachbarin von rechts nebenan teilte ihnen mit, dass Sven und seine Frau Lisa auf der Arbeit und die Kinder im Kindergarten und in der Schule wären. »Vor 15 Uhr ist hier keiner!«, hatte die Nachbarin sie aufgeklärt. Es geht doch nichts über bestens informierte Nachbarn, dachte Nielsen amüsiert. Sie bedankten sich bei der auskunftsfreudigen Nachbarin und wollten am späten Nachmittag wiederkommen.

Gegen 16 Uhr standen die Beamten erneut vor dem Haus von Sven Kaiser. Dieses Mal hatten sie mehr Glück, denn schon beim ersten Klingelton wurde die Haustür förmlich aufgerissen. Vor ihnen stand der Hausherr höchstpersönlich und begrüßte sie überaus freundlich. Sörensen beschlich das ungute Gefühl, dass Sven auf ihren Besuch vorbereitet war. Hatte Clemens Lassen ihn vorgewarnt? Der hatte bei Sörensen nicht den allerbesten Eindruck hinterlassen. Ihm ging es wie seiner Schwägerin Marta, Clemens war ihm zu aalglatt aufgetreten. Nielsen hatte Clemens zwar als freundlich und hilfsbereit erlebt, aber auch er traute ihm nicht so recht über den Weg. Warum, konnten allerdings weder Sörensen noch Nielsen sagen, es war nur so ein Gefühl. In einem Punkt jedoch waren sie sich einig: Was Margot Iwersen betraf, hatte Clemens ihnen nicht die ganze Wahrheit gesagt. Denn auf konkretes Nachfragen hatte er stets elegant abgeblockt und die Beamten mehr oder weniger im Regen stehen lassen. Da mussten sie noch mal energisch nachhaken. Aber als Erstes wollten sie Sven Kaiser auf den Zahn fühlen. Sörensen zückte seinen Dienstausweis und gab sich und seinen Kollegen als Polizeibeamte der Flensburger Kripo zu erkennen. Zu ihrem Erstaunen wurden sie direkt ins Haus gebeten. Sven hatte weder nach dem Grund ihres Erscheinens gefragt noch hatte er ihre Dienstausweise eines Blickes gewürdigt. Für Nielsen ein klarer Beweis, dass Sven sie erwartet hatte. Sörensen hielt sich deshalb auch nicht lange mit Höflichkeitsfloskeln auf und kam gleich zur Sache. »Wie uns Rektor Truelsen mitgeteilt hat, sind Sie der Formand* vom Elternbeirat und hatten somit mehr oder weniger Kontakt zu Margot Iwersen. Wie kamen Sie denn mit der Dame zurecht?«, wollte Sörensen wissen und ließ Sven nicht aus den Augen. Sörensen ging davon aus, dass auch Sven von dem Mord in der Schule wusste. Dieser verzog keine Miene. »Was soll ich Ihnen dazu sagen, wir sind uns vielleicht ein-, zweimal über den Weg gelaufen. Mehr nicht, im Grunde kannte ich die gar nicht«, sagte er ruhig und gelassen. Das nahm Nielsen ihm so nicht ab. »Tut mir leid, aber die Geschichte kaufe ich Ihnen nicht ab. Wie wir wissen, sind Sie der Iwersen doch regelrecht aus dem Weg gegangen. Und bevor Sie es abstreiten wollen, dafür gibt es Zeugen. Also, ich frage Sie ganz direkt: Sind Sie von Margot Iwersen erpresst worden? Was hatte sie gegen Sie in der Hand?«, wurde Sven von einem verärgerten Nielsen aus dem Nichts angeblafft. Sven wurde blass und wand sich plötzlich wie ein Fisch auf dem Trockenen. Seine Gedanken begannen

---

* erster Vorsitzender

zu rasen. Was wusste die Polizei? Bluffte der Beamte nur? Doch Sven hatte sich rasch wieder im Griff und sah Nielsen verlegen an. »Ja gut, Sie haben recht, ich kannte die Iwersen flüchtig. Und ja, Sie liegen richtig, die hat versucht, mich zu erpressen. Aber das, was ich Ihnen jetzt erzähle, darf meine Frau nicht erfahren!«, beschwor er die Beamten. Gespannt warteten Sörensen und Nielsen auf Svens Erklärung. Dieser holte rasch tief Luft und sah sicherheitshalber zur Tür, aber Lisa war mit den Kindern im Garten verschwunden. »Also, das war so …«, hob Sven langsam an, als suchte er noch nach den richtigen Worten. Nielsen hatte jedoch den Verdacht, dass er nicht nach Worten, sondern nach der richtigen Story suchte. Sven begann wieder zu reden. »Sie müssen wissen, dass ich mir einen bösen Fehltritt geleistet habe. Ein Fehler meinerseits. Kurz gesagt, ich hatte eine kurze Affäre mit einer anderen Frau. Das hatte diese Iwersen spitzgekriegt und meinte, für ihr Schweigen Geld von mir verlangen zu können«, gestand er peinlich berührt. »Und Sie haben bezahlt, einmal 1.000 Euro und dann nochmal 2.000 Euro. Stimmt's?«, hakte Sörensen direkt nach. »Natürlich habe ich nicht einen Cent gezahlt! Wo sollte ich denn so viel Geld hernehmen? Haus und Kinder kosten eine Stange Geld!«, empörte sich Sven. »Dann dürfen wir, Ihre Erlaubnis vorausgesetzt, sicherlich Ihre Bankbewegungen einsehen?«, verlangte Nielsen überaus freundlich und versuchte, mit dieser Bitte Sven aus dem Konzept zu bringen. Aber Fehlanzeige! »Jederzeit, ich habe nichts zu verbergen!«, bekam er freundlich von Sven zur Antwort. Nielsen reagierte reichlich angefressen, denn mit dieser Reaktion hatte er nicht gerechnet. »Wer war die Dame, mit der Sie die Affäre hatten? Name und Adresse hätte ich dann gern von Ihnen, damit die Dame Ihre Angaben bestätigen kann«, forderte Nielsen von ihm, doch diese

Forderung brachte Sven in Erklärungsnot. Er wand sich wie ein Wurm und druckste herum. »Das ist leider nicht so einfach, denn ich kenne nur ihren Vornamen. Wie gesagt, es war halt nur ein unbedeutender Ausrutscher. Ein sogenannter One-Night-Stand, Sie verstehen?«, stammelte er angespannt. Nielsen stöhnte innerlich auf. »Also kann niemand bezeugen, dass es diese Affäre wirklich gegeben hat«, stellte Nielsen sachlich fest und sah Sven direkt ins Gesicht, was dieser offenbar als unbehaglich empfand. »Doch, ich kann das bezeugen«, ertönte eine leise Stimme in den Raum. Alle fuhren herum und erblickten Lisa Kaiser, die im Türrahmen stand. »Sie wussten von der Affäre Ihres Mannes?«, fragte Sörensen erstaunt und sah hinüber zu Sven, dem die pure Überraschung im Gesicht stand. »Aber woher …«, hob Sven an und fing einen Blick von seiner Frau ein. »Zuerst hatte ich nur so eine Ahnung, aber dann habe ich einen anonymen Brief erhalten. In dem war ein Foto von Sven mit einer fremden Frau«, erzählte Lisa mit tonloser Stimme. Die Beamten mussten genau hinhören, um sie zu verstehen. »Diesen Brief, haben Sie den noch?«, fragte Nielsen hoffnungsvoll. »Nein, den habe ich sofort verbrannt. Sven hatte mir alles gebeichtet, und für mich war das Thema damit erledigt«, wurde er von Lisa enttäuscht. Aber, fragte er sich insgeheim, hatte es diesen Brief wirklich gegeben, oder wollte Lisa, weshalb auch immer, nur ihren Mann schützen? Diese Frage blieb unbeantwortet. »Und sonst hatten Sie keinen näheren Kontakt zu Margot Iwersen?«, hakte Sörensen noch einmal hartnäckig nach. »Sie war keine Person, mit der man einen engeren Kontakt haben wollte. Es war schon lange ein offenes Geheimnis, dass sie in der Schule lange Finger machte, aber wir konnten ihr nie etwas nachweisen«, klärte Sven Kaiser die Beamten auf. »Wenn Sie sonst keine Fragen mehr haben?

Es ist schon spät, und wir wollen jetzt zu Abend essen!« Es klang wie ein kleiner Rausschmiss, aber die Beamten sahen ein, dass sie hier nicht weiterkamen und verließen die Familie Kaiser. Zumindest für heute.

Mit der Erpressung lagen Sörensen und Nielsen gar nicht so falsch, denn Margot hatte tatsächlich vorgehabt Sven unter Druck zu setzen. Zufällig hatte sie ein Gespräch zwischen Clemens Lassen und Sven belauscht. Dabei hatte sie spitzgekriegt, dass Sven von Clemens eine größere Summe Geld erhalten hatte. Sofort hatte Margot dort eine neue »Einnahmequelle« gewittert. Sie war fest davon überzeugt, dass die beiden etwas illegales am Laufen hatten. Und dafür wollte sie für ihr Schweigen einen Anteil fordern. Doch dann fiel es ihr wie Schuppen von den Augen, Svens Stimme kannte sie. Er war der eine Täter, der sie bei dem Überfall brutal in den Juwelierladen zurückgestoßen hatte. Sie beschloss, dass Sven sie für jeden Tag im Gefängnis teuer bezahlen sollte. Doch bevor sie zum Abkassieren kam, endete sie am Fahnenmast.

-16-

Nach einer unruhigen Nacht und einem Tag, der von einem Brummschädel gezeichnet war, beschloss Clemens, seinen

Bruder Robert aufzusuchen. Es ließ ihm keine Ruhe, was Robert mit seiner Bemerkung über Clemens' Ausflüge nach Dänemark gemeint hatte. Was wusste er genau? Oder wollte Robert ihn nur verunsichern? Am späten Nachmittag fuhr er auf den Hof der Tischlerei und traf dort auf Gunnar Jörgensen, den Kompagnon von Robert. Gunnar lud Werkzeug und Material aus dem Firmenwagen und schien es eilig zu haben. Ein kurzes »Moin, moin!« in Clemens' Richtung, und er verschwand wieder in der Werkstatt. Clemens sah sich um, von Robert war weit und breit nichts zu sehen. Gunnar tauchte wieder auf der Bildfläche auf. »Sag mal, hast du Robert gesehen?«, rief ihm Clemens zu. »Hinter dem Haus! Du, ich habe einen Termin und muss los!«, war die knappe Antwort. Gunnar sprang in seinen Transporter und raste vom Hofplatz. Dass er jetzt mit Robert allein war, passte Clemens bestens in den Kram. Musste ja nicht gleich jeder mitkriegen, falls sie sich wieder streiten würden. Zackig marschierte er um das Gebäude herum und sah Robert mit einer Zigarette in der Hand tief in Gedanken versunken im sogenannten Garten stehen. Dieser Garten glich allerdings mehr einem Materialabladeplatz. Statt gepflegter Blumenbeete stapelten sich hier vergessenes Material und Abfall. Ein klappriger Tisch und zwei in die Jahre gekommene Stühle versuchten, etwas Gartenfeeling zu verbreiten. Das laute Klingeln seines Handys ließ Robert zusammenfahren. Überrascht sah er aufs Display und ließ das Handy mehrmals läuten. Clemens hatte er nicht bemerkt, und dieser glitt lautlos hinter einen hohen Holzstapel, von dem aus er Robert gut im Auge behalten konnte. Endlich nahm Robert das Gespräch an, legte sein Handy auf den Tisch und stellte es auf Lautsprecher. So konnte er telefonieren und gleichzeitig rauchen. Clemens konnte daher praktischerweise das Gespräch mit verfolgen. »Mann, warum gehst du nicht ran?«, wurde er von Sven Kaiser angefaucht. »Ach, du bist es, Sven!«, atmete Robert erleichtert auf. Insgeheim hatte er mit einem Anruf von Clemens gerechnet, ein Telefonat, auf das er keine Lust hatte. Dass Sven sichtlich aufgeregt war, war Robert gänzlich entgangen, denn er hörte nur mit einem halben Ohr zu. »Robert, wir müssen dringend reden! Die Polizei war eben hier und hat mir komische Fragen zu dieser Margot gestellt. Diese durchgeknallte Tussi, die du damals angeschleppt hast. Die, die man in Hattlund ermordet hat«, klang es aufgeregt aus Roberts Handy. Robert war schlagartig bei der Sache. »Wieso war die Polizei bei dir? Was hast du denen erzählt?«, wollte Robert misstrauisch wissen. In seinem Kopf raste es. »Die haben irgendwie spitzgekriegt, dass dieses Miststück versucht hat, mich zu erpressen.« »Aber wieso wollte die dich erpressen?«, hakte Robert ernst nach. »Die hat mich wiedererkannt, verdammt noch mal!«, schrie Sven ins Telefon. »Sie hat dich wiedererkannt? Wie das?«, wiederholte Robert aufgebracht. »Was weiß denn ich! Sie hat behauptet, mich an der Stimme erkannt zu haben. Die wollte für ihr Schweigen einen Haufen Kohle von mir, hab sie dann hochkantig rausgeschmissen. Hab der Polizei erzählt, dass die mich beim Fremdgehen erwischt hat und dass ich ihr nicht einen Cent bezahlt habe. Lisa hat mir ein Alibi gegeben, und da war ich wohl aus dem Schneider. Aber die scheinen was zu ahnen. Und ...« »Nicht am Telefon!«, wurde er barsch von Robert unterbrochen. »Du hast recht, wir müssen reden. Heute Abend um 21 Uhr in Flensburg, an der Brücke in Solitüde«, befahl er Sven und legte auf. Clemens hatte genug gehört und zog sich leise und diskret zurück.

Nach dem Telefongespräch mit Sven ging Robert, in Gedanken versunken, zurück ins Haus. Von Clemens' Anwesenheit hatte er nichts mitbekommen. Jetzt musste er erst einmal einen klaren Kopf bekommen. Die Tatsache, dass Margot Sven erkannt hatte, ließ ihn nicht los. Was wusste die Polizei? Hatte die ihn auch bereits im Visier? Schließlich hatte er Margot angeschleppt. Robert griff zur *Aquavit* Flasche und goss sich einen Doppelten ein, den er auf ex herunterkippte. Besser, jetzt konnte er wieder klarer denken. Ein rascher Blick auf die Uhr, er hatte noch reichlich Zeit bis zum Treffen mit Sven.

Clemens hatte genug von dem Gespräch zwischen Sven und Robert mitbekommen, um sich im Klaren zu sein, dass er handeln musste. Robert wurde langsam zum Risikofaktor. Fieberhaft überlegte er, wie er das »Problem Robert« am besten lösen konnte. Eine Stunde lang fuhr er über diverse Feldwege und hielt schließlich in einem Waldweg. Clemens stieg aus und begab sich auf einen kleinen Spaziergang. Die klare Waldluft würde ihm helfen, einen klaren Kopf zu bekommen, und es dauerte nicht lange, bis es schien, als hätte er die Lösung für sein Problem gefunden. Doch zuerst einmal musste er herausfinden, was Sven und Robert Wichtiges in Solitüde zu besprechen hatten. Alles andere würde sich dann schon finden. Zufrieden mit sich sprang er in seinen Wagen und fuhr zurück nach Hause. Dort angekommen, raste er an seiner verblüfften Frau vorbei hoch in sein Arbeitszimmer und kramte einen schwarzen Kapuzenpullover hervor. Diesen zog er sich über, fischte in einer der Schubladen nach seiner alten schwarzen Sturmhaube und stopfte diese in die Hosentasche. Jetzt war er komplett schwarz gekleidet. Fehlten nur noch die Handschuhe. In sämtlichen Schubladen wühlte er auf der Suche nach Handschuhen herum. Da er im Haus nicht fündig geworden war, setzte er die Suche in der Töpferei fort. Dort fand er nicht nur Handschuhe, sondern auch eine große schwere Stabtaschenlampe. So ausgestattet verließ er das Haus und machte sich auf den Weg nach Flensburg.

-17-

Mittlerweile war die Dämmerung der Dunkelheit der Nacht gewichen. Nach kurzer rasanter Fahrt bog er auf die Straße, die zum Strandbad Solitüde führte. Knapp vor der Abfahrt löschte er die Scheinwerfer und bog in ein kleines Waldstück ein, wo er seinen schwarzen Wagen gut versteckt parkte. Clemens checkte kurz die Uhrzeit. Noch gut 15 Minuten bis zur verabredeten Zeit, die Robert vorgeschlagen hatte. Clemens verlor keine Zeit und machte sich quer durch das Waldstück auf den Weg zur Solitüder Brücke. Die Brücke lag einsam von dunklem Wasser umspült. Niemand war zu dieser späten Stunde noch am Strand unterwegs. Ab und an brach der helle Schein des Mondes durch die Wolken und tauchte die Umgebung in ein gespenstisches Zwielicht. Vom Wasser her blies Clemens ein kräftiger auflandiger Wind ins Gesicht. Clemens sah sich suchend nach einem geeigneten Versteck um. Sein Blick blieb an dem hohen Seegras und den großen Steinen links und rechts der Brücke hängen. Vorsichtig tastete er sich an die linken Steine heran. Kurz darauf lag er, perfekt vor neugierigen Blicken verborgen, zwischen hohem Gras und Steinen und wartete auf Robert und Sven. Was hatten die beiden nur so Wichtiges zu bereden?, diese Frage ließ Clemens nicht zur Ruhe kommen. Sven wusste, wie Clemens sein Geld verdiente, und dass die Töpferei nur ein Fake war. Aber Robert, was wusste der?

In der Ferne näherte sich ein Auto. Scheinwerfer wurden gelöscht, und eine Autotür schlug zu. Dann schlich eine dunkle Gestalt gebückt zur Brücke hinunter. Vorsichtig überprüfte die Person links und rechts den Strand mit Blicken. Dann hatte sie die Brücke erreicht. In diesem Moment riss die Wolkendecke auf, und Clemens erkannte Sven im Mondlicht. Jetzt fehlte nur noch Robert. Dieser ließ auch nicht lange auf sich warten und kam, genau wie Sven sich misstrauisch nach links und rechts umschauend, angeschlichen. Clemens drückte sich tiefer in das hohe Gras und lauschte, was Sven und Robert zu besprechen hatten. Was Clemens jedoch weder ahnte noch wusste, er war nicht allein. Ein paar Meter rechts von ihm lag noch jemand gut verborgen auf der Lauer.

Svens Frau Lisa wusste Bescheid über den Überfall auf den Juwelier. Ihr Mann ahnte allerdings nichts von ihrem Wissen, und Lisa hütete sich, es preiszugeben. Sven war der erste Mensch, der jemals zu ihr gestanden und sie aufgebaut hatte. Stets redete sie sich ein, dass sie ihm alles zu verdanken hatte. Ihrer Mutter hatte sie nie etwas recht machen können. Nichts war gut genug, sie fühlte sich schon in der Kindheit nicht akzeptiert, wurde immer klein gehalten. Die ewigen Nörgeleien der Mutter, denn die jüngere Schwester konnte und machte immer alles besser. Seit der Heirat mit Sven hielt Lisa den Kontakt zu ihrer Familie so knapp wie möglich. Doch als die Mutter schließlich versuchte, Sven auf ihre Seite zu ziehen und sich vehement in die Erziehung der Enkel einmischte, denn in ihren Augen war ihre Tochter einfach unfähig, Kinder zu erziehen, brach sie den Kontakt komplett ab, was Sven zunächst nicht verstand. Lisa nahm keine Telefonanrufe ihrer Familie mehr an. Als hätte sie einen unliebsamen Dämon abgeschüttelt, ließ sie der Umzug von Flensburg nach Hattlund aufblühen. Doch dann kreuzte ihre Mutter unangemeldet in Hattlund auf. Sofort hatte sie, wie immer, Lisa niedergemacht und massiv unter Druck gesetzt. Das hatte Sven mitbekommen, als er unerwartet früher nach Hause gekommen war. Da waren ihm die Augen geöffnet worden. Daraufhin war seine Schwiegermutter im hohen Bogen rausgeflogen. Schlagartig hatte Sven verstanden, warum seine Frau den Kontakt abgebrochen hatte. Lisa fiel ihm vor Erleichterung heulend in die Arme und war ihm seitdem zutiefst ergeben. Lisa war zwar eine stille, zurückhaltende Person, aber mit einem messerscharfen Verstand ausgestattet, den sie stets geschickt verbarg. Aufmerksam beobachtete sie ihre Umgebung. Sie würde alles tun, um ihre kleine Familie zu beschützen. Durch zufällig aufgeschnappte Unterhaltungen zwischen Sven und Robert hatte sie Details vom Überfall erfahren und dann zwei und zwei zusammengezählt. Doch sie behielt ihr Wissen für sich und begann herauszufinden, wer der heimliche Drahtzieher war. Durch gezieltes Hinhören und akribische Recherche setzte sie ein Puzzleteil nach dem anderen an seinen Platz und kam so hinter Clemens' heimliche Machenschaften.

Für Lisa war es klar, dass Clemens Sven in etwas hineingezogen hatte, etwas, das der Familie schaden könnte. Doch bevor sie handeln konnte, um Unheil von ihrer Familie abzuwenden, war diese Margot Iwersen aufgetaucht und hatte sich als größtes Problem erwiesen. Diese hatte irgendwie herausgefunden, dass Sven beim Überfall dabei gewesen war, und versuchte, ihn mit ihrem Wissen zu erpressen. Lisa hatte sofort gespürt, dass diese Frau keine Skrupel hatte, ihre Familie eiskalt zu zerstören. Fieberhaft versuchte sie, Margot irgendwie loszuwerden. Aber dann hatte sich dieses Problem in Luft aufgelöst, beziehungsweise es hing tot am Fahnenmast.

Das Telefongespräch zwischen Sven und Robert hatte sie zufällig belauscht und sich den Treffpunkt Solitüde gemerkt.

Als Sven sich später heimlich, wie er meinte, aus dem Haus schlich, lag sie längst auf der Lauer und folgte ihm mit ihrem Wagen. Sie wusste, wo er hinwollte und nahm eine Abkürzung, die sie noch aus Kindertagen kannte. Somit traf sie einige Minuten vor Sven in Solitüde ein, stellte ihren kleinen schwarzen VW Up in einer schmalen dunklen Stichstraße ab und huschte wie gehetzt durch den angrenzenden Wald hinunter zum Strand. Stolpernd lief sie durch das Unterholz. Äste griffen nach ihr und schlugen ihr ins Gesicht. Baumwurzeln schienen nach ihren Beinen zu greifen, um sie zu Fall zu bringen. Mittlerweile war es stockdunkel, nur das blasse Licht des Mondes erhellte ab und zu ihren unebenen Weg. Unheimlich rauschte der Wind in den Baumkronen, als würde er sie bei ihrem stolpernden Lauf anfeuern. Irgendwo schrie ein Käuzchen. Panik kroch in Lisa hoch, doch der Wille, ihre Familie zu beschützen, war stärker. Kurz vor der Brücke am Strand hielt sie inne und horchte in die Schwärze der Nacht hinein. Nur der Wind und das Rauschen des Meeres waren zu hören. Der Seewind zerrte wild an ihren Haaren, als wollte er sie zurückreißen. Lisa schlich geduckt über den Strand, dabei sah sie sich immer wieder vorsichtig um. Doch sie war, wie erwartet, allein am Strand. Kurz vor der Brücke hielt sie an und kroch vorsichtig hinter einen der großen Steine, die rechts lagen. Jetzt hieß es abwarten. Die kalte Seeluft und die innere Anspannung brachten ihre Zähne zum Klappern. Auch Lisa war von Kopf bis Fuß in Schwarz gekleidet, sodass sie mit der Dunkelheit perfekt verschmolz.

Etwa fünf Minuten später bewegte sich langsam eine Gestalt auf die Brücke zu. Lisa traute sich kaum zu atmen. Das Flackern einer kleinen Taschenlampe huschte über den Strand und suchte unruhig die Gegend ab. Lisa kroch noch tiefer in ihr Versteck hinein und blieb dort völlig reglos liegen. Kurz darauf erschien eine zweite Person und ging zielstrebig auf die erste zu. Diese strahlte ihr mit der Taschenlampe direkt ins Gesicht. »Mensch, mach die Funzel aus! Willst du die Bullen auf uns aufmerksam machen?«, raunte eine tiefe Stimme aggressiv. Das Licht der Taschenlampe erlosch augenblicklich. Lisa erstarrte, die Stimme war die ihres Mannes Sven. Dann musste der andere Robert sein. Jetzt kam Bewegung in die Sache, und sie spitzte die Ohren. Gebannt lauschte sie, was die Männer zu sagen hatten. Das Rauschen des Windes nahm plötzlich ab, als würde auch er aufmerksam lauschen. Wieder schrie ein Käuzchen oben im Wald, und Lisa zuckte kurz zusammen. Jetzt nur nicht die Nerven verlieren!, schalt sie sich selbst. Auch die beiden Männer waren bei dem Schrei des Käuzchens zusammengezuckt. »Was war das?«, fragte Robert mit leichter Panik in der Stimme und sah sich hektisch um. »Nun mach dir bloß nicht ins Hemd! War nur so ein verdammtes Federvieh im Wald«, beruhigte ihn Sven. »Mann, entspann dich mal! Wir haben weiß Gott ein größeres Problem. Diese aufgetakelte Tussi, diese Margot, die du als Ablenkung für den Wachmann angeschleppt hattest, hat mich erkannt und aufgespürt. Ich frage mich nur, wie die auf mich gekommen ist. Hast du deine Klappe im Hormonrausch nicht halten können, oder was?«, fuhr er Robert barsch an. »Nun mach aber mal halblang! Damit habe ich nichts zu tun. Mann, war ich froh, dass ich die Alte nicht mehr ertragen musste. Die wusste ja nicht mal, dass ich auch mit von der Partie war, also wie, zum Teufel, ist die auf dich gekommen? Habe ihr nur von einem Kumpel was vorgesponnen, der jemanden wie sie für ein Ablenkungsmanöver brauchte, und dass sie schnell damit ein paar Mäuse machen könnte. Mehr nicht!

Danach bin ich komplett abgetaucht. Keine Ahnung, wie die dich an der Stimme erkennen konnte. Es wurde ja kaum geredet«, gab Robert reichlich angefressen zurück. »Was ist mit dem Auftragsgeber, der die Schmuckstücke unbedingt haben wollte? Kann der den Mund nicht gehalten haben? Ich wette, du weißt, wer es ist, oder?«, fügte Robert neugierig hinzu, aber Sven schwieg.

Lisa hatte jetzt genug gehört und wollte sich still und leise zurückziehen. Doch ein leises Knacken ein paar Meter links von ihr ließ sie rasch den Kopf einziehen. Sie konnte fast körperlich spüren, dass dort noch jemand auf der Lauer lag. Wer ist das?, fragte sie sich selbst verängstigt und spähte vorsichtig in die Richtung des Geräuschs. Aber in der Dunkelheit konnte sie nichts erkennen. Also verhielt sie sich weiterhin mucksmäuschenstill. Scheinbar hatten auch die beiden Männer das leise Knacken bemerkt, hielten plötzlich in ihrer Diskussion inne und lauschten atemlos in die Stille. Doch nur das Rauschen der Brandung, welche in kleinen Wellen auf dem Strand brach, war zu hören. Selbst die sonst laut kreischenden Möwen schienen sich schon schlafen gelegt zu haben, kein einziger Möwenschrei durchbrach die Stille der Nacht. Ein leises Rascheln und Scharren von Füßen deutete darauf hin, dass Sven und Robert die Brücke rasch verließen. Zum Greifen nahe gingen sie an Lisa vorbei. Wenn Sven sie jetzt hier erwischen würde, schoss es Lisa angstvoll durch den Kopf. Nicht auszudenken, was er mit ihr anstellen würde. Obwohl sie ihren Mann hingebungsvoll liebte, fürchtete sie stets seine Ausbrüche, wenn etwas nicht so lief, wie er es haben wollte. Die Stimmen der Männer entfernten sich immer weiter, bis sie schließlich ganz verstummten. Sie hatten wohl den Strand verlassen, doch was war mit dem geheimnisvollen Fremden, der neben ihr auf der Lauer lag? Lisa horchte, doch alles blieb ruhig. Konnte sie es wagen, den Rückweg anzutreten? In diesem Moment brach das Mondlicht durch die Wolken und tauchte den Strand in ein schwaches bläuliches Licht. Eine dunkle Gestalt, circa zehn Meter neben ihr, erhob sich langsam und sah sich vorsichtig um. Lisa lag, platt auf den Boden gedrückt, zwischen den Steinen und dem hohen Schilfgras und hielt den Atem an. Der Fremde schien sie nicht entdeckt zu haben und schlich nun geduckt über den Strand in Richtung Wald. Dann verschwand auch er zwischen den Bäumen. Nach ein paar Minuten, die sich wie eine Ewigkeit anfühlten, hörte Lisa in der Ferne ein Auto wegfahren. Sie hatte dem Unbekannten hinterhergesehen, konnte aber sein Gesicht nicht erkennen, denn es war von einer großen dunklen Kapuze verdeckt gewesen. Nach einiger Zeit wagte sie es schließlich aufzustehen und lief hektisch in die Richtung, wo ihr Auto stand. Am Wagen angekommen, öffnete sie ihn mit bebenden Händen, holte tief Luft und startete. Hoffentlich schaffte sie es noch, vor Sven zu Hause zu sein. Denn wenn nicht, hätte sie ein verdammt großes Problem, Sven zu erklären, wo sie gewesen war. Sie hatte die Kinder allein gelassen, und in dem Punkt verstand ihr Mann keinen Spaß. Als sie langsam durch das Waldstück zur Hauptstraße hochfuhr, betete sie inständig, dass Sven nicht plötzlich auftauchte. Zur Sicherheit hatte sie die Scheinwerfer nicht eingeschaltet, und so tastete sie sich langsam durch die Dunkelheit. Lisa hatte Glück, niemand kreuzte ihren Weg. Die Förde Straße kam in Sicht, und sie drehte die Scheinwerfer an. Sie atmete hörbar auf und lenkte ihren Wagen durch den Stadtteil Mürwik, bis sie die Nordstraße erreicht hatte. Alle Geschwindigkeitsregeln missachtend, raste sie über die Nordstraße in Richtung Hattlund. Als sie endlich in die Einfahrt ihres Hauses bog, atmete sie erleichtert auf, Sven war noch nicht daheim. Hastig verließ sie den Wagen, verriegelte ihn und huschte ins Haus. So schnell sie konnte, rannte sie die Treppe hoch, riss sich im Laufen Jacke und Schuhe vom Leib. Im Schlafzimmer flogen ihre Jeans in die Ecke, und sie schlüpfte unter die Bettdecke. Keine Sekunde zu früh, denn soeben fuhr Sven auf den Hof. Mit klopfendem Herz hörte Lisa das Zuschlagen einer Wagentür, und dann fiel leise die Haustür ins Schloss. Kurz darauf wurde die Schlafzimmertür geöffnet, und sie hörte, wie ihr Mann eintrat. Sie lag stocksteif im Bett, kniff die Augen zu und stellte sich schlafend, als Sven neben ihr ins Bett glitt. Das war verdammt knapp gewesen! Erschöpft fiel Lisa in einen unruhigen Schlaf.

-18-

Es war schon spät am Abend, doch Marta Sörensen lag noch hellwach im Bett und grübelte darüber nach, dass man ihrer Freundin, Lone Svenson, den Mord an dieser Margot anhängen wollte. Gut, ein Motiv hätte Lone allemal gehabt, schließlich war sie von dieser Person heimtückisch bestohlen worden. Erwin war ihr dann auch noch gewaltig in den Rücken gefallen. Aber deshalb jemanden umbringen? Nee, das hätte Lone nie getan, dass passte einfach nicht zu ihr. Einen Rechtsanwalt hätte sie dieser Margot auf den Hals gehetzt, und gut wäre es gewesen. Aber ein Mord? Nee, niemals! Marta lauschte in die Stille und suchte händeringend nach einer plausiblen Antwort auf ihre Fragen. Urplötzlich erschallte ein schrilles Pfeifen, das quer durch das Schlafzimmer zu toben schien. Es klang, als würde der Kieler Zug direkt ihr Schlafzimmer anpeilen. Marta, die tief in ihre Gedanken versunken war, fuhr vor Schreck hoch. Was, um Himmels willen, war das? Verwirrt sah sie sich im Raum um, und ihr Blick blieb an ihrem Mann Kalli hängen, der schlafend neben ihr lag. Aus seiner Richtung ertönte ein fragwürdiges Konzert aus schrägen Flötentönen. Es startete mit einem leisen zarten Pfeifton, dieser steigerte sich dann aber immer mehr in der Lautstärke. Dann fielen zahlreiche missgestimmte Flöten in dieses nächtliche Konzert mit ein, und das Schlafzimmer erzitterte förmlich unter den schrägen Tönen. Fehlte nur noch ein tönendes Fagott, doch bevor dieses sich gekonnt mit einbringen konnte, griff Marta beherzt ein. Kalli bekam einen ordentlichen Schubs in die Seite verpasst, und die verstimmten Töne erstarben gurgelnd in den Tiefen seines Kissens, zumindest vorerst. Kalli war durch diesen Schubs zwar kurzfristig aus seinem Konzertkonzept geraten, aber das sollte nicht lange anhalten. Er räusperte sich umständlich, wühlte haltlos im Bett herum und … es herrschte Ruhe. »Na, geht doch!«, murmelte Marta zufrieden und nahm die losen Enden ihrer Grübelei wieder auf. Nach kurzer nachdenklicher Bestandsaufnahme fielen ihr jedoch die Augen vor Müdigkeit zu. Egal, morgen war schließlich auch noch ein Tag. Wohlig glitt sie in den Schlaf, um zwei Minuten später wieder kerzengerade im Bett zu sitzen. Kalli hatte beschlossen, sein Konzert wieder aufzunehmen, und neue, noch schrillere Töne flogen Marta aus Kallis Orchestergraben um die Ohren. Wieder verabreichte sie Kalli einen Schubs, allerdings um einiges heftiger. Es war doch immer dasselbe, wenn Kalli beim Stammtisch ein Bier zu viel gehabt hatte. Dann fiel er mehr oder weniger angesäuselt ins Bett und meinte dann, Marta mit einem schrägen Schnarchkonzert um ihre wohlverdiente Nachtruhe bringen zu müssen. Marta ließ sich resigniert zurück ins Kissen fallen. Das hier wurde nichts. Die ganze Nacht sich Kallis durchdringende und falsch gestimmte Pfeif- und Flötentöne anzuhören, dass passte ihr ganz und gar nicht, und deshalb schnappte sie sich ihr Bettzeug und zog nicht zum ersten Mal ins Gästezimmer um. Hier, in Kallis Nähe, würde sie kein Auge zu bekommen, eher bestand die Gefahr, dass sie Kalli in ihrer Wut und Verzweiflung ein Kissen auf das Gesicht drücken würde. Und das wäre entschieden ein Mord zu viel.

-19-

Nach dem Treffen mit Robert war Sven aufgebracht nach Hause aufgebrochen. Auch Robert war aufgewühlt und beschloss deshalb, nicht direkt nach Hause zu fahren. Um seinen Kopf wieder frei zu bekommen, wollte er einen Spaziergang zum Jachthafen in Fahrensodde machen. Der Weg in Richtung Jachthafen lag fast komplett im Dunkeln, nur ab und an drang etwas Mondlicht durch die hohen Bäume. Die Nacht war klar und kühl, also genau richtig für einen Spaziergang. Der Mond war mittlerweile fast rund und tauchte die Umgebung in ein gedämpftes bläuliches Licht. Robert sog die frische Seeluft tief ein und marschierte los. Bis zum dänischen und deutschen Jachthafen in Fahrensodde waren es schlappe zwei Kilometer. Der meiste Teil der Strecke führte oberhalb des Strandes entlang. Rechts wuchsen Büsche und standen hohe Zäune, die den Weg von den Grundstücken der Sommerhäuser trennten, links ging es über große Steine zwei Meter tief hinunter zum Wasser. Eine leichte Brise zerrte spielerisch an seinen Haaren, und eine aufgescheuchte Möwe flog wütend kreischend davon. Sonst war außer dem Rauschen der Flensburger Förde nichts zu hören oder zu sehen. Robert schmunzelte vor sich hin. Diese Möwe erinnerte ihn irgendwie an Margot, die ebenfalls gerne wütend herumgekrischt hatte, wenn ihr etwas nicht passte. Doch so schnell, wie ihm dieser Gedanke gekommen war, schüttelte er ihn auch wieder ab. Dunkle Regenwolken schoben sich, vom Wind getrieben, vor den Mond, und es wurde schlagartig dunkel. Robert hielt in seiner nächtlichen Wanderung an und wühlte in seiner Jackentasche herum. Da dieser Weg stellenweise recht uneben war, wollte er ihn zur Sicherheit lieber ausleuchten. Gerade, als er seine Taschenlampe aus der Jackentasche gefischt hatte und diese anknipsen wollte, meinte er, ein Geräusch hinter sich zu hören. Hastig fuhr er herum, doch da war niemand, er war allein. Sein Herz klopfte ihm bis zum Hals. Mein Gott, jetzt höre ich schon die Flöhe husten!, rief er sich selbst zur Ordnung, drehte sich um und wollte seinen Weg fortsetzen. Aber seine nächtliche Tour endete abrupt. Kaum hatte er einen Schritt voran gemacht, flog ein Gegenstand zischend durch die Luft und knallte hart auf seinen Hinterkopf. Sein Kopf flog nach vorn, und mit weit aufgerissenen Augen sackte Robert zusammen. Dann knallte er hart auf dem steinigen Boden auf. Blut lief ihm aus Mund und Nase. Lautlos bewegte er seine Lippen und versuchte, etwas zu sagen, doch er bekam keinen Ton heraus. Eine schwarz gekleidete Gestalt trat aus dem Schutz der Dunkelheit heraus und sah auf ihn hinab. Überraschung machte sich auf Roberts Gesicht breit, als er erkannte, wer der Unbekannte war. Doch er war weder in der Lage, sich zu rühren, noch konnte er anders auf sich aufmerksam machen. Der Angreifer sprach kein Wort, holte mit seiner großen Stabtaschenlampe wieder aus und schlug erneut brutal zu. Es wurde schwarz vor Roberts Augen. Als er kurz darauf wieder zu sich kam, bemerkte er, dass er unter den Achseln gepackt und unsanft an die Böschung geschleift wurde, die runter zum Wasser führte. Kurz davor ließ der Mann Robert unsanft auf den Boden fallen, beugte sich hinunter zu seinem Opfer und schlang blitzschnell einen dünnen Draht um Roberts Hals. Damit versuchte er Robert zu erdrosseln, doch es gelang ihm nicht, da der raue Draht seine Latexhandschuhe zu zerreißen drohte. Robert rang schwer nach Luft, doch der Angreifer nahm keine Notiz davon. Der Schlag hatte Robert eine schwere Kopfverletzung eingebracht, und er gab schmerzerfüllte Laute von sich, doch der Mann setzte sein Vorhaben ungerührt fort. Robert wurde brutal in die Höhe gerissen und bekam einen harten Stoß in den Rücken verpasst. Robert schien zu ahnen, was ihm bevorstand, und bäumte sich verzweifelt mit allerletzter Kraft auf. Ein erneuter Schlag in den Rücken ließ ihn taumeln, und er stürzte die Böschung hinab und landete auf den Steinen. Ein Fußtritt gab ihm den Rest, und er stürzte kopfüber in das kalte Wasser der Flensburger Förde. Verzweifelt versuchte er hochzukommen, doch beim harten Sturz auf die Steine schien er sich Knochenbrüche zugezogen zu haben, sodass er sich nicht an den Steinen hochziehen konnte. Der Angreifer stand oben auf der Böschung und sah dem verzweifelten Treiben ungerührt zu. Ein letzter aussichtsloser Versuch, dann versank Robert im eiskalten Wasser. Der leblose Körper trieb mit dem Gesicht nach unten im Wasser. Die Strömung zerrte am Körper und versuchte, ihn hinaus ins offene Wasser in die Fahrrinne zu ziehen. Das war wohl auch der Plan des Angreifers gewesen. Doch die Leiche hatte sich mit einem Bein in herumtreibendem Gestrüpp verfangen und blieb so an Ort und Stelle liegen. Die dunkle Gestalt hob Roberts zu Boden gefallene Taschenlampe auf und warf sie im hohen Bogen ihrem Besitzer hinterher. Platschend schlug sie auf dem Wasser auf und versank lautlos in der Tiefe. So wie sie aus der Dunkelheit erschienen war, verschwand die Gestalt wieder lautlos in der Schwärze des Waldes. Zurück im blassen Schein des Mondlichts blieb nur Roberts zwischen Seetang und leeren Plastikflaschen dümpelnde Leiche.

-20-

Früh am Morgen klingelte das Telefon in Sörensens Büro. Gerade erst war er eingetrudelt und hielt in der rechten Hand einen Kaffee to go und links ein dick belegtes Käsebrötchen. Suchend sah er sich nach einer festen Abstellgelegenheit für den Kaffeebecher um, und sein Blick fiel auf den Aktenschrank. Der Becher thronte nun sicher dort oben, Sörensen nahm den Telefonhörer und meldete sich noch etwas verschlafen. Am anderen Ende der Leitung ertönte eine aufgeregte Stimme, die Sörensen kaum verstehen konnte. »Eine Leiche … oh Gott, Sie müssen sofort kommen!«, klang es wenig zusammenhängend in sein Ohr. Dass es eine Leiche gab, hatte er schon mitbekommen, aber wo war diese Leiche, und wer war der Anrufer? »Moment, Moment! Nun beruhigen Sie sich erst einmal und holen tief Luft«, redete er beschwichtigend auf den Mann am Telefon ein. Der Anrufer schien völlig von der Rolle zu sein. Nach ein paar hörbar tiefen Atemzügen hatte dieser sich wieder halbwegs im Griff. »So, und nun das Ganze noch mal ganz langsam von vorne«, sagte Sörensen. »Wer sind Sie und was ist genau passiert?« »Mein Name ist Morton Sönnichsen, ich bin der Hafenmeister vom dänischen Jachtklub in Fahrensodde. Hier dümpelt eine Leiche im Hafenbecken herum«, meldete Morton Sönnichsen völlig aufgelöst, und seine Stimme nahm wieder leichte hysterische Züge an. Eine Leiche in seinem Hafenbecken, das hatte es noch nie gegeben. Tote Wasservögel schon, aber das hier? Das ging gar nicht, das konnte er keineswegs dulden. Da Sönnichsens Stimme erneut panische Züge annahm, war

Sörensen alarmiert. »Herr Sönnichsen, wir sind gleich da. Nichts anfassen, und lassen Sie niemanden an die Leiche heran!«, befahl er und legte auf. Danach schickte er schon mal vorsorglich einen Streifenwagen los. Sörensen rief nach seinem Kollegen Nielsen. Dieser kam ins Büro geschlendert und biss dabei herzhaft in ein Schinkenbrötchen. »Was gibt es?«, nuschelte er mit vollem Mund. »Ein Toter im Hafenbecken von Fahrensodde. Komm, wir müssen los!«, war die knappe Antwort. Die Beamten schnappten sich ihre Jacken und machten sich auf den Weg.

Am Tatort hatte sich mittlerweile eine kleine Menschenmenge angesammelt, die von einem aufgeregten Morton Sönnichsen und zwei Uniformierten in Schach gehalten wurde. Zeitgleich mit der Kripo erreichte ein zweiter Streifenwagen den Tatort und übernahm, zur Erleichterung des Hafenmeistes, ganz das Ruder. Sönnichsen stakste steifbeinig auf die Kripobeamten zu. Der Leichenfund hatte ihn gehörig aus der Bahn geworfen. Eine Leiche in seinem Hafenbecken, das nahm er sehr persönlich, das konnte er nicht durchgehen lassen. So was hatte es hier noch nicht gegeben. Wild mit seinen Armen fuchtelnd, wies er in die Richtung, wo der Tote im Wasser trieb. Ein uniformierter Beamte nahm ihn behutsam am Ellenbogen und führte ihn diskret zur Seite, wo er dessen Personalien und seine Aussage aufnahm. Nielsen und Sörensen traten an die Uferkante und sahen hinab auf die im Wasser treibende Leiche. Der Tote lag bäuchlings im Wasser, sodass man sein Gesicht nicht erkennen konnte. Zwei Taucher der Wasserschutzpolizei ließen sich ins Wasser gleiten und wateten an den Toten heran. Das Wasser war an dieser Stelle nur knapp 60 Zentimeter tief, einen halben Meter weiter allerdings fiel das Ufer steil ab. Gemeinsam drehten sie den Toten langsam um und zogen ihn vorsichtig aus dem Wasser heraus. Ein röhrendes Motorrad näherte sich, der Gerichtsmediziner, Doktor Marcussen, war angekommen. Die Taucher hoben die Leiche hoch und legten sie pietätvoll auf eine bereitliegende Plane. Marcussen zog sich mit einem laut schnalzenden Ton Gummihandschuhe über, kniete sich neben dem Toten nieder und durchsuchte routiniert dessen Taschen. Dabei förderte er eine Brieftasche zutage und übereichte sie Sörensen. Rasch durchsuchte er sie und zog einen Ausweis heraus. Nielsen sah ihn fragend an. »Robert Lassen aus Flintby«, las Sörensen laut vor und sah seinen Kollegen verblüfft an. »Sag mal, ist das nicht der Bruder von diesem Töpfer Clemens Lassen?« Nielsen nickte nur zur Bestätigung.

Seit dem Anruf der Flensburger Kripo bei Clemens Lassen lief dieser unruhig zwischen seinem Haus und der Töpferei hin und her. Seine Frau sah ihm nervös hinterher, zog es aber vor zu schweigen, schließlich wollte sie keinen Wutausbruch ihres Mannes riskieren. Der Tod von Robert hatte Clemens offenbar völlig aus der Fassung gebracht, zumindest war dies ihr Eindruck. Natürlich war er tief betroffen, aber Clemens machte sich noch mehr Sorgen darüber, ob die Polizei mit Robert gesprochen hatte. Schließlich hatte die Polizei im ganzen Dorf Erkundigungen eingezogen. Clemens befürchtete, dass die Polizei über kurz oder lang vor seiner Tür stand. Fieberhaft überlegte er, was man ihn wohl fragen würde. Sollte er sein Wissen über Roberts Beteiligung am Überfall auf den Juwelier in Flensburg preisgeben? Dass Robert diese Margot Iwersen gekannt hatte? Wie viel wusste beziehungsweise ahnte die Polizei? Ein Berg von unbeantworteten Fragen türmte sich auf. Eigentlich hatte er heute Nacht nach Dänemark aufbrechen sollen. Offiziell wollte er am nächsten Tag in der Nähe von Sønderborg einen Töpfermarkt aufsuchen. Aber wie immer war das nur ein vorgeschobener Grund für seinen Dänemark-Trip. Noch in der gleichen Nacht sollte es per Charterflug weiter nach Kopenhagen gehen, dort wartete bereits ein wichtiger Kunde auf ihn. Ein Kunde, bei dem Geld keine Rolle spielte, nur Diskretion und Verlässlichkeit waren hier wichtig. Der Kunde interessierte sich brennend für ein Kunstobjekt. Allerdings stand dieses nicht zum Verkauf, denn es gehörte zur Sammlung von Schloss Gottorf. Das allerdings interessierte den Kunden nicht, er war gewohnt zu bekommen, was er anstrebte. Noch länger wollte er nicht warten, deshalb hatte er verlangt, dass heute Nacht alle geschäftlichen Dinge abgewickelt wurden. Allein konnte Clemens das Objekt nicht entwenden, da es im Schloss gut gesichert war. Dazu brauchte er jemanden mit dem richtigen Know-how und Fingerspitzengefühl. Clemens beschloss, Sven Kaiser zu kontaktieren, denn er war stets seine erste Wahl für so einen Job. Dieser hatte Clemens schon einige Male bei Einbrüchen in gut gesicherte Objekte ausgeholfen. Sven war ein ruhiger und loyaler Typ, der nicht viel fragte, sondern tat, was man von ihm verlangte. Ganz im Gegensatz zu Robert, der in Clemens' Augen einfach nur geschwätzig und geldgierig war. Dadurch war er für Clemens zur Gefahr geworden, aber dieses Problem hatte sich nun ja von selbst erledigt.

-21-

Der gewaltsame Tod von Margot Iwersen lag gerade drei
Tage zurück, und nun gab es den zweiten Mord an Robert
Lassen. Am vergangenen Wochenende war die kleine heile
Welt von Hattlund noch intakt gewesen, doch jetzt lag sie
in Trümmern. Das Wissen, das dort draußen ein Killer frei
herumlief, hatte die Gemeinde in große Unruhe versetzt.
Nach Einbruch der Dämmerung waren die Straßen wie leer-
gefegt, und Türen wurden fest verschlossen. Aber nicht nur
in Hattlund machte man sich über diese abscheulichen Verbrechen Gedanken, auch im Nachbardorf Flintby herrschte
großes Rätselraten. Kam der Mörder aus den eigenen Rei-
hen, vielleicht sogar aus der Nachbarschaft? War es jemand,
den man kannte, den man auf der Straße freundlich grüßte?
War diese Margot Iwersen von ihrer Vergangenheit eingeholt worden? Was war mit Robert Lassen, hatte der was mit
dem ersten Mordopfer zu tun gehabt? In Flintby kursier-
ten die wildesten Gerüchte über Margots Vorleben. Jeder
meinte, etwas darüber zu wissen, aber Margot blieb selbst
im Tod eine undurchsichtige Figur. Deshalb hatte Kalli
Sörensen es sich zur Aufgabe gemacht, Licht ins Dunkel
zu bringen. Natürlich an der Polizei vorbei, denn die schienen ja überhaupt nicht richtig voranzukommen.

Heute, am Mittwochabend, fand, wie an jedem Mittwochabend, Kallis Skatabend statt. Pastor Gutbier hatte sich
schon zeitig eingefunden und saß erwartungsvoll zusammen
mit Kalli am Tisch. Kallis Frau Marta hatte wie immer etwas
Leckeres vorbereitet, und darauf freute er sich schon gewaltig. Zur Einstimmung hatte Kalli schon mal einen kräftigen

Gammel Dansk eingeschenkt, was bei dem Pastor immer gut ankam. Pastor Gutbier war eine imposante Erscheinung, groß und kräftig von Statur und immer für ein Späßchen zu haben. Sonntags beim Gottesdienst heizte er liebend gern seinen Schäfchen von der Kanzel herab ein. Zu einem guten Essen sagte er niemals nein, was man unschwer an seiner Leibesfülle erkennen konnte. Die Knöpfe an seinem Jackett ächzten unter der Spannung und drohten jeden Moment abzuspringen. Gutbier war ein gutmütiger Mensch, den nichts so schnell aus der Ruhe brachte, eben ein waschechter Nordfriese. Auf einer Hallig großgeworden, war er sturmerprobt und behielt stets alles ruhig im Blick. Nach dem Studium in Kiel war er als Pastor auf der Insel Langeneß eingesetzt worden. Wie ein Fels in der Brandung und mit einem guten *Köm* im Glas hatte er dort so manches Landunter überstanden. Bei den Dörflern war er für seine Trinkfestigkeit berühmt-berüchtigt, denn ihn haute nichts so schnell um. Schon so manchen großmäuligen Bauern oder Viehhändler hatte er locker unter den Tisch gesoffen, ein Tatbestand, den diese neidlos anerkennen mussten.

Marta kam beladen mit gefüllten Tellern aus der Küche ins Wohnzimmer. Gutbier rieb sich begeistert die Hände und konnte es kaum abwarten. »Fangt ihr man schon mal an, sonst wird noch alles kalt«, sagte Marta und verschwand wieder in der Küche. Das ließ sich der Pastor nicht zweimal sagen. Geschwind band er sich eine große Stoffserviette um und langte kräftig zu. Leise Laute des Wohlbehagens ausstoßend, arbeitete er sich durch das köstliche Mahl. Auch Kalli verputzte sein Essen genussvoll. Mittlerweile waren Gutbier und Kalli beim zweiten *Aquavit* angekommen. »Op een been steiht sik dat nich so god!«,[*] hatte der

---

[*] Auf einem Bein steht es sich nicht so gut!

Pastor augenzwinkernd gemeint und mit seinem leeren Glas in der Luft herumgefuchtelt. Grinsend hatte Kalli nachgeschenkt. Eigentlich sollten schon längst die Skatkarten auf dem Tisch liegen, aber der dritte Mann fehlte noch immer. Detlef Johannsen war nicht aufgetaucht, was Kalli missmutig zur Kenntnis nahm. Der Skatabend heute Abend war für Kalli nur zweitrangig, denn er hatte sich einen Plan zurechtgelegt, wie Detlef und er den Mörder aufspüren und zur Strecke bringen wollten. In Kallis Augen kamen sein Bruder Steffen und dessen Kollegen einfach nicht in die Gänge, also fühlte er sich dazu berufen, der Polizei unter die Arme zu greifen. Mann, wo bleibt denn dieser Ökoheini bloß ab, dachte er ungeduldig und schaute erneut auf die Uhr. Dem Pastor jedoch machte die unfreiwillige Warterei nichts aus, Hauptsache, der *Aquavit* ging nicht aus. Seine Nase hatte bereits den Farbton einer kleinen roten Leuchtboje angenommen, als Marta den Raum betrat. Mit einem Blick sah sie, dass die beiden Männer schon einen Kleinen intus hatten. Mit einem strengen Blick sah sie von Kalli zu Pastor Gutbier. »Nun ist es aber genug für heute mit dem *Aquavit*! Soll dieser Abend wieder so enden wie der im letzten Monat?«, wollte sie energisch wissen. Fragend sahen die Männer sie an, bis es Pastor Gutbier langsam dämmerte, auf was Marta da anspielte. Eine zarte Röte überzog sein Gesicht, als er an die für ihn hochnotpeinliche Episode zurückdachte. Auch Kalli hatte inzwischen begriffen, was seine Frau meinte, und musste leise kichern. Letzten Monat hatte er Gutbier bei ihrer Skatpartie mal ordentlich abgefüllt. Mann, war das ein lustiger Abend gewesen. Doch als der Pastor sich auf den Heimweg machen wollte, hatte er eine solche Schieflage gehabt, dass er unmöglich mit dem Rad nach Hause fahren konnte. Also hatten Kalli und Detlef eine große Schubkarre aus dem Stall geholt und den Pastor kurzerhand hinein verfrachtet. Dann waren sie mit einem gut gelaunten und lauthals singenden Gutbier quer durch Flintby in Richtung Pfarrhaus losgezockelt. Da dieser über einen wohltönenden Bass verfügte, war diese nächtliche Aktion natürlich nicht unbemerkt geblieben. Unter nächtlichem Himmel waren sie dann schließlich am Pfarrhaus angekommen, und Gutbier sang noch immer lauthals: »Sing man to, sing man to, vun Herrn Pastor sin Ko, jo, jo …« Den ganzen Weg war es weder Kalli noch Detlef gelungen, den Pastor zum Schweigen zu bringen. Gemeinsam hatten sie dann Gutbier auf ein Sofa gebettet. Der Gesang verstummte augenblicklich, und er schlummerte kurz darauf wie ein Baby. Am nächsten Tag wusste natürlich das ganze Dorf Bescheid, und sein nächtlicher Auftritt hatte für reichlich Gesprächsstoff gesorgt. Peinlich berührt dachte Gutbier daran zurück. Das durfte ihm nicht noch mal passieren und so schob er sein leeres Glas zur Seite und griff beherzt zu der Tasse Kaffee, die Marta hereingebracht hatte. Dies nahm Marta wohlwollend zur Kenntnis und kassierte kurzerhand die Kömbuddel ein. Kallis lauter Seufzer sprach Bände. Marta hatte ein Machtwort gesprochen, und der *Aquavit* war somit für heute vom Tisch.

Eigentlich stand dem Skatabend nichts im Wege, doch Detlef glänzte noch immer durch Abwesenheit. So langsam wurde Kalli nervös und fragte sich zum zigsten Mal, wo Detlef bloß abblieb. Kalli brannte der Mord in Hattlund dermaßen unter den Nägeln, dass er fast die Geduld verlor. Auch Pastor Gutbier schielte jetzt verstohlen auf seine Uhr. Was war das denn für ein Skatabend? Der dritte Mann fehlte, und der *Aquavit* war einkassiert worden. Aber, das musste er zugeben, das Essen war wie immer reichlich und

lecker gewesen. Wohlig strich er sich über seinen kugelrun-
den Bauch. Er war pappsatt, aber ein kleines »Verdauungs-
tröpfchen« wäre jetzt auch nicht schlecht. Doch als er Martas entschlossene Miene sah, verkniff er sich die Frage nach
einem kleinen Absacker. Marta konnte da sehr eigen sein,
das wusste er von Kalli. Gutbier räusperte sich laut und sah
Kalli an. »Dat wart hüt wohl nichts mehr!«,[*] stellte er trocken fest und machte Anstalten, sich zu erheben. »Du wist
doch nich schon los?«,[**] wurde er von Kalli ausgebremst.
Gutbier sah erneut auf die Uhr und stand entschlossen auf.
»Ik mut los!«,[***] endschied er. »Mut noch een Predicht för
Söndag dürchkieken![****] Tja dann, moin, moin!«, sprach er
und verschwand mit fliegenden Rockschößen flugs durch
die Küchentür nach draußen in die dunkle Nacht. Marta
sah ihm kopfschüttelnd nach. »Das ist doch typisch unser
Pastor. Ist die Buddel vom Tisch, dann ist auch er bald verschwunden«, meinte sie lachend. Da ist was dran, dachte
Kalli grinsend. Dann bewölkte sich sein Gesicht. Das war
alles Detlefs Schuld, wäre er pünktlich aufgetaucht, dann
hätte Marta nicht den *Aquavit* konfisziert, und Gutbier
wäre nicht schon gegangen. Na, der konnte sich auf was
gefasst machen.

Fünf Minuten später flog die Küchentür geräuschvoll
auf, sodass Kalli und Marta vor Schreck zusammenfuh-
ren. Detlef Johannsen stürzte keuchend herein, als würde
er von einem Geist gejagt werden. Vor Aufregung hochrot
im Gesicht warf er sich auf einen Stuhl und japste nach Luft.
Seine Kleidung wirkte derangiert, als wäre er den ganzen
Weg gerannt. Marta sah Kalli verdattert an und fragte sich

---

[*] Das wird wohl heute Abend nichts mehr!
[**] Du willst doch nicht schon los?
[***] Ich geh dann mal los!
[****] Muss noch eine Predigt für Sonntag durchgehen.

insgeheim, was denn in Detlef gefahren war. Kalli fand als Erster seine Stimme wieder. »Du mine Güte, wat is denn mit di los? Hest du Margots Geist sehn?«,[*] wollte er trocken wissen. Bei der Erwähnung der toten Margot zuckte Detlef leicht zusammen. »Nee, aber die haben heute Morgen Robert, den Bruder von Clemens Lassen, in Fahrensodde tot aus dem Wasser gefischt!«, stieß er noch immer reichlich kurzatmig aus, denn er war wirklich den ganzen Weg gerannt.

Diese Nachricht schlug bei den Sörensens wie eine Bombe ein, und sie sahen Detlef entsetzt an. »Ein Unfall?«, wollte Marta besorgt wissen. Kalli sah Detlef fragend an. Sein Gesichtsausdruck wollte von einem Unfall nichts wissen, ein Mord käme Kalli da besser zupass. Nun brannte er darauf, alles haarklein von Detlef zu erfahren. »Ob es ein Unfall war, weiß ich nicht. Clemens hat nur erwähnt, dass Robert tot im Wasser trieb. Muss letzte Nacht passiert sein«, warf er Kalli entgegen. Kalli war enttäuscht, war das alles? Detlef schwieg und sah Marta und Kalli nachdenklich an. In Kallis Kopf fing es an zu rattern. Irgendetwas passte hier nicht an der Tatsache, dass man Robert in Fahrensodde gefunden hatte. »Wat het Robert denn mitten inne Nacht dor inne Jachthoven verlorn hat? De hat jo nich mol en Schipp dor liggen«,[**] stellte er sachlich fest und grübelte weiter. Auch Marta schien diese Frage zu beschäftigen. »Naja, vielleicht hat er dort jemanden besucht«, gab sie zu bedenken. Kalli sah Detlef an. Detlef sah Kalli an. Beide wirkten nicht sehr überzeugt von Martas Einwurf. »Könnte was dran sein, aber Robert war nicht der Typ, der im Jachthafen herumhing. Er war zwar

---

[*] Meine Güte, was ist denn mit dir los? Ist dir Margots Geist begegnet?
[**] Aber was hat Robert denn mitten in der Nacht dort am Jachthafen zu suchen gehabt? Der hatte da ja nicht mal ein Segelboot liegen.

nicht wie sein Bruder Clemens, der ökologisch korrekt mit der Umwelt lebt, und mit Seglern hatte der bestimmt nichts am Hut«, dozierte Detlef fast mit Stolz. »Glaube ich zumindest …«, setzte er allerdings leise leicht zweifelnd hinzu. Mit Clemens kam Detlef bestens aus, mit Robert hatte er kaum Kontakt gehabt. Manchmal kam es Detlef vor, dass Robert sich hinter Clemens' Rücken über ihn lustig machte. Auf Clemens ließ Detlef nichts kommen, aber Robert? Was wusste er eigentlich von Robert? Im Grunde genommen nicht viel.

Robert war vor knapp vier Jahren in Hattlund aufgetaucht und hatte mit einem Freund eine Tischlerei gegründet. Das Unternehmen schien einigermaßen zu florieren, aber im Dorf wurde hinter vorgehaltener Hand gemunkelt, dass Robert dort recht selten anzutreffen war. Sein Kompagnon war wohl derjenige, der den Laden am Laufen hielt. Robert hatte häufig wechselnde Frauenbekanntschaften, was natürlich im Dorf für reichlich Klatsch sorgte. Jemand aus Hattlund war der festen Überzeugung gewesen, dass Robert auch was mit der ermordeten Margot gehabt hatte. Beweisen konnte er es nicht, aber wie er versicherte, war seine Quelle absolut zuverlässig. Diese Überlegung legte Detlef Kalli und Marta dar, die aufmerksam zuhörten. Kalli zählte zwei und zwei zusammen. Wenn das Gerücht stimmte, dass Robert und Margot sich gekannt hatten, war Robert sicherlich auch ermordet worden. So einfach war das für Kalli. Marta sah das selbstsichere Lächeln auf dem Gesicht ihres Mannes, und ihr schwante Böses. »Detlef, das muss Steffen erfahren!«, bestimmte sie und sah Detlef streng an. »Und du, Kalli, hältst dich aus der Polizeiarbeit heraus!« Verdammt, konnte Marta jetzt schon Gedanken lesen? Ertappt sackte Kalli in sich zusammen.

Marta konnte das dumpfe Gefühl, dass Kalli Detlef beschwatzen würde, der Polizei vorläufig nichts zu erzählen, einfach nicht loswerden. Also beschloss sie, selbst tätig zu werden. Obwohl es schon spät war, hoffte sie, Sörensen noch im Büro anzutreffen. Energisch wählte sie die Nummer der Flensburger Kripo und verlangte, zu Kriminaloberkommissar Sörensen durchgestellt zu werden. Man versprach, sie zu verbinden, und nach einer kurzen Wartezeit meldete sich Sörensen. »Moin, Marta! Wollte gerade Feierabend machen. Was kann ich denn so spät noch für dich tun?«, wollte er überrascht wissen. Marta hielt sich nicht mit einer langen Vorrede auf und kam ohne Umschweife gleich zur Sache. In kurzen Sätzen erklärte sie Sörensen die Lage und bat ihn zu kommen. Sörensen reagierte prompt. »Halte Detlef fest, meinetwegen binde ihn am Stuhl fest, aber lass ihn nicht gehen! Ich bin, so schnell es geht, bei euch!«, rief er ins Telefon und legte auf. Detlef besaß eventuell wichtiges Insiderwissen, und das könnte der Kripo vielleicht weiterhelfen. Marta marschierte zurück ins Wohnzimmer, um ihren Mann und Detlef im Auge zu behalten. Als sie das Zimmer betrat, fuhren die beiden wie ertappt auseinander. Sie sah ihre Vorahnung bestätigt, als sie die tuschelnden Männer sah. Jetzt musste sie nur noch auf Steffen Sörensen warten, was sie auch tat, indem sie sich zu den Männern an den heute nicht genutzten Skattisch setzte. Kallis verdutztes Gesicht sprach Bände. »Ähm, harst du nix inne Köök to don?«,[*] hob er zaghaft an. »Das kann warten!«, war die kurze und knappe Antwort von Marta. Kalli sah Detlef an. Detlef sah Kalli an. Martas unerwartetes Erscheinen hatte sie völlig aus dem Konzept gebracht, wie Marta hochzufrieden feststellte. Kalli überlegte krampfhaft, wie

---

[*] Ähm, hattest du nicht noch was in der Küche zu tun?

er Marta aus dem Zimmer lotsen konnte, ohne dass sie Verdacht schöpfte. Detlef rutschte nervös auf seinem Stuhl hin und her. Diese Situation verunsicherte ihn gewaltig, und er dachte daran zu gehen.

Ein Auto fuhr auf dem Hofplatz der Sörensens vor. Kalli hob erstaunt den Kopf und lauschte. Mittlerweile war es fast 21.30 Uhr. Der Skatabend war gelaufen, und ein später Besuch stand eigentlich nicht auf dem Plan. Auch Marta hatte das Auto kommen gehört und entspannte sich augenblicklich. Kalli sah seine Frau misstrauisch von der Seite an. Warum wirkte sie plötzlich so erleichtert? Jemand trat durch die Haustür. Laute Schritte näherten sich der Wohnzimmertür. Kalli hielt den Atem an. War das vielleicht der mysteriöse Hattlund-Mörder? Warum war die Haustür nicht abgeschlossen? Kalli schluckte nervös und starrte wie gebannt auf die Türklinke, die langsam heruntergedrückt wurde. Kalli starrte mit weit aufgerissenen Augen auf die sich nach unten bewegende Türklinke, und ein ängstlicher Quietschton entwischte seinem Mund. Auch Detlef hielt den Atem an und starrte ebenfalls mit aufgerissenen Augen auf die Türklinke. Knarrend öffnete sich langsam die Tür, die endlich ganz aufflog, und Kriminaloberkommissar Sörensen betrat forsch das Wohnzimmer. Kalli fiel die Kinnlade hinunter, als er plötzlich seinen Bruder vor sich stehen sah. »Moin, moin!«, schmetterte Sörensen den Anwesenden entgegen. Marta war die ängstliche Anspannung von Detlef und Kalli nicht entgangen. Als sie nun deren fassungslose Gesichter sah, konnte sie einfach nicht anders und musste lauthals loslachen. Was waren die beiden doch für Kindsköpfe! Der Polizei ins Handwerk pfuschen wollen, aber bei einer knarrenden Tür fast die Nerven verlieren. Auch Sörensen hatte aus dem Augenwinkel bemerkt, dass Detlef und

Kalli wie gebannt ängstlich auf die sich öffnende Tür gestarrt hatten. »Hallo, ich bin es nur! Wen habt ihr denn erwartet? Den Hattlund-Mörder?«, rief er den beiden amüsiert zu. Detlef und Kalli sahen sich ertappt an wie zwei Schuljungen, die man beim Äpfel klauen erwischt hatte. Detlef stand langsam auf und wollte sich verabschieden, doch er wurde von Sörensen energisch zurückgepfiffen. »Nee, Detlef, bleib du man schön hier, denn mit dir habe ich nämlich zu reden«, bremste ihn Sörensen aus und wies auf einen Stuhl. Detlef sank auf diesen wie in Zeitlupe. Er konnte sich nicht erklären, was der Kripobeamte von ihm wollte. »Mir ist da was zu Ohren gekommen!«, begann Sörensen und sah Detlef streng an. Detlef wunderte sich, doch dann traf sein Blick den von Marta, und er wusste schlagartig, wovon Sörensen sprach. Marta hatte eingegriffen. »Ach so, das«, murmelte Detlef erleichtert. »Ich wäre schon noch bei euch vorbeigekommen«, räumte er trotzig ein und sah von Sörensen zu Marta, deren Blicke vorwurfsvoll auf ihm ruhten. In Sörensen stieg langsam Ärger auf. »Und wann wäre das gewesen? Erst nachdem Kalli und du euch eingemischt hättet? Ich glaube es einfach nicht!«, rief Sörensen ärgerlich aus und sah seinen Bruder ebenfalls streng an. Dieser sah auf den Boden, als suchte er nach einer verborgenen Fluchtmöglichkeit unter dem Tisch. Es war mucksmäuschenstill im Raum, nur das laute Ticken der alten Wanduhr durchbrach die Stille. »Also, ich höre!«, bellte Sörensen Detlef an. Detlef zuckte angesichts des rauen Tons leicht zusammen und beeilte sich, sein Wissen über Robert Lassen loszuwerden. Sörensen hörte aufmerksam zu und unterbrach Detlef nicht in seinen Ausführungen. Wenn das stimmte, was Detlef soeben erzählt hatte, dann könnte es durchaus einen Zusammenhang mit dem Mord an Margot Iwersen geben.

Sörensen wollte ohnehin bei Clemens Lassen vorbeifahren, da dieser der Bruder von Robert war. Dabei würden sie ihm, Clemens Lassen, noch mal gehörig auf den Zahn fühlen. Vielleicht wusste der Näheres über eine Beziehung zwischen Robert und Margot. Sörensen spürte förmlich, dass dieser nicht alles erzählt hatte. Clemens musste mehr wissen, als er zugab. »So, und ihr beiden«, sagte Sörensen streng zu Kalli und Detlef, »ihr haltet euch raus! Ich hoffe, dass ich mich klar und deutlich ausgedrückt habe.« Dann wandte er sich an Marta. »Das, was hier soeben beredet worden ist, darf nicht in der Öffentlichkeit breitgetreten werden.« Marta nickte ernst. »Natürlich nicht, da kannst du dich drauf verlassen!«, versprach sie und warf den beiden anderen Männern ebenfalls einen strengen Blick zu. Sörensen lächelte Marta dankbar an und wollte gehen.

Schwungvoll öffnete er die Tür und prallte mit Meta Jürgensen zusammen, das größte Klatschmaul von Flintby. Wegen ihrer spitzen Zunge war sie überall gefürchtet, denn sie steckte überall ihre Nase rein und gab ungefragt ihren Senf dazu. Sie war nie verheiratet gewesen und hatte nur einen Lebensgefährten, mit dem sie allerdings nicht zusammenlebte. Sie brauchte keinen Ehemann, sie stand auf beiden Beinen selbst im Leben. Worauf sie immer gerne pochte. Doch wie hatte es einmal ein Nachbar so treffend formuliert? »De kanns mi nackig om det bug binden, dor schrie ik om help!«* Da stand sie nun, von leicht korpulenter Statur und mit einer Frisur, die in alle Richtungen abstand. Stets mit festen Laufschuhen und in einen leuchtend roten Sweater und dunkelblauen Faltenrock gekleidet. Ihr Gesicht hatte einen rötlichen Ton angenommen, und ihre Augen leuchteten vor Aufregung. Sörensen beschlich der böse

---

* Die kann man mir nackt um den Bauch binden, dann schreie ich um Hilfe!

Verdacht, dass sie gelauscht hatte. Was und wie viel hatte sie mitbekommen? »Hach, ich störe doch wohl nicht? Ich weiß, es ist schon spät, Marta, ich wollte nur schnell ein paar Eier fürs Frühstück bei dir holen«, rief sie atemlos in die erstaunte Runde. »Aber ich kann ja später noch mal vorbeikommen.« Sie machte halbherzige Anstalten zu gehen, aber Marta hielt sie zurück. »Nee, ist schon gut. Dann lass uns beide mal in den Hühnerstall gehen«, antwortete sie und bugsierte die neugierig um sich schauende Meta energisch in Richtung Küchentür. Marta und auch Sörensen waren sich im Klaren darüber, dass spätestens morgen früh ganz Flintby Bescheid wusste.

-22-

Clemens Lassen stand vor seiner Töpferei, als ein Auto auf sein Grundstück fuhr. Der unerwartete Besuch riss ihn aus seinen Gedanken. Das Auto hielt an, und Sörensen und Nielsen kletterten heraus. Clemens holte tief Luft und straffte seine Schultern. Da waren sie also, es ging los! Clemens atmete nochmals tief durch und setzte eine schmerzliche Trauermiene auf. So gerüstet trat er auf die Kripobeamten zu. Sörensen reichte ihm die Hand und sprach ihm sein

Mitgefühl zum Tod von Robert aus. Nielsen jedoch hatte ein grimmig entschlossenes Gesicht aufgesetzt und starrte Clemens unverhohlen feindselig an. Clemens wappnete sich innerlich, denn bei Nielsen würde er vorsichtig sein müssen mit dem, was er sagte. Sörensen ordnete er geringschätzig als ungefährlich ein. Er wirkte auf Clemens als der weichere Typ, was sich allerdings bald als eine fatale Fehleinschätzung herausstellen sollte.

Nielsen sprach Clemens unerwartet mit ruhiger, einfühlsamer Stimme an, was Clemens sichtlich irritierte. »Herr Lassen, das mit Ihrem Bruder tut mir sehr leid!«, begann Nielsen leise, was Clemens kurzfristig aus dem Konzept brachte. Etwas verwirrt sah er verstohlen von Nielsen zu Sörensen, was Sörensen allerdings nicht verborgen geblieben war. Jetzt war er an der Reihe, und zu Clemens' Überraschung wurde er von ihm barsch angefahren. »So, und jetzt reden Sie! Alles, was Ihren Bruder betrifft, ist wichtig!« Clemens wirbelten 1.000 Gedanken durch den Kopf. Wie konnte er sich nur so in Sörensen geirrt haben? Was wollte dieser Bulle von ihm? Doch Clemens hatte sich rasch wieder im Griff und gab sich begriffsstutzig. Um klar denken zu können, musste er Zeit gewinnen. »Ähem, ich weiß nicht so richtig, was Sie genau von mir wollen?«, gab er vorsichtig von sich, doch seine Blicke schossen äußerst wachsam zwischen den Kripobeamten hin und her. Sörensen schwieg, sah Clemens direkt in die Augen und wartete geduldig. Clemens räusperte sich umständlich. Jetzt nur nichts falsch machen!, befahl er sich in Gedanken. »Nun, was wollen Sie denn genau von mir hören?«, setzte er erneut an und gab sich alle Mühe, entspannt rüberzukommen. Sörensen wurde langsam kribbelig. Was sollte dieses Herumgeeiere von Clemens Lassen? Konnte er oder wollte er ihnen nicht weiterhelfen? Clemens, der sich nun wieder voll im Griff hatte, setzte ein lächelndes Pokerface auf. »Lassen Sie uns doch in die Töpferei gehen, da sind wir ungestört«, schlug er freundlich vor. Die Beamten sahen sich leicht überrascht an und willigten ein. Die dreiköpfige Gruppe marschierte hinüber in die Töpferei. Clemens' Frau Anna sah ihnen reichlich nervös hinterher. Im großen Raum der Töpferei schob Clemens rasch Werkzeug zur Seite und bat die Beamten, Platz zu nehmen. Doch diese lehnten dankend ab, schließlich waren sie hier nicht zu einem Kaffeekränzchen erschienen. Clemens setzte sich auf einen Hocker und schien jetzt völlig tiefenentspannt zu sein. Er hüstelte kurz und legte dann los.

»Nun, wie Sie sicherlich schon herausgefunden haben, war Robert in seiner Jugend kein unbeschriebenes Blatt. Handel mit Cannabis, halt Jugendsünden! Und ja, er war schon immer ein ziemlicher Weiberheld. Aber seit er zusammen mit seinem Kumpel Gunnar die Tischlerei aufgezogen hatte, war Schluss mit dem lockeren Lebenswandel. Er war ruhiger geworden«, erzählte er den Beamten freundlich lächelnd. Ein Weiberheld also, nun gut, das passte zu dem, was Sörensen von Detlef erfahren hatte. Robert Lassen konnte so durchaus was mit Margot Iwersen gehabt haben. Aber Sörensen brauchte einen hieb- und stichfesten Beweis dafür. Nur eine Ahnung oder Vermutung reichte da nicht aus. Sörensen sprach Clemens direkt darauf an. Dieser zierte sich zunächst, entschloss sich aber dann, Sörensens Behauptung zu bestätigen, denn irgendwann würde die Polizei es ohnehin herausfinden. »Ja gut, er hatte ein Techtelmechtel mit dieser Person!«, gab er zähneknirschend zu. »Meiner Meinung nach hatte er mit der einen ziemlichen Fehlgriff gemacht. Soweit ich mich erinnere, hatte er sie aber recht schnell wieder abgeschossen.« Er selbst hatte Margot nicht leiden können. Seitdem sie hier in der Töpferei plötzlich aufgetaucht war, hatte er sofort gespürt, dass sie nur Ärger machen würde. Clemens schüttelte sich, als er an diese unschöne Episode zurückdachte. Nielsen hatte ihn genau beobachtet und hakte sofort nach. »Sie haben wohl nicht viel von dieser Dame gehalten, oder liege ich da falsch?« »Nein, nicht wirklich!«, antwortete Clemens gepresst. »Können Sie etwas konkreter werden?«, meldete sich Sörensen zu Wort. Jetzt schien es interessant zu werden. Clemens wand sich wie ein Fisch auf dem Trockenen und druckste herum. »Was hat das mit Roberts Tod zu tun?«, wich er aus.

Diese unrühmliche Episode war mehr als peinlich gewesen. Vor circa drei Wochen war sie plötzlich hier bei ihm in der Töpferei aufgetaucht. Aufgedonnert wie eine billige Bordsteinschwalbe war sie mit wiegenden Hüften hereinspaziert und hatte alles gründlich in Augenschein genommen. Zu dem Zeitpunkt war Sven gerade bei ihm gewesen. Beim Anblick dieser Margot hatte er schon fast fluchtartig den Laden verlassen. Sven hatte nur ein »bis später« gerufen und war dann urplötzlich verschwunden. Margot hatte ihm perplex, als hätte sie einen Geist gesehen, hinterher gestarrt. Doch dann hatte sie sich wieder voll auf Clemens konzentriert. Im Laden herumspazierend, hatte sie ein getöpfertes Teil nach dem anderen in die Hand genommen und anerkennende Worte gemurmelt. Clemens hatte sie nicht aus den Augen gelassen, denn irgendetwas ließ bei ihm die Alarmglocken klingeln. Dann hatte sie eine bauchige Vase ins Auge gefasst, nahm diese vom Regal und strich verzückt über ihre Rundungen. »Wenn ich nur daran denke, wie Ihre Hände diese Vase geschaffen haben«, hauchte sie leise und versuchte, Clemens' Blick auf ihr prall gefülltes Dekolleté zu lenken. »Hach, da wird mir ganz anders!« Augenklimpernd schob sie sich an Clemens heran. Doch so eine plumpe Anmache zog bei ihm nicht, vielleicht bei Robert, aber nicht bei ihm. Angewidert zuckte er zurück, aber Margot war nicht bereit aufzugeben und startete einen neuen Angriff. »Ich stehe auf schüchterne Männer!«, stieß sie lasziv aus und rückte wieder vor. »Schön für Sie, aber mein Mann steht nicht auf billige Flittchen!«, tönte es trocken aus dem hinteren Teil der Töpferei. Margot wirbelte herum und sah sich Auge in Auge Clemens' Frau Anna gegenüber. Diese hatte ihre mit Ton verschmierten Hände in die Seiten gestemmt und funkelte Margot böse an. Margot taxierte Anna von oben bis unten und verzog ihren Mund zu einem spöttischen Grinsen. Clemens hielt verblüfft die Luft an, denn von dieser Seite kannte er seine Frau nicht. Ein tiefes Gefühl der Liebe durchzog ihn kurz, ein Gefühl, das ihm schon vor einiger Zeit abhandengekommen war. »Ich verstehe, er steht wohl mehr auf dreckige Aschenputtel!«, schleuderte Margot soeben Anna entgegen. Anna zog die Augenbrauen zusammen und machte Anstalten, Margot mit ihrer lehmverschmierten Hand eine zu langen. Clemens schritt beherzt ein. Ein Skandal, das war das Letzte, was er gebrauchen konnte. Darüber wären seine Geschäftskontakte alles andere als erfreut. Er packte die kampfbereite Anna am Arm und schob sie sanft, fast schon zärtlich, zurück in ihre kleine Werkstatt. Dann war Margot an der Reihe. Ihr Rausschmiss war um einiges kühler. Höflich, aber mit eiskalter Stimme, komplimentierte er sie vor die Tür und vergaß auch nicht, ein Hausverbot auszusprechen. Margot warf den Kopf in den Nacken und stieß ein hämisches Lachen aus. »Dieser billige Plunder kann mir eh gestohlen bleiben«, rief sie gehässig aus. »Aber man sieht sich immer zweimal!«, setzte sie noch warnend hinzu. Dann stampfte sie wütend davon. Doch dann bemerkte Clemens, dass sie über diesen Rausschmiss nicht sonderlich verärgert war, sie wirkte eher zufrieden. Clemens sah ihr nachdenklich hinterher und beschloss, sie im Auge zu behalten. Was hatte die hier gewollt? Warum hatte Sven bei dem Anblick dieser Margot plötzlich panisch das Weite gesucht? Diese Episode erzählte Clemens den Kripobeamten jedoch leicht abgeändert. Svens Flucht ließ er dabei elegant unter den Tisch fallen.

Nielsen sprach Clemens direkt auf Roberts Beteiligung am Überfall auf den Flensburger Juwelier an. »Es gab vor vier Jahren einen Überfall auf einen Juwelier in Flensburg, an dem Ihr Bruder zusammen mit dieser Margot Iwersen beteiligt war. Dabei wurde ein Wachmann getötet. Haben Sie davon gewusst?« Clemens schluckte. Verdammt, jetzt musste er aufpassen, was er sagte. »Robert war an einen Raubüberfall beteiligt? Du meine Güte, davon wusste ich wirklich nichts!«, stieß er entsetzt aus und sah von einem Beamten zum anderen. »Sie können mir glauben, wenn ich das gewusst hätte, dann hätte ich ihn von meinen Kindern ferngehalten!« Das klang für Sörensen schon plausibel, aber irgendwie traute er Clemens nicht über den Weg. Nielsen ging es genauso. Clemens konnte die Beamten nicht schnell genug loswerden. »Wenn das alles war, also, ich habe da noch ein paar dringende Bestellungen fertigzumachen …«, hob er an und schaute geschäftig in die Runde. »Im Moment wäre das alles, aber wir kommen sicherlich noch mal auf Sie zurück. Moin, moin, Herr Lassen«, erlöste er Clemens, der sich demonstrativ an seine Töpferscheibe setzte und anfing zu arbeiten.

In Flintby war der Mord an Robert Lassen *das* Thema Nummer eins. Egal wo man war oder auf wen man traf, jeder hatte seine eigene Theorie zum Geschehen parat. Marta Sörensen stand gerade im Verkaufsraum der *Bäckerei Schönefuß* und war von neugierigen Nachbarinnen umzingelt. Eigentlich war sie nur kurz zum Bäcker gesprungen, um ein paar Stücke *Wiener Brot* zum Kaffee zu holen, aber das hier schien sich zu einer längeren Angelegenheit zu entwickeln. Das eingepackte Kuchentablett hatte sie bereits in der Hand, aber die Verkäuferin hielt das Wechselgeld krampfhaft in ihrer Hand fest. Fast schien es so, als würde Marta ihr Wechselgeld nur im Austausch gegen interne Neuigkeiten zurückbekommen. Jeder im Dorf schien zu wissen, was Meta Jürgensen bei den Sörensens mitbekommen hatte. Die auskunftsfreudige Dame befand sich ebenfalls im Bäckerladen und pirschte sich von hinten an Marta heran. »Na, wat givt dat nües?«,[*] wollte sie atemlos wissen. Jeder im Laden schien jetzt die Luft anzuhalten, und es war mit einem Schlag mucksmäuschenstill. Leute aus der letzten Reihe reckten ihre Köpfe neugierig in die Höhe, um ja nichts zu verpassen. Marta schluckte und sah die Verkäuferin fragend an, um endlich ihr Wechselgeld zu bekommen. Doch diese nickte ihr nur aufmunternd zu und machte keinerlei Anstalten, auch nur einen Cent herauszurücken. Marta resignierte schließlich und räusperte sich geräuschvoll. Na toll, Meta hatte da mal wieder ganze Arbeit mit ihrer Tratscherei geleistet. Ihr Schwager hatte zwar gesagt, dass sie keine näheren Einzel-

---

[*] Na, was gibt es denn Neues?

heiten zum Fall erzählen durfte, aber ein paar kleine Brocken zum Geschehen konnten ja nicht so schlimm sein. »Also, es gibt nichts Neues«, sagte sie und sah in die Runde, aber das schien die anderen Damen nicht wirklich zu interessieren. Sie wollten Klatsch, am besten einen handfesten Skandal, darunter ging gar nichts. Meta Jürgensen meldete sich wieder zu Wort. »He har dat jo ganz schön mit de Wiber hat. In Flensburg seet sin fründin und het op em tövt. De is doch dauernd fremdgahn. He hett ok bestimmt war mit Lone Svenson hat. Dat sin Fründin dat mitmokt het. Also ik har mi dat nich beten laten. Ik weer mit min olle Schlär fohrt. Dat könt i mi globen. Aber wer wet, vellicht het Lone em jo en över det Kopp haut?«,[*] warf sie provokant in die Runde. Dass Robert eine Freundin gehabt hatte, hatte Meta kurzerhand dazugedichtet, um das Ganze ein wenig aufzupeppen. Auf den Gesichtern der Anwesenden wechselte sich Erstaunen mit Entsetzen ab, aber im Endeffekt starrten doch alle Marta unverhohlen neugierig an. Diese traute ihren Ohren nicht, was bildete sich diese Giftspritze von Meta eigentlich ein? Hatte sie soeben ihre beste Freundin Lone des Mordes bezichtigt? Nein, das konnte Marta so nicht stehen lassen. »Sag mal, spinnst du? Wie kannst du es wagen zu behaupten, dass Lone was mit diesem Robert Lassen gehabt hat!«, fuhr sie Meta an. »Hev ik jo nicht, aber man hört jo en masse. Ik wet wat ik wet. Wo Rog is, dor is ok für sech ik di«,[**] schnappte diese giftig zurück. Zustimmendes Gemur-

---

[*] Er hat es ganz schön mit den Weibern gehabt. Seine Freundin saß in Flensburg und hat auf ihn gewartet. Der ist doch dauernd fremdgegangen. Bestimmt hat er auch was mit Lone Svenson gehabt. Dass seine Freundin das mitgemacht hat. Also ich hätte mir das nicht bieten lassen. Ich wäre mit meinem Ollen Schlitten gefahren. Das könnt ihr mir glauben. Aber wer weiß, vielleicht hat Lone ihm deshalb einen über den Kopf gezogen?
[**] Habe ich ja nicht, aber man hört so einiges. Ich weiß, was ich weiß. Wo Rauch ist, da ist auch Feuer, sag ich dir.

mel klang durch den Raum. Diese Behauptung klang für die anwesenden Damen plausibel. Marie Hartung, von allen nur »Mariechen von der Post« genannt, meldete sich jetzt ebenfalls energisch zu Wort. Da sie die Poststelle in ihrem kleinen *Tante-Emma*-Laden besaß, musste sie selbstredend auch ihren Senf dazu eben. »Meta het recht, Lone is nich so ohne wie se deiht. Robert Lassen het doch immer weder Breve vun anne Wiber kregen. De hebt em Biller mitschickt. Villicht het Lone em ok Biller schickt? Wenn min Mann sik dat erlaubt har, na, de har aber een Transport mokt. Wenn Lone man nich doch to haut het!«,[*] schwadronierte sie und schaute höchst zufrieden mit sich in die Runde. Eine erregte Stimme aus dem Hintergrund verschaffte sich Gehör. Diese gehörte zu Solvej Nissen, einer guten Freundin von Marta. »Sech mi mol, woher weetst du dat mit de Biller? Hest du etwa de Post opmokt?«,[**] griff sie Marie Hartung offen an. Schon lange munkelte man hinter vorgehaltener Hand in Flintby, dass die besagte Dame es mit dem Postgeheimnis nicht so genau nehmen würde. Marie lief dunkelrot an. »Wat fallt di denn in! Sowat mok ik nich. De Brev weer beschädigt un ik musse de weder dichtkleben. Dorbi sin de Biller rutflogen. Jo, so weer dat un nich anners!«,[***] stellte sie mit hochrotem Gesicht tief beleidigt fest. Aber die Umstehenden waren von dieser Erklärung nicht wirklich überzeugt. Doch Solvej Nissen war, zur Freude der Bäckereikundschaft,

---

[*] Meta hat recht, Lone ist nicht so ohne, wie sie tut. Robert Lassen hat immer Briefe von anderen Weibern bekommen. Die haben ihm Bilder mitgeschickt! Vielleicht hat Lone ihm auch Bilder geschickt? Wenn das sich mein Mann erlaubt hätte, na, der hätte aber einen Transport gemacht. Wenn Lone man nicht doch zugeschlagen hat!

[**] Sag mir mal, woher weißt du das mit den Bildern? Hast du etwa die Post geöffnet?

[***] Was fällt dir denn ein! So etwas mache ich nicht. Der Brief war beschädigt, und ich musste ihn wieder zukleben. Dabei sind die Fotos herausgeflogen. Ja, so war das und nicht anders.

noch nicht fertig mit ihr. »Ne, wat du nich sechst. Wieso vertellst du rum, dat Lone un Robert wat minander harn? Weerst du dorbi? Un wenn wi schon mol dorbi sünd, din Mann is ok nich so ohne. Pass du man op, sonst warst du noch een, twee, dree gegen wat junges knackiges uttuscht«,[*] knallte sie Marie an den Kopf. Die so Angegriffene war nun außer sich vor Empörung und holte prompt zum Gegenschlag aus. »Pah, min Mann deiht so wat nich!«[**] Doch dieser Meinung wollten sich nun nicht wirklich alle anschließen, und der Laden teilte sich flugs in zwei Lager. »Du bist doch blot sur dat du keen afkregen hest, dat weet doch jeder int Dörp. War secht min Heini immer över di: de kannst mi nackich umme Bug binden, dor schrie ik um help!«[***] Mit diesen Worten sah sie sich selbstgefällig und hoch zufrieden im Laden um. Der alten Schnepfe hatte sie es aber gegeben. Doch zu ihrer großen Überraschung lachte Solvej nur über diesen Angriff, denn was Marie nicht wusste, ja nicht einmal erahnte, war, dass ihr ach so standhafter Heini und Solvej schon seit geraumer Zeit eine Affäre am Laufen hatten. Beide Kontrahentinnen standen sich Auge in Auge gegenüber, und es war völlig still im Laden. Was würde jetzt als Nächstes auf den Tisch kommen? Alle hielten gebannt den Atem an. Marie nutzte diese Gelegenheit, schnappte sich fix ihre Tüte mit Brötchen und rauschte mit hoch erhobenem Kopf aus dem Laden. Sie fühlte sich als Siegerin, ihr Heini wäre sicherlich stolz auf sie, wenn er diesen Schlagabtausch mitbekommen hätte.

---

[*] Nein, was du nicht sagst. Warst du dabei? Und wenn wir schon mal dabei sind, dein Mann ist auch nicht so ohne. Pass du man auf, dass du nicht eins, zwei, drei gegen was junges Knackiges ausgetauscht wirst.
[**] Pah, mein Mann macht so etwas nicht!
[***] Du bist doch nur sauer, dass du keinen abbekommen hast, das weiß doch jeder im Dorf. Was sagt mein Heini immer über dich: Die kannst du mir nackt um den Bauch binde, da schreie ich um Hilfe.

Das Interesse an Marie und Solvej erlosch genauso schnell, wie es aufgeflackert war, und Marta Sörensen rückte wieder in den Fokus des Interesses. Insgeheim hatte sie darauf gehofft, klammheimlich aus den Laden verschwinden zu können, doch leider war sie hoffnungslos zwischen zwei etwas kräftigeren Damen eingekeilt. Es half alles nichts, um hier herauszukommen, musste sie wohl oder übel ein paar Details mehr preisgeben. Sie gab sich einen Ruck und warf der wartenden Meute ein paar weitere Brocken zu. »Lone hat mit der Sache nichts zu tun. Sie hat nie etwas mit diesem Robert Lassen gehabt, das ist bewiesen!«, stellte sie kurz und knapp klar. Ein Raunen ging durch den Laden. Diese Erklärung klang für die anderen Damen durchaus plausibel, und die Verkäuferin rückte nun endlich mit dem Wechselgeld heraus. Marta schnappte sich das Geld und verließ eilig die Bäckerei.

-24-

Sörensen versuchte händeringend, einen Zeugen zu dem Mord an Robert Lassen aufzutreiben. Hier unten in Fahrensodde gab es außer Wasser, Strand und jeder Menge Büsche keine Häuser in direkter Nähe, die einen guten Blick auf den Tatort hatten. Nur hoch oben am Hang befanden sich diverse Sommerhäuser, von denen anscheinend keines zurzeit bewohnt war. Ende Mai hatte die Feriensaison noch nicht so richtig begonnen. Sörensen sah in Richtung des dänischen Jachtklubs, dort standen einige alte Fischerhütten, aber auch diese wirkten verwaist und unbewohnt. Bis auf eine kleine abgewrackte Hütte, die etwas abseits lag. Aus dem verrosteten Rohr, das den Schornstein bildete, stieg ein dünner Rauchfaden in den Himmel. Nielsen machte seinen Kollegen darauf aufmerksam. »Lass uns da mal anklopfen, es scheint jemand zu Hause zu sein!«, meinte Sörensen zuversichtlich und marschierte gemeinsam mit Nielsen zur Hütte hinüber. Dort angekommen, klopfte Nielsen energisch an die primitive Holztür. Im Inneren rührte sich nichts. Sörensen trat vor und versuchte es nochmals kräftiger. Mit Erfolg, denn die Tür wurde umständlich von einem älteren Mann geöffnet. Aus dem Innenbereich waberte den Beamten ein ekelhafter Geruch entgegen. Die Beamten prallten angewidert zurück. Diese Mischung aus altem Schweiß, dreckigen Klamotten und vergammeltem Fisch war schlicht unerträglich. Nielsen überkam ein Würgereiz. Der alte Mann trug ein schmutziges, ehemals weißes T-Shirt und eine verschlissene Latzhose, die ebenfalls vor Dreck stand. So zerknittert, wie er vor ihnen stand, hatte er anscheinend in dieser Montur geschlafen. Er war unrasiert, und das letzte Bad war wohl auch schon eine Weile her. Nielsen hielt die Luft an, trat einen Schritt vor und riskierte einen Blick in das Innere der Hütte. Er sah einen Tisch, der mit zahlreichen leeren Schnaps- und Bierflaschen bedeckt war. Dazwischen tummelten sich Essensreste und anderes Undefinierbares. Was für ein Saustall!, zuckte er angeekelt zurück.

Sörensen zückte seinen Dienstausweis und stellte sich und Nielsen vor. Der Mann beachtete die Dienstausweise mit keinem Blick. »Hab' keine Brille da!«, stellte er lapidar klar und starrte die Beamten verschlafen an. »Was'n los?«, knurrte er. Nielsen setzte ihn über die Sachlage in Kenntnis, was den Mann allerdings nicht im Geringsten zu interessieren schien. »Und, was hab ich damit zu tun? Hab eh nichts mitbekommen, hab mir gestern Abend einen gekübelt!«, klärte er die Beamten unfreundlich auf und wollte rasch seine Tür wieder schließen. Dieser Versuch wurde jedoch von Nielsen vereitelt, indem er seinen Fuß dazwischen stellte. Das wiederum sorgte für Unmut bei seinem Gegenüber. »Was soll das denn?«, blökte der Alte. »Nun mal langsam, junger Mann!«, herrschte Nielsen ihn an. »Wie heißen Sie eigentlich?« »Kuddel!«, war die knappe Antwort. »Also, Kuddel, denken Sie mal ganz genau nach. War gestern Abend irgendwas anders als sonst? Haben Sie was Ungewöhnliches gehört oder gesehen?«, wurde er eindringlich von Nielsen gefragt. Kuddel sah Nielsen mit glasigen Augen wie durch eine Nebelwand an. »Nee, da war nix los!«, murmelte er geistesabwesend. Doch dann erhellte sich sein Gesicht, und er schien kurz einen klaren Gedanken zu fassen. »Da hat einer kurz gebrüllt, der war wohl hackevoll!«, kicherte der Alte vor sich hin. Sörensen wurde hellhörig und hakte sofort nach. »Wann war das genau?« »Muss so gegen 21 Uhr gewesen sein, musste da mal für kleine Königstiger raus«, grinste der Alte ihn unverschämt an. »Und, haben Sie nachgesehen?«, fragte Nielsen atemlos. »Na wie denn, mit der Büx um die Hacken? Wollte ja nachsehen, hab mich aber mit der Büx vertüddelt und bin voll auf die Fresse gefallen! Dabei ist mir eine Buddel Bier kaputtgegangen!«, antwortete Kuddel gereizt. Dass jemand quasi vor seiner Haustür zu Tode gekommen war, blendete er völlig aus. Der Verlust der Flasche Bier wog für ihn um einiges schwerer. »So, und jetzt lasst mich in Ruhe!«, quakte er ungehalten und knallte den Beamten die Tür vor der Nase zu. Nielsen machte Anstalten, Kuddel nochmals herauszuklopfen, aber Sörensen winkte nur ab. »Lass man gut sein, aus dem bekommen wir nichts mehr heraus. Wir arbeiten uns jetzt durch die Sommerhäuser, vielleicht hat ja jemand zufällig die letzte Nacht hier verbracht.«

Sörensen brauchte dringendst einen glaubwürdigen Zeugen oder jemanden, der etwas gehört oder was Ungewöhnliches gesehen hatte. Sie machten sich auf den kleinen steilen Weg den Hang hinauf zu den Sommerhäusern. Etwas aus der Puste kamen sie oben an. Von hier oben hatte man einen wunderschönen Blick über die Flensburger Förde bis hinüber zur dänischen Küste mit den Ochseninseln. Sörensen holte tief Luft und sog die frische Seeluft genüsslich ein. Kurz darauf standen sie vor dem ersten Sommerhaus und klopften an die Tür. Aber es rührte sich nichts. Nielsen ging ums Haus herum und bemerkte, dass vor allen Fenstern die Rollos herabgelassen waren. Hier war definitiv niemand zu Hause. Das gleiche Szenario fanden sie bei den nächsten Häusern vor. Alles war verriegelt und verrammelt, die Sommersaison war noch nicht in den Startlöchern. Nach einer halben Stunde vergeblicher Mühe kamen sie an dem letzten Haus an. Dieses lag etwas abseits von den anderen und hatte eine Topaussicht über das Wasser und den Jachthafen. Sörensen suchte nach einem Klingelknopf. »Ach, das kannst du vergessen, hier ist sicher auch niemand!«, stellte Nielsen sichtlich frustriert fest. Doch er sollte sich täuschen, denn in diesem Moment kam ein alter grauer Mercedes von oben einen kleinen Weg heruntergefahren. Der Fahrer kurbelte die Scheibe auf der Fahrerseite runter. »Darf ich erfahren, was Sie hier zu suchen haben?«, wollte er misstrauisch wissen. Die Beamten wirbelten überrascht herum. »Moin, Kripo Flensburg«, stellte sich Sörensen vor und hielt dem Mercedesfahrer seinen Dienstausweis unter die Nase. »Mit wem habe ich das Vergnügen?« Der Fahrer stieg aus und reichte Sörensen die Hand. »Moin, Knut Larsen. Hat jemand bei mir eingebrochen? Ich war doch nur kurz was einkaufen!«, wollte er sichtlich besorgt wissen. »Da kann ich Sie beruhigen. Wir sind aus einem anderen Grund hier. Seit wann sind Sie schon in Ihrem Sommerhaus?« Larsen sah ihn leicht irritiert an. »Ich weiß nicht, was Sie das ... Also gut, ich bin gestern Nachmittag gegen 16 Uhr hier angekommen. Aber was ist denn los?«, wollte Larsen wissen und sah fragend von Sörensen zu Nielsen. Sörensen erklärte Larsen, was sich hier letzte Nacht abgespielt hatte. Larsen wurde blass und war sichtlich entsetzt. »Ein Mord? Hier in Fahrensodde? Du meine Güte!« »Circa gegen 21 Uhr, haben Sie da irgendwas bemerkt? Gehört, gesehen?« Larsen schürzte seine Lippen und dachte nach. »Wann, meinten Sie, gegen 21 Uhr?« Sörensen nickte. »21 Uhr!«, murmelte Larsen vor sich hin und legte seine Stirn in Falten. Die drei Männer standen ein paar Minuten schweigend vor dem Haus. »Also um die Zeit war nichts, aber warten Sie mal, etwas früher, da war schon was. Ich weiß jetzt nicht, ob das wichtig ist, aber das war schon merkwürdig. Unten am Wasser bewegte sich das Licht einer Taschenlampe. Nicht so ein Kaliber wie ein Scheinwerfer, eher so ein kleines Teil.« »Wann war das genau?«, hakte Nielsen interessiert nach. Larsen spitzte nachdenklich seine Lippen und überlegte angestrengt. »Die *Tagesschau* war schon längst vorbei, also muss das so zwischen 20.30 und 20.45 Uhr gewesen sein, schätze ich mal.« Diese Beobachtung deckte sich mit Kuddels Aussage. »War sonst noch was?«, wollte Sörensen von Larsen wissen. »Das Licht war plötzlich aus, das hat mich noch gewundert, so mitten auf dem Weg. Da unten am Wasser gibt es schließlich keine Laternen, so muss derjenige mit der Taschenlampe schlagartig im Dunkeln gestanden haben, und das ist nicht ungefährlich. Ein falscher Schritt, und man findet sich im Wasser wieder, und das ist um diese Jahreszeit mit den niedrigen Wassertemperaturen alles andere als angenehm. Sind Sie wirklich ganz sicher, dass es kein Unfall war?«, meinte Larsen und sah die Beamten besorgt an. »Leider weist alles auf ein Fremdverschulden hin«, bekam er zur Antwort. Der Gerichtsmediziner Marcussen hatte ihnen bereits vor der Obduktion bestätigt, dass hier definitiv Fremdeinwirkung im Spiel war. Ein Unfall schied somit 100-prozentig aus. Sörensen schüttelte auf Larsens Vermutung nach einem Unfall bedauernd den Kopf. Das war nicht das, was Larsen hatte hören wollen, er wirkte durch diese Antwort äußerst beunruhigt. »Bleiben Sie länger in Ihrem Sommerhaus?«, erkundigte sich Sörensen bei Larsen. »Eigentlich wollte ich noch ein paar Tage bleiben, um das Haus auf Vordermann zu bringen. Aber nach diesem Vorfall ziehe ich es vor, nach Hause zu fahren. Die Nachbarn sind noch nicht da, und wer weiß, was hier noch alles passiert!«, bekam er zögernd zur Antwort. Sörensen konnte Larsen gut verstehen, denn wer wollte jetzt schon hier allein in einem abgelegenen Sommerhaus übernachten. Außerhalb der Saison war hier wirklich tote Hose. Wo es im Sommer nur so von Touristen wimmelte, war es nun menschenleer. Das ideale Umfeld für einen Mord ohne Zeugen.

Nielsen ging um das Haus von Larsen herum und schaute hinunter zum Wasser. Sein Blick fiel auf die herumwieselnden Kollegen der Spurensicherung. Von hier oben hatte man einen hervorragenden Blick auf den Tatort. Allerdings war jetzt helllichter Tag. Was konnte man aber nachts im Dunkeln erkennen? Weit und breit keine Straßenlaterne. Deshalb hatte das Opfer sicherlich eine Taschenlampe bei sich gehabt haben. Doch wo war diese abgeblieben? Das gesamte Ufergebiet war bereits abgesucht worden, ohne Ergebnis. Lag die Lampe im Wasser, war es fast unmöglich, diese zu finden, von Fingerabdrücken mal ganz zu schweigen. Sörensen hatte Taucher einbestellt, die den Grund absuchen sollten. Einer von ihnen war soeben aufgetaucht und hielt einen Gegenstand in der Hand, mit dem er in der Luft herumfuchtelte. »Ich glaube, die haben was gefunden!«, rief Nielsen aufgeregt und zeigte auf den Taucher. Die Beamten verabschiedeten sich rasch von Knut Larsen und machten sich auf den Weg hinunter zum Wasser. Sörensen teilte Nielsens Meinung, und sie sahen zu, dass sie rasch zum Tatort kamen. Unten wurden sie bereits ungeduldig erwartet. Einer der Taucher reichte ihnen einen circa 20 Zentimeter langen Gegenstand herüber. Dieser entpuppte sich als Taschenlampe. War das das gesuchte Teil? »Wer weiß, wie lange diese Taschenlampe schon im Wasser gelegen hat«, meinte Nielsen wenig hoffnungsvoll. Der Kollege von der Spurensicherung machte jedoch ein recht zuversichtliches Gesicht. »Ich denke, höchstens ein paar Stunden, länger auf gar keinen Fall. Kein Rost oder Beschädigungen durch eindringendes Wasser.« Das musste die verschwundene Taschenlampe sein. »Fingerabdrücke?«, wollte Sörensen wissen. »Auf der Lampe keine Chance, mit viel Glück vielleicht auf den Batterien, aber machen Sie sich man trotzdem keine allzu großen Hoffnungen!«, bekam er vorsichtig zur Antwort. Immerhin ein Anfang, aber warum sollten sie kein Glück haben? Sörensen stand auf dem Weg und sah zuerst in die Richtung des Jachthafens, dann in die andere in Richtung des Strandbads Solitüde. »Ich frage mich, was Robert Lassen hier spätabends gemacht hat? Wo ist er hergekommen? Aus Solitüde oder kam er vom Jachthafen?« Diese wichtige Frage musste schnellstens geklärt werden. Sörensen wurde von einem Kollegen der Spurensicherung aus seinen Gedanken gerissen. Mit einem stark beschädigten und nassen Handy in der Hand stand er vor Sörensen. »Haben wir eben zwischen den großen Felsbrocken da unten am Wasser gefunden. Der Täter hat wohl versucht, das Handy genauso wie die Taschenlampe im Wasser zu versenken. Wahrscheinlich hat er sich im Dunkeln verschätzt. Statt im Wasser ist das Handy auf die Steine geknallt und dann dazwischen gerutscht«, erklärte der Beamte sachlich. Sörensen sah ihn fragend an. »Und, könnt ihr da was machen?«, erkundigte er sich. Der Kollege machte ein skeptisches Gesicht. »Wir tun, was wir können, aber es sieht nicht gut aus!« Dann drehte er sich um und ging zurück zu seinen Kollegen, die in den Büschen und unten am Wasser herumkrochen. Auch Nielsen und Sörensen verließen den Tatort, denn im Moment konnten sie hier sowieso nichts machen. Also beschlossen sie, die Wohnung von Robert Lassen aufzusuchen.

-25-

Eine halbe Stunde später standen sie vor der Tischlerei, welche Robert zusammen mit Gunnar Jörgensen gegründet hatte. Gunnar Jörgensen war ein alter Schulfreund von Robert und ein völlig unbeschriebenes Blatt, wie Nielsen bereits herausgefunden hatte. Vor circa vier Jahren hatte er sich mit Robert selbstständig gemacht. Robert hatte den Löwenanteil des Geldes aufgebracht, erzählte aber stets herum, dass Gunnar eine Erbschaft gemacht hatte. Worüber Gunnar sich schon wunderte, aber im Grunde war es ihm dann egal gewesen, was Robert erzählte. Die Hauptsache war, dass der Laden lief. Nebenbei brachte Robert mit seiner Behauptung neugierige Nachbarn zum Schweigen. Allerdings gehörte die Tischlerei nur zu 30 Prozent Gunnar. Mehr Erspartes hatte er nicht gehabt. Gunnar war ein großer, stämmiger Mann, der gern allein arbeitete. Er redete nicht viel, er packte lieber an. Seit der gemeinsamen Schul- und Berufsschulzeit war er mit Robert befreundet gewesen. Gunnar lebte mit Frau und Kind ebenfalls in Hattlund, wo sein Sohn auch die dänische Schule besuchte. In der dänischen Minderheit im Dorf war er gut angesehen. Er galt als hilfsbereit und arbeitete schnell und penibel. Was man nicht unbedingt von Robert behaupten konnte. Dieser war unzuverlässig, und seine Arbeiten zeigten immer wieder kleine Nachlässigkeiten in der Ausführung. Oft musste Gunnar kurzfristig für ihn einspringen und erboste Kunden beschwichtigen. Dass Gunnar die meisten Aufträge an Land zog und damit die Firma am Laufen hielt, war in Hattlund schon lange ein offenes Geheimnis.

Gunnar war soeben dabei, den Firmenwagen mit Material zu beladen. Erstaunt sah er auf, als die beiden Männer auf ihn zu kamen. »Moin, kann ich Ihnen helfen?«, empfing er sie freundlich. »Wenn Sie zu meinem Kollegen wollen, müssen Sie sich etwas gedulden, der scheint noch nicht hoch zu sein«, setzte er missbilligend hinzu. Sörensen spielte das Spiel mit. »Wieso meinen Sie, dass wir zu Herrn Lassen wollen?« »Kommen Sie, ich weiß, dass Sie von der Polizei sind. Seit der Sache mit dieser Frau in der Schule schleichen Sie in Hattlund herum. Hat Robert mir selbst erzählt. Wenn Sie mich fragen wollen, ob er diese Frau gekannt hat, kann ich Ihnen nur sagen, dass ich davon nichts weiß. Das müssen Sie ihn schon selbst fragen. Roberts ewige Weibergeschichten sind ganz und gar nicht gut für das Geschäft. Am besten gehen Sie rüber und schmeißen ihn selbst aus der Koje!«, grollte Gunnar und widmete sich wieder seinem Firmenwagen. Sörensen sah Nielsen an und nickte. Dieser trat an Gunnar heran und unterbrach ihn in seiner Tätigkeit. »Wie gesagt, gehen Sie rüber zu Robert. Ich muss los zu einer neuen Baustelle. Bin eh schon viel zu spät dran! Mit Robert brauche ich wohl heute nicht zu rechnen!«, sagte er ungeduldig zu Nielsen, der ihn ernst ansah. Gunnar gefiel das unheilvolle Gesicht von Nielsen nicht, und er fragte misstrauisch: »Was ist los? Stimmt was nicht?« Nielsen klärte ihn umgehend auf. »Robert Lassen wurde heute Morgen in Flensburg im Jachthafen Fahrensodde tot aufgefunden!« Gunnar wurde kreidebleich, und sein Kiefer klappte herunter. Energisch schüttelte er seinen Kopf. »So ein Quatsch, der liegt drüben und pennt noch wie immer. Sie müssen sich irren!«, stammelte er. »Tut mir leid, aber laut den Papieren, die der Tote bei sich trug, ist es Robert Lassen. Gestern Abend gegen 21 Uhr ist er dort ums Leben gekommen. Haben Sie eine Ahnung, was er in Fahrensodde wollte?«, wurde er ruhig von Nielsen gefragt. Gunnar taumelte leicht und wurde von Nielsen sanft auf eine in der Nähe stehende Bank gedrückt. »Das kann nicht sein! Sind Sie sich auch wirklich ganz sicher?« Gunnar war sichtlich erschüttert. »Was er da wollte? Keine Ahnung, denn dort haben wir keine Kunden! Mein Gott, wie soll es jetzt mit der Firma weitergehen? Nicht, dass Robert sich ein Bein ausgerissen hat, aber er hat immer den ganzen Schreibkram gemacht. Mir fehlt dazu einfach die Zeit.« »Sehen Sie, und das würden wir uns gern einmal ansehen. Die Kollegen von der Spurensicherung sehen sich später ebenfalls Ihre Räumichkeiten genau an. Ich schlage vor, dass Sie für heute lieber alle Termine absagen, denn wir werden Sie hier noch brauchen«, sagte Nielsen und erstickte so das leise Protestgemurmel von Gunnar im Keim.

Sörensen war bereits zu der Wohnung von Robert Lassen gegangen und schloss vorsichtig die Eingangstür auf. Nielsen wartete noch auf die Spurensicherung und wies diese ein. Gerade als Sörensen die Tür öffnete, stieß Nielsen dazu. Ein Gestank von schmutziger Kleidung und vergammeltem Essen schlug ihnen entgegen. Nielsen, der ein empfindliches Näschen hatte, schüttelte sich angewidert und folgte Sörensen langsam ins Innere der Wohnung. Dort sah es mehr als chaotisch aus. Schubladen waren halb herausgezogen und deren Inhalt im ganzen Raum verstreut. Im Schlafzimmer lag das gesamte Bettzeug auf dem Boden, die Matratze war hochgerissen worden, und auch hier war der Inhalt von Kästen und Laden auf dem Boden verstreut. »Entweder der Bewohner dieser Wohnung war extrem unordentlich oder jemand war vor uns hier und hat etwas Bestimmtes gesucht«, stellte Nielsen trocken fest. »Ich tippe auf die zweite Variante, dass schon jemand hier war«, bekam er von Sörensen zur Antwort. »Der unbekannte Eindringling hat irgendwas Wichtiges gesucht, aber was?« Wohn- und Schlafzimmer sahen aus, als wären sie auf links gedreht worden, aber Küche und Bad wirkten unberührt. Die Spüle war bis obenhin voll mit schmutzigem Geschirr, aber das war wohl Robert selbst gewesen. Im Bad lag ein benutztes Handtuch auf dem Boden, es war trocken. Die Türen des Badschranks waren geschlossen. Nielsen öffnete vorsichtig eine Tür, zog eine Schublade heraus und war total überrascht. Hier herrschte penible Ordnung, der Inhalt lag fast schon akribisch geordnet darin. So, wie es aussah, war der Eindringling gestört worden und hatte keine Gelegenheit gehabt, auch Bad und Küche zu durchsuchen. Oder er hatte das Gesuchte in einem der anderen Räume gefunden. Eine Chance für die Beamten, doch noch etwas in Bad oder Küche zu entdecken. Sie machten sich ans Werk, aber zunächst ohne Erfolg. Routiniert schraubte Nielsen den Deckel vom Wasserkasten ab und stieß einen leisen Pfiff aus. Sörensen fuhr herum. »Hast du was gefunden?«, wollte er neugierig wissen. »Denke schon!«, bekam er zur Antwort. Triumphierend schwenkte er ein kleines Plastikpäckchen. Dann begann er es langsam und vorsichtig auszupacken. Die Luft im Raum schien vor Spannung zu knistern. »Nun mach es nicht so spannend!«, drängelte Sörensen ungeduldig. Vorsichtig legte Nielsen den Inhalt des Päckchens auf einen Tisch. »Sieh mal einer an, wenn das nicht ein Teil der Beute vom Überfall in Flensburg ist, fresse ich einen Besen«, stellte Nielsen zufrieden fest. Auf dem Tisch funkelten Armbänder, Ringe und ein mit Diamanten besetztes hochwertiges Diadem um die Wette. Nielsen fischte erneut im Wasserkasten und wurde wieder fündig. Er zog ein weiteres Plastikpäckchen heraus. Dieses war zusätzlich in ein altes Stück Segeltuch eingewickelt. Die Beamten öffneten es und bekamen große Augen. Dieser Inhalt funkelte nicht, noch glitzerte er, dieser Gegenstand strahlte Kälte und Bedrohung aus. Vor ihnen lag eine Pistole mit dem Kaliber 38. Es konnte durchaus die Mordwaffe sein, die den Wachmann des Juweliers getötet hatte. Aber das würden die Kollegen der Forensik durch eine genaue Untersuchung der Waffe herausfinden müssen. Doch ein weiteres Objekt in diesem Päckchen erweckte ihre Neugier. Ein kleines Bündel mit Fotos von dem Juwelierladen in Flensburg wurde von Nielsen auf dem Tisch ausgebreitet. Das letzte Foto ließ Sörensen interessiert aufblicken. »Also doch!«, rief er aus und schob das Foto zu Nielsen. »Bingo!«, murmelte dieser zufrieden. Da war der Beweis, dass Robert und Margot Iwersen sich sehr gut gekannt hatten, wie das Foto eindeutig bewies. Eng umschlungen blickten Robert und Margot strahlend in die Kamera. Ein gut gelungener Schnappschuss eines verliebten Paares. Hatte Robert deshalb Margot zum Schweigen gebracht? Aber wer hatte ihn getötet? Damals, beim Überfall, hatte es zwei Täter gegeben, also musste der zweite Mann der Mörder von Robert sein. Aber wer, zum Teufel, war das? Es gab keinen einzigen Hinweis auf dessen Identität. Sörensen war sich sicher, dass der zweite Täter aus Roberts näherem Umfeld stammen musste, also mussten sie alle Kontakte von Robert unter die Lupe nehmen.

-26-

Im Hause Sörensen herrschte dicke Luft. Marta Sörensen war mittlerweile auf 180, denn ihr Mann Kalli hatte sie heute mit der gesamten Hofarbeit sitzen lassen. So etwas war bis jetzt noch nie vorgekommen. Am frühen Nachmittag hatte er sich auf sein Fahrrad geschwungen und war seitdem nicht wieder aufgetaucht. Selbst zur Fütterungs- und Melkzeit war er nicht erschienen. Bestimmt spielte Kalli Detektiv und mischte sich in die Arbeit der Polizei ein, war Martas erster Gedanke. Detlef war ebenfalls nicht zu erreichen, was Marta äußerst verdächtig fand. Sie war sich sicher, dass die beiden unter einer Decke steckten. Allein dieser Gedanke brachte Marta zum Kochen. Energisch stach sie mit der Heugabel in einen Heuballen, zerteilte diesen und warf das Heu dem hungrigen Vieh zu. Schon fast 19 Uhr, und Kalli war noch immer nicht da. Marta wurde zusehends unruhiger. Immerhin lief da draußen ein Mörder herum, wenn der jetzt Kalli …? Marta schüttelte diese beängstigenden Gefühle rasch ab, aber ihre Gedanken kamen einfach nicht zur Ruhe. Sollte sie vielleicht lieber ihren Schwager Steffen Sörensen anrufen? Marta kämpfte mit sich. Doch noch bevor sie zu einer Entscheidung gekommen war, radelte Kalli gut gelaunt auf den Hof. Marta traute ihren Augen nicht, und ihre Laune rauschte schlagartig ganz runter in den Keller. »Wo kommst du denn jetzt bitteschön her?«, fauchte sie ihn fassungslos an. »Wo hast du dich den ganzen Tag herumgetrieben? Lässt mich hier mit der ganzen Arbeit allein sitzen, ich glaub es einfach nicht!« Mit diesen Worten ließ sie Kalli stehen, rauschte wie eine Walküre ins Haus und knallte die Tür hinter sich zu. Marta bebte vor Wut, ihre Angst um ihren Mann war in Wut umgeschlagen. Sie kam fast um vor Sorge, und er kam bestens gelaunt zu später Stunde nach Hause und tat, als wäre nichts gewesen. Ein paar Minuten später folgte Kalli ihr ins Haus. Inzwischen war ihm aufgegangen, warum Marta so sauer war. Vorsichtig öffnete er die Tür zur Küche, in der Marta geräuschvoll mit dem Abwasch herumhantierte. »Martalein«, hob er leise an. »Spar dir dein Martalein!«, fauchte sie ihn an. Kalli zog vorsorglich den Kopf ein. Das roch nach gewaltigem Ärger. Ihm war durchaus bewusst, dass er seine Frau mit der Arbeit hatte hängen lassen. Aber dieser Mord, der war nun mal die einmalige Gelegenheit, der Kripo zu zeigen, dass Detlef und er durchaus in der Lage waren, diesen Fall zu lösen. Dafür musste Marta doch einfach Verständnis haben. Kalli sah sie von der Seite an und machte dann einen gewaltigen Kardinalfehler. »Was gibt es denn heute zu essen?«, wollte er von ihr erwartungsfroh wissen. Dass diese für ihn durchaus harmlose Frage ein grober Fauxpas war, bemerkte er bestürzt, als er Martas zorniges Gesicht sah. Dann brach das Unwetter los! »Du wagst es, mich zu fragen, was es zu essen gibt, Karl-Heinz Sörensen?«, brüllte sie ihn an. Kalli wich erschrocken einen Schritt zurück. So kannte er seine Frau überhaupt nicht. »Wo, zum Teufel, warst du den ganzen Tag? Nein, lass mich raten, Detektiv spielen mit Detlef? Dass du dich aus Steffens Arbeit heraushalten sollst, weißt du ja, aber nein, der gnädige Herr weiß es ja mal wieder besser! Wenn du Hunger hast, da steht der Kühlschrank!« Mit diesen Worten verließ Marta das Haus, und zurück blieb ihr verdatterter und kleinlauter Ehemann. »Aber Marta, warum regst du dich denn so auf?«, murmelte Kalli mit knurrendem Magen und sah seiner Frau fassungslos hinterher.

Marta hatte die Haustür knallend hinter sich geschlossen und wollte sich auf den Weg zu einer Freundin machen. Doch weit kam sie nicht. Kaum hatte sie das Grundstück verlassen, da bog ihr Schwager Steffen Sörensen um die Ecke. Erstaunt hielt er seinen Wagen neben ihr an. »Hallo, Marta, alles in Ordnung bei dir?«, wollte er besorgt wissen, als er ihr wütendes Gesicht sah. »In Ordnung? Nichts ist in Ordnung, dein Bruder spielt mal wieder Detektiv und lässt mich mit der ganzen Arbeit sitzen!«, brach es aus ihr heraus. Sörensen hatte genug gehört und wusste Bescheid. »Ich habe es doch geahnt! Wo ist Kalli jetzt?« Marta zeigte wortlos zum Haus. »Ich brauche erst mal frische Luft!«, beschied sie ihn und machte sich entschlossen wieder auf den Weg. Sörensen fuhr zum Haus hinüber und beschloss, Kalli mal so richtig den Marsch zu blasen. Der stand noch immer wie angewurzelt in der Küche, als Steffen Sörensen hereinkam. Kalli sah ihn überrascht an, doch ihm schwante Böses. Marta hatte ihn verpfiffen! Kalli schluckte, denn er wusste genau, was jetzt kommen würde. »Erzähl mir, wo du warst!«, wurde er gefährlich leise von seinem Bruder angeknurrt. Kalli setzte sich umständlich und verwirrt an den Küchentisch. Er räusperte sich und suchte nach den richtigen Worten. »Detlef und ich haben uns mal ein wenig umgehört«, hob er vorsichtig an und schielte zu seinem Bruder hinüber. Dieser verzog keine Miene, was Kalli sichtlich nervös machte. »Weiter«, befahl Sörensen knapp. »Also dieser Robert Lassen war schon eine faule Socke. Der hat sich im Betrieb nicht tot gemacht. Nee, die Arbeit blieb immer an Gunnar Jörgensen hängen. Der arme Teufel hat quasi Tag und Nacht geschuftet, damit die Firma am Laufen blieb. Und dieser Lassen, der hat höchstens mal mitgeholfen, wenn es so richtig eng wurde. Wenn der Jörgensen man nicht dem

Lassen eins übergezogen hat!«, erzählte Kalli mit leuchtenden Augen. Da war was dran, Gunnar Jörgensen hatte schon ein gutes Motiv gehabt. Allerdings hatte er auch ein wasserdichtes Alibi, denn zur Tatzeit hatte er noch auf einem Neubau geschuftet. Dafür gab es reichlich Zeugen. »Und wo war Detlef zugange?«, fragte Sörensen beherrscht. Kalli sah ihn ungläubig an. »Na, bei Clemens Lassen. Was für ein Ökospinner! Das ist doch der, der neulich in Nissens *Krug* ausgeflippt ist. Da Detlef ja so dicke mit dem ist, da musste ich ihn einfach auf Clemens ansetzen«, antwortete Kalli, als wäre das das normalste Vorgehen. Sörensen musste tief Luft holen, um nicht an die Decke zu gehen. »Was ist dabei herausgekommen?«, fragte Sörensen mühsam beherrscht« und sah Kalli direkt in die Augen. Kallis Gesicht verdunkelte sich. »Tja«, begann er langsam, »das mit Clemens war gar nicht so einfach. Detlef, dieser Dösbaddel, sollte ihn diskret über seinen Bruder Robert aushorchen. Aber was macht der? Quasselt stundenlang über ökologisches Zeugs mit Clemens«, erboste er sich. Sörensen musste unfreiwillig schmunzeln. »Mann, bis der mal zu Potte gekommen ist!«, echauffierte Kalli sich soeben über die Verhörerfolge von Detlef. Selbstredend, dass er es besser gemacht hätte. Langsam wurde Sörensen ungeduldig. Scheinbar war Detlef wohl nicht der Einzige, der nicht zu Potte kam, sondern auch Kalli eierte nun endlos herum. »So, nun komm, hat Detlef was Brauchbares erfahren oder hat er nur ökologisches Knowhow mit Clemens ausgetauscht?«, drängelte Sörensen. Kalli sah ihn nachdenklich an. »Wenn du mich fragst, nichts Dolles. Clemens hat seinen Bruder kaum erwähnt, der wollte nicht so richtig anbeißen. Meinte nur, dass Robert seine Finger nicht von den Weibern lassen konnte und ein ziemlich fauler Sack war, was die Arbeit angeht.«

Sörensen wirkte enttäuscht, denn insgeheim hatte er gehofft, dass Kalli zufällig auf etwas Wichtiges gestoßen war. Die Tatsache, dass Robert Lassen ein unverbesserlicher Weiberheld gewesen war und die Arbeit nicht erfunden hatte, hatte er bereits von Gunnar Jörgensen erfahren. Es war zum Verrücktwerden, sie kamen einfach nicht voran. Es half nichts, sie mussten unbedingt herausfinden, wer der unbekannte zweite Täter des Überfalls war. Könnte das Clemens gewesen sein? »Sag mal, was hältst du denn so von Clemens Lassen? Seine Töpferei scheint ja recht gut zu laufen«, wagte Sörensen einen Schuss ins Blaue. Kalli war über das plötzliche Interesse seines Bruders angenehm überrascht. Endlich schien Steffen einzusehen, dass er das Zeug zu einem erfolgreichen Ermittler hatte. Zumindest deutete Kalli dieses Interesse so zu seinen Gunsten. Er straffte seine Schultern und stand stramm wie ein Zinnsoldat mitten in der Küche. Unvermittelt trat er einen Schritt näher an Sörensen heran und legte los, was er von Clemens hielt. Seine Abneigungen gegen dieses »Ökozeugs«, wie er es nannte, ließ er vorsichtshalber weg. Kalli war nun mal ein Landwirt der alten Schule und konnte beziehungsweise wollte mit den neuen, strengen ökologischen Richtlinien nichts anfangen. Gut, auch er musste sich den neuen Verordnungen in der Landwirtschaft beugen, aber alles in Maßen. Sein guter Freund Detlef Johannsen ließ wirklich keine Gelegenheit aus, um zu versuchen, ihn zur rein ökologischen Landwirtschaft zu überreden. Detlef und Clemens waren »grün bis in die Haarspitzen«, wie gerne am Stammtisch gelästert wurde, da waren sich die alteingesessenen Bauern einig. Als Clemens vor ein paar Jahren die Töpferei gegründet hatte, war er von den Dörflern belächelt worden. Kunsthandwerker in Flintby, das hatte es noch nie gegeben. Doch Clemens hatte sich schon nach kurzer Zeit in das Dorfleben integriert. Er galt als freundlich und hilfsbereit. Eigentlich war Kalli immer recht gut mit Clemens Lassen ausgekommen, bis dieser ihn vor ein paar Tagen im *Krug* blöde von der Seite angemacht hatte. Als Tiermörder hatte Clemens ihn und die anderen anwesenden Bauern beschimpft. Allerdings war er alles andere als nüchtern gewesen, ein Umstand, den es zuvor noch nie bei Clemens gegeben hatte. Detlef hatte noch versucht, ihn zu beschwichtigen und ihn aus dem *Krug* zu bugsieren, was für Clemens auch besser gewesen wäre. Ein paar Bauern waren bereits aufgestanden und bereit gewesen, ihn zu vermöbeln. Nur dem forschen Eingreifen von Gastwirt Nissen, der ihn achtkantig hinausgeworfen hatte, verdankte er, dass nicht mehr passiert war. Kalli machte eine Pause, um Luft zu holen.

Sörensen hatte sich seine Schilderung des Abends mit Interesse angehört. Dass der sonst so korrekte Geschäftsmann Clemens alkoholisiert in der Öffentlichkeit herumgepöbelt hatte, war für ihn von Interesse. Was hatte diesen immer so gelassen wirkenden Mann dazu verleitet? Kalli wollte seine Geschichte fortsetzen und öffnete den Mund. Doch Sörensen schnitt ihm das Wort ab. »Hast du eine Ahnung, warum Clemens so betrunken war und derart ausfallend geworden ist?«, hakte er nach. Diese Zwischenfrage brachte Kalli kurz aus dem Konzept, und er reagierte darauf leicht irritiert. »Dazu wollte ich ja gerade kommen!«, mokierte er sich eingeschnappt. »Also am nächsten Morgen ist Clemens bei mir vorbeigekommen, um sich zu entschuldigen. Das muss man ihm lassen, dazu hatte er genug Arsch in der Hose. Mann, war ihm seine Aktion peinlich!«, kicherte Kalli, um dann wieder ernst zu werden. Er berichtete, dass Clemens ihm von einem großen Krach mit Robert erzählt hatte und dass er sich deshalb einen gekübelt hatte. Sörensen wurde hellhörig. »Wann war das genau? Hat er dir etwas über den Anlass des Streits gesagt?« Kalli schnaubte. »Robert war mit Clemens' Sohn Noah heimlich bei *McDonald's* gewesen. Sollte Clemens natürlich nichts von mitbekommen, aber der Lütte hat sich wohl verplappert, und da ist Clemens komplett ausgerastet. Der ist genauso fanatisch wie Detlef, bei denen kommt nur rein Ökologisches auf den Teller. Für die ist *McDonald's* ein rotes Tuch, oder wie sagt Detlef immer so überklug: ›Ein absolutes No Go!‹ Aber mal ganz ehrlich, deswegen so ein riesen Theater zu machen?«, meinte Kalli kopfschüttelnd und tippte sich mit dem Zeigefinger an die Stirn. Sörensen hatte leise Zweifel, konnte es wirklich sein, dass Clemens wegen einer derartigen Lappalie so in Rage geraten war? Aber er musste sich auch eingestehen, dass Fanatiker nun mal anders tickten.

Kalli hatte seinen Bericht beendet und blickte Sörensen erwartungsvoll und stolz an. Sörensen sah Kalli ernst an. »Ab sofort haltet ihr euch aus den Ermittlungen heraus. Habe ich mich klar und deutlich genug ausgedrückt?«, sagte er mit ernster Miene zu Kalli. Dieser machte Anstalten zu protestieren, da er sich ungerecht behandelt fühlte. Schließlich hatte er Steffen, seiner Meinung nach, wichtiges Material geliefert, davon war zumindest er felsenfest überzeugt. Doch als er das ernste Gesicht seines Bruders sah, verwarf er flugs weiteren Protest.

Eine Tür fiel ins Schloss, und Marta tauchte in der Küche auf. Sie hatte ihren Spaziergang an der frischen Luft beendet. Perfektes Timing, dachte Sörensen. Kalli stand sicherlich noch ein unruhiger und unangenehmer Abend bevor. In dessen Haut wollte Sörensen jetzt nicht stecken. Marta würde ihrem Mann sicher gleich gewaltig die Meinung geigen. Selber schuld, dachte er grinsend in einem Anflug von Schadenfreude. Er verabschiedete sich von Marta und ließ sie mit ihrem Mann Kalli allein zurück. Sörensen sah noch aus den Augenwinkeln, dass Kalli ihm einen hilfesuchenden Blick hinterherwarf, aber da musste er jetzt allein durch.

Sörensen stieg in seinen Wagen und wollte sich auf den Weg zu Detlef Johannsen machen. Doch das energische Klingeln seines Handys hielt ihn davon ab. Der Kollege Hansen von der Spurensicherung meldete sich und hatte Interessantes zu vermelden. Es war ihm gelungen, Roberts beschädigtes Handy wieder teilweise zum Laufen zu bringen. Begeistert hörte sich Sörensen an, was der Kollege ihm mitteilte. Man hatte auch die letzten Textnachrichten teilweise wiederherstellen können, ebenso einzelne Teile des Adressbuchs waren verfügbar. Sörensen versprach, so schnell wie möglich vorbeizukommen. Das hörte sich ja alles recht vielversprechend an. Er schickte eine kurze Nachricht an Nielsen, und dieser machte sich ebenfalls auf den Weg. Eine halbe Stunde später trafen die Beamten gemeinsam in der KTU ein. Hansen hatte sie bereits erwartet und wedelte mit einem Bogen Papier herum. »Das wird euch gefallen. Hab euch alles ausgedruckt, was ich noch retten konnte. Ist nicht viel, aber besser als nichts«, rief er und drückte Sörensen das Blatt in die Hand. »Viel Erfolg!« Mit diesen Worten verschwand er in einem der zahlreichen Büros. Hansen war kein Mann der vielen Worte und schien es immer eilig zu haben. »Ja, vielen Dank auch!«, rief Sörensen in die Richtung, in die Hansen verschwunden war. Dann widmete er sich den Ausdrucken von Roberts Handy. Nielsen sah ihn erwartungsvoll an. Doch Sörensen ließ sich Zeit, was Nielsen ganz hibbelig machte. Nervös trat er von einem Fuß auf den anderen.

»Nun mach es doch nicht so spannend! Was dabei, was uns weiterhilft?«, wollte er ungeduldig wissen. Sörensen sah auf und nickte. »Sieht fast so aus, als hätten wir den zweiten mutmaßlichen Täter gefunden. Schau dir mal diesen Chatverlauf zwischen Robert Lassen und einem gewissen Tobias an«, meinte Sörensen zuversichtlich. Nielsen schnappte sich den Ausdruck und las ihn laut vor: »Tobias, verschwinde sofort aus Flensburg, die Bullen scheinen was gerochen zu haben. Jemand hat dieses Miststück Margot gekillt, und jetzt stellen die Bullen unbequeme Fragen. Ich tauche am besten auch erst mal ab. Melde mich bei dir.« Nielsen fuhr mit einem Finger die Adressenliste herunter und wurde fündig. »Na also, da haben wir ihn ja schon!«, stellte er zufrieden fest. »Hier ist ein Tobias Michelsen aus Flensburg verzeichnet. Wohnt in der Toosbüystraße. Weißt du was, dem statten wir gleich morgen früh einen kleinen Besuch ab.« Sörensen nickte zustimmend.

-27-

Zeitig am nächsten Morgen machten sich Sörensen und Nielsen auf den Weg. Die Toosbüystraße lag quasi direkt um die Ecke vom Präsidium. Zehn Minuten später standen sie vor der Toosbüystraße Nummer 29. Es war ein großes, mehrstöckiges altes Haus, das wohl um die Jahrhundertwende gebaut worden war. Die hölzerne Haustür war nur angelehnt. Nielsen öffnete sie, und sie standen in einem hohen Hausflur mit einem schmutzigen Terrazzofußboden. Das Innere des Hauses hatte schon bessere Tage gesehen. Das ehemals von gut betuchten Flensburger Kaufleuten bewohnte Haus machte jetzt einen leicht heruntergekommenen Eindruck. Der Putz rieselte teilweise von den Wänden, und der Boden wirkte stumpf und grau. Hier hatten sich schon länger kein Eimer Wasser und kein Schrubber ausgetobt. Eine lange steile Terrazzotreppe führte in die oberen Stockwerke. Sörensen studierte die Namen auf den verbeulten Briefkästen und fand den Gesuchten. Dort stand er: »Tobias Michelsen, 4. Etage rechts«. »War ja sonnenklar, dass der ganz oben wohnt!«, stöhnte Nielsen leise auf. Die Beamten machten sich an den Aufstieg in den vierten Stock. Leicht aus der Puste gekommen, erreichten sie ihr Ziel. Sörensen suchte nach dem Türschild nebst Klingel und war erstaunt. Neben Michelsens Name standen dort noch ganz klein zwei weitere Namen. »Scheint eine WG zu sein«, stellte er fest und betätigte den Klingelknopf. Ein schriller Laut, der eine Mischung aus Feueralarm und verstimmtem Wasserkessel war, durchbrach die Stille im Treppenhaus. In der Wohnung rührte sich nichts. »Hoffentlich kommen wir nicht zu spät!«, murmelte Nielsen besorgt. Sörensen klingelte erneut langanhaltend, mit Erfolg. Ein verschlafener junger Mann mit wirr abstehenden Haaren öffnete die Tür einen Spalt. »Ja?«, murmelte er schlaftrunken und sah die Beamten mit glasigen Augen an. »Tobias Michelsen?«, fragte Nielsen und sah ihn fragend an. »Wer will das wissen?«, bekam er aufsässig zur Antwort. Nielsen hielt ihm seinen Dienstausweis unter die Nase. »Die Polizei will das wissen! Sind Sie nun Tobias Michelsen?«, knurrte er den jungen Mann an. »Nee, bin ich nicht«, erwiderte der und wollte die Tür rasch schließen. Doch Nielsen schob seinen Fuß dazwischen. Der junge Mann schien jetzt schlagartig hellwach und auf der Hut zu sein. Nielsen starrte ihn unverwandt an, was seinem Gegenüber nicht behagte. »Mann, cool, Alter! Ich bin Dennis Clausen. Zufrieden?«, rückte er seinen Namen heraus. »Haben Sie mal einen Ausweis für mich?«, verlangte Nielsen. Der junge Mann griff hinter sich und begann, in einer der herumliegenden Jacken herumzuwühlen. Nielsen nutzte die Gunst des Moments und drückte die Tür ein wenig weiter auf, sodass man gut in den Innenbereich der Wohnung schauen konnte. Dennis Clausen hatte seinen Ausweis offenbar gefunden und reichte ihn Nielsen. Der Ausweis bestätigte, dass sie es wirklich mit Dennis Clausen zu tun hatten. »Nun, Herr Clausen, dann holen Sie bitte mal Tobias Michelsen an die Tür!«, verlangte Nielsen überaus freundlich. Dennis Clausen war angesichts dieses Stimmungswechsels des Beamten irritiert. »Tobias ist nicht da!«, gab er schnippisch zur Antwort. Nielsen reichte es langsam, und er nahm eine bedrohliche Haltung ein, die sofort Wirkung zeigte. »Der musste gestern Abend plötzlich weg.« Sörensen und Nielsen sahen sich alarmiert an. Verdammt, da war Michelsen schneller gewesen. »Haben Sie eine Ahnung, wo genau er hinwollte?«, hakte Sörensen freundlich nach. »Klar, der wollte in so ein kleines Nest bei Sønderborg. Sollte ich eigentlich niemandem verraten, aber wenn Sie mich so nett fragen …«, verriet Dennis mit einem ironischen Ton. »Was für einen Wagen fährt Michelsen?«, wollte Nielsen wissen. Dennis dachte eine Weile nach. »Einen grünen«, gab Dennis frech grinsend an. Dieser Dennis ging Nielsen mittlerweile gewaltig auf die Nerven. »Fabrikat? Kennzeichen?«, knurrte er ihn beherrscht an. Angesichts der drohenden Tonlage hörte Dennis auf zu grinsen. Er war sich im Klaren darüber, dass Nielsen nicht zum Spaßen aufgelegt war. »Okay, ein grüner BMW halt, was genau für einer, weiß ich nicht. Kennzeichen? Keine Ahnung!«, gab er Nielsen widerwillig Auskunft. Nielsen hätte ihn am liebsten am Kragen gepackt und das Kennzeichen aus ihm herausgeschüttelt. Aber was sollte es, sie würden das Kennzeichen leicht herausfinden. Nielsen warf Dennis einen giftigen Blick zu, was diesen erschrocken einen Schritt zurücktreten ließ. Sörensen warf Nielsen einen warnenden Blick zu, denn er kannte nur zu gut das hitzige Temperament seines Kollegen. Nielsen drehte sich von Dennis weg, um sich wieder zu beruhigen. Sörensen bedankte sich bei Dennis Clausen, woraufhin dieser sich rasch und sichtlich erleichtert in die Wohnung zurückzog und die Wohnungstür kräftig zuknallte.

Nielsen sah zu Sörensen. »Hab das Kennzeichen vom KBA erfahren. Die Fahndung nach dem BMW läuft. Die dänischen Kollegen halten auch die Augen auf!«, murmelte er zufrieden. Jetzt konnten sie nur abwarten, wann die dänischen Kollegen Tobias Michelsen aufspürten. Sörensen fragte sich, wer sich wohl hinter dem dritten Namen am Klingelschild verbarg. Er konnte der Versuchung nicht widerstehen und drückte erneut den Klingelknopf. Sein Finger hing noch auf der Klingel, als die Tür abrupt aufgerissen wurde. Dieses Mal erschien allerdings nicht Dennis Clausen, sondern ein weiterer junger Mann. Genau wie Clausen machte auch er einen ziemlichen derangierten Eindruck auf Sörensen. »Mein Gott noch mal, was ist denn heute bloß los? Was wollen Sie?«, wurde Sörensen ange-

blafft. Dieser hielt dem Schreihals wortlos seinen Dienstausweis unter die Nase. »Oh, Polizei!«, stellte der Mann
erschrocken fest und schob die Tür, wie er meinte, diskret
weiter zu. Sörensen hatte es bemerkt. »Mit wem habe ich
das Vergnügen?«, wollte er freundlich wissen. Das Vergnügen schien allerdings nur auf seiner Seite zu sein, denn sein
Gegenüber wand sich nervös im Türspalt. »Mein Name ist
Knut Becker. Was kann ich für Sie tun?«, fragte er betont
freundlich. »Wir sind auf der Suche nach Tobias Michelsen und haben gehört, dass er sich in Dänemark aufhalten
soll. Haben Sie eine Ahnung, wo? Freunde? Verwandte?«,
wurde er von Sörensen gefragt. Knut Becker dachte kurz
nach. »Soviel ich weiß, hat er in Olderup eine Freundin, die
dort eine kleine Werkstatt betreibt. Ich denke, dass er dort
ist«, beeilte sich Knut, Sörensen zu erzählen. »Vielen Dank,
Herr Becker, Sie haben uns sehr geholfen«, bedankte sich
Sörensen bei ihm. »Immer gern zu Diensten! Einen schönen Tag noch!«, rief Becker und konnte gar nicht schnell
genug die Tür schließen. Nielsen schnupperte schon die
ganze Zeit im Treppenhaus herum. »Hast du das auch gerochen? Das ist eindeutig Gras!«, rief er empört aus. Sörensen
schmunzelte. »Lass man gut sein, warum, meinst du, haben
die beiden uns so bereitwillig Auskunft gegeben? Die wollten uns so schnell wie möglich wieder loswerden.« Nielsen
wollte protestieren, denn er hätte nur zu gern einen Blick
in die Wohnung geworfen. »Das übergeben wir den Kollegen vom Rauschgiftdezernat, wir müssen diesen Michelsen erwischen«, beruhigte ihn Sörensen.

-28-

Im dänischen Sønderborg hielt Hauptkommissar Anders Olsen eine Mail der deutschen Kollegen in der Hand. Sie baten um Amtshilfe. Olsen beschloss, seinen deutschen Freund und Kollegen Sörensen zu kontaktieren, vielleicht hatte dieser in der Zwischenzeit etwas Genaueres zum Aufenthaltsort des Gesuchten in Erfahrung gebracht. Nielsen und Sörensen hatten kaum das Haus in der Toosbüystraße 29 verlassen, da meldete sich Sörensens Handy. Olsen war dran, wie er erfreut feststellte. Nachdem Olsen und Sörensen kurz miteinander geredet hatten, kam Olsen auf den Grund seines Anrufs zu sprechen. Sörensen teilte ihm die neuen Fakten mit, und Olsen versprach, sich sofort auf den Weg nach Olderup zu machen. Sörensen warnte Olsen eindringlich davor, dass der Gesuchte bewaffnet sein könnte. Olsen wollte sich melden, sobald es etwas Neues gab.

Olsen hatte sich mit der Unterstützung eines Streifenwagens sofort auf den Weg nach Olderup gemacht. Olsen fuhr voran, und die Streifenpolizisten Madsen und Søgård folgten ihm im Streifenwagen. Alle drei waren angespannt, denn sie wussten nicht, was sie in Olderup erwartete. Einen eventuell bewaffneten Verdächtigen zu verhaften, geschah hier schließlich nicht jeden Tag. Olderup lag knapp fünf Kilometer nördlich von Sønderborg und gehörte zur Kommune Sønderborg. Die Ortschaft hatte einen kleinen Ortskern, der aus einer Handvoll niedriger Häuser bestand. Rundherum lagen weitläufig verstreut ein paar Bauernhöfe und ein paar einzelne Gebäude. Sonst gab es nur Felder, soweit das Auge reichte. Olsen hatte schon vorab versucht herauszufinden, wo sich die Werkstatt befand. Das alte Haus mit der Werkstatt lag weit abseits des Dorfkerns tief versteckt in einem kleinen Waldstück. Einsam und idyllisch, wenn man so etwas mochte. Perfekt für jemanden, der untertauchen wollte. Langsam fuhren sie auf das Grundstück zu. Da geschah etwas völlig Unerwartetes. Eine junge Frau mit leuchtend rot gefärbtem Haar, sprang plötzlich auf den Hof. Ihr ausgemergelter Körper steckte in einer zu weiten Latzhose und einem großen, mit frischen Tonresten und Farbklecksen beschmierten T-Shirt. Als sie den Streifenwagen sah, rannte sie hektisch zurück ins Haus. Dabei schrie sie laut und deutlich: »For fanden, strisserne er på vej.«[*] Olsen und seine Kollegen sahen sich an, hier schienen sie wohl richtig zu sein. Sie folgten der Frau durch die offenstehende Tür ins Haus. Madsen ging ums Haus herum, was sich als goldrichtig erweisen sollte, denn ein Mann versuchte soeben, das Haus über die hintere Terrasse zu verlassen. Er schien eben erst aus dem Bett gekommen zu sein, denn seine Haare standen wild in alle Richtungen ab. In der Eile hatte er sich rasch in eine Jeans geworfen, sein T-Shirt hielt er noch in der Hand. Schuhe und Strümpfe fehlten gänzlich, sein schneller Aufbruch war nicht geplant gewesen. Nun stand er barfuß im kalten, nassen Gras, einem Streifenpolizisten Auge in Auge gegenüber. Dieser fackelte nicht lange und griff sich den Flüchtenden. Der Mann wehrte sich heftig, aber Madsen hielt ihn eisern fest. Olsen und Søgård hatten ebenfalls den hinteren Teil des Hauses erreicht. Dicht hinter ihnen folgte ihnen die junge Frau lauthals fluchend. »Tobias Michelsen?«, rief Olsen dem sich noch immer wehrenden Mann zu. Michelsen sah hinüber zu Olsen und gab auf. Er sah ein, dass er gegen den ein Meter 90 großen und

---

[*] Zum Teufel! Die Bullen kommen!

durchtrainierten Madsen nichts ausrichten konnte. »Ja, ich bin Tobias Michelsen«, gab er zu und hing nun wie ein nasser Sack in Madsens Armen. Doch die junge Frau dachte nicht so schnell daran aufzugeben, was Olsen verblüffte. Sie schoss an Olsen vorbei und warf sich mit aller Kraft auf den hünenhaften Madsen, was diesen nicht einmal ins Wanken brachte. Sie schrie und schlug unkontrolliert auf Madsen ein. Søgård kam seinem Kollegen zu Hilfe und pflückte die Frau von ihm ab. Wild um sich schlagend wurde sie in Handschellen gelegt und in den Streifenwagen verfrachtet. Olsen trat an Michelsen heran. »Man vermisst Sie in Flensburg. Bis die deutschen Kollegen da sind, sind Sie unser Gast!«, sagte er freundlich zu Michelsen. Dieser stöhnte gequält auf. Inzwischen war ein zweiter Streifenwagen vor Ort eingetroffen und übernahm den Transport zur Dienststelle in Sønderborg. Olsen kam das überaus aggressive Auftreten der jungen Frau sonderbar vor, deshalb beschloss er, sich noch einmal gründlich im Haus umzusehen.

Eine Stunde später waren Nielsen und Sörensen auf dem Weg nach Sønderborg. Sie hätten die Autobahn nehmen können und wären so in einer guten halben Stunde vor Ort gewesen. Aber zu Nielsens Leidwesen bog Sörensen gleich hinter der Grenze in Kruså rechts ab nach Kollund. Von dort ging es am Wasser entlang in Richtung Sønderhav. Hier gab es nicht nur die besten *Hot Dogs*, wegen seiner Lage wurde dieser Küstenabschnitt auch als die dänische Riviera bezeichnet. Genau gegenüber von Sønderhav lagen die beiden kleinen Ochseninseln. Sah man an ihnen vorbei, konnte man auf der deutschen Seite das Strandbad Solitüde mit seiner Badebrücke erkennen. Rechts davon tauchte der Jachthafen von Fahrensodde auf. Dort hatte letzte Nacht Robert Lassen gewaltsam sein Leben verloren. Sie verlie-

ßen die Küstenstraße und fuhren durch den Ort Rinkenæs in Richtung Egernsund. Sörensen liebte diese Strecke,
ein besonderes Highlight war für ihn stets die Brücke von
Egernsund. Besonders wenn diese beidseitig hochgeklappt
war und die Segelschiffe sanft zwischen den hochgeklappten Seiten hindurchglitten. Aber heute war die Brücke her-
untergeklappt, und sie kamen rasch voran. Der Ort Dybøl
lag nun links von ihnen und war wie immer von Touristen
bevölkert. Die nachgestellte deutsch-dänische Schlacht um
Dybøl von 1864 zog die Menschen noch immer magisch an.
Die kleine Brücke über den Alsensund führte in die Innenstadt von Sønderborg, doch Sörensen bog, gleich nachdem
er die Brücke passiert hatte, nach rechts ab, fuhr ein Stück
am Hafen entlang und stand dann vor dem Präsidium.

   Olsen erwartete sie bereits ungeduldig. Als die deutschen
Kripobeamten sein Büro betraten, lief er Sörensen freudig
entgegen. »Hej gamle ven. Hvordan har du det?«,[*] erkundigte er sich bei Sörensen. Auch Sörensen war erfreut, seinen alten Freund und Kollegen wiederzusehen. Nielsen
jedoch fühlte sich überflüssig und machte sich durch ein leises Räuspern bemerkbar. Schließlich waren sie hier nicht in
privater Mission. Olsen grinste ihn an und reichte ihm die
Hand. »Jeg har ikke glemt dig, min ven!«[**] Nielsen, der kein
Dänisch sprach und auch nur wenig verstand, grinste Olsen
schief an, denn er fühlte sich irgendwie ertappt. Nachdem
alle Höflichkeiten ausgetauscht und Privates besprochen
war, kamen sie endlich, wie Nielsen erleichtert feststellte,
zum dienstlichen Teil. Tobias Michelsen wurde aus seiner Arrestzelle in Olsens Büro geholt. »Moin, moin, Herr
Michelsen. Mensch, Sie sind ja richtig schwer anzutreffen!
Aber wie ich sehe, haben Sie es ja doch noch einrichten kön-

---

[*] Hallo, alter Freund. Wie geht es dir?
[**] Ich habe dich nicht vergessen, mein Freund!

nen«, wurde er von Sörensen lächelnd in Empfang genommen. Doch die Augen von Sörensen funkelten ihn kalt an. »Was soll das ganze Theater denn hier? Was wollen Sie von mir?«, regte sich Michelsen auf. Nielsen hatte jetzt genug, seine Halsschlagader schwoll gefährlich an, und er baute sich drohend vor Michelsen auf. »Margot Iwersen? Robert Lassen? Na, klingelt da was bei Ihnen?«, herrschte er ihn an. Michelsen sah ihn verständnislos an. »Die Iwersen kenn ich nicht, und mit Robert war ich auf der Schule. Aber was soll das, was habe ich mit denen zu tun?«, wollte er wissen und sah fragend von einem Beamten zum anderen. Sörensen beobachtete ihn genau und fragte sich, ob Michelsen wirklich so abgebrüht war, oder ob er es tatsächlich nicht wusste.

»Überfall auf den Juwelier Jörgensen vor vier Jahren in Flensburg?«, war ihm Nielsen behilflich. Michelsen schien in sich zusammenzusacken. »Ach das«, murmelte er ertappt, »da war ich nur der Fluchtwagenfahrer. Mehr nicht! Robert hatte mich dafür angeheuert. Brauchte damals dringend Kohle, sein Angebot war meine Rettung. Wer soll denn diese Margot Iwersen sein?« Sörensen half ihn auf die Sprünge. »Margot Iwersen war der Lockvogel bei dem Überfall damals.« »Ach, hieß die so? Hab die nur von Weitem gesehen. Gar nicht mein Typ. Die war mir zu billig. Robert« hatte die angeschleppt«, erklärte er Sörensen kurz angebunden. Dann verdüsterte sich sein Gesicht, und er kniff seine Augen zu schmalen Schlitzen zusammen. »Haben die mich etwa verpfiffen? Moment mal, wenn die mir den erschossenen Wachmann unterschieben wollen, damit habe ich nichts zu tun!«, fuhr er wie angestochen hoch.

»Margot Iwersen und Robert Lassen sind beide tot, ermordet!«, wurde er von Nielsen knapp in Kenntnis gesetzt. Michelsen war kreidebleich geworden und fuhr sich nervös mit der Hand über sein Gesicht. »Was?«, stieß er heiser aus und sah entgeistert von Nielsen zu Sörensen. Dann ging ihm offenbar ein Licht auf, weswegen er hier saß. »Sie glauben doch nicht, dass ich …?«, keuchte er. Jetzt kam Bewegung in Michelsen. »Nee, nee, dass lass ich mir nicht anhängen!«, stieß er aufgeregt aus. »Ich habe nur den Wagen gefahren, mehr nicht! Da war doch noch einer mit von der Partie, was ist denn mit dem? Vielleicht war der das und der bringt jetzt alle von damals um.« Michelsen sah hektisch von Nielsen zu Sörensen. »Aber dann ist der auch hinter mir her!«, stellte er fest und sah sich panisch um. »Stimmt, das könnte natürlich sein. Wer war der dritte Mann? Name?«, räumte Nielsen ruhig ein. »Keine Ahnung, wer das war! Wie gesagt, ich kannte nur Robert, und der hat mich angeheuert. Wer der andere war, hat er nie gesagt!«, schrie Michelsen. Eine Welle der Verzweiflung und Panik flutete über ihn hinweg. »Wenn Sie so unschuldig sind, wie Sie behaupten, dann frage ich mich, warum Sie vorhin geflüchtet sind?«, hakte Sörensen nach und sah ihn fragend an. Michelsen wand sich wie ein Fisch auf dem Trockenen und schwieg beharrlich.

»Moment, da kann ich vielleicht behilflich sein«, mischte sich Olsen mit ernster Miene ein. »Die Dame, bei der Herr Michelsen untergekrochen war, hat eine recht stattliche Hanfplantage im Haus, nicht wahr, Herr Michelsen? Wir haben das gesamte Haus auf links gedreht und waren auch so frei, Ihren Wagen zu durchsuchen, und was soll ich sagen, es hat sich gelohnt. Da sind schon ein paar Kilo Gras zusammengekommen. Wenn die deutschen Kollegen mit Ihnen fertig sind, werden Sie anschließend uns Rede und Antwort stehen müssen.« Michelsen stöhnte leise auf, denn er ahnte, was da noch alles auf ihn zukommen würde, aber lieber das als einen Doppelmord an der Backe. Michelsen entspannte sich sichtlich ein wenig. »Sie sind noch nicht aus dem Schneider«, schnarrte Nielsen, »wir nehmen Sie jetzt erst mal mit nach Flensburg.« Bei dieser Ansage sackte Michelsen wieder in sich zusammen. Eine halbe Stunde später waren Sörensen und Nielsen mit Michelsen im Gepäck auf dem Weg zurück nach Flensburg.

-29-

Zur gleichen Zeit lief Clemens Lassen wie ein gehetztes Tier in seiner Werkstatt herum. Fieberhaft überlegte er, wie er die Polizei von sich ablenken konnte. Verdammt! Erst wurde diese Margot am *Dannebrog* aufgeknüpft, dann wurde auch noch Robert ermordet! Wieso läuft auf einmal alles schief?, fragte er sich zum 100. Mal, fand aber nicht die passende Antwort darauf. Noch heute Abend musste sein Vorhaben über die Bühne gehen, denn noch länger ließ der Kunde sich nicht hinhalten. Schließlich hatte dieser bereits eine stattliche Summe als Anzahlung geleistet. Clemens raufte sich die Haare, sodass sein Haar wirr in alle Richtungen abstand. Das Klingeln seines Handys riss ihn abrupt aus seinen Überlegungen. Ein Blick auf das Display, und er sah die Nummer von Sven Kaiser aufleuchten. »Was gibt es?«, wollte Clemens barsch von Sven wissen. »Du, die Sache heute Abend … lass uns das lieber verschieben. Die Bullen schnüffeln mir zu viel herum«, teilte er Clemens ruhig mit. Doch dieser wollte von Verschieben absolut nichts wissen. »Das ist nicht dein Ernst, der Auftrag muss heute Abend über die Bühne gehen. Der Kunde macht mir langsam die Hölle heiß, der lässt sich nicht länger hinhalten. Aussteigen ist nicht, ich brauche dich dabei! Ich hole dich um 21 Uhr ab, und wir ziehen das Ding heute Nacht durch«, befahl Clemens ungehalten. Clemens und Sven hatten schon in der Vergangenheit öfters zusammengearbeitet. Sven war vor seiner Zeit als Busfahrer bei einer Hamburger Securityfirma beschäftigt gewesen. Dadurch kannte er sich bestens mit Alarmanlagen aus und wusste genau, welche Strippen er ziehen oder besser gesagt, welche er durchschneiden musste. Dieser Doppelmord hatte Clemens schon genug Zeit gekostet. Durch die große Polizeipräsenz war er gezwungen gewesen, seine Pläne über den Haufen zu werfen. Eigentlich hatte er noch abwarten wollen, bis sich die Lage beruhigt hatte. Doch dieser Kunde wurde immer ungeduldiger und fing an zu drohen, dass er sein Geld zurückhaben wollte. Geld, das Clemens nicht mehr hatte. Der ominöse Kunde war ein Kunstsammler aus Schweden und war es gewohnt, immer zu bekommen, was er haben wollte.

Es half nichts, trotz aller Widrigkeiten musste es heute Abend über die Bühne gehen. Sven meldete erneut große Bedenken an, doch diese wischte Clemens gnadenlos vom Tisch. Abspringen gab es bei Clemens nicht. »Mensch, reiß dich jetzt mal zusammen! Es ist abgemacht, und daran wird sich nichts mehr ändern. Also, bist du nun dabei oder kneifst du?«, herrschte er Sven an. Sven wusste, dass er keine Wahl hatte, denn auch er hatte seine Anzahlung bereits ausgegeben. Er war sich im Klaren darüber, dass Clemens sich nicht von seinem Plan abbringen ließ. Sven kämpfte noch mit sich, doch mit etwas Druck seitens Clemens' ließ er sich überreden. »Also gut, um 21 Uhr!«, gab er endlich nach. Clemens atmete erleichtert auf.

Mittlerweile war es später Nachmittag, als Sörensen und Nielsen mit Michelsen in Flensburg ankamen. Den ganzen Weg über hatte Michelsen kein Wort von sich gegeben. Er schien nach einem Ausweg aus seiner prekären Lage zu suchen, anscheinend vergebens. In Handschellen wurde er in Sörensens Büro gebracht. Nielsen sah ihn schweigend an. Jetzt war Schluss mit lustig. Es war schon spät, und Nielsen hatte einen Mordshunger. Wenn es nach ihm gegangen wäre, hätten sie mit der Vernehmung gut bis morgen warten können, aber Sörensen wollte sich Michelsen noch heute vorknöpfen, und wenn es die ganze Nacht dauern würde. Sörensen kam mit einem Glas Wasser herein und knallte dieses vor Michelsen auf den Tisch, sodass es überschwappte. Michelsen zuckte leicht zusammen. »Nun, Herr Michelsen, dann noch mal ganz von vorne bitte«, fing Sörensen an. Michelsen stöhnte auf, auch er war müde und hungrig und hatte auf das Ganze hier überhaupt keinen Bock mehr. »Wie oft denn noch, ja, ich war bei dem Überfall dabei. Nein, ich habe den Wachmann nicht erschossen. Ich war nur der Fluchtwagenfahrer. Und nein, den zweiten Mann kenne ich nicht. Und jetzt will ich einen Anwalt!«, blökte er die verblüfften Beamten genervt an und verschränkte wie ein bockiges Kind die Arme vor seinem Körper. Dann verfiel er wieder in Schweigen. Sörensen sah ein, dass sie hier erst einmal nicht weiterkamen. Anstandslos ließ Michelsen sich von einem Beamten in eine Zelle verfrachten.

Das Verhör war hiermit für heute beendet. Heute, am Samstag, war eh kein Anwalt aufzutreiben, dann musste Michelsen eben bis Montag in seiner Zelle schmoren. Das passte Sörensen eigentlich auch recht gut in den Kram, da er am morgigen Sonntag schon früh mit seiner Freundin Schloss Gottorf besuchen wollte. Sörensen warf einen raschen Blick auf seine Uhr, fast 19 Uhr. »So, genug für heute! Feierabend!«, rief er Nielsen zu. Dieser grinste ihn an. »Feierabendbier?« Sörensen zögerte, eigentlich hatte er früh schlafen gehen wollen. Aber egal, ein Bier konnte nicht schaden. Damit war es beschlossen, und sie verließen gemeinsam das Büro. Doch wie es immer so ist, es blieb natürlich nicht bei einem Bier. Sörensen und Nielsen waren in einem griechischen Lokal eingekehrt, das nicht weit vom Präsidium entfernt lag. Dieser Laden war bei allen Polizeibeamten geschätzt und wurde gerne von ihnen besucht. Auch heute Abend waren wieder zahlreiche Kollegen aus verschiedenen Abteilungen dort. Schnell wurde eine Runde *Ouzo* nach der anderen bestellt, und die Stimmung stieg. Sörensen hatte sich eine *Gyros*-Platte bestellt, über die er nun ausgehungert herfiel. Nielsen vergnügte sich mit überbackenem *Gyros* mit Metaxa-Soße. Gegen 23 Uhr verließen sie leicht angeheitert das Restaurant. Beide ließen ihre Wagen stehen und machten sich zu Fuß auf den Nachhauseweg. Zum Glück wohnten beide in der Stadt und hatten es somit nicht besonders weit zu laufen. Nielsens Wohnung befand sich in der Mathildenstraße und lag nur 15 Minuten entfernt. Sörensen, der am Ballastkai lebte, musste einmal um das Hafenbecken herum marschieren. Sie hatten den

ZOB erreicht, hier trennten sich ihre Wege. Man wünschte sich gegenseitig eine »Gute Nacht«, und jeder marschierte dann in seine Richtung davon. Sörensen bog nach links ab, und Nielsen verschwand in die andere Richtung. Eine knappe halbe Stunde später war Sörensen zu Hause und sank hundemüde auf sein Sofa. Keine zwei Minuten später schlief er tief und fest. Fatalerweise hatte vergessen, seinen Wecker für den nächsten Morgen zu stellen.

-30-

Kurz vor 20 Uhr machte sich Sven auf den Weg zu dem verabredeten Treffpunkt mit Clemens. Nervös sah er sich immer wieder um. Hinter jeden Baum meinte er, jemanden lauern zu sehen, der es auf ihn abgesehen hatte. Seit dem Mord an Robert stand er nur noch neben sich, dieser Mord hatte ihn völlig aus der Bahn geworfen. Kurz bevor er den Treffpunkt erreicht hatte, trat plötzlich eine dunkle Gestalt aus den Büschen an der Straße heraus. Sven schlug das Herz bis zum Hals, und er schnappte panisch nach Luft. Doch dann erkannte er Clemens, der neben ihm auftauchte. »Mein Gott, du bist es nur!«, japste er erleichtert. »Natürlich bin ich es, wer denn sonst? Mensch, nun reiß dich bloß zusammen!«, wurde er von Clemens angefahren, denn er sah sein nächtliches Vorhaben gefährdet. »Konzentriere dich auf den Auftrag! Das, was mit Robert passiert ist, hat nichts mit uns zu tun!«, versuchte Clemens, Sven zu beruhigen, was ihm dann auch zu guter Letzt gelang. Zweifelnd sah Clemens Sven von der Seite an. Sven wurde langsam zu einem Schwachpunkt. Er war der Letzte gewesen, der Robert lebend gesehen hatte. Sollte die Polizei das spitzkriegen, könnte Sven einknicken und nicht nur über den Überfall auf den Juwelier plaudern. Clemens befürchtete, dass Sven auch über ihre lukrative Zusammenarbeit auspacken könnte. Das musste er notfalls verhindern. »Du hast ja recht, aber ...«, hob Sven kurz noch einmal an, aber ein Blick von Clemens ließ ihn verstummen. Gemeinsam stiegen sie in Clemens' schwarzen Dacia SUV und machten sich auf den Weg nach Schleswig. Nach einer schweigsamen halbstündigen Fahrt über einsame dunkle Landstraßen erreichten sie endlich Schleswig. Clemens nahm die Abbiegespur in Richtung Schloss Gottorf. Sven schwieg weiter beharrlich. Clemens sah ihn misstrauisch von der Seite an. Was geht in Svens Kopf vor?, fragte er sich angespannt. Hoffentlich verlor Sven heute nicht die Nerven, sodass Clemens sich auf die Suche nach einem neuen Spezialisten machen musste. So eine Aktion kostete viel Zeit und Diskretion. Abseits vom Schlossparkplatz lenkte Clemens den Wagen auf einen unbeleuchteten Standstreifen. Mittlerweile war es stockdunkel geworden. Der Motor erstarb, und er löschte die Scheinwerfer. Völlige Dunkelheit hüllte sie ein. Beide Männer zogen sich schwarze Sturmhauben über und glitten geräuschlos aus dem Wagen. Da sie von Kopf bis Fuß schwarz gekleidet waren, wurden sie völlig von der Dunkelheit verschluckt. Lautlos huschten sie durch die Parkanlagen, bis sie die Hinterseite des Schlosses erreicht hatten. Die Vorderseite von Schloss Gottorf wurde in der Nacht von zahlreichen Scheinwerfern angestrahlt, doch hier hinten war es fast dunkel. Gebückt lief Clemens an der Wand entlang. Er war auf der Suche nach einer kleinen hölzernen Tür, die er zufällig bei einem seiner Besuche im Schloss entdeckt hatte. Sein Gesicht unter der Sturmhaube war bis auf das Äußerste angespannt, bis er die Tür vor sich sah. »Na also!«, murmelte er zufrieden. Er winkte Sven, der sich etwas hinter ihm befand, zu sich. »Jetzt bist du dran!« Sven schien sich wieder vollkommen im Griff zu haben. Er zog ein Spezialwerkzeug aus der Tasche und machte sich hochkonzentriert an der Tür zu schaffen. Ein leises Klicken verriet, dass die Tür ihren Widerstand aufgab, sie war geöffnet. Als Clemens sie vorsichtig aufschob, gab sie ein leises Knarren von sich. Mit dem Strahl seiner Taschenlampe leuchtete er in den dunklen Raum, der vor ihnen lag. Alles war ruhig. »Los, rein!«, befahl Clemens und schloss die Tür leise hinter ihnen.

Im Schloss waren sie schon mal, aber es lag noch ein langer mit Sicherheitsschlössern und Alarmanlagen gesicherter Weg vor ihnen. Doch mit Sven als Experten war es fast ein Spaziergang einzudringen. Das gewünschte Objekt befand sich im ersten Stock. Um dort hinzukommen, mussten sie sich erst einmal Zutritt zum Hauptfoyer verschaffen. Doch eine neue dicke Holztür verwehrte ihnen den Zugang. Clemens stöhnte leise auf, das hier dauerte ihm alles zu lange. Nicht nur die Alarmanlage und Sicherheitsschlösser mussten sie im Auge behalten, auch ein Nachtwächter konnte unverhofft auftauchen. Sven schien jetzt in seinem Element zu sein. Schloss für Schloss öffnete er flugs mit größter Präzision. Die Alarmanlage wurde rasch und fachgerecht lahmgelegt. Geschafft, sie waren im Foyer angekommen. Sie verharrten einen Moment in der Dunkelheit und horchten angespannt. Doch alles war still, es konnte weitergehen. Lautlos wie zwei Raubkatzen huschten sie die Treppe zum ersten Stock hinauf. Durch eine Glastür konnten sie das Kunstobjekt im fahlen Mondlicht sehen. Nur noch durch diese Tür, und sie waren am Ziel. Sven besah sich die gesicherte Glastür genau. Clemens wurde nervös, als Sven zögerte. »Was ist los? Gib es ein Problem?«, flüsterte er heiser. Sven antwortete nicht, sondern strich zart über den Türrahmen. »Dachte ich es mir doch!«, murmelte er vor sich hin. Clemens war irritiert, denn er verstand nicht, was Sven meinte. Dieser stand noch immer regungslos vor der Tür. Dann wühlte er in seiner Tasche herum und zog ein kleines Metallteil heraus. Mit diesem unterbrach er den Strom, der die Tür sicherte. Sie waren drinnen!

Das Kunstobjekt entpuppte sich als eine kleine Bronzefigur. Klein, unscheinbar, aber scheinbar ungeheuer wertvoll. Sven besah sich die Figur skeptisch mit hochgezogenen Brauen. »Und dafür bezahlt man so viel Geld? Das kriegt mein Fünfjähriger ja besser hin«, meinte er zweifelnd. »Jetzt sabbel hier nicht rum, halt lieber mal den Sack auf, damit ich die Figur verpacken kann«, befahl Clemens ungeduldig. Kaum war das Objekt im Sack versenkt, da bemerkte Sven den Lichtschein, der näher kam. Clemens sah in Svens Gesicht, der panisch in das Treppenhaus starrte, weil etwas nicht stimmte. Leise huschte er zum Treppenhaus, und da wusste er, was es war. Der Nachtwächter war viel zu früh dran, sie saßen in der Falle, denn der einzige Ausweg führte durch das Treppenhaus hinaus. »Verdammt!«, fluchte er lautlos und stieß Sven, der zur Salzsäule erstarrt war, hinter eine große Statue, die in der Nähe stand. Der Nachtwächter hatte fast die offene Tür erreicht. Wenn Clemens jetzt nicht handelte, konnten sie einpacken. Sobald der Nachtwächter die offene Tür bemerkte, würde er sofort Alarm schlagen. Kreidebleich und mit den Nerven fertig, hockte Sven schlotternd hinter der Statue. Clemens glitt lautlos in Richtung Tür und drückte sich eng an die Wand. Keine Sekunde zu früh. Der Nachtwächter hatte die geöffnete Tür gesehen und zog aufgeregt sein Handy aus der Tasche, um die Polizei zu verständigen. Clemens fackelte nicht lange und zog dem Nachtwächter eins mit seiner Taschenlampe über. Dieser sackte bewusstlos zu Boden. Sven war außer sich vor Entsetzen. »Was hast du getan? Bist du bescheuert? Ruf einen Krankenwagen!«, kreischte er hysterisch. »Reiß dich verdammt noch mal zusammen! Erst müssen wir hier raus. Komm, wir schleppen ihn rüber ins Nebengebäude«, herrschte er Sven ungehalten an. Er hatte es doch gewusst, Sven war nur noch ein einziges Nervenbündel. »Aber warum …?«, hob Sven verwirrt an. »Halt die Klappe und mach, was ich dir sage! Nimm die Beine von dem Typen!« Sven agierte wie eine Marionette. Zu zweit wurde der unglückliche Nachtwächter ins Treppenhaus gezerrt. Clemens verschloss die Glastür und dirigierte Sven durchs Treppenhaus hinunter zur Tür, die ins Freie führte. Wie eine Flickenpuppe hing der Nachtwächter zwischen ihnen und wurde unsanft nach draußen geschleppt. Einige Meter rechts lagen die großen Nebengebäude des Schlosses. In einem der alten Gemäuer war eine imposante Sammlung alter Fahrzeuge zu bestaunen. Dorthin schleppten sie den Unglücklichen. Mit bebenden Fingern öffnete Sven das Türschloss, und Clemens drängte ihn hinein. »Warte hier!«, raunte er Sven zu. Clemens ging hinaus und zog den Nachtwächter ins Gebüsch, um ihn dort zu fesseln und zu knebeln. Doch hier konnte der Mann nicht liegen bleiben, Clemens musste sich was einfallen lassen. Aber zuerst wollte er sich um Sven kümmern. Er ging zurück ins Gebäude und schloss die Tür hinter sich. 15 Minuten später kam er wieder heraus, allein. Den noch immer bewusstlosen Nachwächter schleifte er rüber in die weitverzweigten Parkanlagen und versteckte ihn unter einem großen Kirschlorbeerbusch. Dann lief er zurück, schnappte sich den Sack mit der Bronzefigur und schlich zu seinem Wagen, der in der Dunkelheit stand. Als er im Auto saß, wurde es ihm bewusst, wie verdammt knapp diese Aktion gewesen war. Aber wie immer hatte er alles im Griff gehabt, wie er selbstsicher und zufrieden feststellte. Ein Blick auf die Uhr, verdammt, doch schon so spät. Noch heute Nacht musste er die Bronzefigur liefern. Der Kunde wartete sicherlich schon ungeduldig in Kopenhagen, wo man sich verabredet hatte. Wenn er über die Autobahn nach Flensburg zurückfuhr und dann auf die Landstraße wechselte, könnte er in einer halben Stunde in Flintby sein und dort die Bronze für den Zoll tarnen. Er ließ den Motor an und rollte langsam aus der Dunkelheit heraus. Dann nahm er die erste Auffahrt zur Autobahn und gab Gas.

31

Es war schon heller Tag, als Sörensen wach wurde. Überrascht registrierte er, dass er letzte Nacht in voller Montur auf dem Sofa eingeschlafen war. Er streckte sich vorsichtig. Jeder einzelne Knochen tat ihm weh, was auch kein Wunder war, denn Sörensen war nicht gerade der Kleinste. Eine Nacht mit ein Meter 95 Körpergröße auf einem ein Meter 70 kleinen Sofa … Das passte vorn und hinten nicht. Sörensen gähnte herzhaft und stand umständlich auf. Sein Blick blieb am Zifferblatt der Uhr hängen. »Verdammt!«, stieß er ärgerlich aus. In einer halben Stunde stand seine Freundin Camilla auf der Matte. Gemeinsam wollten sie einen Bummel durch Schloss Gottorf machen. Auf dem Weg ins Badezimmer riss er sich die Klamotten vom Leib und ließ sie achtlos auf den Boden fallen. Ein paar Minuten später stand er unter der Dusche. In Sörensens Kopf schien ein komplettes Bergwerk wild an der Arbeit zu sein. Hätte er sich nur nicht von Nielsen zu einem Feierabendbier überreden lassen. Die Seife glitschte ihm aus der Hand, und als er sich danach bückte, stöhnte er schmerzvoll auf. Nie wieder werde ich mit Nielsen ein Feierabendbier trinken gehen!, schwor er sich und schnappte sich ein Handtuch. Als er in den Spiegel sah, war er mehr als unzufrieden. »Alter Junge, du sahst auch schon mal frischer aus!«, murmelte er seinem Spiegelbild zu. Rasieren, anziehen und kurz noch klar Schiff in der Wohnung machen, die Zeit wurde knapp. Punkt 11 Uhr klingelte es an der Tür, Camilla stand auf der Matte. Sörensen war knapp mit dem Rasieren und Anziehen fertig geworden, zum Aufräumen hatte es nicht mehr gelangt. Auf dem Weg zur Haustür klaubte er seine Kleidungsstücke vom Boden auf und warf sie aufs Bett im Schlafzimmer, dessen Tür er rasch noch schloss. Ein paar Schuhe, die im Weg standen, kickte er elegant unter das Sofa. Sörensen atmete einmal tief durch, öffnete schwungvoll die Haustür und begrüßte Camilla mit einem Kuss. Doch diese schob ihn mit angeekelter Miene von sich. »Du meine Güte, du riechst ja wie eine Brauerei!«, stellte sie verstimmt fest. Sörensen sah sie irritiert an, dann fiel es ihm siedend heiß ein, dass er in der Eile wohl das Zähneputzen vergessen hatte. Zerknirscht bat er Camilla herein. Doch auch mit dem Zustand seiner Wohnung war sie unzufrieden. »Wann hast du eigentlich das letzte Mal aufgeräumt?«, fragte sie angesäuert. Mit der Zahnbürste im Mund schaute Sörensen aus dem Bad und zuckte unangenehm berührt mit den Schultern. »Ja, man merkt, dass hier eine weibliche Hand fehlt«, bemerkte Camilla und ließ ihren Blick durch das Wohnzimmer streichen. Sörensen zuckte bei dieser Bemerkung zusammen. Er wusste, dass Camilla gleich mit ihrem Lieblingsthema anfangen würde. »Zusammenziehen« war für ihn jedoch ein rotes Tuch. Das konnte heute ja noch heiter werden.

Nach einer halbstündigen und diskussionsreichen Fahrt erreichten sie ihr Ziel. Schloss Gottorf erhob sich vor ihnen. Auch die Sonne schien sie erwartet zu haben, denn just in dem Moment, wo sie aus dem Wagen stiegen, brachen die ersten Strahlen durch die Wolken. Sörensen wollte einen entspannten Tag mit seiner Freundin im Schloss Gottorf verbringen. Damit versuchten sie, ihre eigentlich schon längst gescheiterte Beziehung zu retten. Doch auf dem Parkplatz fiel Camilla auf, dass zwei Streifenwagen vor dem Eingang des Schlosses standen. Sörensen konnte es natürlich nicht lassen, einen der Beamten nach dem Grund des Einsatzes zu fragen. Camilla sah ihn misstrauisch von der Seite an. »Und, was ist hier los?«, wollte sie von Sörensen wissen. Alles, nur kein Mord!, dachte sie flehend. »Nur ein Einbruch, dabei ist eine wertvolle Bronzefigur gestohlen worden«, gab Sörensen zur Antwort. Camilla atmete erleichtert auf, dass sie die Ausstellung nun im ersten Stock nicht besichtigen konnte, konnte sie durchaus verschmerzen. Nachdem Sörensen und Camilla die anderen Exponate ausgiebig bewundert hatten, verließen sie das imposante Gebäude und machten sich auf den Weg zu einem der alten Nebengebäude. In dem größeren Gebäude befand sich eine stattliche Sammlung alter Fahrzeuge. Wunderschöne Stücke, die jedoch auch eine etwas unheimliche Atmosphäre ausstrahlten. Sie schlenderten Hand in Hand auf eine alte Kutsche zu. Beim Anblick des Kutschers, der zwar nur eine Puppe war, lief Camilla ein leichter Schauer über den Rücken. Diese Figur wirkte so lebensecht und starrte die Besucher aus kleinen, stechenden schwarzen Augen böse an. Intensiv in ein ernstes Gespräch vertieft, erreichten sie die alte Kutsche aus dem 18. Jahrhundert, und Sörensen blieb neugierig stehen. Camilla drängte Sörensen zum Weitergehen, aber er war fasziniert von dem Fahrzeug. Die Figur, welche den Kutscher darstellte, beeindruckte ihn sehr mit seiner originalgetreuen alten Kutscheruniform. Im Inneren der Kutsche schien noch eine weitere Figur zu sitzen. Ein Fahrgast aus alten Zeiten? Allerdings saß der imaginäre Fahrgast nicht, er lag zusammengekrümmt auf der Sitzbank, sodass sein Hinterteil leicht in die Höhe ragte. »Na, da hat der Kutscher wohl die Pferde zu sehr angetrieben. So, wie sein Fahrgast dort liegt, hat bei dem offenbar der Magen angefangen zu rebellieren«, stellte Sörensen grinsend fest und zeigte auf die zusammengekrümmte Person. Doch dann stutzte er, als er den in Jeans steckenden Hintern der Person erkannte, und trat näher heran. »Gab es 1735 eigentlich schon Jeans?«, fragte er schmunzelnd seine verdutzte Freundin. »Nee, erst seit 1873! Aber was soll diese blöde Frage?«, schnappte sie und sah ihn komisch von der Seite an. Das war doch mal wieder typisch für ihn! Statt sich ernsthaft Gedanken über ihre Beziehung zu machen, kam er mit so einem Blödsinn um die Ecke. Sörensen riskierte nun einen näheren Blick ins Innere der Kutsche.

Sein erster Blick hatte ihn nicht getäuscht, die Gestalt trug tatsächlich Jeans. Beim genaueren Hinsehen entpuppte sich die erwartete Puppe allerdings als ein menschliches Wesen. Sörensen war alarmiert, und sein Adrenalinspiegel schoss augenblicklich in die Höhe. Er trat von der Kutsche zurück und sah sich suchend um. Angesichts seines Blickes klingelten bei Camilla augenblicklich die Alarmglocken. Sie kannte diesen Gesichtsausdruck zur Genüge. Doch bevor sie etwas sagen konnte, entdeckte Sörensen einen Museumsangestellten und winkte diesen zu sich heran. Geschäftig eilte der Angesprochene näher. »Wie kann ich Ihnen behilflich sein?«, wollte er ausgesucht höflich von Sörensen wissen. »Schließen Sie bitte die Kutsche auf!«, befahl er ruhig und hielt dem Angestellten seinen Dienstausweis unter die Nase. Der Museumsmensch sah ihn ernst, schon fast arrogant an. Und wenn du mir deinen Dienstausweis zehnmal unter die Nase hältst, Ausnahmen gibt es nicht!, dachte er entrüstet und verschränkte seine Arme fest vor seinem Körper. Dann holte er tief Luft und meinte reichlich pikiert: »Das geht nicht, das ist ein historisches Exemplar. Von Ihrer Position aus haben Sie einen ausgezeichneten Blick in das Innere der Kutsche«, wehrte er Sörensens Bitte strikt ab. Sörensen stöhnte leise auf und hielt seinen Dienstausweis erneut hoch. »Kripo Flensburg! Öffnen Sie umgehend die Tür der Kutsche!«, befahl er ein weiteres Mal. »Sieht so aus, als wäre es dem Fahrgast übel geworden!«, fügte er trocken hinzu. »Fahrgast? Wieso Fahrgast? Diese Kutsche hat keinen Fahrgast!«, empörte sich nun der kleine rundliche Museumsangestellte. Sein eben noch blasiertes Gesicht hatte bereits einen alarmierenden Rotton angenommen. Was bildete sich dieser Typ von der Kripo eigentlich ein? Wollte er ihn veräppeln? Entschlossen trat er an die Kutsche heran, öffnete die Kutschentür schwungvoll und erstarrte. »Was erlauben Sie sich? Wer hat Ihnen gestattet, die Kutsche zu betreten? Ansehen, aber nicht betreten!«, bellte er die reglose Gestalt entrüstet an. »Das wird ja immer schöner, sich volllaufen lassen und dann seinen Rausch in meiner historischen Kutsche ausschlafen!« Der Museumsangestellte war außer sich über diese scheinbare Unverfrorenheit. Sörensen schob den tobenden Angestellten energisch zur Seite und machte sich selbst ein Bild der Lage. Seine Freundin stöhnte leise auf, denn sie ahnte bereits nichts Gutes, womit sie letztendlich auch gar nicht verkehrt lag. Das Bild, das sich Sörensen bot, war alles andere als erfreulich. Dem »Fahrgast« war es nicht übel geworden, er hatte gleich ganz sein Leben ausgehaucht. Der »Fahrgast« war tot!

Sörensen griff zum Handy und benachrichtigte seinen Kollegen Nielsen. Dieser leitete sofort alles Nötige in die Wege. Der Museumsangestellte war über den ungebetenen Kutschenfahrgast noch immer völlig außer sich und tobte, wie ein Rumpelstilzchen wilde Verwünschungen ausstoßend, um die Kutsche herum. Sörensen reichte es mittlerweile. Nicht nur dieser Museumsmensch bedachte ihn mit wütenden Blicken, auch Camilla warf ihm giftige Blicke zu. Diese Reaktion konnte Sörensen nur allzu gut deuten. Als hätte er, Sörensen, den Toten höchstpersönlich in die Kutsche gelegt. Als Erstes knöpfte er sich den tobenden Mann vor. »Ich denke, dass es jetzt langsam gut ist. Haben Sie einen Ausweis dabei?«, herrschte er ihn ungehalten an. Dieser barsche Ton brachte den Mann kurzfristig aus dem Konzept, und er verstummte augenblicklich. Umständlich fischte er seinen Ausweis aus der Jackentasche und reichte diesen mit einer mürrischen Geste an Sörensen. Sörensen warf einen ernsten Blick darauf, was sein Gegenüber sichtlich nervös machte. »So, Sie sind also Alfred Hansen!«, stellte Sörensen ruhig fest und sah Hansen direkt an. »Ja, sicher bin ich das, wer denn sonst?«, schnappte Hansen aufgebracht. Sörensen zog eine Augenbraue in die Höhe. Bei ihm ein sicheres Zeichen dafür, dass er genug von Hansens Theater hatte. Aber wie immer blieb er nach außen hin völlig ruhig und ließ sich von Hansens Aufstand nicht aus der Ruhe bringen. Bei Camilla dürfte es da schon etwas schwieriger werden. Sörensen schielte heimlich zu ihr hinüber. Oha, die ist aber ganz schön geladen, dachte er besorgt. Draußen fuhren Autos vor, Türen knallten, und das große Tor des Nebengebäudes wurde geräuschvoll aufgerissen. Nielsen samt Spurensicherung betrat den Fundort der Leiche. Fehlte nur noch der Gerichtsmediziner Marcussen. Wie auf ein geheimes Stichwort ertönten draußen die Motorengeräusche einer großen Geländemaschine. Marcussen war ebenfalls eingetroffen und marschierte nun bestens gelaunt herein. Beim Erscheinen von Nielsen nebst Anhang schien Camilla sichtlich aufzuatmen. Jetzt, wo alle vollzählig waren, konnte sie den Rest des Tages sicherlich mit Sörensen verbringen. Waren doch genug Beamte vor Ort, und Sörensen hatte heute frei. Doch als sie in Sörensens Gesicht sah, beschlich sie eine dunkle Vorahnung.

Es kam dann genauso, wie sie es befürchtet hatte. Unter den grinsenden Blicken von Marcussen und Nielsen drückte Sörensen Camilla mit einer entschuldigenden Geste seinen Autoschlüssel in die Hand. »Fahr du man schon nach Hause, das hier dauert sicher noch einige Zeit. Wir reden später«, murmelte er verlegen. Camillas Blick sprach Bände. »Du hast heute deinen freien Tag, aber die Arbeit ist dir mal wieder wichtiger. Wir sprechen uns noch, darauf kannst du dich verlassen!«, zischte sie ihn an. Der Tag war für sie gelaufen. Wütend schnappte sie sich den Autoschlüssel und rauschte wie eine Walküre hinaus zum Parkplatz. Nielsen konnte sich eine Bemerkung zum Geschehen partout nicht verkneifen. »Na, dicke Luft?«, grinste er Sörensen provokant an, was dieser mit einem giftigen Blick quittierte. Marcussen krabbelte in der engen Fahrgastkabine der Kutsche herum und besah sich die Leiche, so gut es ging, von allen Seiten. Schließlich kroch er umständlich wieder hinaus und streckte seine gebeutelten Gelenke. Ein Kollege der Spurensicherung schoss aus verschiedenen Winkeln zahlreiche Fotos der Leiche. Marcussen wartete mehr oder wenig geduldig, dass er fertig wurde. »So, jetzt muss der Fahrgast aber rausgeholt werden. In dieser Enge kann ich ihn mir nicht ordentlich ansehen.« Suchend sah er sich nach Hilfe um und entdeckte zwei Polizisten, die »scheinbar nur in der Gegend herumstanden«, wie er meinte. Zwei Paar kräftige Arme hoben den bedauernswerten Fahrgast raus und legten ihn behutsam auf die bereitgelegte Plane. In der Kabine war es ziemlich schummrig gewesen, sodass Sörensen nicht viel vom Gesicht des Toten hatte erkennen können. Doch nun, wo der Tote ausgestreckt auf der Plane lag, stutzte er plötzlich. Dieses Gesicht kannte er! Das war doch dieser Sven Kaiser aus Hattlund. Der Vorsitzende vom Elternbeirat. Was machte der denn hier? Wie, zum Teufel, war er in diese Kutsche gekommen?

Sörensen begann zu grübeln – erst Margot Iwersen, dann Robert Lassen und jetzt Sven Kaiser. Zwischen diesen dreien musste es eine Verbindung geben. Diese Iwersen und Robert Lassen waren Komplizen beim Überfall gewesen. War Sven Kaiser vielleicht der unbekannte dritte Mann? Aber wer hätte ein Interesse, alle drei zu ermorden? Sörensen schwirrte der Kopf. Er winkte aufgeregt Nielsen zu sich. »Was, zum Teufel, ist da los in Hattlund?«, stieß er fassungslos aus und zeigte auf die Leiche von Sven Kaiser. Auch Nielsen erkannte nun den Toten und konnte es ebenfalls nicht fassen. Schon der dritte aus dem kleinen Nest. War hier jemand auf einem geheimen Rachefeldzug? Sörensen und Nielsen sahen sich ratlos an und diskutierten leise. Der Gerichtsmediziner Marcussen unterbrach sie in ihrem Gedankenaustausch. »Was ist denn mit euch los? Ihr macht Gesichter, als hättet ihr einen Geist gesehen«, sprach er die beiden fragend an. »Einen Geist nicht gerade, aber das ist schon der dritte Mord in kurzer Zeit. Und alle drei lebten in Hattlund und kannten sich. Das ist doch schon mehr als merkwürdig, findest du nicht? Also, das kann einfach kein Zufall sein!«, bekam Marcussen zur Antwort. »Das ist in der Tat merkwürdig! Aber das ist nicht meine Baustelle, das müsst schon ihr herausfinden«, murmelte er kopfschüttelnd und widmete sich wieder ausgiebig der Leiche.

Sörensen sah Nielsen an und fasste den Sachverhalt kurz zusammen. »Also, Iwersen und Lassen waren damals bewiesenerweise am Überfall beteiligt. Aber wie passt Kaiser ins Bild? War er der ominöse dritte Täter? Oder hat er überhaupt nichts mit den ersten beiden Morden zu tun? Falsche Zeit, falscher Ort?«, dozierte er laut vor sich hin. Nielsen mischte sich ein. »Ich bin davon überzeugt, dass dieser Kaiser der dritte Mann im Spiel war. Alles andere ergibt für mich einfach keinen Sinn«, stellte Nielsen entschieden fest. »Da kannst du durchaus recht haben, aber uns fehlen leider die Beweise. He, Marcussen«, rief er hinüber zum Gerichtsmediziner, »kannst du schon was zum Todeszeitpunkt sagen?« Marcussen sah kurz auf. »Exakt 22.14 Uhr!«, gab er knapp zur Antwort. Sörensen und Nielsen sahen ihn verblüfft an. Wollte Marcussen sie verarschen? Wie konnte er die Todeszeit so präzise nennen? Marcussen grinste ihn breit an. »Da ist seine Armbanduhr stehen geblieben! Muss wohl einen Schlag abbekommen haben.« »Okay, und wie ist er umgekommen?«, hakte Sörensen nach. Diese Frage jedoch nervte den Gerichtsmediziner, denn er hasste es, wenn er sich noch vor einer Obduktion zur Todesursache äußern sollte. »Schlag auf den Hinterkopf mit einem stumpfen Gegenstand. Mehr nach der Obduktion!«, erwiderte er kurz und packte sein Werkzeug ein. Sörensen verstand, mehr würde er zu diesem Zeitpunkt nicht aus Marcussen herausbekommen. Aber einen Versuch wagte er doch noch, als Marcussen schon im Begriff war zu gehen. »So wie bei dem Toten in Fahrensodde?«, fragte er hoffnungsvoll. Marcussen sah ihn überrascht an. »Jetzt, wo du fragst, das Verletzungsmuster wirkt auf den ersten Blick identisch. Aber wie gesagt ...« »Ich weiß, nach der Obduktion«, beendete Sörensen grinsend seinen Satz und ließ Marcussen von dannen ziehen.

Mittlerweile wimmelte es in dem Gebäude von Leuten. Polizeibeamte, Techniker der Spurensicherung und einige aufgeregte Museumsangestellte liefen scheinbar wild umher. Auf den ersten Blick wirkte dieses Durcheinander recht chaotisch. Doch bei genauerem Hinsehen sah man, dass jeder hochkonzentriert bei der Arbeit war. Zwei ganz in Schwarz gekleidete Männer betraten mit einer Trage das Gebäude. Das Bestatterteam von Fiete Berg betrat den Tatort. Marcussen zeigte stumm auf die Leiche hinter sich. Der eine der Männer nickte leicht mit dem Kopf, und zusammen mit seinem Kollegen verstaute er Sven Kaiser fachgerecht und mit der angemessenen Pietät in einem mitgebrachten Plastiksack, der anschließend vorsichtig auf die Trage gelegt wurde. Damit war die Leiche zum Abtransport in die Gerichtsmedizin bereit. Genauso würdevoll, wie sie eingetreten waren, verließen sie auch wieder das Gebäude. Ein kurzes Kopfnicken in Richtung Sörensen und Nielsen, und weg waren sie. Alfred Hansen sah ihnen mit weit aufgerissenen Augen empört hinterher, dann trat er mit vor Aufregung gerötetem Gesicht an Sörensen heran. »Ich hoffe ja mal stark, dass Ihre Kollegen da genau wissen, was sie machen. Diese Kutsche ist ein antikes Fahrzeug, das nicht beschädigt werden darf!«, schnaubte er und zeigte mit seinem Zeigefinger drohend auf den Beamten der Spurensicherung, der gerade nach Fingerabdrücken und sonstigen Spuren in der Kutsche suchte. Sörensen drehte sich um und sah auf den kleinen, schmächtigen Mann hinab. Hier war ein Mensch gewaltsam zu Tode gekommen, und er machte sich nur Sorgen um die alte Kutsche? In Sörensen begann es gefährlich zu brodeln. Hansen blickte ihn mit seinen kleinen Augen aufmüpfig wie ein bissiger Terrier an. Sörensen hätte ihn am liebsten gepackt und ordentlich durchgeschüttelt. Aber wie immer blieb er äußerlich beherrscht und sagte mit ruhiger Stimme, die keinen Widerspruch duldete: »Gehen

Sie nach Hause, wir brauchen Sie heute nicht mehr!« Hansen klappte vor Empörung der Unterkiefer runter, und er drehte sich wortlos um. Als er sich außer Hörweite wähnte, fing er leise an zu schimpfen und verschwand nach draußen. Um seinen Unmut noch einmal so richtig kundzutun, ließ er die schwere Holztür krachend ins Schloss fallen. Nielsen konnte sich ein Grinsen nicht verkneifen. »Na, dem hast du ja ganz schön den Tag versaut!« Doch Sörensen winkte nur genervt ab.

Die Leiche war inzwischen abtransportiert, und die Spurensicherung hatte jetzt das Gebäude komplett übernommen. Hier gab es für Sörensen und Nielsen erst einmal nichts mehr zu tun. Sie planten ihre nächsten Schritte, das hieß, zuerst mussten sie Lisa Kaiser aufsuchen und sich auch im Haus der Familie umsehen. Das würde kein leichter Weg werden, denn eine Todesnachricht zog den meisten Menschen erst einmal den Boden unter den Füßen weg. Keiner der beiden Beamten riss sich um so einen Besuch, aber es half nichts, da mussten sie durch. Doch bevor sie zu Lisa Kaiser fahren konnten, wurden sie von einem aufgeregten Streifenbeamten aufgehalten. Dieser hatte die nähere Umgebung abgesucht und war dabei auf den gefesselten und geknebelten Nachtwächter gestoßen. Sofort folgten Sörensen und Nielsen ihm hinaus in die Parkanlagen. Der Nachtwächter wurde bereits von einem Notarzt versorgt. Der Nachtwächter klagte zwar über starke Kopfschmerzen, wollte aber eine Aussage zum nächtlichen Geschehen machen. Er stellte sich den Beamten als Florian Strohbehn vor. »Nun, Herr Strohbehn, was ist hier letzte Nacht passiert?«, wollte Sörensen von ihm wissen. Strohbehn verzog schmerzlich sein Gesicht und legte los. »Also, ich habe meine zweite Runde gemacht, und dabei habe ich bemerkt, dass die Tür zum Ausstellungsraum offen stand. Bei meiner ersten Runde war sie geschlossen gewesen. Also habe ich mein Handy gezückt und wollte die Polizei verständigen. Aber dann habe ich einen heftigen Schlag von hinten verpasst bekommen, und alles wurde schwarz.« »Haben Sie den oder die Täter gesehen?«, hakte Nielsen nach. Verneinend schüttelte Strohbehn seinen Kopf, was er sofort bereute, denn er hatte das Gefühl, dass sein Kopf explodierte. »Zu dem Täter kann ich Ihnen leider nichts sagen, wie gesagt, die haben mir einen über den Schädel gezogen, und da ging bei mir das Licht aus. Als ich wieder zu mir gekommen bin, lag ich verschnürt wie ein Postpaket hier in den Büschen«, sagte Strohbehn bedauernd. Der Notarzt begann zu drängeln, und so entließ Sörensen Strohbehn, damit er ins Krankenhaus fahren konnte. Sörensen sah dem davonfahrenden Krankenwagen hinterher, bis er außer Sicht war. »Ein oder mehrere Täter brechen ins Schloss ein, stehlen eine einzige Bronzefigur. Der Nachtwächter stört sie dabei, wird niedergeschlagen und im Park entsorgt. Aber was hat Sven Kaiser damit zu tun? Hat er überhaupt was mit dem Einbruch zu tun?«, fasste er ratlos zusammen. »Komm, lass uns erst mal zu Lisa Kaiser fahren.«

32

Eine gute halbe Stunde später standen sie vor Sven Kaisers Haus, sie klingelten und warteten. Aber es rührte sich nichts im Haus. Nielsen sah auf seine Uhr, kurz vor 13 Uhr. Der Rest der Familie Kaiser schien zu einem Sonntagsausflug ausgefahren zu sein. Die Beamten gingen um das Haus herum und fanden sich in einem sehr gepflegten Garten wieder. Sörensen, der ein Händchen für Pflanzen hatte, war als begnadeter Balkongärtner einfach nur begeistert. Nielsen dagegen ließ der Garten völlig kalt, dafür hatte er einfach kein Auge. Er, der eingefleischte Stadtmensch, hasste es, mit den Händen in schwarzer Muttererde herumzubuddeln. Sörensen jedoch konnte sich nicht satt sehen an der bunten Blütenpracht, die sich vor ihm auftat und ihn mit ihrem Duft in den Bann zog. Jetzt im Frühjahr war eine bunte Armee von Narzissen, Tulpen und Hyazinthen erblüht, und diese Pracht wirkte wie eine zu groß geratene Farbpalette mit zahlreichen Farbnuancen. Nielsen linste durch das große Terrassenfenster ins Innere des Hauses, konnte aber niemanden entdecken. Vor dem Haus fuhr ein Auto vor, und kurz darauf erklangen laute Kinderstimmen.

»Hört sich an, als wäre der Rest der Truppe zurück«, bemerkte Nielsen trocken. Er machte sich auf den Weg zur Vorderseite des Hauses. Sörensen wäre gerne noch länger im Garten geblieben und folgte seinem Kollegen nur widerwillig. Als Lisa Kaiser die Beamten um die Hausecke biegen sah, wich sie erschrocken zurück. »Was machen Sie hier?«, stammelte sie furchtsam und sah gehetzt von Sörensen zu Nielsen. Ihr Gesicht war kreidebleich, und sie schwankte leicht, als würde sie jeden Augenblick zusammenbrechen. Sörensen machte besorgt einen Schritt auf sie zu, was Lisa Kaiser jedoch noch mehr in Panik versetzte. »Wir sind von der Polizei, mein Name ist Kriminaloberkommissar Sörensen, und das ist mein Kollege Kriminalhauptkommissar Nielsen. Wie sie sich sicherlich erinnern werden, ich war vor Kurzem schon mal bei Ihnen. Bitte regen Sie sich nicht auf. Wir müssen dringend mit Ihnen reden. Sollen wir nicht lieber ins Haus gehen?«, versuchte Sörensen, sie halbwegs zu beruhigen, und zeigte ihr seinen Dienstausweis. Lisa reagierte nicht darauf. Deshalb berührte er sie vorsichtig am Ellenbogen. »Alles in Ordnung, Frau Kaiser?«, wollte er leise von ihr wissen. »Lassen Sie uns ins Haus gehen. Mein Kollege wird mit den Kindern im Garten bleiben.« Nielsen sah ihn völlig entgeistert an, als er hörte, dass er sich um die Kinder kümmern sollte. Sörensen konnte gut mit Kindern, Nielsen eher weniger. »Du machst das schon!«, munterte Sörensen ihn auf. Nielsen machte gute Miene zum bösen Spiel und schnappte sich den siebenjährigen Mads und seine dreijährige Schwester Mia. Mit der Aussicht auf ein spannendes Spiel verschwanden sie mit ihm im Garten.

Lisa Kaiser, die sich mittlerweile einigermaßen gefasst hatte und sich an Sörensens letzten Besuch erinnert hatte, wurde von Sörensen ins Haus gelotst. Sie bat ihn, mit in die Küche zu kommen, und bot ihm einen Kaffee an, was dieser dankend ablehnte. Er wollte nur schnell diese unangenehme Sache hinter sich bringen. Zusammen nahmen sie am Küchentisch Platz, und Lisa sah ihn fragend an. Auch nach all den Dienstjahren fiel es Sörensen noch immer nicht leicht, jemandem die Nachricht vom Tod eines geliebten Menschen zu überbringen. So behutsam wie möglich versuchte er, ihr beizubringen, dass ihr Mann Sven tot war. Ungläubig sah sie ihn an und schüttelte den Kopf. Doch dann schlug der Schmerz gnadenlos unkontrolliert zu. Von einem plötzlichen Weinkrampf geschüttelt, brach sie völlig zusammen. Sörensen sah sich gezwungen, einen Notarzt zu rufen. Nielsen hatte die Kinder beschäftigt und sah kurz rein. »Versuche, die Kinder bei den Nachbarn unterzubringen«, rief Sörensen ihm zu. Nielsen nickte und machte sich mit den Kindern auf den Weg zu den Nachbarn. Nachdem die Nachbarin gehört hatte, was passiert war, erklärte sie sich sofort bereit, die Kinder aufzunehmen. Nielsen kehrte zurück zu Sörensen. Lisa lag zusammengesunken mit dem Kopf auf dem Küchentisch und zitterte am ganzen Körper. Kurz darauf traf der Notarzt ein. Er besah sich Lisa kurz und verabreichte ihr ein Beruhigungsmittel, das sie zur Ruhe kommen ließ. »Geht es wieder?«, fragte Nielsen besorgt. Lisa nickte stumm. »Kann ich jemanden für Sie anrufen, jemanden, der sich um Sie und die Kinder kümmern kann? Ihre Mutter vielleicht?« »Nicht meine Mutter!«, fuhr sie hysterisch hoch. Diese heftige Reaktion gab Sörensen zu denken. Das klang, als hätte Lisa Kaiser kein gutes Verhältnis zur Mutter. »Anna! Anna Lassen soll kommen!«, bestimmte Lisa. »Die Frau von Clemens Lassen?«, hakte Nielsen überrascht nach. Lisa nickte geistesabwesend, das Beruhigungsmittel fing an zu wirken. Sörensen telefonierte mit Anna Lassen, und diese versprach, sich sofort auf den Weg zu machen. Das Beruhigungsmittel zeigte langsam immer mehr Wirkung bei Lisa. Doch bevor sie ganz weggetreten war, wollte Sörensen kurz mit ihr reden. Mit besorgter Stimme sprach er sie leise an. »Frau Kaiser, wann haben Sie Ihren Mann zuletzt gesehen?« Lisa starrte ihn aus glasigen Augen an. »Gestern Abend gegen

19.30 Uhr«, antwortete sie kaum hörbar. »Er sagte, dass
er noch mal weg müsste, aber ich weiß nicht, wohin. Sven
hat mir nie gesagt, wo er hinging.« »War er allein unterwegs oder hatte er sich mit jemandem verabredet? Haben
Sie sich nicht gewundert, dass Ihr Mann nicht nach Hause
gekommen ist?«, hakte Sörensen nach. Lisa zuckte nur mit
den Schultern, doch dann ahnte sie, worauf Sörensen hinauswollte. »Sven hatte keine Affäre, wenn Sie das meinen!«,
fuhr sie kraftlos vom Stuhl hoch. »Kam es häufiger vor,
dass Ihr Mann abends wegfuhr und spätabends oder erst
am Morgen zurückkam?«, versuchte es Nielsen nochmals
vorsichtig. »Ja, das kam immer mal wieder vor, aber er hat
nie gesagt, was er genau vorhatte«, gähnte Lisa schläfrig.
»Ich bin so müde!«, murmelte sie, legte ihren Kopf auf den
Küchentisch und nickte kurz ein. Ihre Augen fielen immer
wieder zu, aber ein innerer Impuls befahl ihr, wach zu bleiben. Die Küchentür flog auf, und Anna Lassen stürmte
herein. Lisa sprang auf und fiel ihrer Freundin weinend in
die Arme. »War's das?«, wollte Anna barsch von Sörensen
wissen und schob Lisa energisch zur Tür hinaus. Sörensen nickte, und damit war Lisa Kaiser für heute entlassen.
»Frau Kaiser, wo hatte Ihr Mann sein Arbeitszimmer?«,
rief Nielsen ihnen hinterher. »Haben Sie einen Durchsuchungsbescheid?«, knallte Anna Lassen Nielsen um die
Ohren. Nielsen fühlte sich durch diese aggressive Frage
von Anna Lassen angegriffen und sah ihr wütend hinterher. Was ging es Anna Lassen an? Bei Mord brauchten sie
keinen Durchsuchungsbefehl. Nielsens Bauchgefühl sagte
ihm, dass Lisas Mann etwas zu verbergen gehabt hatte, und
dieses Geheimnis galt es nun zu lüften. War sie wirklich
so ahnungslos, wie sie tat? Warum reagierte Anna Lassen
so ungehalten auf die Polizei? Sörensen tippte ihn an der

Schulter. »Komm, lass uns erst mal gehen. Wir werden als Erstes Kaisers Finanzen unter die Lupe nehmen, vielleicht finden wir da was Interessantes.«

Sie machten sich auf den Weg zurück nach Flensburg. Unterwegs rief Nielsen noch vom Auto aus den diensthabenden Staatsanwalt an, dass sie eine Erlaubnis für Einsicht auf Svens Bankkonten brauchten. Er erklärte dem Staatsanwalt die Lage und bekam das Versprechen, dass er das Dokument noch heute erhalten würde. Zufrieden lehnte Nielsen sich zurück und genoss die Heimfahrt.

-33-

Im Büro wurden die Beamten bereits sehnsüchtig von ihrem Vorgesetzten, Hermann Petersen, erwartet. Nicht, dass er seine Leute vermisst hätte, er war eher wie immer auf Stunk aus. Dieses Mal tigerte er nicht wie sonst geladen im Büro herum, sondern thronte an Nielsens Schreibtisch und trommelte mit seinen Fingern gereizt auf die Tischplatte. »Und, wie weit sind Sie?«, bellte er sie ungehalten an, sobald sie auch nur einen Fuß ins Büro gesetzt hatten. Höflichkeitsfloskeln wie ein freundliches »Moin« waren nicht sein Ding. Lieber fiel er sofort mit der Tür ins Haus, indem er diese wie ein wütender Stier niederriss. Kompromisse gab es bei ihm nicht. Er war hier schließlich der Chef, und alle hatten gefälligst nach seiner Pfeife zu tanzen. Als er Nielsens freundlich lächelnde Miene sah, verdunkelte sich sein Gesicht, und es verfärbte sich wie so oft gefährlich rot. Allein die Tatsache, dass Nielsen scheinbar völlig immun gegen seine Bosheiten war, ließ ihn wie immer sofort auf die Palme gehen. Sörensen hingegen versuchte, Petersen schlicht und einfach zu ignorieren. »Ich höre!«, bellte der erneut los. »Die Ermittlungen laufen«, war Sörensens lapidare Antwort. »Ist das alles, was Sie mir sagen können?«, ereiferte sich Petersen nun hochrot im Gesicht. »Im Moment ja!«, gab Sörensen betont lässig zurück und fuhr demonstrativ seinen PC hoch. Petersen erhob sich und machte Anstalten zu gehen. Kurz vor der Tür drehte er sich jedoch noch einmal um. »Ich verlange Ergebnisse von Ihnen, und das ein bisschen fix. Sie werden nicht fürs Herumsitzen bezahlt!«, schäumte er und knallte die Tür hinter sich zu, dass die Glastüren des Aktenschranks leise klirrten. Dann war er endlich weg, wie Sörensen erleichtert zur Kenntnis nahm. »Wenn Sie so weitermachen, bekommen Sie demnächst noch einen Herzinfarkt. Zu fettes Essen, zu viel Rotwein und cholerisch veranlagt. Von Ihrem Blutdruck wollen wir lieber nicht reden. Allerbeste Voraussetzungen. Na dann, herzlichen Glückwunsch!«, murmelte er in Richtung der geschlossenen Tür. Aber das war nicht seine Baustelle, wie er zufrieden feststellte.

Es klopfte leise an der Tür, und das blasse Gesicht eines jungen Mannes linste vorsichtig durch den Türspalt. Nervös flitzten seine Augen durch den Raum. »Keine Angst, der Alte ist schon weg!«, lachte Nielsen. Aufatmend schob sich der junge Mann durch die Tür ins Büro. »Moin, Clausen von der Staatsanwaltschaft. Ich soll hier einen Durchsuchungsbescheid abgeben«, trompetete er in den Raum. Nielsen war hocherfreut, rieb sich die Hände und nahm das gewünschte Papier an sich. »Vielen Dank an den Staatsanwalt«, rief er Clausen zu, der daraufhin grüßend rasch das Büro wieder verließ. Erwartungsvoll sah Nielsen zu Sörensen hinüber. Doch dieser diskutierte leise heftig mit jemandem am Handy und hatte nicht mitbekommen, dass der Durchsuchungsbescheid abgeliefert worden war. Es schien ein recht hitziges Gespräch zu sein, denn Sörensens Miene war alles andere als freundlich. Einzelne Wortfetzen drangen zu Nielsen herüber, und er wusste Bescheid. »Nein, natürlich hatte ich einen freien Tag … ich habe den Toten wohl kaum selbst dahin platziert … mach ich wieder gut …« Alles klar, Sörensen stritt sich mal wieder mit seiner on-off-Freundin Camilla. Nielsen empfand die Dame als äußerst anstrengend, doch sein Kollege schien komischerweise viel von ihr zu halten. Ernsthaft fragte er sich, was sein Kollege bloß an dieser nervtötenden Frau fand. Nielsen hätte Camilla schon längst in den Wind geschossen. Eine feste Beziehung? Nee, war eh nichts für ihn. Er lebte sein Leben, wie es ihm passte, und das in vollen Zügen. Nielsen lehnte sich in seinem Stuhl zurück und schwelgte in Erinnerungen. Früher waren Sörensen und er gemeinsam um die Häuser gezogen oder hatten ein Angelwochenende geplant, aber seit Camilla auf der Bildfläche erschienen war, war damit Schluss, was Nielsen sehr bedauerte. Denn wenn dann auch noch der Gerichtsmediziner Marcussen mit von der Partie gewesen war, hatten sie immer reichlich Spaß gehabt. Tief in Erinnerungen versunken, kicherte er leise vor sich hin und hatte nicht mitbekommen, dass der Kollege sein Telefongespräch beendet hatte. Sörensen sah irritiert den leise kichernden Nielsen an. Lachte dieser über ihn? »Hast du dir selbst einen Witz erzählt, oder warum lachst du vor dich hin?«, fragte Sörensen misstrauisch und holte Nielsen in die Realität zurück. Ertappt fuhr Nielsen zusammen. »Quatsch! Ich habe nur an unsere gemeinsamen Männerabende gedacht. Haben wir lange nicht mehr gemacht. Was hältst du davon, wenn wir mit Marcussen am Samstagabend ganz spontan um die Häuser ziehen?«, meinte er freudig und sah Sörensen erwartungsvoll an. Dieser schien nicht abgeneigt zu sein und kämpfte mit sich. »Klingt nicht übel, aber ich kann am Samstag leider nicht. Du weißt schon, dieser Sonntag ging ja völlig in die Hose. Camilla hat mir ein Ultimatum gesetzt«, murmelte Sörensen verlegen. Nielsen stöhnte leise auf. »Mensch, Steffen, lass dich von der bloß nicht so unter Druck setzen.« Sörensen entdeckte den Durchsuchungsbescheid auf Nielsens Schreibtisch und wechselte schnell das Thema. Auf eine Diskussion mit Nielsen über seine Beziehung hatte er jetzt überhaupt keine Lust, denn tief im Inneren wusste er schon, dass Nielsen recht hatte. Aber welcher Mann würde das schon freiwillig zugeben. »Ruf die Kollegen von der Spurensicherung an und hör mal, ob die was bei Familie Kaiser gefunden haben. Wir fahren zurück zu Lisa Kaiser und schauen uns dort noch mal gründlich um«, rief er Nielsen zu und schnappte sich seine Jacke.

Fünf Minuten später waren sie wieder auf dem Weg nach Hattlund. Während der Fahrt hüllten sich beide in Schweigen, und jeder hing seinen eigenen Gedanken nach. Rechts kam die Abzweigung nach Flintby in Sicht, und Sörensen bremste scharf ab. Durch diese spontane Bremsaktion fand Nielsen sich plötzlich halb auf dem Armaturenbrett wieder und sah Sörensen empört an. »Entschuldige, aber ich habe da so eine Idee. Bevor wir bei Lisa Kaiser ins Haus fallen, möchte ich gerne hören, was Marta über sie weiß«, klärte er Nielsen auf, der sich seinen schmerzenden Ellenbogen rieb, den er sich bei der Vollbremsung angeschlagen hatte. Kurz darauf rollten sie auf den Hof der Familie Sörensen. Nielsen linste heimlich auf seine Uhr und freute sich diebisch. Perfekt, 16 Uhr, Kaffeezeit. Sicherlich hatte Marta Sörensen was Leckeres gebacken, und darauf freute er sich schon.

Er sollte recht behalten, denn sobald Marta den Überraschungsbesuch entdeckt hatte, schob sie die Männer in die Küche, wo es herrlich nach frischgebackenem Kuchen und gerade aufgebrühtem Kaffee duftete. Rasch standen Kaffeebecher und Teller auf dem Küchentisch, und sie bat die Männer, Platz zu nehmen. »Lass man, Marta, wir haben eigentlich gar keine Zeit …«, wollte Sörensen sie ausbremsen. Nielsen schob sich dicht an ihn heran und raunte ihm leise zu: »Klar haben wir Zeit, oder ich stecke deiner Schwägerin das mit Camilla!« Sörensen fuhr herum und sah ihn giftig an. Wenn er das tat, dann gab es eine unendliche Diskussion mit Marta, denn diese hielt absolut nichts von Camilla. »Okay, du hast gewonnen!«, knurrte er und sah den grinsenden Nielsen an. Marta nickte zufrieden, schenkte beiden Kaffee ein und verteilte den Kuchen. »Kalli ist noch mit dem Hund unterwegs. Langt ihr man schon mal zu!«, ermunterte sie die Männer. Das ließen die sich nicht zweimal sagen. »Sag mal, Marta, was kannst du mir über die Familie Kaiser sagen?«, fragte Sörensen seine Schwägerin zwischen zwei Bissen. Erstaunt sah sie von ihrem Kaffeebecher auf. »Ist was passiert, oder warum interessierst du dich für sie?«, wollte sie wissen. »Naja, Sven Kaiser ist tot, ermordet. Aber du sagst nichts!«, antwortete er ernst. Entsetzt hielt sich Marta eine Hand vor den Mund. »Um Gottes willen, die arme Frau und die Kinder!«, stieß sie geschockt aus. »Wer kümmert sich um die Familie?« »Anna Lassen ist bei ihnen«, beruhigte Sörensen Marta. »Dann ist es gut, die ist in Ordnung, ganz im Gegensatz zu ihrem Mann!«, meinte Marta. Sörensen musste schmunzeln, denn an Clemens Lassen ließ sie kein gutes Haar. »Also, ihn habe ich kaum gekannt, aber die Lisa, die hat bei mir immer frische Eier geholt, und so sind wir ins Gespräch gekommen. Sie ist eine ruhige und sehr zurückhaltende Person. Ich hatte immer den Eindruck, dass sie großen Respekt vor ihrem Mann hatte. Er muss ein ziemlicher Pedant gewesen sein. Hat ihr nie im Haushalt oder bei den Kindern geholfen, musste aber alles genauso gemacht werden, wie er es wollte. Und sie hat ihn angehimmelt wie ein kleines Schulmädchen. Hab mich nur gewundert, wie die das finanziell gemacht haben, denn er als Busfahrer hat ja nicht übermäßig verdient. Zwei Kinder, zwei Autos und das große Haus, das muss ja erst mal bezahlt werden. Lisa hatte ja nur einen 450-Euro-Job, deshalb habe ich sie mal gefragt, wie sie das alles schaffen«, erzählte Marta. »Und, wie haben sie es geschafft?«, hakte Sörensen interessiert nach. Marta sah ihn verblüfft an. »Lisa hat mir ganz im Vertrauen erzählt, dass ihr Mann Sven vor etwa vier Jahren eine Erbschaft gemacht hat, irgendein entfernter Onkel hat ihm eine größere Summe hinterlassen. Davon haben sie sich dann das Haus gekauft«, klärte Marta ihren Schwager auf. Klang für Sörensen auf den ersten Blick plausibel, aber das ließ sich ja nachprüfen. »Sven und Lisa sind sehr nette Leute.« Mehr konnte Marta ihm nicht erzählen, und für Sörensen und Nielsen war es an der Zeit aufzubrechen.

-34-

Gut gestärkt mit Kaffee und Kuchen erreichten sie das Haus der Familie Kaiser. Auf ihr energisches Klingeln erschien Anna Lassen in der Tür. Als sie die Beamten sah, wirkte sie alles andere als begeistert. »Mein Gott, Sie schon wieder!« Nielsen machte einen Schritt auf sie zu und setzte ein freundliches Gesicht auf. »Tja, da sind wir wieder und, wie von Ihnen verlangt, mit einem Durchsuchungsbescheid. Sie erlauben?«, sagte er und wedelte mit dem Schriftstück in der Luft herum. Dann schob er Anna freundlich zur Seite und trat ein. Die restlichen Beamten folgten ihm auf dem Fuß und verteilten sich im Haus, um ihre Arbeit zu machen. Anna war sichtlich empört. »Das können Sie jetzt nicht machen!«, rief sie aus und funkelte Nielsen an. »Doch, das können wir, und jetzt lassen Sie uns bitte unsere Arbeit machen«, schnappte Nielsen zurück. Das Handy von Sörensen klingelte, und er blieb vor dem Haus stehen. Nach einem kurzen Gespräch gesellte er sich zu den anderen und nahm Nielsen zur Seite. »Das war der Kollege, der Kaisers Finanzen gecheckt hat, alles sauber, keine Schulden oder so. Aber interessanterweise nichts von einer Erbschaft«, informierte er seinen Kollegen. Dieser nickte, und gemeinsam gingen sie in das sogenannte Büro von Sven Kaiser. Dieser winzige Raum war ursprünglich als Abseite gedacht gewesen, aber war notdürftig zu einem Büro umfunktioniert worden. Sie sahen sich um, zogen Schubladen heraus, aber deren Inhalt war uninteressant für sie. Sörensens trat an ein kleines Regal in der Ecke, dabei stieß sein Fuß an etwas Metallisches unter dem Regal. Erstaunt bückte er sich und fischte eine kleine grüne Metallkassette hervor. Er versuchte, sie zu öffnen, doch die Kassette war verschlossen. So sehr er auch am Schloss zog und rüttelte, die Kassette wollte ihren Inhalt nicht preisgeben. »Mist, wir brauchen den passenden Schlüssel dafür«, stellte Sörensen ungeduldig fest. Wieder wurden alle Schubladen durchforstet, aber ohne Ergebnis. Jede Menge Krimskrams, aber weit und breit kein passender Schlüssel. Sörensen klemmte sich die standhafte Kassette unter den Arm und machte sich auf die Suche nach Lisa Kaiser, denn die müsste wissen, wo der Schlüssel war. Lisa lag oben im Wohnzimmer zusammengerollt auf dem Sofa, als Sörensen das Zimmer betrat. Er stellte die grüne Kassette direkt vor ihr auf dem Tisch ab. »Können Sie mir sagen, wo sich der passende Schlüssel dafür befindet?« Lisa rappelte sich hoch, starrte die Kassette an und schüttelte den Kopf. »Die habe ich noch nie gesehen. Wo haben Sie die gefunden?«, wollte sie verwundert wissen, streckte ihre Hand danach aus und berührte die Kassette zaghaft. »Die lag unter einem Regal im Büro Ihres Mannes«, klärte Sörensen sie auf. »Haben Sie eine Ahnung, wo Ihr Mann die Schlüssel verwahrt haben könnte?« »Sven hatte alle Schlüssel an seinem Schlüsselbund, das er immer bei sich trug«, murmelte Lisa schläfrig und gähnte herzhaft, sie stand noch unter der Wirkung des Beruhigungsmittels. Wie auf ein geheimes Stichwort erschien Anna Lassen im Türrahmen. Mit vor dem Körper verschränkten Armen stand sie dort wie ein Racheengel und bedachte Sörensen und Nielsen mit bösen Blicken. So langsam reichte es Sörensen. Annas aggressive Haltung der Polizei gegenüber hielt er für völlig unangemessen. Hatte diese Frau etwas vor ihnen zu verbergen? Er beschloss, sie direkt darauf anzusprechen. »Frau Lassen, ich frage mich, warum Sie auf uns so aggressiv reagieren?« Diese direkte Frage schien sie etwas aus der Fassung zu bringen, und sie errötete leicht, was wiederum die Beamten irritierte. Was für ein Geheimnis wollte diese Frau vor ihnen verbergen? Sörensen wartete gespannt auf ihre Erklärung, aber Anna schwieg beharrlich. Doch Sörensen war nicht gewillt, klein beizugeben und schleuderte ihr die nächste Frage um die Ohren: »Wie war denn Ihr Verhältnis zu Sven Kaiser?« Über ihre Reaktion auf das Wort »Verhältnis« war er nicht sonderlich überrascht, denn er ahnte schon etwas. Und er sollte recht behalten. Anna war jetzt dunkelrot angelaufen und machte ihm ein Zeichen, ihr nach draußen zu folgen. »Was soll's, Sie bekommen es ja doch heraus!«, antwortete sie resigniert. Sie gingen die Treppe hinunter zur Küche. Sörensen und Nielsen folgten ihr und waren gespannt, was nun kommen würde. »Ja, ich hatte ein kurzes Verhältnis mit Sven und bin nicht sonderlich stolz darauf, Lisa hintergangen zu haben!«, brach es aus Anna heraus, und sie war sichtlich erleichtert, dass es jetzt gesagt war. »Wie lange ging dieses Verhältnis?«, hakte Nielsen nach. Anna schaute nervös aus dem Zimmer, als hätte sie Angst, dass Lisa etwas mitbekommen könnte. »Nicht sehr lange. Beim letzten Weihnachtsfest in der Schule unserer Kinder sind wir uns nähergekommen. Mein Mann Clemens hatte mal wieder keine große Lust auf diese Feier und bestand darauf, dass die Kinder pünktlich ins Bett kamen. Lisa ging es nicht so gut, und so haben Clemens und Lisa gemeinsam mit den Kindern das Fest verlassen. Das war so typisch für Clemens, wenn ihm etwas nicht passte, bestimmte er immer, dass wir nach Hause gingen. Aber dieses Mal habe ich mich geweigert und bin da geblieben. Das hat meinem Mann natürlich nicht gepasst, aber ich wollte einfach nicht immer nach seiner Pfeife tanzen. Sven und ich haben dann wohl einen Glühwein zu viel gehabt, und dann ist es halt passiert. Die Affäre war dann auch im Februar von meiner Seite beendet, obwohl Sven fast durchgedreht ist. Es ging einfach nicht mehr, denn ich hatte in Clemens' Gegenwart immer ein ungutes Gefühl, als würde er etwas ahnen«, schloss Anna leicht außer Atem. Nielsen, der sich Annas Schilderung ruhig angehört hatte, sah Sörensen ernst an. Dieser schien dasselbe zu denken. Clemens Lassen hatte ein klassisches Mordmotiv – Eifersucht! Anna unterbrach ihren Gedankengang mit einer dringenden Bitte. »Aber Sie müssen mir versprechen, dass mein Mann nichts davon erfährt!«, flehte sie eindringlich. Die Angst in ihren Augen sprach Bände. Nielsen wagte einen kühnen Vorstoß. »Ist Ihr Mann jemals handgreiflich geworden?« Diese Frage brachte Anna leicht aus dem Konzept. »Warum wollen Sie das wissen? Was hat das mit Svens Tod zu tun?«, fragte sie ratlos. Doch dann dämmerte es ihr, worauf Nielsen hinauswollte. »Moment mal, Sie glauben doch nicht, dass Clemens etwas mit dem Mord an Sven zu tun hat?« Sörensen sah sie ruhig an. »Beantworten Sie doch einfach die Frage meines Kollegen«, bat er sie. Anna kämpfte mit sich, was sie antworten sollte. Dann gab sie sich einen Ruck. »Na gut, Clemens ist schon ein ziemlicher Choleriker, aber er hat weder die Kinder noch mich jemals geschlagen«, räumte sie schließlich ein. »Zumindest nicht mit der Hand, aber man kann auch mit Worten verprügelt werden!«, setzte sie kaum hörbar hinzu und sah betreten zu Boden. Nielsen war schockiert. »Wie war denn Sven Kaiser drauf?«, wollte er wissen. Diese Frage brannte ihm förmlich auf den Nägeln. Anna schluckte. »Der war das genaue Gegenteil, ruhig und liebevoll, aber auch völlig unberechenbar! Deshalb habe ich die Affäre auch fix beendet. Lisa und die Kinder haben es nicht leicht mit Sven gehabt. Er hat Lisa kontrolliert, und sie musste über alles und jeden Cent Rechenschaft ablegen. Aber sie hat es akzeptiert und ihn regelrecht angehimmelt, selbst wenn ihm mal wieder die Hand ausgerutscht war. Sie hat immer die Schuld bei sich gesucht. Glauben Sie mir, Lisa ist besser dran ohne Sven. Aber das wird sie so nie sehen, denn sie hat ihn bedingungslos geliebt!«, erzählte Anna. »Hat Sven Kaiser Sie auch körperlich misshandelt?«, hakte Nielsen erschüttert nach. »Mich? Sehe ich so aus, als würde ich mir das gefallen lassen?«, fauchte Anna ihn an. »Körperliche Gewalt kann man abwehren, verbal ist das schon was anderes.«

Clemens Lassen und Sven Kaiser waren beide gewalttätig, eben jeder auf seine Art. Einer war nun tot, der andere hatte ein gutes Motiv. Sörensen wollte später noch mal mit seiner Schwägerin über die Familie Lassen reden. Doch zunächst wollte er der grünen Kassette ihr Geheimnis entreißen. Er rief den Gerichtsmediziner Marcussen an, um zu erfahren, ob der Tote ein Schlüsselbund bei sich gehabt hatte. Marcussen, der mitten in der Obduktion war, war über diesen störenden Anruf nicht besonders erfreut. »Nein, der Tote hatte nichts dergleichen bei sich!«, war die knappe Antwort, und das Gespräch war beendet. Hatte der Mörder das Schlüsselbund an sich genommen, um vielleicht in den Besitz des Inhalts der Kassette zu kommen? Diese Möglichkeit stachelte Sörensens Neugier noch mehr an. Es half nichts, er musste diese verdammte Kassette irgendwie aufbekommen. Was er brauchte, war ein Stück Draht oder eine spitze Zange. Suchend sah er sich um, um was Passendes zu finden. Sein Blick blieb an einer von Annas zahlreichen Haarnadeln hängen. »Sie erlauben?«, fragte er und zog eine Haarnadel aus Annas Dutt. Entgeistert blickte sie ihn an, doch als sie ahnte, was er vorhatte, entspannte sie sich. Ungeduldig fummelte Sörensen mit der Haarnadel im Schloss der Kassette herum. Schließlich sprang das Schloss mit einem leisen Klicken auf. Mit angehaltenem Atem öffnete Sörensen vorsichtig den Deckel. Nielsen trat neugierig heran und machte große Augen, als sein Kollege ein dickes Bündel mit 100- und 500-Euro-Scheinen herauszog. Nielsen stieß einen leisen Pfiff aus. »Wow, dass müssen ja mindestens 20.000 Euro sein!«, keuchte er aufgeregt. Auch Anna hatte riesengroße Augen bekommen, als sie das Geld sah. Sörensen jedoch war sprachlos, damit hatte er nicht gerechnet.

Sörensen und Nielsen gingen mit der geöffneten Kassette zurück in Svens Büro. Als die erste Überraschung sich gelegt hatte, griff er erneut in die Kassette. Als Nächstes fischte er einen klein zusammengelegten Zettel heraus. Behutsam faltete er diesen auseinander. Nielsen reckte seinen Hals, um besser auf das Papier sehen zu können. Erstaunt sahen die Beamten auf eine lange Zahlenreihe mit verschiedenen Geldbeträgen. Hinter jedem Betrag stand ein Name. Der letzte Eintrag weckte Sörensens Interesse. »Sieh mal hier, hier steht ›Gottorf‹ und ›2.000 Euro‹. Hier zum Beispiel steht ›Galerie Nommensen 2.500 Euro‹. Was mögen die Beträge bedeuten? Mit seiner Tätigkeit als Busfahrer hat das wohl kaum etwas zu tun!« Auch Nielsen konnte sich darauf keinen Reim machen, doch dann hatte er einen Geistesblitz, wie er es nannte. Er scrollte auf seinem Handy herum und tippte dann aufgeregt auf den kleinen Bildschirm. »Das hier könnte passen! Vor einem halben Jahr ist in der *Galerie Nommensen* eingebrochen worden. Dabei wurden ganz gezielt zwei wertvolle Aquarelle entwendet. Sonst nichts, das sah verdammt nach einer Auftragsarbeit aus, denn zu dem Zeitpunkt hingen dort noch ein paar recht teure Bilder. Die oder der Einbrecher hatten die gar nicht beachtet. In den letzten fünf Jahren hat es ähnliche Einbrüche in anderen Galerien, Museen oder Privatsammlungen gegeben. Immer nach dem gleichen Schema, es wurden nur bestimmte Objekte gestohlen«, zählte er auf. »Bei diesen Einbrüchen scheint mir ein System dahinterzustecken. Auf mich wirkt das wie Diebstahl auf Bestellung, oder wie siehst du das? Und dieser Kaiser, der war mit von der Partie, darauf verwette ich meinen Hut!« Sörensen sah Nielsen skeptisch an. »Auf den ersten Blick könntest du recht haben, aber wie passt da Margot Iwersen ins Bild? Also, die kann ich mir beim besten Willen nicht als kunstkundige Einbrecherin vorstellen. Auch glaube ich nicht, dass die eine Expertin für Sicherungsanlagen war. Da könnte Sven Kaiser vielleicht schon eher ins Bild passen. Wir müssen seinen gesamten Background gründlich durchleuchten.« Da war was dran, das musste Nielsen zugeben. Sörensen widmete sich wieder der geheimnisvollen grünen Kassette. Doch außer ein paar alten Rechnungen und einigen losen Zetteln förderte er nichts für ihn Interessantes zutage. Nach kurzer Durchsicht drückte er die Kassette samt Inhalt seinem Kollegen in die Hand. Dieser tütete sie ein, damit später die Kollegen im Labor die Kassette genauer unter die Lupe nehmen konnten. Die Liste mit den dubiosen Geldbeträgen nahm Sörensen jedoch an sich. Genau diese Liste wollte er morgen mit einem Kollegen vom Einbruchsdezernat durchgehen und mit einer schon länger zurückliegenden Einbruchsserie abgleichen. Er war sich nicht sicher, ob etwas dabei herauskommen würde, aber einen Versuch war es allemal wert. Sie kramten noch eine Weile im Büro von Sven herum, bevor sie wieder nach Flensburg aufbrachen. Sörensen lieferte die gefundene Kassette im Labor ab. Nielsen verschwand im Büro und machte sich daran, das Leben von Sven Kaiser auf links zu drehen.

-35-

Mittlerweile war es früher Abend geworden, und die Dämmerung kroch langsam mit ihrer Feuchtigkeit hoch. Wenn er sich beeilte, dann könnte er pünktlich zum Abendessen auf dem Hof der Sörensens sein. Ein verlockender Gedanke, konnte er doch so zwei Fliegen mit einer Klappe schlagen. Er schnorrte sich ein Abendessen und konnte nebenbei seine Schwägerin nach der Familie Lassen ausfragen. Auch sein Bruder Kalli könnte dieses Mal durchaus hilfreich sein, denn er kam ab und an mit Clemens Lassen zusammen. Sörensen besprach sich kurz mit Nielsen, und man war sich einig, dass Nielsen zurück im Büro blieb, um weiter zu recherchieren.

Gut gelaunt machte Sörensen sich auf den Weg nach Flintby. Es war kaum Verkehr auf der Landstraße, und so erreichte er Flintby 20 Minuten später. Inzwischen war die Sonne ganz untergegangen, und es war fast dunkel. Nur aus den Fenstern der verstreut liegenden Häuser schimmerte hier und da ein Licht. Sörensen hatte sich telefonisch bei Marta und Kalli angemeldet und wurde schon von ihnen erwartet. Kurz darauf saßen alle drei am Küchentisch und verputzten schweigend ihr Abendessen. Sörensen ließ sich nicht zweimal bitten und langte ordentlich zu. Auch Kalli ließ es sich schmecken. Zufrieden beobachtete Marta ihren Mann und dessen Bruder. Neben knusprigen Bratkartoffeln gab es sauer eingelegten Hering und einen knackigen Salat. Als endlich alle pappsatt waren, halfen Sörensen und Kalli beim Abräumen. Marta ließ den Abwasch stehen und sah ihren Schwager fragend an. »Du wolltest mit uns über die Familie Lassen reden?« »Genau, was könnt ihr mir über die Familie Lassen erzählen?«, kam Sörensen auch gleich zur Sache. Marta wunderte sich zwar etwas über das Interesse ihres Schwagers, aber er würde schon seine Gründe dafür haben. »Die Familie Lassen ist vor circa fünf Jahren in Flintby aufgetaucht. Clemens Lassen suchte nach einem Resthof mit Nebengebäude für die Töpferei. Außerhalb von Flintby stand zu der Zeit das Anwesen des alten Jakobsen zum Verkauf. Der Alte war verstorben, der Sohn wohnte in Flensburg und wollte den Hof nicht übernehmen. Clemens Lassen hat das Anwesen ›für einen Appel und Ei‹ bekommen, wie im Dorf herumgetratscht wurde. Aber mal ganz ehrlich, das Anwesen war ja auch ganz schön runtergekommen, aber die Lassens haben alles prima wieder instandgesetzt. Die Töpferei läuft auch gut. Anna Lassen habe ich durch Lisa Kaiser kennengelernt. Lisa kam öfters vorbei und kaufte Eier und Gemüse bei mir. Die Anna ist eine ganz nette Frau, hat zwei reizende Kinder und ist immer freundlich. Aber, wie gesagt, ihren Mann, den Clemens, den mag ich nicht, der ist meiner Meinung nach nicht ganz sauber, so was von aalglatt, wie der ist! Mit dieser Meinung stehe ich nicht allein da!«, sagte sie energisch. Kalli, der interessiert zugehört hatte, mischte sich jetzt ins Gespräch ein. »Also, das finde ich nicht. Clemens ist ein prima Kerl, mit dem kann man gut schnacken. Was ihr Weiber immer habt!«, protestierte er. Marta verzog ihr Gesicht und schüttelte den Kopf. »So wie der mit seiner Frau umgeht? Nee, also wirklich, Karl-Heinz!«, fuhr Marta hoch. Sörensen horchte auf. »Wie geht er denn mit seiner Frau um?«, hakte er interessiert nach. »Respektlos, tyrannisch, ich denke, der ist ein ganz schöner Choleriker. Nach außen hin immer ruhig und freundlich, aber in den eigenen vier Wänden …! Anna wirkt auf mich immer etwas nervös, wenn ihr Mann in der Nähe ist. Hab sie mal durch die Blume darauf angesprochen, aber sie hat nur gelacht und gemeint, dass alles gut sei. Das habe ich ihr aber nicht abgenommen, wie gesagt, dieser Clemens ist mir nicht ganz geheuer«, sagte sie und warf Kalli einen ernsten Seitenblick zu. Von Lisa Kaiser hatte Sörensen ja schon einiges erfahren, und das hatte Marta soeben indirekt bestätigt. Kalli guckte verdattert und wollte kaum glauben, was Marta über Clemens gesagt hatte. Am liebsten hätte er die Bedenken von Marta vom Tisch gefegt, aber er hielt sich zurück. Nachdenklich dachte er über die Episode vor ein paar Tagen im *Dorfkrug* mit Clemens nach. Clemens war da ja ganz schön ausgetickt. Sollte da was an Martas Vermutung dran sein? Blödsinn!, rief er sich selbst zur Ordnung. Clemens hatte nur gewaltig einen in der Kiste gehabt und war deshalb außer Rand und Band geraten. Konnte eben keinen Alkohol ab, der Bengel!

Plötzlich klopfte es leise an der Küchentür, und Detlef Johannsen steckte seinen Kopf durch den Türspalt. »Moin, stör ich?«, fragte er überrascht, als er Sörensen sah. »Nee, komm man rein. Du kommst gerade richtig. Erzähl du doch mal, was du von Clemens Lassen hältst. Ihr seid doch beide beste Öko-Freunde«, lud Kalli ihn ein. Detlef sah verwirrt in die Runde, denn er verstand nicht so recht, was Kalli von ihm wollte. »Wir unterhalten uns gerade über Anna und Clemens Lassen. Was hältst du denn von ihnen?«, half Sörensen ihm auf die Sprünge. Allerdings missverstand der Sörensen gründlich und fing sogleich mit seinem Lieblingsthema Ökologie an. Detlef strahlte Sörensen begeistert an, und sein Gesicht fing an zu leuchten. Wann gab es schon so eine Gelegenheit, sein Wissen und seine Weltanschauung unter die Leute zu bringen. Detlef holte tief Luft und legte los. »Also, der Clemens, der erzieht seine Kinder ja streng ökologisch im Einklang mit der Natur. Ein leuchtendes Beispiel für jedermann, wie der sich überall engagiert. Einfach vorbildlich! Übrigens, er ist genau wie ich zu 100 Prozent Vegetarier, also wenn ihr auch Interesse habt, dann könnte ich euch gern beraten«, sprudelte es aus Detlef heraus, und er holte kurz Luft, um neu anzusetzen. Bei diesem Thema war er voll in seinem Element. Doch Marta wurde es jetzt zu bunt, und sie bremste seine Lust zu dozieren knallhart aus. »Das meinte Steffen nicht! Du sollst ihm was über Annas und Clemens' Beziehung erzählen und nichts über Clemens' Weltanschauung!«, fauchte sie Detlef genervt an. Detlef verlor daraufhin komplett den Faden und verstummte abrupt. In der Küche war es nun vollkommen still, niemand sprach. Sörensen sah Detlef an, doch der blieb stumm. »Nun lass dir doch nicht alles aus der Nase ziehen! Also, ich bin der Meinung, dass Clemens ein richtig feiner Kerl ist, da gibt es nichts gegen zu sagen. Oder was meinst du?«, mischte sich Kalli ungeduldig ein. Detlef sah ratlos von einem zum anderen. »Da hast du wohl recht, aber ab und zu ist der schon ein wenig merkwürdig«, hob Detlef nachdenklich an. »Inwiefern merkwürdig?«, wollte Sörensen neugierig wissen und sah Detlef fragend an. »Naja, manchmal verschwindet Clemens von heute auf morgen ein paar Tage. Dann heißt es immer, dass er auf einem Töpfermarkt in Dänemark ist. Aber, wenn ich ehrlich sein soll, habe ich mich schon öfters gefragt, ob wirklich so viele Märkte im Jahr stattfinden? Überhaupt im Winter, wer steht da denn freiwillig draußen in der Kälte rum?« Da war was dran! Was hatte es mit Clemens' spontanen Ausflügen nach Dänemark auf sich? Aber hatte er überhaupt etwas mit Svens Tod zu tun? Nun, er hätte ja hinter die Affäre seiner Frau Anna gekommen sein können, aber warum sollte er so lange warten und Sven nachts im Schloss Gottorf umbringen? Und weshalb gerade im Schloss? Wenn, dann hätte er Sven auch im Flintbyer Moor versenken können. Das erschien Sörensen alles ziemlich blödsinnig. Das passte vorn und hinten nicht. Aber was hatte es mit der Liste mit den verschiedenen Geldsummen auf sich? Wie passte Clemens da hinein? Sörensen rauchte der Kopf, zu viele Fragen und keine passenden Antworten. Das Klirren von Kaffeebechern holte ihn in die Realität zurück. »So, Schluss für heute! Morgen ist auch noch ein Tag!«, befahl Marta und schenkte frisch aufgebrühten Kaffee in die Becher. Recht hatte sie, und so ging man zum gemütlichen Teil des Abends über.

Weit nach 23 Uhr schloss Sörensen todmüde seine Wohnungstür auf. Nach diesem anstrengenden Tag wollte er nur noch ins Bett. Sein Blick streifte den blinkenden Anrufbeantworter. Er warf einen kurzen Blick darauf. Fünf neue Nachrichten, und alle waren von Camilla. Sörensen überlegte nur kurz, ob er sich diese noch heute Abend anhören sollte. Aber wie hatte Marta so treffend gesagt: Morgen ist auch noch ein Tag. So ließ er den Anrufbeantworter fröhlich weiterblinken und ging ins Bett. Kurz darauf schlief er tief und fest wie ein zufriedenes Baby.

-36-

Am nächsten Morgen wurde er unsanft durch lautes Gekeife und dem Geräusch von rumpelnden Mülltonnen aus dem Schlaf gerissen. Gerade schien sich zwischen einer lauten und einer leise brummelnden Stimme ein neuer Disput anzukündigen. »Durch dieses Treppenhaus werden die Mülltonnen nicht gezogen!«, befahl die keifende Stimme laut und deutlich und machte damit klar, dass sie hier das Sagen hatte. Das Rumpeln der Tonnen verstummte abrupt, und es wurde schlagartig still. Dann rumpelte es erneut, und eine andere Stimme keifte genauso laut und durchdringend. »Bei uns kommen Sie auch nicht durch!« Wieder brach das Rumpeln ab. Leises Gemurmel erklang. »Ich diskutiere das nicht mit Ihnen! Sie kommen hier nicht durch, und damit basta!«, ertönte die erste Stimme wieder. Annemarie Asmussen, schoss es Sörensen durch den Kopf, als er, durch den plötzlichen Lärm aufgeschreckt, kerzengerade im Bett saß. Seine »reizende« Nachbarin, Annemarie Asmussen, hatte offenbar soeben jemandem ihren Standpunkt laut und deutlich klargemacht, denn jetzt war es wieder ruhig. Sörensen ließ sich entspannt wieder in die Kissen sinken, schloss die Augen und wollte weiterschlafen. Doch nun erklang die zweite Stimme vom Nachbarhaus in einem barschen Befehlston: »Sie brauchen gar nicht so zu gucken, bei uns kommen Sie auch nicht durch. Gehen Sie doch über den Garagenhof!« Diese Ansage hatte Sörensen förmlich aus dem Bett springen lassen. Was, zum Teufel, war da los? Er trat ans Fenster und sah Annemarie Asmussen und deren Nachbarin, Erna Woitowitz, im Hinterhof. Beide Damen waren in geblümte Kittelschürzen gekleidet und standen dort mit vor dem Körper verschränkten Armen. Ihre streitlustigen Mienen verhießen nichts Gutes. Neben ihnen stand ein verzweifelt blickender junger Mann in der typisch orangefarbenen Montur der Flensburger Müllabfuhr. Unter den bohrenden Blicken der beiden Damen machte er Anstalten, eine volle Mülltonne an ihnen vorbei durch das eine Treppenhaus zu bugsieren. Doch das Unterfangen war zum Scheitern verurteilt. Annemarie und Erna ließen keinerlei Zweifel aufkommen, dass sie ihre sauberen Treppenhäuser bis auf das Äußerste verteidigen würden. Unterdessen ertönte ungeduldiges Hupen von der Straße her. Der Fahrer des Müllwagens wartete auf die vollen Tonnen, denn er hatte schließlich einen knapp bemessenen Zeitplan zu erfüllen. Der junge Müllmann befand sich in einer fatalen Lage, wie Sörensen grinsend mit einem Blick erkannte. Ein Blick auf die Uhr reichte, um seinen Puls um einiges zu beschleunigen. Erst 6.30 Uhr! Die ticken doch wohl nicht mehr richtig!, durchfuhr es ihn. Da an Schlaf kaum noch zu denken war, zog sich Sörensen zähneknirschend

Hose und T-Shirt über. Es war wieder still geworden, und so freute er sich zumindest auf ein Frühstück in aller Ruhe. Aber er sollte sich zu früh gefreut haben, denn schon brach die nächste verbale Attacke los. Ein wild hupender Müllwagenfahrer vorne auf der Straße und hinten auf dem Hof zwei laut keifende Weiber. Jetzt hatte Sörensen gewaltig die Faxen dicke. Mit einem Satz war er in seine Sneakers gefahren und eilte geladen aus der Wohnung hinunter in den Hinterhof. Eine Minute später stand er den streitbaren Damen Auge in Auge gegenüber. Der Müllmann schien hörbar aufzuatmen, als er Sörensen erblickte und in ihm einen Mitstreiter zu erkennen glaubte. »Was, zum Teufel, ist hier in aller Herrgottsfrühe eigentlich los?«, blaffte er Annemarie und Erna von hinten an. Annemarie Asmussen wirbelte herum und knipste ein strahlendes Lächeln an. »Hach, Herr Sörensen, wie gut, dass Sie da sind! Sie als Polizist müssen hier mal ein Machtwort sprechen!«, zwitscherte sie liebenswürdig los. Der noch soeben erleichterte Müllmann hatte sich still und heimlich zu seiner vermeintlichen Unterstützung gestellt. Doch bei der bloßen Erwähnung der Polizei zuckte er leicht zusammen und rückte diskret ein paar Zentimeter von Sörensen weg. Mein Gott, nun kommen die beiden alten Schnepfen auch noch mit der Polizei, dachte er völlig aufgelöst. Draußen hupte der Kollege wie blöde, und hier hinderten ihn zwei durchgeknallte Weiber an seiner Arbeit. Sörensen atmete tief durch, um nicht gänzlich auszuflippen. »Meine Damen, Sie gehen jetzt auf der Stelle zur Seite und lassen den jungen Mann seine Arbeit machen!«, sagte er mühsam beherrscht. Dabei nickte er dem sichtlich erleichterten Müllmann aufmunternd zu. Annemarie und Erna trauten ihren Ohren nicht. Die beiden eben noch erbitterten Kontrahentinnen sahen sich an und beschlossen, ab sofort an einem Strang zu ziehen. »Was soll das heißen? Hier kommt keiner durch! Sollen die ihre Tonnen doch da hinten zwischen den Garagen durchziehen. Durch unsere Treppenhäuser kommen die uns nicht!«, begehrten beide Damen einträchtig auf und sahen Sörensen triumphierend an. Nun riss dem Beamten endgültig der Geduldsfaden. Aus dem Schlaf gerissen und noch ohne einen Becher Kaffee war bei ihm, der sonst so ruhig und besonnen war, die Lunte verdammt kurz. »Wo ist hier eigentlich das Problem? Wieso brüllen Sie hier in aller Herrgottsfrühe herum?«, wollte er, um Fassung ringend, wissen und blickte von einer Frau zur anderen. Der nun durch Sörensens Anwesenheit mit neuem Selbstvertrauen ausgestattete Müllmann wollte das Wort ergreifen. Er öffnete den Mund, um Sörensen seine fatale Lage zu schildern. Doch er wurde von Annemarie gnadenlos ausgebremst. Mit einer wegwerfenden Geste schnitt sie ihm barsch das Wort ab. »Sie halten den Mund! Das ist schließlich alles nur Ihre Schuld!«, fuhr sie ihm über den Mund. Erna nickte wie ein Buddha zustimmend, hielt sich aber sonst diskret zurück. Die Anwesenheit eines Kripobeamten, wenn auch nur ein Nachbar, war ihr nicht ganz geheuer. Sollte Annemarie sich doch in die Nesseln setzen. Diese stieß weiter kampflustig ins Horn. Sie holte tief Luft und wollte weitere Tiraden von sich geben. Mit einer energischen Handbewegung und einem strengen »Ruhe jetzt!«, brachte Sörensen die aufmüpfige Dame endlich zum Schweigen. Aufmunternd nickte er dann erneut dem Müllmann zu, der ihn dankbar anlächelte. Dieser atmete einmal tief durch und begann, das Dilemma aus seiner Sicht zu erzählen. »Die beiden da«, rief er aus und zeigte mit ausgestrecktem Zeigefinger auf Annemarie und Erna, »die hindern mich an meiner Arbeit. Wegen denen hinke ich meinem Zeitplan völlig hinterher!« Wie zur Bestätigung erklang wieder ungeduldiges lautes Hupen von der Straße. »Da hören Sie es! Mein Kollege reißt mir sicherlich gleich den Kopf ab!«, rief er nervös, und wieder schoss sein Zeigefinger nach vorne. »Mein Kollege wartet auf die vollen Mülltonnen, aber die da lassen mich nicht die Tonnen zur Straße bringen!« »Stimmt das?«, wollte Sörensen wissen und sah den beiden Damen ernst ins Gesicht. Erna versuchte, sich so klein wie möglich zu machen, am besten wäre sie auf der Stelle unsichtbar geworden. Sie zog es vor, den Mund zu halten, denn hier roch es jetzt gewaltig nach Ärger. Annemarie jedoch war hochrot im Gesicht und durchaus nicht bereit, kampflos einzuknicken. »Der da«, wieder schnellte ein ausgestreckter Zeigefinger durch die Luft und blieb dieses Mal jedoch am Müllmann hängen, »kommt mir mit seinen dreckigen Mülltonnen nicht durch mein frisch gewischtes Treppenhaus. Immer dieser Dreck, der liegen bleibt! Sollen die doch sonst wo durchgehen, aber nicht bei mir!«, trompetete sie ihre Ansage über den Hinterhof und sah mit verschränkten Armen triumphierend Sörensen und den nun total aufgelösten Müllmann an.

Der junge Mann war mittlerweile mit den Nerven am Ende, draußen auf der Straße wartete wild hupend der Kollege, und hier verwehrten ihm zwei alte Drachen den Durchgang, das war einfach zu viel für ihn. Sörensen fragte sich insgeheim, ob das hier die Realität war oder ob er noch träumte? »Wegen ein wenig Schmutz, der sich schnell mit Schaufel und Besen beseitigen lässt, machen Sie hier so einen Aufstand?«, wollte Sörensen fassungslos wissen. »Deswegen tyrannisieren Sie die gesamte Nachbarschaft zu dieser frühen Stunde?« Annemarie nickte zur Bestätigung triumphierend mit dem Kopf. Sörensen fasste es nicht. Sie wollte Krieg? Den konnte sie haben! Sörensen zog langsam und umständlich ein kleines Notizbuch aus der Hosentasche. Dann fischte er noch einen Bleistiftstummel heraus, klappte das Buch auf und begann, darin herumzukritzeln. Annemarie wurde sichtlich nervös und schwankte zwischen Neugierde und Angst. Was hatte er vor? Was schrieb er da auf? Aber so sehr sie auch den Hals reckte, konnte sie zu ihrem großen Ärger keinen Blick auf das Geschriebene erhaschen. Nach einer Weile hob Sörensen langsam seinen Kopf von dem Buch und sah sie durchdringend an. Annemarie schluckte hart. »Also, entweder lassen Sie auf der Stelle diesen jungen Mann seine Arbeit verrichten, oder«, jetzt klopfte er gewichtig auf das kleine Buch, »ich gebe die von mir soeben aufgenommene Beschwerde an die dafür zuständigen Stellen bei der Hausverwaltung weiter. Denke, die sind wohl mittlerweile nicht mehr so gut auf Sie zu sprechen.« Der junge Müllmann strahlte wie eine 100-Watt-Birne und war einfach nur begeistert. Grinsend sah er von Sörensen zu den beiden Damen. Der Kripobeamte zwinkerte ihm verschwörerisch zu. Erna Woitowitz hatte es plötzlich sehr eilig. »Huch, schon so spät! Da hätte ich doch glatt meinen Arzttermin vergessen. Moin, moin auch!« Mit fliegender Kittelschürze stürzte sie sich förmlich in ihr Treppenhaus, schlug die Hoftür hinter sich zu und war blitzartig verschwunden. Bei der bloßen Erwähnung der Hausverwaltung war es allerdings auch Annemarie mulmig geworden. Sörensen hatte da wohl voll ins Schwarze getroffen. Die Damen und Herren der Hausverwaltung reagierten auf ihre Person in letzter Zeit äußerst allergisch. Für sie war Annemarie zu einem roten Tuch geworden. Für deren Geschmack war sie die geborene Querulantin, da sie sich mindestens dreimal in der Woche über ihre Nachbarn beschwerte. »Na gut, aber den Dreck machen Sie wieder weg!«, bestimmte sie noch immer uneinsichtig und fuchtelte mit dem Zeigefinger vor dem Gesicht des jungen Mannes herum. Dieser zuckte zusammen und wich rasch einen Schritt zurück. Dann schnappte er sich eine volle Mülltonne, zog sie geräuschvoll durch Annemarie Asmussens Treppenhaus und eilte damit hinaus auf die Straße. Eines war für ihn schon mal klar, den Dreck würde er sicherlich nicht wegmachen. »Mann, wo bleibst du denn ab?«, wurde er von seinem Kollegen im Müllwagen ungeduldig angeblafft. Mit einer Handbewegung wies er hinter sich und sagte etwas, das wie »alte Schreckschrauben« klang.

Sörensen ließ die angefressene Annemarie Asmussen einfach stehen und ging zurück in seine Wohnung. Dort schmiss er erst einmal die Kaffeemaschine an. Denn was er nach diesem Theater brauchte, war ein schöner, starker schwarzer Kaffee. Während die Kaffeemaschine ihren Dienst verrichtete und leise vor sich hin blubberte, sprang Sörensen rasch unter die Dusche. Als er ein paar Minuten später seine Küche betrat, duftete es bereits einladend nach frischem Kaffee. Das war genau das, was er nach diesem unruhigen Start in den Tag brauchte. Mit dem gefüllten Kaffeebecher in der Hand hörte er sich Camillas Nachrichten auf dem Anrufbeantworter an. Die ersten beiden Nachrichten klangen noch besorgt und endeten mit einem: »Bitte ruf mich an.« Ab Nachricht drei wurde der Ton von Camilla deutlich schärfer. »Willst du mich verarschen? Ich warte auf deinen Rückruf!« Die letzte Nachricht stammte von gestern Abend um 22.30 Uhr. »Sag nicht, dass du noch arbeitest! Weißt du was? Du kannst mich mal!«, bellte Camilla zornig aufs Band. Sörensen stöhnte gequält auf, als hätte er mit diesem Fall nicht schon genug um die Ohren. Auf erneuten

Stress mit Camilla hatte er, weiß Gott, keine Lust.Daher beschloss er, ihre Nachrichten zu ignorieren. Um 8.30 Uhr machte er sich auf den Weg ins Präsidium, allerdings machte er noch einen Zwischenstopp bei *Migge's Danish Bakery*, um sich mit diversem dänischen Gebäck für den heutigen Tag einzudecken. Mit einer riesigen Papiertüte, gefüllt mit den besten Köstlichkeiten, die die Bäckerei zu bieten hatte, betrat er sein Büro. Nielsen saß bereits am PC und sah begehrlich auf Sörensens Bäckereitüte. Dieser grinste seinen Kollegen an. »Parat für ein zweites Frühstück?« Das ließ sich Nielsen nicht zweimal sagen, und er griff beherzt in die Tüte. Er fischte sich eine Himbeerschnitte heraus und biss genussvoll hinein. »Oh Mann, ist das lecker!«, murmelte Nielsen mit vollem Mund und hinterließ eine Spur aus Krümeln auf seinem Jackett. Sörensen sah in seine Tüte und konnte sich nicht so recht entschließen. Er schwankte zwischen einem *Franskbrød* und einem *Træstamme*. Nach kurzer Überlegung bekam das *Franskbrød* den Zuschlag. Bewaffnet mit diesem schnappte er sich das Telefon und rief seinen dänischen Kollegen Anders Olsen in Sønderborg an.

Anders Olsen war hocherfreut, von seinem Freund und deutschen Kollegen zu hören. »Hej min ven, hvad kann jeg gøre for dig?",* erkundigte er sich gespannt. Sörensen ließ sich nicht lange bitten und legte mit seinem Anliegen los. »Sag mal, kannst du mir eine Auflistung sämtlicher Töpfermärkte in der Region besorgen? Also hoch bis Apenrade und Sønderborg? Für das ganze Jahr, wenn möglich?« »Töpfermärkte?«, fragte Olsen entgeistert und meinte, sich verhört zu haben. »Ja, genau!«, gab Sörensen zur Antwort. »Neues Hobby von dir?«, wollte Olsen mit einem belustigten Unterton in seiner Stimme wissen, denn

---

* Hallo, mein Freund, was kann ich für dich tun?

er fand diese Idee recht erheiternd. Sörensen konnte das grinsende Gesicht von Olsen förmlich vor sich sehen. Nach den zahlreichen Nachrichten von Camilla war es um seine Laune nicht zum Besten bestellt. »Ja, sehr komisch, aber ich brauche diese Liste beruflich. Am besten noch heute!«, brummelte er ins Telefon. Olsen verkniff sich jede weitere Bemerkung und versprach, das Gewünschte herauszusuchen und dann per E-Mail Sörensen zu schicken. »Ich und töpfern! Was für eine absurde Idee von Anders!«, murmelte er verstimmt halblaut vor sich hin. Nielsen hob irritiert den Kopf von seiner Arbeit. »Alles okay bei dir? Du wirkst heute Morgen etwas gereizt«, stellte er besorgt fest. »Stress mit Camilla?« Sörensen winkte nur müde ab. Nielsen verstand und schwieg, obwohl er zum Thema Camilla gern noch so einiges losgeworden wäre. Schweigend widmete sich jeder seiner Arbeit. Sörensen wartete kribbelig auf Olsens Liste und trommelte nervös mit den Fingern auf der Schreibtischplatte herum. Dieses nervte Nielsen immer mehr. Es fiel ihm von Minute zu Minute schwerer, sich auf seine Arbeit zu konzentrieren. Nach zehn Minuten durchgehender Trommelei riss ihm der Geduldsfaden. »Mann, kannst du mal damit aufhören? Diese Trommelei macht mich noch ganz kirre!«, blaffte er seinen Kollegen an. Sörensen zuckte bei Nielsens unerwartetem Ausbruch zusammen, und seine trommelnden Finger verharrten in der Luft. Nielsen war aufgesprungen und hatte sich vor Sörensens Schreibtisch aufgebaut. Sörensen war normalerweise die Ruhe in Person, und deshalb war ihm nun diese Situation mehr als unangenehm. »Entschuldige, aber ich war ganz in Gedanken«, meinte er zerknirscht und sah Nielsen mit einem schiefen Lächeln an. Aber Nielsen hatte sich bereits wieder abgeregt. »Alles gut, aber meiner Meinung nach solltest du das Thema Camilla endlich abschließen. Mensch, schieß die endlich ab! Ich kann das einfach nicht mehr mitansehen!«, sagte er ernsthaft. Sörensen schluckte, da gab es nichts zu beschönigen. Nielsen hatte recht, er sollte sich wirklich endgültig von Camilla trennen. Sie passten einfach nicht zusammen. Sörensen wand sich wie ein Fisch auf dem Trockenen. »Das ist alles nicht so einfach, wie du denkst. Camilla hat ja auch ihre guten Seiten, vielleicht sollte ich ihr etwas Zeit geben, die kriegt sich schon wieder ein.« Nielsen fasste es nicht, sein sonst so cooler und tougher Kollege führte sich wie ein liebeskranker Vollidiot auf. »Das meinst du jetzt nicht im Ernst? Mann, Alter, dieses Weibsbild zieht dich immer weiter herunter. Die hat dich so am Wickel und kommandiert dich nur noch herum. Nichts für ungut, aber du benimmst dich wirklich wie der letzte Vollpfosten!« Sörensen sah seinen Kollegen entgeistert an und wollte protestieren, aber Nielsen war jetzt so in Fahrt gekommen, dass er Sörensens Protestgemurmel sofort im Keim erstickte. Er schnappte kurz nach Luft und redete nun eindringlich weiter auf seinen Kollegen ein. »Camilla meckert doch über alles herum, was du machst. Würde mich nicht wundern, wenn sie behaupten würde, dass du die Leiche im Schloss Gottorf höchstpersönlich dort hingelegt hast. Nur um ihr den Tag zu versauen!«, haute er Sörensen wütend um die Ohren. Sörensen sah ihn verblüfft an. »Seit wann kannst du Gedanken lesen? Genau das hat Camilla mir letzte Nacht auf dem Anrufbeantworter tatsächlich vorgeworfen!« Nielsen verschlug es die Sprache, damit hatte er nicht ernsthaft gerechnet. Er rang nach Worten. »Echt jetzt? Da kannst du mal sehen, wie durchgeknallt sie ist. Vergiss die endlich!«, schwadronierte er wie ein Schulmeister. Tief im Inneren ahnte Sörensen schon länger, dass Camilla und er überhaupt nicht harmonierten, wie er es sich nun bedröppelt eingestand.

Nielsen hatte sich weitgehendst wieder beruhigt und ging zurück zu seinem Schreibtisch. Plötzlich stoppte er und drehte sich zu Sörensen um. Er strahlte über das ganze Gesicht, als hätte er eine plötzliche Erleuchtung gehabt. »Weißt du was, ich rufe jetzt Marcussen an. Heute Abend ziehen wir drei wie früher um die Häuser. Damit du endlich auf andere Gedanken kommst!« Hoch zufrieden mit sich und seiner Idee griff er zum Telefon. Sörensen wollte aufbegehren, aber dann gefiel ihm Nielsens Idee immer besser. »Gut, ich bin dabei!«, rief er aus. Auch Marcussen hatte begeistert zugesagt. Dem Männerabend stand nichts mehr im Weg, aber zuerst wartete noch jede Menge Arbeit auf die beiden.

Nielsen war dabei, einen Backgroundcheck von Sven Kaiser zu machen. Soziale Netzwerke, private Kontakte, das ganze Programm, alles grub Nielsen aus und durchleuchtete alles gründlich. Endlich trudelte auch die sehnsüchtig erwartete Mail von Olsen ein. Der hatte ganze Arbeit geleistet. Immerhin zehn Märkte hatte er ausfindig gemacht. Bis auf einen hatten alle im Frühjahr und Sommer stattgefunden. Kurz vor Weihnachten war der letzte in Apenrade abgehalten worden. Sörensen fuhr mit dem Finger die Liste von oben nach unten ab. Ganz am Ende entdeckte er eine kleine Zeichnung, die einen Polizisten, an einer Töpferscheibe sitzend, zeigte. Sörensen schmunzelte, Olsen konnte es einfach nicht lassen. Er verglich Olsens Liste mit der vom Einbruchsdezernat und bemerkte etwas Merkwürdiges. Sieben Einbrüche samt Kunstdiebstählen überschnitten sich mit der Liste der Märkte. Immer einen Tag nach dem Diebstahl fand ein Markt statt. Das sah nach einem

System aus. Aufgeregt klopfte er auf die Listen. Nielsen sah erstaunt auf. »Hast du was gefunden?«, wollte er neugierig wissen. »Pass mal auf, ein bestimmtes Kunstwerk wird von einem Sammler begehrt, aber dieses steht unverkäuflich im Museum oder in einer Galerie. Also ordert es der Sammler bei jemandem, der es ihm besorgen kann, sprich, es für ihn stiehlt. Der Einbruch wird durchgeführt, das Objekt gestohlen, und einen Tag später fährt zum Beispiel Clemens Lassen nach Dänemark und liefert es ab. Seiner Frau erzählt er, dass er Töpferwaren verkauft. Natürlich hat er sich bei jedem der Märkte angemeldet, falls jemand nachfragt. Die gestohlenen Objekte werden dann geschickt zwischen die von Clemens getöpferten Vasen, Krüge und so weiter versteckt und so über die Grenze geschmuggelt. Damit erweckt er den Anschein, dass er seine Sachen wirklich auf einem Markt verkaufen will. Doch in Wirklichkeit liefert er das gestohlene Kunstobjekt beim Kunden ab. Ich ahne, dass dieser Töpfer unser Mann sein könnte. Nur, wie passt Sven Kaiser ins Bild?«, murmelte er leise vor sich hin. Nielsen hatte interessiert Sörensens Ausführungen gelauscht. »Klingt ja alles irgendwie ganz schlüssig, aber wir haben nun mal keine stichhaltigen Beweise. Übrigens, Sven Kaiser hat früher in Hamburg als Spezialist für Alarmsysteme gearbeitet. Das Know-how hätte er also zumindest gehabt. Vielleicht haben die beiden als Team gearbeitet«, gab Nielsen zu bedenken. »Aber wer hat Kaiser umgebracht? Sein Komplize? Aus welchem Grund?« Sörensen sah ihn nachdenklich an. »Ich wette mit dir, dass Kaiser auch der dritte Mann vor vier Jahren beim Überfall in Flensburg war. Die Iwersen als Ablenkung, Robert Lassen und Sven Kaiser als Haupttäter. Davon bin ich mittlerweile schon fast überzeugt! Clemens Lassen als Auftraggeber? Könnte durchaus passen! Mann, wir brauchen verdammt noch mal endlich Beweise!«, rief er laut aus und schlug mit der flachen Hand auf seinen Schreibtisch. Es war einfach frustrierend, sie kamen der Lösung offenbar Schritt für Schritt näher, konnten aber keine Beweise präsentieren. Irgendein Detail mussten sie übersehen haben.

-37-

Clemens Lassen saß derweil im Flugzeug und war auf dem Weg nach Kopenhagen. Nach dem erfolgreichen Diebstahl im Schloss Gottorf war er sofort nach Hause gerast und dort in der Töpferei verschwunden. Das, was zuvor im Schloss mit Sven geschehen war, hatte er komplett ausgeblendet. Sven hatte aussteigen wollen und war so für Clemens zu einer Gefahr geworden. Ich musste handeln, wie er es sich selbst einredete. Die Zeit drängte, und Clemens musste die Bronze gut vor dem Zoll tarnen. In seiner Töpferei ummantelte er das Teil mit frischem Ton und wollte daraus eine Vase modellieren. Nach und nach entstand der Rohling einer dickbäuchigen Vase unter seinen Händen. Zufrieden besah er sein Werk. Bevor der Rohling im Brennofen verschwand, sah Clemens unruhig auf seine Uhr. Es war kurz nach 1.30 Uhr. Gegen 7.30 Uhr ging sein Flug. Das würde eine verdammt kurze Nacht werden. Nachdem er den Brennofen angeschaltet hatte, schlich er hinauf ins Schlafzimmer und fiel erschöpft neben Anna ins Bett. Nach drei Stunden unruhigem Schlaf stand er völlig gerädert auf. Es war fast 5 Uhr. Anna setzte sich schlaftrunken im Bett auf und sah ihren Mann fragend an. »Alles gut, ich muss los und ein paar Rohlinge zum Bemalen abliefern. Schlaf weiter«, flüsterte er ihr zu, gab ihr zärtlich einen Kuss auf die Wange und eilte aus dem Zimmer. Anna nickte und ließ sich zurück ins Kissen fallen. »Gute Fahrt«, murmelte sie in ihr Kissen und war kurz darauf wieder tief und fest eingeschlafen. Gähnend schloss Clemens die Töpferei auf, schaltete die Deckenbeleuchtung ein und machte sich am Brennofen zu schaffen. Die Ummantelung der Bronze war steinhart gebrannt. Hoch zufrieden mit seiner Arbeit strich er über die bauchige Form und verstaute sie dann zwischen den anderen Vasen und Kannenrohlingen in einer der Kisten. Perfekt, dieser Rohling fiel überhaupt nicht auf. Clemens verstaute zwei Kisten mit Töpfereierzeugnissen im Kofferraum und verließ noch vor Morgengrauen Flintby in Richtung dänischer Grenze. Er entschied sich bewusst für den kleineren Grenzübergang in Padborg. Unbehelligt über die Grenze zu kommen, war wie immer ein Kinderspiel.

Wie gewohnt wurde er vom dänischen Zoll einfach durchgewunken. Kurz vor 7 Uhr erreichte er den kleinen Flugplatz in Sønderborg. Er parkte seinen Kombi etwas abseits vom Flugplatz in einer Seitenstraße und fischte die kleinere der beiden Kisten mit der Bronze und einigen anderen Rohlingen aus dem Kofferraum. Jetzt musste er sich nur noch die Kiste unter den Arm klemmen und sich auf den Weg zur Zollkontrolle machen. Die Kiste ging wegen ihrer geringen Größe noch als Handgepäck durch. Die Zollkontrolle war für Clemens stets der unsicherste Teil, und sein Adrenalinspiegel schnellte in die Höhe. Der Zollbeamte kannte Clemens schon von seinen früheren Touren und warf nur einen kurzen Blick in die geöffnete Kiste. Mit einem »Held og lykke«* wünschte er Clemens einen guten Flug. Clemens nickte dem Zollbeamten freundlich zu und verschloss seine Kiste mit einem Deckel. Er musste leicht grinsen, als er am Zollbeamten vorbeizog. Es machte sich doch bezahlt, mal eine Vase oder so unter der Hand zu verschenken. Nur der freundliche dänische Zollbeamte und Clemens wussten von dem kleinen Arrangement. Clemens' Pulsschlag verlangsamte sich nach der Zollkotrolle wieder in den Ruhemodus, und er wartete entspannt im Warteraum auf seinen Flug. Eine halbe Stunde später saß er im Flieger nach Kopenhagen und freute sich auf das gute Geschäft, das er in Kopenhagen machen würde. Seinen Komplizen Sven Kaiser hatte er komplett aus seinen Gedanken verbannt.

Während des 45 Minuten dauernden Fluges übermannte Clemens die Müdigkeit und er verschlief die komplette Reise. Kurz vor der Landung wurde er freundlich von der Flugbegleiterin geweckt. Der kurze Tiefschlaf hatte seine Energietanks wieder aufgefüllt. Pünktlich landete die Maschine in Kopenhagen. Hier hatte er in einem Hotel in der Innenstadt die Verabredung mit dem Käufer der Bronze. Draußen vor dem Flughafen København-Kastrup hielt er Ausschau nach einem Taxi. Nervös sah er auf die Uhr und entspannte sich gleich wieder. Er lag noch gut in seinem Zeitplan. Zufrieden trat er aus dem Flughafen heraus auf den Vorplatz. Ein Taxi fuhr in seine Richtung, und Clemens winkte es heran. Das Hotel *The Crown* lag in der

---

* Alles Gute!

Innenstadt, und das Taxi brauchte fast eine halbe Stunde, bis es am Ziel war. Clemens bezahlte den Taxifahrer und betrat das Hotel. Er sah sich kurz um und trat dann an die Rezeption. Dort fragte er nach einem Gast des Hotels, Gunnar Petersson aus Stockholm. Die Dame an der Rezeption fragte Clemens nach seinem Namen und rief Pettersson an. »Herr Pettersson erwartet Sie in seiner Suite«, erklärte sie Clemens hochnäsig und musterte ihn von oben bis unten. Ihrer Meinung nach war Clemens nicht passend gekleidet für dieses Hotel. Clemens deutete ihren Blick richtig, sah an sich hinab und gab ihr im Stillen recht. Er hätte lieber zu einem schicken Jackett und Chinos greifen sollen, als zu Jeans und seiner alten Windjacke. Normalerweise hatte er stets andere Kleidungsstücke dabei, die er sich in Sønderborg anzog, bevor er nach Kopenhagen flog. Aber die Nacht davor war anders als sonst verlaufen, und er hatte unter gewaltigem Zeitdruck gestanden. Der Lift kam, Clemens stieg ein und glitt geräuschlos hoch in den sechsten Stock, wo er schon ungeduldig erwartet wurde. Innerhalb der nächsten 30 Minuten ging das Geschäft über die Bühne. Unter den wachsamen Augen des Käufers entfernte Clemens den Tonmantel von der Bronze und wischte sie mit einem feuchten Lappen sauber. Petersson drehte die Bronze und besah sie sich gründlich von allen Seiten. Er kontrollierte sie auf Kratzer oder sonstige Schäden, aber Clemens war ein Profi, und somit konnte Petersson zu seiner großen Freude die Bronze unbeschädigt an sich nehmen. Ein dicker brauner Umschlag wechselte den Besitzer, und Petersson streichelte verzückt die Bronze. »Ich melde mich wieder bei Ihnen zu gegebener Zeit«, sagte er knapp und verließ den Raum. Damit war Clemens für heute entlassen.

Clemens war bester Laune, als er beschwingt das Hotel

verließ. Bis zum Rückflug um 16 Uhr nach Sønderborg hatte er noch reichlich Zeit, Zeit die er sinnvoll nutzen wollte. Er bog auf die berühmte Kopenhagener Einkaufsstraße Strøget ein und ließ sich von der Menschenmenge treiben. Der Duft frisch gebackener *Boller* zog ihn in den Bann, und er bemerkte, dass sein Magen knurrte. Was auch kein Wunder war, denn schließlich hatte er seit gestern nichts mehr zu sich genommen. Er kehrte in das nächstgelegene Café ein und bestellte sich ein opulentes Frühstück. Clemens genoss jeden Bissen und ließ sich reichlich Zeit, sein Frühstück zu verzehren. Ein freundlicher junger Mann vom Service schenkte ihm noch einmal Kaffee nach. Eine Nachricht von Anna erreichte Clemens auf dem Handy: »Mein Gott, Clemens, Sven ist tot. Ermordet im Schloss Gottorf! Die arme Lisa!«, klagte Anna. Mit einem Mal schmeckte der Kaffee schal, und in Clemens stiegen die Bilder der letzten Nacht auf. Kurz, aber auch nur ganz kurz, streifte Clemens ein Hauch von Schuldgefühl. Doch dieses Gefühl schüttelte er wie ein lästiges Insekt ab. Schließlich hatte Sven gedroht, alles auffliegen zu lassen, und das konnte er, Clemens Lassen, nicht zulassen. Alles, was er sich aufgebaut hatte, ließ er sich nicht von Sven kaputtmachen. Was geschehen war, war geschehen! Basta! Clemens' gute Laune war schlagartig verpufft. In seinem Kopf arbeitete es heftig. Hatte er Spuren hinterlassen, die auf ihn hinweisen könnten? In Gedanken ging er die Tat nochmals Schritt für Schritt durch und kam letztendlich befriedigt zu dem Schluss, dass er alles richtig gemacht hatte. Wieder eine Mail von Anna: »Wo steckst du? Wann kommst du nach Hause?«, wollte sie wissen. In Clemens erwachte der Choleriker. Was bildete sich Anna ein, ihn bei seinen Geschäften zu stören? Das würde er ihr heute Abend in aller Deutlichkeit klar machen müssen. Überhaupt trug sie ihren Kopf in letzter Zeit für seinen Geschmack zu hoch. Das würde sich auch ändern müssen, er hatte das Sagen, und sie hatte sich unterzuordnen. Für wie blöd hielt Anna ihn eigentlich? Glaubte sie ernsthaft, dass er nicht gemerkt hatte, wie sie Sven immer angesehen hatte? Die beiden hatten sich wohl für sehr clever gehalten. Sven hätte dafür über kurz oder lang ohnehin büßen müssen, er hatte sich das alles selbst zuzuschreiben. Ihn, Clemens, traf keinerlei Schuld. Und Anna? Die würde ihn auf Knien anwinseln, wenn er mit ihr fertig war.

Zufrieden mit sich selbst verließ er das Café und beschloss, einen Abstecher ins *Louisiana Museum für Moderne Kunst* zu machen. Die Zeit verging schnell beim Betrachten der Kunstgegenstände, und er hätte fast seinen Flug verpasst. Abgehetzt erreichte er den Flughafen und rannte durch das Terminal. Der letzte Aufruf lief soeben, und er schaffte zu guter Letzt seinen Flug. Erschöpft fiel er in das Polster seines Sitzplatzes und entspannte sich merklich. Auf nach Hause, jubelte es in seinem Kopf, und seine Hand tastete vorsichtig nach dem dicken Geldbündel, welches in der Innentasche seiner Jacke steckte.

-38-

In Sønderborg kramte Kommissar Anders Olsen in seinen Papieren herum. Heute Morgen hatte er seinem Kollegen Sörensen in Flensburg eine Liste mit Töpfermärkten gemailt, doch wie Olsen feststellte, fehlten da noch einige kleinere Märkte. Nach einer intensiven Fahndung auf und unter seinem Schreibtisch fand er das abtrünnige Blatt Papier. »Så, her har du gemt dig!",* stellte er zufrieden fest und mailte das fehlende Teil Sörensen. Der war nicht schlecht überrascht, dass noch eine Mail aus Dänemark ankam. Ein Blick darauf, und er stieß einen lauten Pfiff aus. Dieser wiederum ließ Nielsen hochfahren, der ganz vertieft in den Obduktionsbericht von Sven Kaiser war. »Was ist los?«, wollte er leicht verstimmt wissen. Sörensen klopfte aufgeregt mit der Hand auf das Blatt Papier, das er in der Hand hielt. »Ich habe es doch gewusst! Gestern war der Einbruch, und heute findet ein kleiner Markt in der Nähe von Sønderborg statt. Ich wette mit dir, dass Clemens Lassen nicht zu Hause ist!«, rief er überzeugt aus. »Die Wette gilt!«, meinte Nielsen grinsend und schnappte sich seine Jacke. Die beiden Beamten wollten das Büro verlassen, da flog die Tür krachend auf, und Petersen stand im Türrahmen. Der hatte ihnen gerade noch gefehlt! »Meine Herren«, schnaubte Petersen auch sofort los und blieb in der Tür stehen, sodass Sörensen und Nielsen das Büro nicht verlassen konnten. »Was machen Sie eigentlich den ganzen Tag hier im Büro? Wieso erhalte ich keine erfolgversprechenden Ergebnisse von Ihnen? Den ganzen Tag konnte ich mich mit der Presse herumschlagen,

---

* Aha, hier hast du dich versteckt!

und Sie? Sie sitzen hier und drehen Däumchen!«, trompetete er selbstgefällig durch den Raum. Dann erging er sich in einer endlosen Tirade über ihre Unfähigkeit. Dass Sörensen es nicht weit bringen würde, wenn er sich nicht am Riemen riss. Nielsen ignorierte er komplett. Eine halbe Stunde später hatte er sein Pulver verschossen, und die Beamten konnten endlich aufbrechen. Mittlerweile war es 18 Uhr geworden.

-39-

Pünktlich um 16.45 Uhr landete Clemens wieder in Sønderborg. Ohne Schwierigkeiten durchlief er den Zoll, saß um 17 Uhr in seinem Wagen und machte sich auf den Weg nach Flintby. Sobald er auf deutschem Boden war, gab er richtig Gas und raste über die Landstraße und stand keine 20 Minuten später auf seiner Hofauffahrt. Nicht nur die rasante Fahrt über die Landstraßen hatte seinen Adrenalinspiegel gefährlich in die Höhe gejagt. Er sprang aus dem Wagen und lief ins Haus. Anna war zusammengezuckt, als sie ihren Mann auf den Hof rasen hörte. Ihr war durchaus bewusst, was nun kommen würde. Clemens hatte bestimmt wieder einen seiner gefürchteten cholerischen Anfälle. Vor Anspannung auf das, was gleich passieren würde, fing sie an zu zittern. Die Tür flog auf, und Clemens erschien im Türrahmen. Sein Gesicht war weiß vor Wut, und er stieß einen Stuhl zur Seite, der krachend auf den Boden knallte. Als Anna Clemens kommen hörte, hatte sie blitzschnell reagiert und die beiden Kinder, den siebenjährigen Noah und die zweijährige Fie, auf ihre Zimmer geschickt. Jetzt stand sie starr vor Angst vor Clemens, der langsam auf sie zu ging. Er hatte bis jetzt nie die Hand gegen seine Frau oder die Kinder erhoben, wenn er einen cholerischen Anfall hatte. Clemens' Schläge hinterließen keine sichtbaren Spuren, er verprügelte seine Familie verbal. Die blauen Flecken auf der Seele waren für andere unsichtbar. Selbst wenn Anna sich Lisa oder sonst jemandem anvertraut hätte, wer hätte ihr schon geglaubt? Im Dorf galt Clemens als sanftmütig und immer hilfsbereit. Er hatte sich die perfekte Fassade aufgebaut. Was hinter geschlossenen Türen vorging, bekam niemand mit. Anna stand mit dem Rücken an der Spüle, als Clemens sich ganz dicht vor ihr aufbaute. Ihr Herz und ihre bangen Gedanken rasten um die Wette. Würde er sie wie immer zusammenbrüllen, sie klein machen und erniedrigen? Doch er brüllte nicht, er sprach ganz leise auf Anna ein. Aber sein drohender Ton war alles andere als freundlich, und er drängte sie noch dichter an die Spüle. »Hör mir jetzt ganz genau zu, denn ich sage es dir nur einmal«, zischte er drohend, »ich war den ganzen Tag hier in der Töpferei. Hast du mich verstanden?« Anna nickte verängstigt. »Sag es!«, befahl Clemens und packte sie mit der Hand hart am Kinn. Anna war vor Panik einer Ohnmacht nahe, so hatte sich Clemens noch nie aufgeführt. »Du warst den ganzen Tag in der Töpferei!«, wisperte sie leise. »Lauter! Ich höre nichts!«, raunte er mit verkniffenen Lippen und packte ihr Kinn noch härter an. Anna schossen vor Schmerz die Tränen in die Augen, und sie nahm ihre ganze Kraft zusammen und rief laut: »Du warst den ganzen Tag in der Töpferei!« Clemens entspannte sich und lockerte seine Hand, die ihr Kinn wie ein Schraubstock festhielt. Er tätschelte ihre Wange und schien mit sich zufrieden zu sein. »Braves Mädchen, so ist es richtig!«, sagte er und verschwand in Richtung Töpferei.

Zehn Minuten später fuhren Sörensen und Nielsen vor. Als Clemens sie sah, konnte er sich nur schwer ein triumphierendes Grinsen verkneifen. Mit freundlicher Miene empfing er die Beamten. »Moin, die Herren! Kann ich Ihnen behilflich sein?«, fragte er liebenswürdig. Die Beamten wirkten enttäuscht, dass Clemens zu Hause war. »Das können Sie! Wo und wie haben Sie heute den Tag verbracht?«, knurrte Nielsen. Clemens sah ihn gespielt irritiert an. »Wo ich war und was ich gemacht habe?« »Genau! Beantworten Sie bitte meine Frage«, schnappte Nielsen gereizt. Ein Lächeln umspielte Clemens' Gesicht, und er sah Nielsen direkt in die Augen. »Ich habe heute den ganzen Tag in der Töpferei verbracht. Musste ein paar Bestellungen fertigmachen. Meine Frau wird Ihnen das sicher gerne bestätigen«, erklärte er Nielsen und rief nach Anna. Es dauerte etwas, bis sie erschien. Clemens fasste sie liebevoll um die Taille. »Sag doch bitte den Herren, wo ich den Tag verbracht habe«, sagte er und sah sie warnend an. »Mein Mann war den ganzen Tag hier und hat in der Töpferei gearbeitet«, antwortete sie mit fester Stimme. »Den ganzen Tag? Er hat das Haus nicht verlassen?«, hakte Sörensen nach. Am liebsten hätte Anna laut aufgeschrien, dass Clemens den ganzen Tag außer Haus war, aber der feste, schmerzhafte

Griff um ihre Taille hielt sie davon ab. Die Beamten waren sichtlich enttäuscht. Es deutete alles auf Clemens Lassen hin, und der hatte nun ein Alibi? Hier musste was faul sein, sie konnten sich doch nicht so verrannt haben. »War's das? Die Arbeit ruft. Schönen Tag noch«, wurden sie von Clemens liebenswürdig verabschiedet, und er verschwand mit Anna im Arm in seine Töpferwerkstatt. Die Beamten waren baff und blieben auf dem Hofplatz allein zurück. Sörensen ging hinüber zu Clemens' Wagen und fasste auf die Motorhaube. Diese war fast heiß, wie er feststellte. Jemand musste noch vor Kurzem damit gefahren sein. Aber wer, Clemens oder seine Frau? Sörensen marschierte hinter Clemens zur Töpferei. Clemens sah ihn erstaunt an. »Gibt es noch etwas, was ich für Sie tun kann?«, fragte er liebenswürdig. »Das können Sie. Verraten Sie mir, wer hat den Wagen zuletzt gefahren?«, antwortete Sörensen. Clemens hatte noch immer seinen Arm um Annas Taille gelegt und drückte sie nun schmerzhaft, damit sie den Beamten antwortete. »Das war ich! Ich hatte was in Flensburg zu erledigen«, stieß sie aus. Selbstgefällig lächelte Clemens die Beamten an. »Nun, wäre damit alles geklärt?«, erkundigte er sich freundlich. Sörensen nickte, und sie verließen die Töpferei. »Verdammt, warum hat dieser arrogante Kerl ein Alibi?«, rief Nielsen wütend aus und schlug aufs Lenkrad, als sie wieder in ihrem Wagen saßen. Sörensen ließ ihn sich abreagieren. »Hast du dir seine Frau Anna angesehen?«, sagte er nachdenklich. »Wieso?«, schnappte Nielsen noch immer auf 180, aber dann dämmerte es ihm, worauf Sörensen hinauswollte. »Du meinst, dass seine Frau ihm bewusst ein falsches Alibi gegeben hat?« Sörensen nickte. »Erinnere dich doch mal, wie selbstbewusst sie bei Lisa Kaiser aufgetreten ist. Am liebsten hätte sie uns auf der Stelle rausge-

schmissen. Ich wette mit dir, dass sie dieses Alibi nicht freiwillig gegeben hat. Wird nicht einfach werden, ihr das zu
beweisen, wenn ihr Mann dauernd um sie herumschwän-
zelt«, gab er zu bedenken. »Dann laden wir die Dame doch
einfach vor!«, schlug Nielsen entschlossen vor. Sörensen
sah ihn skeptisch an, dieser Vorschlag war nicht das, was
er wollte. »Können wir immer noch machen, lass uns die
beiden vorerst im Auge behalten. Dieser Clemens Lassen
wird seine Frau nicht eine Sekunde aus den Augen lassen,
da müssen wir uns vorsichtig herantasten.« Es fiel Nielsen
sichtlich schwer, seinem Kollegen zuzustimmen, denn am
liebsten hätte er Anna Lassen auf der Stelle mit dem fal-
schen Alibi konfrontiert.

Die Dämmerung war hereingebrochen, und sie machten sich auf den Weg nach Flensburg zurück. Für heute
war Feierabend, und ihrem Männerabend stand jetzt hoffentlich nichts mehr im Wege. Eine knappe Stunde später
stießen sie auf den Gerichtsmediziner Marcussen, der sie
schon ungeduldig erwartete. Nach einem ausgezeichneten
Essen, inclusive diverser Gläser *Ouzo*, zog das Trio weiter. Nielsen und Marcussen trugen offenbar einen geheimen Wettstreit aus, wer von den beiden den meisten Alkohol vernichten konnte. Der Wettstreit endete schließlich
damit, dass Sörensen kurz nach Mitternacht beide kurzerhand in ein Taxi verfrachtete und nach Hause schickte. Insgeheim fragte er sich amüsiert, wer wohl am nächsten Tag
den dickeren Schädel hatte. Sörensen hatte sich den ganzen
Abend mit alkoholischen Getränken bewusst zurückgehalten, was den anderen nicht aufgefallen war. Seine Gedanken
waren noch immer bei Anna und Clemens Lassen. Dieser
Fall ließ Sörensen einfach nicht zur Ruhe kommen, auch
nicht, als er sich auf den Heimweg machte. Die Nacht war

kalt und sternenklar. Sörensen sog die frische Luft ein und genoss es, durch die Nacht zu Fuß nach Hause zu gehen.

Clemens Lassen hatte seine Frau Anna fest gepackt, als er sie in die Werkstatt schob. Durch ein kleines Sprossenfenster beobachtete er, wie die Beamten vom Hof fuhren. Erst jetzt lockerte er seinen brutalen Griff. Anna rieb sich ihr schmerzendes Handgelenk und sah Clemens schockiert an. Zärtlich fuhr er ihr durchs Haar. »Alles gut, mein Schatz«, flüsterte er in ihr Ohr. Doch dann verzog sich sein eben noch lächelndes Gesicht in eine wütende Fratze, und er drehte Anna grob zu sich herum, sodass sie gezwungen war, ihm direkt ins Gesicht zu sehen. »Bleib ja bei deiner Aussage, dann passiert dir auch nichts. Verstanden?« Anna nickte panisch ihre Zustimmung. »Die Kinder müssen ins Bett, lass uns ins Haus gehen«, sagte er freundlich, als wäre nichts gewesen. Er hakte sich bei ihr unter, und zusammen überquerten sie den Hof. Anna war einfach nur fassungslos über das Geschehene und sagte kein Wort. Schon seit Langem war ihr klar, dass Clemens ein Choleriker war, der ab und zu austickte, aber so wie heute hatte sie ihn noch nicht erlebt. Das machte ihr gewaltig Angst.

-40-

Am nächsten Morgen erschien Sörensen gut gelaunt als Erster im Büro. Obwohl er nicht viel geschlafen hatte, fühlte er sich topfit. Der gestrige Männerabend hatte ihm sichtlich gutgetan. Sein angeknackstes Selbstbewusstsein hatten Nielsen und Marcussen wieder auf Normalzustand gebracht. Sollte Camilla sich noch mal bei ihm melden, würde er sie jetzt eiskalt abservieren. Zumindest hatte Sörensen sich das fest vorgenommen, wenigstens theoretisch. Sörensen setzte sich an seinen Schreibtisch und verfasste einen kurzen Bericht über die gestrige Befragung von Clemens Lassen, über das, was er gesagt beziehungsweise nicht gesagt hatte. Er war davon überzeugt, dass mit Anna Lassen etwas nicht stimmte. Auf ihn hatte sie einen total eingeschüchterten Eindruck gemacht. Das schon selbstbewusste Auftreten, das sie bei Lisa Kaiser an den Tag gelegt hatte, war wie weggeblasen. Da mussten sie nochmals behutsam nachhaken.

Um 9.15 Uhr tauchte auch endlich Nielsen leicht verkatert im Büro auf. Genau wie Sörensen war auch er bester Laune. Nielsen gab Sörensen einen ordentlichen Klaps auf die Schulter. »Na, mein Alter, das war doch gestern ein Spitzenabend, oder? Mann, hatte der Marcussen einen sitzen! Der hat heute sicher einen riesigen Quadratschädel!«, kicherte er vergnügt. Dass er selbst bis oben hin abgefüllt gewesen war, blendete er elegant aus. Er hatte seinen Spaß gehabt, und das war es, was für ihn zählte. Sein eigenes Befinden war da nur eine unwichtige Nebensache. Sörensen musste schmunzeln, das war so typisch Nielsen. Den gesamten Vormittag arbeiteten sie im Büro und brachten ihre bisherigen Ermittlungsergebnisse zu Papier. Es klopfte an der Tür, und ein Kollege der Spurensicherung reichte den vorläufigen Bericht mit den Ergebnissen vom Tatort im Schloss Gottorf herein. Gespannt schlug Sörensen den Bericht auf und hoffte, dass die Kollegen etwas Brauchbares gefunden hatten. Aber bis auf einen verschmierten Daumenabdruck an der Tür der alten Kutsche, in der man die Leiche von Sven Kaiser gefunden hatte, gab es nichts Neues. Leider war der Daumenabdruck nicht in der Datenbank gespeichert, dass er nicht von Kaiser war, stand allerdings fest. Außerdem gab es ein paar Faserspuren, aber die ließen sich nicht zuordnen. DNA-Spuren fehlten komplett. Der oder die Täter hatten Handschuhe getragen und bis auf den einen Daumenabdruck keine biologischen Spuren hinterlassen. Bis auf die gestohlene Bronze fehlte nichts, womit Sörensen sich in seiner Theorie bestätigt sah. Die Bronze war ganz bewusst entwendet worden, sicherlich auf Bestellung eines Sammlers. Sörensen war sich mehr als sicher, dass sie es hier mit Profis zu tun hatten. Alles war bis zum Schluss komplett durchorganisiert worden. Enttäuscht schob er den Bericht rüber zu Nielsen, der sich sofort darin vertiefte. Nach einiger Zeit sah er hoch und blickte hinüber zu Sörensen. »Dieser Daumenabdruck«, hob er langsam an, »haben wir genug, um von Clemens Lassen die Fingerabdrücke zu nehmen?« Sörensen schüttelte verneinend seinen Kopf. »Alles, was wir haben, basiert auf Vermutungen, was Konkretes haben wir nicht. Wir könnten ihn nur höflich darum bitten, aber seine Antwort kannst du dir wohl denken. Mit einem guten Anwalt im Rücken schmettert er unsere Anfrage sofort ab. Der Mann ist schließlich nicht dumm!« Die Beamten versanken in ihre eigenen Theorien, bis das Klingeln von Sörensens Telefon sie zurück in die Realität katapultierte. Sörensen nahm ab und hatte den sichtlich verstimmten Gottorfer Museumsdirektor Knutzen am anderen Ende der Leitung. Dieser beschwerte sich lautstark darüber, dass der Ausstellungsraum mit den Bronzen noch immer nicht freigegeben war. »Das Publikum hat ein Recht darauf, diese Ausstellung ungehindert zu besuchen. Was ist mit dem Nebengebäude, wann sind Ihre Leute endlich fertig? Ich verstehe nicht, warum dort niemand hineindarf? Die Leiche ist doch weg, also was soll das? Schlimm genug, dass der Tote die Unverfrorenheit besaß, sich in eine unserer historischen Kutschen zu legen. Einfach nur unerhört!«, ereiferte er sich wütend. Sörensen hörte sich Knutzens Klagen ruhig an und ließ ihn sich erst mal austoben. Dann griff er ein und stoppte Knutzens wütende Schimpftirade. »Herr Knutzen, in beiden Räumlichkeiten ist ein Verbrechen verübt worden, und es dauert nun mal seine Zeit, bis alle Spuren gründlich gesichert sind. Der Schuppen mit dem Leichenfund bleibt bis auf Weiteres geschlossen, Punkt! Das Gleiche gilt auch vorläufig für den Ausstellungsraum«, brachte Sörensen die Lage auf den Punkt. »Das geht nicht, denn ich erwarte demnächst eine neue seltene Bronze, die der Öffentlichkeit nicht vorenthalten werden darf. Die kunstinteressierten Besucher warten schon darauf!«, widersprach Knutzen heftig. Bei der Erwähnung einer neuen seltenen Bronze wurde Sörensen hellhörig. Das klang interessant. »Um was für eine seltene Bronze handelt es sich da?«, wollte er wissen. Am anderen Ende schwieg Knutzen verärgert, und er fragte sich, wieso sich die Polizei plötzlich für seinen Neuzugang interessierte. »Hallo? Herr Knutzen, sind Sie noch da?«, rief Sörensen ungeduldig. »Natürlich bin ich noch da!«, schnappte Knutzen empört. »Die neue Bronze ist natürlich nicht so kostbar wie die gestohlene, denn die war einmalig. Aber von einem unbekannten Künstler geschaffen. Sehr alt und selten, eine absolute Rarität! Sie ist übrigens eine Leihgabe des *Danevirke Museum*.« In Sörensen wuchs langsam eine Idee heran, die erfolgversprechend klang. Warum nicht einfach das Gerücht in die Welt setzen, dass es sich hier um eine zweite Bronze, eine verschollene vom selben Künstler, handeln würde. Aber Knutzen standen vor Entsetzen die Schweißperlen auf der Stirn, eine Falschmeldung auf der renommierten Homepage von Schloss Gottorf? So etwas hatte es noch nie gegeben! Aber Sörensen gelang es letztendlich mit reichlich Überredungskunst, seine Bedenken zumindest halbwegs zu zerstreuen, schließlich war das eine Möglichkeit, die Täter zu überlisten und die gestohlene Bronze zurückzubekommen. Reichlich widerstrebend versprach Knutzen, eine gefakte Mitteilung auf die Website zu setzen, er wollte sich sofort darum kümmern. Aber Sörensen musste ihm versichern, dass kompetente Beamte die Bronze nicht einen Augenblick aus den Augen lassen würden. Sörensen willigte ein, auch wenn es für Nielsen und ihn Nachtschicht bedeutete.

Da sie nicht einen einzigen stichhaltigen Beweis hatten, sondern alles nur auf Vermutungen basierte, war die Chance, Clemens Lassen zu überführen, gleich null. Sörensen fasste die Todesfälle nochmals kurz zusammen. Margot Iwersen, Robert Lassen und nun Sven Kaiser, dass die Fälle zusammenhingen, lag für ihn auf der Hand. Aber wie sie genau zusammenhingen, da tappte er noch ziemlich im Dunkeln. Er spürte, dass die Lösung genau vor seiner Nase lag, aber er konnte sie einfach nicht sehen. Gab es nur einen Täter oder gar zwei? Wie passte der Überfall vor vier Jahren ins

Bild? War es ein einziger großer Fall oder waren es zwei verschiedene Fälle? Fragen über Fragen wirbelten in Sörensens Kopf herum. Aber so leicht gab er sich nicht geschlagen. Wenn Clemens Lassen wirklich ihr Täter war, dann würde der unbekannte Auftraggeber sicherlich alles daran setzen, auch die angebliche zweite Bronze in seinen Besitz zu bringen. Die Sache mit einer neuen Bronze müsste nur ordentlich publik gemacht werden, damit Clemens und seine mutmaßlichen Hintermänner auch wirklich anbissen. Sörensen hatte auch schon den passenden Überbringer dieser Neuigkeit parat, aber ob es klappen würde? Da war er sich selbst nicht so ganz sicher. Aber einen Versuch war es allemal wert, was hatten sie schon zu verlieren?

Entschlossen wählte er die Nummer seiner Schwägerin Marta und lud sich und Nielsen kurzerhand mal wieder zum Mittagessen ein. Nielsen sah ihn verwundert an. »Was hast du vor?«, wollte er misstrauisch wissen. Sörensen grinste verschlagen. »Ich setze meine Geheimwaffe ein!« Nielsen verstand nur Bahnhof, bis sein Kollege ihn aufklärte. »Ganz einfach, ich setze Kalli auf Clemens an. Da kann er mal beweisen, ob er zum Ermittler taugt.« Nielsen, der Kallis detektivische Ambitionen nur zu gut kannte, schien bei dem Gedanken, dass Kalli mit von der Partie sein würde, sichtlich entsetzt. »Bist du dir wirklich sicher, dass das eine gute Idee ist? Du kennst doch deinen Bruder«, meinte er skeptisch. »Keine Panik! Kalli ist der Meinung, dass Clemens ein feiner Kerl ist, da kann er doch mal bei dem etwas auf den Busch klopfen. Den Knutzen habe ich schon davon überzeugt, eine Falschmeldung über eine zweite Bronze auf die Website zu setzen. Besonders begeistert war der zwar nicht, aber er spielt notgedrungen mit«, beruhigte er Nielsen, der allerdings zurückhaltend auf diese Ankündigung reagierte. Knutzen rief kurz, wenn auch zähneknirschend, zurück, dass die Falschmeldung nun online war. Sörensen rechnete nicht damit, dass der Raub der Bronze schon in dieser Nacht vonstattengehen würde, da die Bronze offiziell erst übermorgen im Ausstellungsraum zu sehen war. Also würde es heute keine Nachtschicht geben. Sörensen war zufrieden, nun musste er nur noch Kalli auf seine Aufgabe vorbereiten. Aber mit der Hilfe von Marta dürfte das kein Problem sein. Zuversichtlich machte sich Sörensen auf den Weg nach Flintby. Nielsens Meinung dazu war allerdings nicht sehr zuversichtlich.

-41-

Im Hause Lassen lag etwas in der Luft, etwas, was Anna nicht erklären konnte, aber es machte ihr wirklich Angst. Nachdem Sörensen und Nielsen das Grundstück verlassen hatten, reifte in Clemens ein teuflischer Plan heran. Anna ließ er keine Sekunde mehr aus den Augen, was diese mehr und mehr verunsicherte. Verzweifelt fragte sie sich, was nur in Clemens gefahren war, denn sie kannte ihn einfach nicht wieder. Als er vorgestern Abend das Haus verlassen hatte, war noch alles in Ordnung gewesen. Aber als er gestern Nachmittag zu Hause angehetzt kam, war er sichtlich verändert. Mit den Jahren hatte sie gelernt, mit seinen cholerischen Ausbrüchen umzugehen, aber wie er sie jetzt anpackte und ansah, das machte ihr wirklich Angst. Anna wollte noch schnell nach Flintby radeln, um dort bei Marta Sörensen ein paar Eier und Kartoffeln zu holen, aber Clemens pfiff sie herrisch zurück. »Das kann warten! Geh in die Werkstatt und pack die fertigen Töpferwaren ein!«, befahl er in einem harten Ton, der keinen Widerspruch duldete. Gehorsam schlich Anna in die Werkstatt und begann mechanisch, die Vasen und Krüge zu verpacken. Was hatte Clemens vor? Wollte er wieder spontan auf einen angeblichen Töpfermarkt? Äußerlich wirkte sie ruhig, im Inneren war sie völlig außer sich. Sie spürte förmlich, dass etwas Ungutes in der Luft lag. Die Werkstatttür flog krachend auf, und Anna fuhr erschrocken zusammen. Aber zu ihrer großen Erleichterung war es nicht Clemens, der hereinstürmte, sondern ihre beiden Kinder. Spontan drückte sie beide fest an sich und entspannte sich ein wenig.

Anscheinend hatte nicht nur Sörensen sich bei Marta zum Essen eingeladen. Als die Beamten von Marta ins Esszimmer gescheucht wurden, saß dort bereits noch jemand in froher Erwartung auf ein leckeres Mittagessen. Als Sörensen den Raum betrat, wurde ihm ein dröhnendes »Moin, moin!« entgegengeschmettert. Überrascht entdeckte er am Tisch den gut gelaunten Pastor Gutbier sitzen. »Na, meine Herren, wollt ihr dem miesen Kantinenfraß entfliehen?«, rief Gutbier ihnen augenzwinkernd zu und unterstrich sein Späßchen mit einem wohlklingenden satten Bass. Nielsen sah sorgenvoll zu Sörensen hinüber, so war es nicht geplant gewesen. Sörensen hatte sich zuerst von seiner Überraschung erholt und reichte Gutbier freundlich die Hand.

»Na, Herr Pastor, bei Ihnen bleibt auch mal wieder die Küche kalt, was?«, schoss er augenzwinkernd zurück. Gutbier, der immer für einen Spaß zu haben war, schmiss sich vor Lachen glatt weg. Er war nun mal ein Mensch, der nichts so schnell krumm nahm. »Wer austeilt, muss auch einstecken können«, war seine Devise. Auch Kalli, der den flotten Spruch seines Bruders mitbekommen hatte, kriegte sich kaum noch ein. »Tja, Gutbier, Steffen het di schon längst dürchschaut. Wenn dat wat umsonst to eten givt, bist du jo dor«,* meinte er feixend zum Pastor. Marta kam mit einer großen Platte belegt mit Kochwurst und geräuchertem Speck herein. Gutbier warf einen begeisterten Blick darauf und rieb sich voller Vorfreude die Hände. Nielsen war der Fleischplatte mit den Augen gefolgt. Leise erkundigte er sich diskret bei Gutbier, was es denn überhaupt zu essen gab. Dieser beantwortete seine Frage umgehend. »Birnen, Bohnen un Speck, min Jung!«, dröhnte er durch den Raum. Nielsen wurde etwas blass um die Nase, denn wenn er eines nicht mochte, dann war es dieses Gericht. Schon als Kind konnte man ihn damit jagen, aber Gott sei Dank stand auch eine große Schüssel mit Kartoffeln auf dem Tisch. Entschieden ließ er die ihm angebotene Soßenschüssel mit den Birnen und Bohnen darin an sich vorbeiziehen, häufte sich einen kleinen Berg Kartoffeln auf seinen Teller und legte eine Kochwurst und ein Stück Kassler dazu. Kalli beobachtete ihn mit gerunzelter Stirn zwischen zwei Bissen. Alle langten kräftig zu, nur dieser Nielsen aß wie ein Spatz. Schmeckt es ihm nicht? Oder wurde der etwa krank?, fragte sich Kalli besorgt. Dass jemand Martas Birnen-Bohnen-Speck-Soße verschmähte, war ihm noch nicht untergekommen. Aber Pastor Gutbier langte wie immer ordentlich

---

* Tja Gutbier, Steffen hat dich schon längst durchschaut. Wenn es etwas umsonst zu essen gibt, bist da ja dabei.

zu, wie Kalli zufrieden feststellte. Steffen Sörensen schielte beunruhigt auf die auf Sprung sitzenden Knöpfe an Gutbiers Weste. Hoffentlich hielten die durch! Doch Sörensen und alle Anwesenden konnten aufatmen, alle Knöpfe blieben an ihrem Platz. Mittlerweile hatte man sich bis zum Dessert vorgearbeitet. Marta tischte Vanilleeis mit heißen Kirschen auf. Sörensen allerdings war pappsatt und passte. Nielsen dagegen strahlte erleichtert und langte nun ordentlich beim Dessert zu. Kalli hatte es nicht so mit dem Süßkram und verschwand nach draußen, um eine Verdauungszigarette zu rauchen. Marta sah ihm missbilligend hinterher.

Sörensen stand auf und folgte Kalli. Die Gelegenheit war günstig, um mit ihm zu reden. So blieben nur noch Nielsen und Gutbier an der Dessertfront zurück. Marta schenkte den beiden einen wohlwollenden Blick und begann, das schmutzige Geschirr einzusammeln und in die Küche zu schleppen. Nielsen schob seinen leeren Teller beiseite und war Marta behilflich. Kurz darauf hörte man klapperndes Geschirr aus der Küche. Marta wusch ab, und Nielsen stand, mit einem Geschirrtuch bewaffnet, daneben. Die beste Gelegenheit, um Marta in ihre Pläne einzuweihen. »Frau Sörensen, können wir uns unter vier Augen unterhalten?«, fragte er sie leise und schielte zur offenen Küchentür hinüber. Marta zog erstaunt eine Augenbraue hoch, ging aber zur Tür, um diese zu schließen. Doch zuvor warf sie noch einen Blick auf Pastor Gutbier. Dieser gönnte sich gerade einen großen Verdauungsschnaps. Da sie den Pastor gut versorgt wusste, schloss sie leise die Tür und sah Nielsen fragend an. Gespannt, was jetzt kommen würde, blieb sie mit der Abwaschbürste in der Hand am Spülbecken stehen. »Nun, was gibt es denn so Wichtiges, was Sie mit mir bereden wollen?«, wollte sie ernst wissen. Normalerweise nahm ihr Schwager Steffen sie zur Seite, wenn er etwas aus der Nachbarschaft wissen wollte oder wenn Kalli mal wieder dabei war, sich in die Polizeiarbeit einzumischen. Aber dass Nielsen, der sich stets im Hintergrund hielt, sie ins Vertrauen zog, überraschte sie doch ungemein.

Zur gleichen Zeit stand Sörensen mit Kalli auf dem Hof und überlegte, wie er seinen Bruder am besten auf Clemens Lassen ansetzen konnte. Kalli durfte nicht zu viel wissen, ansonsten könnte er zu eifrig werden und somit die Ermittlungen gefährden. Genüsslich rauchte Kalli seine Verdauungszigarette fertig. Sörensen, der vor einem halben Jahr das Rauchen aufgegeben hatte, verspürte ein fast unbändiges Verlangen nach einer Zigarette oder nur einem kleinen Zug. Tapfer kämpfte er gegen das Verlangen an und versuchte, sich auf sein Anliegen zu konzentrieren. Kalli blies Rauchkringel in die Luft, und Sörensen sog gierig den Rauch ein. Amüsiert über diese Aktion grinste ihn Kalli an. »Für einen Neu-Nichtraucher inhalierst du den Rauch aber ganz schön flott«, lachte er kopfschüttelnd. »Hättest man dabeibleiben sollen. Lass mich mal raten – Camilla?« Volltreffer! Sörensen verzog sein Gesicht, denn Kalli hatte unbewusst einen wunden Punkt getroffen. »Weiber!«, grunzte Kalli wegwerfend und schielte allerdings vorsichtig zur Tür hinüber.

Sörensen ordnete seine Gedanken neu und tippte seinem Bruder auf die Schulter. »Du hast doch einen guten Draht zu Clemens Lassen«, begann er behutsam und überlegte, wie er sein Anliegen am besten formulierte. Kalli horchte auf und sah Sörensen misstrauisch von der Seite an. Ein Verdacht machte sich in seinem Kopf breit: Wollte die Kripo Clemens was am Zeug flicken? »Du weißt doch, dass Camilla und ich letzten Sonntag im Schloss Gottorf waren. Am Tag, als Sven Kaiser dort tot aufgefunden wurde?« Mit dieser

Frage war Kallis Interesse schlagartig geweckt, und seine Augen fingen an zu glitzern. Hastig drückte er seine Zigarette aus und wartete ungeduldig darauf, dass sein Bruder weiterredete.

Nachdem Nielsen Marta von Sörensens Plan erzählt hatte, machten beide schweigend den Abwasch fertig. Marta musste erst einmal die vertraulichen Infos über Clemens verdauen. Wenn das wirklich wahr war, was Nielsen ihr soeben erzählt hatte, hatte sie mal wieder mit ihrer Einschätzung richtiggelegen. Für Kalli jedoch wäre es ein herber Schlag, den er nicht so leicht wegstecken könnte. Kalli hielt nämlich große Stücke auf Clemens, fast so viel wie Detlef. Detlef sah in Clemens schon einen Öko-Guru. Du meine Güte, Detlef! Den würde es total umhauen, wenn Clemens sich als skrupelloser Verbrecher herausstellen würde, durchfuhr es Marta besorgt. Aber da mussten die beiden Männer eben durch, da gab es für sie keine zwei Meinungen. »Ich denke, wir sollten uns gleich mit Steffen und Kalli zusammensetzen und alles Punkt für Punkt durchgehen«, riss Nielsen sie aus ihren Gedanken. »Was ist eigentlich mit Anna? Hängt sie auch da mit drin?«, fragte Marta ernst, denn sie mochte Anna recht gern. Nielsen druckste ein wenig herum, bevor er antwortete. »Das glauben wir nicht, aber wir machen uns schon Gedanken über ihre Sicherheit.« Marta war alarmiert. Was, wenn Clemens nicht nur der Kunsträuber war, sondern auch der Mörder von Sven Kaiser? Nicht auszudenken, wenn Anna ihm auf die Schliche kam. Dann waren sie und die Kinder diesem Verbrecher hilflos ausgeliefert. Marta wurde es bei diesem Gedanken heiß und kalt. Hier musste schnellstens gehandelt werden. »Dieser Mann muss sofort aufgehalten werden!«, rief sie entsetzt aus. »Wie gesagt, es sind alles nur Vermutungen und sehr dünne Indizien, leider keine massiven Beweise! Somit haben wir keine gesetzliche Handhabe, sofort einzugreifen«, meinte Nielsen resigniert. »Dann wird es aber höchste Zeit, dass ihr richtige Beweise findet!«, entschied Marta energisch. In diesem Moment war Nielsen schon fast froh, Marta an seiner Seite zu haben. Sie strahlte so viel Zuversicht und Kraft aus, genau das, was sie jetzt brauchten. Sörensen war gerade dabei, Kalli vorsichtig über Clemens' eventuelle Machenschaften aufzuklären, als Nielsen um die Ecke bog. Dicht gefolgt von einer sichtlich aufgebrachten Marta. Nielsen nickte Sörensen kurz zu, und dieser verstand, dass Marta Bescheid wusste. »Also, Kalli«, fuhr Sörensen gerade leise fort, »du gehst wie immer bei Clemens vorbei und redest ganz normal mit ihm. Dann bringst du wie zufällig die Sprache auf den Kunstraub und den Mord an Sven Kaiser. Keine Extratouren, du hältst dich an das, was wir besprochen haben. Clemens darf nicht misstrauisch werden. Denk dran, ich verlasse mich auf dich!«, ermahnte Sörensen Kalli streng. Der nickte schweigend und fing Martas Blick auf. »Ich kann es einfach nicht glauben, dass Clemens ein Verbrecher sein soll. Ich hoffe wirklich, dass ihr euch getäuscht habt«, murmelte er leise. Kalli wirkte sichtlich mitgenommen. Marta ging auf ihn zu und drückte ihn tröstend an sich. Diese spontane Aktion von Marta war Kalli in Anwesenheit von seinem Bruder und Nielsen etwas unangenehm. Erst recht, als er die schmunzelnde Miene von Steffen sah. Vorsichtig löste er sich aus Martas Umarmung. »Lat man godt ein«,[*] grummelte er verlegen. Das laute Klingeln des Haustelefons löste die für Kalli peinliche Situation. Marta eilte rasch ins Haus. Kurz darauf erschien sie wieder mit einem vor Aufregung glühen-

---

[*] Lass man gut sein.

den Gesicht. »Ihr kommt nicht drauf, wer da eben angerufen hat!«, keuchte sie leicht außer Atem. Die Männer sahen sie fragend an, aber Marta ließ sie noch ein wenig zappeln. »Nun mach es doch nicht so spannend!«, rief Kalli ungeduldig. Dann hielt sie es selbst nicht länger aus. »Clemens Lassen!«, platzte es aus ihr heraus. »Nee, dat givt dat nich!«,* entfuhr es Kalli. Eben noch hatten sie sich über Clemens beratschlagt, und nun rief er plötzlich an. Auch Sörensen und Nielsen waren leicht erstaunt über diesen Anruf, der für Clemens völlig untypisch war. »Und, was wollte er?«, wollte Nielsen gespannt wissen. »Das war schon komisch, denn er sagte, dass er später vorbeikommt, um 30 Eier und Kartoffeln zu holen. Das hat der noch nie gemacht. Diese Dinge regelt sonst immer nur Anna«, erzählte Marta nachdenklich. »Hat er gesagt, warum er selbst und nicht seine Frau vorbeikommt?«, hakte Sörensen nach. Marta sah ihn besorgt an. »Das habe ich mich auch gefragt und habe ihn deshalb darauf angesprochen. Aber er meinte nur lapidar, dass Anna verhindert sei.« Die Kripobeamten waren alarmiert. Jetzt hieß es, keine Zeit zu verlieren.

Sörensen hatte die glorreiche Idee, jemanden mit den bestellten Eiern und Kartoffeln hinüber zu Lassens zu schicken. Marta bot sich natürlich sofort an. Doch Sörensen war sich im Klaren darüber, dass Clemens misstrauisch werden könnte, wenn plötzlich Marta bei ihnen auftauchte. Mit Kalli war das schon etwas anderes, denn eine lose Freundschaft verband die beiden Männer. Somit bekam Kalli nach kurzer Diskussion mit Marta den Auftrag. Er sollte die Eier abliefern und nebenbei Clemens in ein lockeres, unverfängliches Gespräch verwickeln. Dabei sollte er diskret auf das Thema Kunstraub im Schloss Gottorf kommen. Nielsen

---

* Nee, das gibt es nicht!

war sich allerdings nicht sicher, ob Kalli überhaupt wusste, was diskret bedeutete, deswegen war ihm bei der ganzen Geschichte nicht ganz wohl. Marta packte eine Tüte mit Kartoffeln und 30 frisch gelegte Hühnereier in einen Korb. Kalli bekam noch allerletzte Instruktionen von Sörensen und Nielsen, dann konnte es losgehen. Kalli würde zu Fuß circa 20 Minuten bis zur Töpferei brauchen. Zu seiner Unterstützung sollte ihn sein Jagdhund Iwan begleiten. Dieser war über diese unverhoffte Extratour sichtlich begeistert und umkreiste Kalli freudig schwanzwedelnd. Bis es Kalli zu bunt wurde. Auf ein kurzes Handzeichen von ihm setzte sich der Hund gehorsam vor sein Herrchen. Kalli passte es allerdings gar nicht in den Kram, dass er zu Fuß gehen sollte. Viel lieber wäre er mit dem Rad gefahren, aber davon wollte Marta nichts wissen. »Bei deiner Fahrweise gibt es nur Rühreier!«, bestimmte sie entschieden und deckte noch ein Leinentuch fest über die Eier.

Mit dem gefüllten Korb in der einen Hand und Iwans Leine in der anderen trottete Kalli los. Viele Gedanken schossen durch seinen Kopf. Besonders eine Befürchtung beschäftigte ihn. Hoffentlich traf er nicht auf einen geschwätzigen und neugierigen Nachbarn. Doch er war kaum um die erste Ecke gebogen, da kam ihm auch schon ein Radfahrer entgegen. Kalli stöhnte leise auf, er hatte es doch geahnt. Der Radfahrer bremste scharf ab, sodass zahlreiche kleine Kiesel nach allen Seiten wegspritzten. »Moin, moin!«, trompetete es in Kallis Ohr. Der rasante Radfahrer entpuppte sich als Gastwirt Nissen. Neugierig lugte er in den zugedeckten Korb. »Wat hest du denn feines inne Kurv?«,* begehrte er mit glänzenden Augen zu wissen. Dann fiel sein Blick auf den aufgeregten Hund. »Een Fröfs-

---

* Was hast du denn da im Korb?

tück mit Iwan?«,[*] grinste Nissen schelmisch. »Nee, blot frische Eier«,[**] knurrte Kalli. »Eier?«, rief Nissen ungläubig aus und lachte lauthals los. »Na denn, moin, moin!« Er schwang sich wieder auf sein Rad und fuhr, heftig in die Pedale tretend, davon. Rasch war der Gastwirt außer Sicht, aber sein lautes Lachen hing noch in der Luft. Kalli war über Nissens Äußerung etwas verstimmt, als wenn er mitten am Tag ein Picknick veranstalten würde! Doch dann rief er sich seinen Auftrag ins Gedächtnis, und seine Laune besserte sich schlagartig. Sollte Nissen doch glauben, was er wollte, diese Eier waren in Kallis Augen eh nur Tarnung. Aber von so was hatte dieser Döskop Nissen sowieso keine Ahnung.

Beschwingt marschierte Kalli weiter und erreichte kurz darauf das Grundstück von Clemens Lassen. Jetzt bloß nichts verkehrt machen!, schoss es Kalli durch den Kopf, Steffen zählte schließlich auf ihn. Nach ein paar Schritten blieb er stehen und schaute sich auf dem Hofplatz um, alles war ruhig und niemand war zu sehen. Allerdings stand Clemens' schwarzer Kombi vor der Werkstatt, also musste er wohl da sein. Kalli öffnete die Tür zur Werkstatt und sah hinein, aber auch hier war niemand. Ungewöhnlich für diese Tageszeit, sonst saß Clemens um diese Zeit immer an seiner Töpferscheibe bei der Arbeit. Iwan zog gewaltig an seiner Leine und wollte unbedingt hinüber zum Haus. Dabei riss er Kalli fast von den Füßen. Ein knapper Befehl von Kalli, und Iwan gehorchte sofort und hörte auf, an der Leine zu zerren. Normalerweise hätte jetzt schon der Hund von Clemens angeschlagen und einen riesigen Alarm gemacht, aber heute passierte komischerweise nichts dergleichen. Iwan kam bestens mit Clemens' Hund zurecht, und er fiepte leise, als wollte er Kalli zu verstehen geben, dass er seinen

---

[*] Ein Picknick mit Iwan?
[**] Nee, nur frische Eier.

Freund suchte. Kalli kam das alles höchst merkwürdig vor. Unsicher sah er sich um und schluckte. Was, wenn Steffen doch recht hatte mit seiner Vermutung?

Drinnen im Haus hatte Clemens vom Fenster aus Kalli vor der Werkstatt herumstehen gesehen und fragte sich, was, zum Teufel, der hier wollte. Das passte Clemens jetzt nicht in den Kram, denn er war hochgradig gestresst. Vor einer halben Stunde hatte sein schwedischer Kunde ihn aufgeregt kontaktiert. Auf der Website von Schloss Gottorf hatte dieser die Bekanntmachung einer zweiten Bronze des Künstlers gelesen, und diese wollte er selbstverständlich unbedingt in seinem Besitz haben. Koste es, was es wolle, und am besten heute noch, hatte er Clemens unmissverständlich klargemacht. Damit hatte er den gewaltig in die Enge getrieben. Vergeblich hatte Clemens ihm zu erklären versucht, dass das zurzeit unmöglich wäre. Aber der Kunde war ein fanatischer Sammler, der ein Nein nicht so ohne Weiteres akzeptierte. Ohne mit der Wimper zu zucken, hatte dieser noch einen Tausender mehr versprochen. Damit hatte er Clemens an der Angel gehabt. So ein Einbruch ins Schloss dauerte ohne Sven allerdings erheblich länger, denn der hatte sich bestens mit all den Alarmsystemen ausgekannt. Verdammt, warum hatte er auch jetzt plötzlich aussteigen wollen? Hätte er nur die Klappe gehalten, dann wäre er jetzt noch dabei gewesen. Clemens sah besorgt hinaus zu Kalli, der noch immer vor der Werkstatt stand. Es half nichts, er musste erfahren, was Kalli hier wollte.

Clemens versuchte, seinen Unmut zu verbergen, und setzte ein freundliches Gesicht auf. Dann ging er hinaus zu Kalli. »Moin, Kalli, was treibt dich denn hierher?«, sprach er ihn unvermittelt von hinten an. Kalli, der Clemens nicht hatte kommen hören und somit nicht auf sein plötzliches

Erscheinen vorbereitet war, fuhr zusammen und riss den Eierkorb in die Höhe. »Eier!«, stammelte er und sah Clemens mit vor Schreck aufgerissenen Augen an. Clemens starrte ihn ratlos an, was meinte Kalli nur? Doch dann ging ihm ein Licht auf, und er entspannte sich. »Ach so, aber ich habe doch gesagt, dass ich später vorbeikomme!« Kalli grinste ihn schief an. »Ja, aber Marta meinte, dass ich die Eier ebenso gut schnell vorbeibringen kann. Ihr habt schließlich genug mit dem Geschäft und den Kindern zu tun«, klärte er Clemens auf und besann sich wieder auf seinen eigentlichen Auftrag. »Musste eh mit dem Hund raus.« Freudestrahlend stellte er den Eierkorb vor Clemens ab. Jetzt blickte er auf den Korb zu seinen Füßen und schien nicht so recht zu wissen, was er damit anstellen sollte. »Sollst du den Korb gleich wieder mitnehmen?«, erkundigte er sich bei Kalli. Dieser nickte heftig wie ein Buddha, und Clemens rief nach Anna. Doch Anna erschien nicht sofort, was Clemens ungeduldig werden ließ. Er rief ein zweites Mal, allerdings klang seine Stimme um einiges schärfer, wie Kalli unangenehm zur Kenntnis nahm. Anna kam hastig angelaufen. Angespannt beobachtete Kalli genau, was nun vor sich ging. Beunruhigt bemerkte er, dass Anna ein völlig verheultes Gesicht hatte. Außerdem meinte er, blaue Flecken an ihren Handgelenken und Armen gesehen zu haben. Er sah nochmals genauer hin, was Clemens nicht verborgen blieb. Argwöhnisch beobachtete er Kalli und drückte Anna hastig den Korb in die Hand. Leise befahl er ihr, die Eier auszupacken und Kalli den leeren Korb zurückzugeben. Anna tat, wie ihr befohlen. Kurz darauf erschien sie wieder, gab Kalli den Korb und verschwand wieder schnell ins Haus. Doch bevor sie Kalli den Korb überreichte, sah sie ihn flehentlich an, aber nur für einen kurzen Augenblick.

Clemens' Blick forderte Kalli zum Gehen auf, doch Kalli ließ sich nicht beirren. Nicht mit ihm, schließlich hatte er noch eine Mission zu erfüllen. »Du, Clemens«, hob er langsam an, »hast du einen Augenblick Zeit?« In Clemens' Augen blitzte es kurz auf, denn er wollte eigentlich Kalli so fix wie möglich loswerden. Nun gut, dann spielte er dieses Spiel eben mit. »Aber für dich doch immer. Was kann ich für dich tun?«, wollte er überfreundlich wissen. In diesem Moment fing Iwan leise an zu winseln. »Ich glaube, er sucht deinen Hund. Wo steckt der denn? Sonst kommt der doch immer gleich angeschossen?«, fragte Kalli interessiert und sah sich suchend um. »Den musste ich bei Bekannten lassen, ging nicht mehr mit den Kindern«, antwortete Clemens knapp. Kalli war perplex, denn der Hund war das friedlichste und kinderliebste Tier, das er kannte. Clemens Antwort stank heftig nach einer blöden Ausrede. Clemens scharrte ungeduldig mit den Füßen. Kalli kam wieder zum Punkt. »Clemens, ich brauche unbedingt schnell was zum Hochzeitstag. Hab das mal wieder vergessen, und Marta ist richtig sauer geworden. Hast du nicht was Flottes in deiner Werkstatt stehen?«, legte Kalli los. Clemens wischte sein aufkeimendes Misstrauen zur Seite und dirigierte Kalli hinüber zur Werkstatt. »Da wird sich sicherlich etwas finden«, meinte er zuversichtlich. »An was hast du denn gedacht?« Kalli holte tief Luft, jetzt musste er aufpassen, was er sagte. »Wenn es nach Marta ginge, dann hätte sie gern so eine Figur, wie sie im Schloss Gottorf zu sehen sind. Eine davon ist ja geklaut worden. Hast schon gehört, die kriegen eine neue seltene. Vielleicht sollte ich die dann klauen!«, lachte Kalli vergnügt. Clemens war bei der Erwähnung der gestohlenen Bronze blass geworden. Wieso kam Kalli auf diese Bronze zu sprechen? Wieso tauchte er genau heute hier auf? Clemens' Gedanken begannen zu rasen. »Aber so was kommt mir nicht ins Haus, viel zu hässlich. So, was hast du nun im Angebot?« Clemens hatte sich wieder gefasst und schmunzelte über Kalli. Dieser Bauer war einfach zu dämlich, konnte nicht mal eine wertvolle Bronze von einer getöpferten Vase unterscheiden. Dass Clemens bei der Erwähnung der gestohlenen Bronze kurz gezögert hatte, war Kalli nicht entgangen.

In der Werkstatt standen diverse Vasen, Krüge und sonstige Keramiken auf den langen Regalen. Kalli schaute sich unschlüssig um, bis er auf eine ihm geeignete kleine Vase zeigte. Mit ausgetrecktem Zeigefinger zeigte er darauf. »Die Form gefällt mir«, sagte er zu Clemens. Dieser war sichtlich erfreut, dass Kalli so schnell fündig geworden war, umso schneller war er ihn wieder los. Clemens riss einen Bogen Papier aus einer Kiste und wollte die auserwählte Vase darin rasch einwickeln. Doch er hatte sich zu früh gefreut, denn Kalli bremste ihn geschickt aus. »Wie gesagt, die Form ist schon richtig, aber dieser Farbton geht gar nicht!«, mäkelte er herum. Clemens ließ fassungslos das Einwickelpapier sinken. Ärger machte sich in ihm breit. Was sollte das denn jetzt? Seit wann kannte sich dieser Bauer mit Farbtönen aus? Lächerlich!, dachte er leicht angefressen. »An was hattest du denn genau gedacht?«, presste er mühsam beherrscht zwischen seinen Zähnen heraus. Kalli hatte bereits Spaß an seiner Aufgabe und genoss es, Clemens langsam in Fahrt zu bringen. Unschlüssig sah er von einem Regal zum anderen, denn mit Farbtönen hatte er wirklich nichts am Hut, und so schwieg er erst einmal. Clemens holte tief Luft und zählte innerlich bis zehn, um sich zu beruhigen. »Na, so, wie soll ich sagen, na mehr so bläulich vielleicht?«, fragte Kalli hoffnungsvoll. »Ja, nee, ich weiß nicht so recht. Vielleicht doch lieber was Gelbes?«, murmelte er halblaut vor sich hin. Clemens kochte. »Was hältst du denn von einem blau-gelben Muster?«, schlug Clemens ungeduldig vor. Kalli schwieg erneut und konnte sich offenbar nicht entscheiden. Aus den Augenwinkeln beobachtete er amüsiert Clemens. Dieser schien kurz vorm Ausrasten zu sein, wie er zufrieden registrierte. Clemens stand unter immensem Zeitdruck, und dieser Idiot konnte sich nicht entscheiden. Entschieden kramte er eine kleine gelbe Vase mit blauen Punkten hervor und hielt diese Kalli vor die Nase. Kalli lenkte ein. »Na gut, dann eben blau-gelb. Kann ich die Vase morgen früh bei dir abholen?«, sagte Kalli und sah ihn fragend an. Grinste Kalli etwa? Clemens sah ihn misstrauisch von der Seite an und geriet jetzt richtig in Wallung. »Morgen früh geht nicht, da habe ich einen wichtigen Termin! Morgen Abend passt mir besser. So, war's das jetzt?«, bestimmte Clemens mit leichter Ungeduld. Kalli stimmte dem Termin zu, und ehe er sich versah, stand er auch schon vor der Tür. Clemens schloss die Werkstatttür hinter sich ab. »Kalli, nichts für ungut, aber ich habe noch reichlich zu tun!«, rief er und verschwand rasch im Haus, bevor Kalli es sich noch anders überlegen könnte.

Kalli pfiff nach Iwan, der noch immer verzweifelt nach Clemens' Hund suchte. Gemeinsam machten sie sich auf den Weg nach Hause. Kalli war hoch zufrieden mit sich selbst, alles war wie geplant abgelaufen. Sörensen, Nielsen und Marta saßen in der Küche bei einer Tasse Kaffee und warteten schon unruhig darauf, dass Kalli zurückkehrte. Die Haustür fiel laut ins Schloss, und drei Köpfe drehten sich synchron um. »Und, wie ist die Lage bei Clemens Lassen?«, wollte Sörensen von seinem Bruder wissen. Doch bevor Kalli antworten konnte, grätschte Marta ihm dazwischen. »Wie geht es Anna, ist sie in Ordnung?«, fragte sie voller Sorge. Kallis Miene verdunkelte sich, und er berichtete, dass Anna völlig verheult gewesen war und dass sie blaue Flecken an den Handgelenken und Armen gehabt hatte. »Sie hatte die Ärmel ihrer Strickjacke hochgeschoben, aber als sie mich sah, hat sie diese fix wieder runtergerollt. Das hätte ich nicht von Clemens gedacht, dass der seine Frau so hart anpackt!«, sagte Kalli schockiert. Marta war aufgesprungen, und hätte Sörensen sie nicht zurückgehalten, wäre sie schnurstracks zu Clemens marschiert und hätte ihm auf der Stelle den Hals umgedreht. »Marta, Kalli, ihr haltet euch ab sofort von der Familie Lassen fern! Das ist eine polizeiliche Anordnung!«, befahl Sörensen ernst. Doch Marta protestierte. »Was ist mit der Sicherheit von Anna und den Kindern? Ihr müsst da unbedingt eingreifen!«, fuhr sie hoch. »Wir haben ein Auge auf die Familie, aber solang wir nichts Greifbares an Beweisen haben, können wir nichts tun. Clemens haben wir auf dem Schirm und lassen ihn nicht aus den Augen. Versprochen!«, beruhigte er seine Schwägerin. Marta nickte.

Ein merkwürdiges Geräusch aus dem Wohnzimmer ließ die kleine Gesellschaft zusammenzucken. Die Kripobeamten und die Sörensens sahen sich fragend an und konnten sich darauf keinen Reim machen. Dann schlug sich Marta lachend an die Stirn. »Pastor Gutbier! Den habe ich ja total vergessen!«, rief sie aus und öffnete die Tür zum Wohnzimmer. Gutbier saß bester Laune am Tisch und strahlte sie mit glasigen Augen an. Marta warf einen besorgten Blick auf die Kömbuddel und bemerkte, dass der Pegel in der Flasche reichlich gesunken war. Bei Gutbier war er dagegen ziemlich in die Höhe geschossen. Tadelnd schüttelte sie ihren Kopf in Gutbiers Richtung. Schwankend erhob sich der Pastor von seinem Platz und wollte sich auf den Heimweg machen. Sörensen und Nielsen nahmen ihn vorsorglich in die Mitte und versprachen Marta, dass sie polizeilichen Geleitschutz geben würden, damit er sicher nach Hause kam. Kalli sah ihnen mit einem breiten Grinsen hinterher. Der gut gelaunte Pastor wurde kurzerhand im Auto der Kripobeamten verstaut und auf schnellstem Weg nach Hause gebracht.

Nachdem Clemens Kalli endlich losgeworden war, dachte er fieberhaft darüber nach, wie er die Sicherheitspläne von Sven in die Finger bekommen konnte. Ohne die Pläne war er vollkommen aufgeschmissen, ohne die kam er nicht ins Schloss Gottorf. Diese Pläne musste er unbedingt in seinen Besitz bringen, egal wie! Clemens erinnerte sich vage daran, dass Sven erwähnt hatte, dass er die Pläne gut in seinem Büro versteckt hatte. Aber wo genau, das wusste Clemens nicht. Es war zum Verrücktwerden, übermorgen wurde die neue Bronze zur Besichtigung freigegeben. Dann würde es dort nur so von Polizeibeamten wimmeln, was den Raub der Bronze so gut wie unmöglich machte. Aus sicherer Quelle hatte er in Erfahrung gebracht, dass die Bronze bis zur Präsentation in einem Lager im Schlosskeller verwahrt wurde. Das machte die Sache zwar nicht leichter, aber das war für Clemens die Chance, relativ schnell und ungefährlich an die Bronze zu kommen. Clemens' Kunde, der Kunstsammler, hatte erneut vor einer Stunde angerufen und gewaltig Druck gemacht. Kurz dachte er darüber nach, Lisa um Erlaubnis zu bitten, dass er sich in Svens Büro umsehen durfte. Aber was sollte er ihr als plausible Begründung angeben? Lisa würde ihm nicht von der Seite weichen und unbequeme Fragen stellen. Vielleicht würde sie sogar die Polizei darüber informieren. Also wurde diese

Idee rasch wieder verworfen. Es gab somit nur eine Möglichkeit, an die Pläne zu gelangen, er würde heute Nacht heimlich in Svens Büro einsteigen müssen. Clemens freundete sich immer mehr mit dem Gedanken an und bereitete sich auf sein nächtliches Abenteuer vor. Anna hatte er im Griff, die würde keine Mätzchen machen oder blöde Fragen stellen, wenn er heute Nacht außer Haus war.

Anna stand in der Küche und bereitete das Abendessen vor. Als Clemens leise die Küche betrat, fuhr sie zusammen und sah sich ängstlich um. Bei Clemens' letztem cholerischen Ausbruch war er das erste Mal ihr gegenüber handgreiflich geworden. Ein Umstand, der Anna förmlich den Boden unter den Füßen weggerissen hatte. Clemens näherte sich ihr und strich ihr zärtlich übers Haar, zog sie an sich und flüsterte ihr kaum hörbar ins Ohr: »Du weißt, was ich von dir erwarte. Mach bloß keinen Fehler und halte deinen Mund. Halt dich von Lisa und den Sörensens fern. Verstanden?« Um seinen Worten genug Nachdruck zu verleihen, packte er sie brutal am Nacken und bog ihren Kopf zu sich nach hinten. Mit schmerzverzerrtem Gesicht nickte Anna panisch, dass sie sehr wohl verstanden hatte. Clemens entspannte sich und gab sie wieder frei, dabei strich er ihr besitzergreifend über den Hintern. Annas Angst törnte ihn in diesem Moment gewaltig an, aber dafür war später noch genug Zeit. »Bis später, ich kann es kaum erwarten!«, keuchte er ihr heiser ins Ohr. Annas ganzer Körper verkrampfte sich. Das war definitiv nicht mehr der Mann, den sie geliebt hatte. Zu Annas großer Erleichterung verließ Clemens das Haus und verschwand in der Werkstatt. Dort blieb er, bis es dunkel wurde. Beunruhigt fragte er sich, ob die Polizei draußen auf der Lauer lag, aber dieses Risiko musste er eingehen. Kurz nach 20 Uhr ging er ins

Haus zurück. Die Kinder lagen im Bett und schliefen tief und fest, wie er auf seinem Kontrollgang durch die Zimmer zufrieden feststellte. Auch Anna hatte sich ins Bett zurückgezogen. Clemens huschte ins Bad und zog sich komplett um, sodass er von Kopf bis Fuß schwarz gekleidet war. So konnte er perfekt mit der Dunkelheit verschmelzen und war so gut wie unsichtbar. Bevor er das Haus verließ, schaute er nochmals nach Anna, die zu schlafen schien. Schlaf du ruhig, denn wenn ich zurück bin, wirst du nicht mehr zum Schlafen kommen, dachte er lüstern und verließ das Haus durch eine kleine Hintertür. Am späten Nachmittag hatte er vorsorglich sein Fahrrad hinter dem Haus im verwilderten Garten versteckt. Dieses zog er jetzt leise aus einem Graben, schob es vorsichtig durch Büsche und Gestrüpp hinauf zu einem kleinen Feldweg.

-42-

Mittlerweile war es stockdunkel geworden, und seine Rechnung mit der schwarzen Kleidung ging voll auf. Leise und geschickt schwang er sich aufs Rad und radelte in der Dunkelheit davon. Wie Clemens richtig vermutet hatte, observierte ein Polizeibeamter sein Haus. Dieser saß gut getarnt in einem der Knicks, die das Grundstück umsäumten. Sörensen hatte keinen Beamten der Flensburger Polizei für diesen Job bekommen, denn Petersen hatte sich mal wieder, wie so oft, quergelegt. Er sah in dieser Observation keinen Sinn, das war nur reine Geldverschwendung in seinen Augen. Also hatte Sörensen kurzerhand den Dorfpolizisten Clasen aus Flintby dazu verdonnert, Clemens' Haus im Auge zu behalten und alle Aktivitäten zu notieren. Er war der festen Meinung, dass Clasen damit nicht überfordert wäre. Mit einer Thermoskanne mit schwarzem starkem Kaffee und einer gut gefüllten Brotdose hatte der seinen Posten im Knick bezogen und das Haus nicht mehr aus den Augen gelassen. Unglücklicherweise saß er so positioniert, dass er nur die Vorderseite im Blick hatte. Nachdem Clemens im Haus verschwunden war und kurz darauf das Licht erlosch, gönnte sich Clasen erst einmal einen kleinen Imbiss. Schließlich war die Nacht noch lang genug. Herzhaft biss er in eine Schinkenstulle, kaute genüsslich und spülte alles mit heißem Kaffee herunter. Zwischen zwei Bissen starrte er zum Haus hinüber, aber dort rührte sich nichts mehr. Clasen wunderte sich etwas darüber, dass die Familie Lassen schon so zeitig zu Bett ging. Aber egal, was ging es ihn an.

Währenddessen glitt Clemens lautlos und ungesehen durch die Dunkelheit. Als er sich dem Haus von Sven Kaiser näherte, stieg er leise vom Rad ab und schob es hinter eine Hecke, sodass es von der Straße nicht zu sehen war. Die letzten Meter schlich er geduckt im Schutze der Dunkelheit. Dann stand er vor Lisas Hintertür, die nur mit einem billigen Schloss gesichert war. Ein kurzer Ruck mit dem Schraubenzieher, und das Schloss gab den Widerstand auf. Clemens horchte in die Stille, aber es war alles ruhig und friedlich. Lisa und die Kinder schienen zu schlafen. Geschmeidig glitt er ins Haus und schlich geräuschlos bis zum Büro. Seit Svens Tod stand die Tür offen, Sven jedoch hatte sie stets verschlossen gehalten. Dass die Tür nun offen war, passte Clemens bestens in den Kram. Er stand mitten im Büro, sah sich suchend um und überlegte fieberhaft, wo Sven die Pläne versteckt haben könnte. Der Strahl seiner kleinen Taschenlampe huschte hektisch umher. Clemens hoffte inständig, dass die Polizei sie nicht gefunden und mitgenommen hatte. Schubladen wurden herausgerissen und durchwühlt, aber ohne Resultat. »Verdammter Mist!«, fluchte Clemens leise. Irgendwo mussten diese verdammten Pläne doch sein. Kritisch sah er sich den Raum nochmals genau an, und sein Blick blieb an einer Zeichnung von Svens ältestem Sohn hängen. Ein Grinsen huschte über das Gesicht von Clemens. Vorsichtig nahm er das gerahmte Bild von der Wand und drehte es um. Er öffnete die Rückseite, zog das Passepartout heraus und fand die Pläne dahinter versteckt. Dabei glitt ihm die Glasscheibe aus der Hand und zerbrach auf dem Holzboden. Clemens zuckte zusammen und horchte angestrengt in die Stille. Er wagte kaum zu atmen und stand angespannt stocksteif im Raum. Das Klirren von Glas hatte Lisa aus dem Schlaf geschreckt. Aufrecht saß sie im Bett und lauschte auf weitere Geräusche. Eines der Kinder musste in der Küche zugange sein, schlussfolgerte sie schlaftrunken und krabbelte aus dem Bett. Umständlich fuhr sie in ihre Pantoffel, fischte ihren Morgenmantel vom Boden hoch und machte sich auf den Weg nach unten. Clemens hatte das Quietschen der Schlafzimmertür und leise Schritte auf der Treppe gehört. Hektisch löschte er seine Taschenlampe, doch Lisa hatte den Schein der Lampe bereits gesehen. Schlagartig war sie hellwach, das war keines ihrer Kinder dort unten. Ein Einbrecher!, durchschoss es sie. Lisa schnappte sich einen Schirm aus dem im Flur stehenden Schirmständer, holte tief Luft und marschierte mit weichen Knien in die Richtung, von wo der Lichtschein gekommen war. Die Bürotür stand sperrangelweit offen, und überall lagen herausgerissene Schubladen und Papiere. Der Schatten einer Person zeichnete sich schemenhaft ab, und Lisa eilte zum Telefon. Doch bevor sie die Nummer der Polizei wählen konnte, wurde sie niedergeschlagen. Eine Faust sauste auf sie herunter. Dann war alles schwarz vor ihren Augen und sie sank bewusstlos zu Boden. »Tut mir leid, Lisa, hättest im Bett bleiben sollen!«, murmelte Clemens verächtlich, trat über Lisas Körper hinweg und riss die Telefonschnur aus der Buchse. Er horchte noch mal in die Stille und verschwand durch die Hintertür hinaus in die Dunkelheit.

Clemens war mit sich hoch zufrieden, er hatte die Pläne, und somit stand ihm nichts mehr im Wege. Heftig in die Pedale tretend, machte er sich auf den Weg nach Hause. Genauso, wie er heimlich sein Haus verlassen hatte, betrat er es auch wieder. Clasen draußen im Knick bekam von Clemens' nächtlichem Ausflug nichts mit. Clemens sah hinüber zur Schlafzimmertür, hinter der Anna schlief. Anna, die ihren Mann hatte hören kommen, betete, dass er im Gästezimmer schlafen würde. Ein diabolisches Grinsen überzog Clemens' Gesicht, und er eilte ins Bad, wo er sich komplett auszog. Völlig nackt betrat er das Schlafzimmer und kroch zu Anna ins Bett. Anna hatte ihren Mann das Schlafzimmer betreten gehört und sich schlafend gestellt. Doch als er nun ins Bett glitt und sie gierig und fordernd betatschte, erstarrte sie zur Salzsäule, und Tränen liefen über ihr Gesicht. Sie ahnte, was jetzt passieren würde.

Lisas Angreifer war schon längst über alle Berge, als sie wieder zu sich kam. Blut lief ihr übers Gesicht, und sie hatte höllische Schmerzen. Vorsichtig tastete sie sich an den Kopf, und als sie die Hand zurückzog, war diese blutverschmiert. Mühsam und unter Schmerzen zog sie sich an einer Kommode hoch, bis sie auf ihren wackeligen Beinen zu stehen kam. Sie hob ihren Kopf, doch sofort tanzten bunte Sterne vor ihren Augen, und alles begann sich zu drehen. Blut lief ihr in den Mund, und sie begann zu würgen. Was sie dringend brauchte, war schnelle Hilfe und Unterstützung. Ob der Täter noch im Haus war? Lisa sah sich langsam um, aber es schien niemand Fremdes im Haus zu sein. Lisa konnte kaum einen klaren Gedanken fassen. Sie nahm das Telefon vom Boden auf, aber es war tot. Ihr Blick fiel auf die herausgerissene Leitung. Panisch suchte sie nach ihrem Handy, was sie schließlich in der Küche fand. In ihrer Not wählte sie die Nummer ihrer Freundin Anna Lassen. Sie ließ es mehrmals klingeln, aber niemand ging ans Telefon. Anna hätte ihr sofort zur Seite gestanden, aber diese befand sich selbst in Schwierigkeiten, was Lisa natürlich nicht wissen konnte. Verzweiflung und Panik machten sich in Lisa breit. Sie fand Sörensens Visitenkarte auf dem Boden neben der Kommode und rief seine Nummer im Präsidium an. Es meldete sich ein Beamter des Nachtdienstes. Er hatte große Schwierigkeiten, Lisa zu verstehen. Nach mehrmaligen Nachfragen bekam er ihre Adresse heraus und schickte umgehend einen Rettungswagen dorthin. Dann klingelte er Sörensen aus dem Bett, denn Lisa hatte immer wieder nach Sörensen verlangt. Mittlerweile war es 2 Uhr morgens, und Sörensen war alles andere als begeistert über diese nächtliche Störung. Doch bei dem Namen Lisa Kaiser war er schlagartig hellwach und versprach, sich sofort auf den Weg zu machen. Innerhalb von zehn Minuten war er abmarschbereit und raste durch die leer gefegten nächtlichen Straßen nach Hattlund.

Fast zeitgleich mit dem Rettungswagen traf er bei Lisa ein. Die Sanitäter waren gerade dabei, Lisa notdürftig zu verarzten. Sie war furchtbar zugerichtet. Eine große klaffende Platzwunde am Hinterkopf und zahlreiche Blutergüsse im Gesicht zeugten von brutaler Gewalteinwirkung. Sörensen musste warten, bevor er Lisa zum Geschehen befragen konnte, und so sah er sich in dem angrenzenden Zimmer um. Sein Blick fiel auf zwei kleine Kinder, die zusammengekauert in einer Ecke saßen und ihn mit großen angstvollen Augen anstarrten. Die Kinder mussten hier sofort raus, war Sörensens erster Gedanke. Er handelte, indem er das kleinste Kind auf den Arm und das ältere Kind an die Hand nahm und sie rasch raus aus dem Blickfeld ihrer Mutter brachte. Das hier war nun wirklich nichts für Kinderaugen. Der Notarzt kam herein und berichtete, dass Lisa unbedingt ins Krankenhaus müsste, sie sich aber wegen der Kinder vehement weigerte. Sörensen setzte beide Kinder auf ein Sofa, wickelte sie in eine warme Decke und versprach, sofort wiederzukommen. Lisa lag auf der Trage und protestierte schwach. Sörensen sah mit einem Blick, dass es ihr nicht gut ging. »Frau Kaiser, Sie fahren jetzt mit ins Krankenhaus. Für Ihre Kinder wird gesorgt, das verspreche ich Ihnen. Können Sie mir kurz sagen, was genau passiert ist?«, wollte er leise wissen. Mit verwaschener Stimme nuschelte Lisa etwas unzusammenhängend, was ihr passiert war. Der Notarzt begann zu drängeln, und Sörensen ließ Lisa ins Krankenhaus nach Flensburg fahren. Was machte er jetzt mit den Kindern? Beim Jugendamt würde er um diese Uhrzeit wohl niemanden so schnell erreichen. Also klingelte er kurzerhand seine Schwägerin Marta aus dem Bett und schilderte ihr kurz die Lage. Sie erklärte sich sofort bereit, sich der Kinder anzunehmen.

Das Knallen von Autotüren war zu hören, und Nielsen und die Spurensicherung betraten den Tatort. Nielsen, der wegen der frühen Tageszeit gewaltig schlechte Laune hatte, wollte sofort losmotzen. Doch Sörensen zeigte auf die verängstigten Kinder, und Nielsen riss sich am Riemen. »Ich bringe die Lütten rüber zu Kalli und Marta. Das Jugendamt kann sich morgen um sie kümmern«, raunte er Nielsen zu. Dieser nickte verständnisvoll und half seinem Kollegen, die Kinder im Auto zu verstauen. Die dreijährige Mia hatte sich auf Sörensens Arm zusammengekuschelt, und ihr fielen vor Müdigkeit die Augen zu. Der siebenjährige Mads jedoch war vollkommen überdreht und hüpfte an Nielsens Hand wie ein Gummiball auf und ab. Sörensen legte die nun mittlerweile fest eingeschlafene Mia vorsichtig auf den Rücksitz und setzte Mads neben seine Schwester. Zehn Minuten später fuhr er auf den Hof der Sörensens, wo er bereits aufgeregt von Kalli und Marta erwartet wurde. Die Kinder kannten die beiden schon von zahlreichen Besuchen auf dem Hof. Deshalb ging Mads auch ohne Aufstand zu machen mit Kalli ins Haus. Marta trug die tief und fest schlafende Mia vorsichtig hinterher. »Sag Anna, dass sie sich keine Sorgen machen soll. Wir passen gut auf die Lütten auf«, flüsterte sie Sörensen zu. Dieser nickte ihr dankbar zu. Hastig verabschiedete er sich und sprang ins Auto. Zurück ging es an den Tatort in Hattlund, wo er schon von Nielsen erwartet wurde. »Das ist schon merkwürdig, der Täter muss hier im Büro etwas Bestimmtes gesucht haben. Etwas, was die Spurensicherung offenbar nicht gefunden hat. Nur dieser Raum ist durchwühlt

worden, alle anderen Räume sind unversehrt«, sagte Nielsen nachdenklich und sah sich erneut im Raum um. Dabei
blieb sein Blick an einem am Boden liegenden leeren Bilderrahmen hängen. Er bückte sich und hob ihn auf. »Das
Glas ist zerbrochen!«, stellte er fest. Er sah sich nach dem
Bild um, das im Bilderrahmen gesteckt hatte. Aber er fand
nichts Passendes. »Das Bild scheint verschwunden zu sein.
Ob es das war, was der Einbrecher gesucht hat?« Sörensen sah sich ebenfalls suchend um, konnte aber auch nichts
entdecken. Es schien wirklich so, dass der Einbrecher dieses Bild aus dem zerbrochenen Rahmen an sich genommen
hatte. Was war so wichtig an dem Bild, dass der Täter Lisa
deshalb so brutal niedergeschlagen hatte?

Kurz vor 4 Uhr packte die Spurensicherung ihre Siebensachen zusammen und räumte das Feld. Sörensen gähnte
herzhaft. »Komm, lass uns auch abhauen. Bringt nichts
hierzubleiben. Die Kollegen haben weder Fingerabdrücke
noch sonstige Spuren gefunden. Der Täter hat wohl Handschuhe getragen. Die Aussage von Lisa Kaiser könnte interessant werden, aber die lassen wir erst einmal in Ruhe. So,
ich denke, eine Mütze Schlaf wäre jetzt ganz gut!« Nielsen
stimmte hundemüde zu und fuhr kurz darauf davon. Sörensen schloss das Haus ab, setzte sich ins Auto und blieb noch
eine Weile sitzen. Er ließ die vergangenen Tage an sich vorüberziehen. In Gedanken ging er vier Jahre zurück zu dem
Überfall auf den Juwelier Jörgensen in Flensburg. Seinem
Bauchgefühl nach war das der Zeitpunkt, wo alles angefangen hatte. Müde versuchte er, seine Gedanken chronologisch
zu ordnen. Überfall Jörgensen, dann tauchte Margot Iwersen in Hattlund auf und wurde ermordet, dann der Mord
an Robert Lassen. Vor Kurzem der Raub im Schloss Gottorf und dann der Mord an Sven Kaiser. Zu guter Letzt jetzt

dieser Einbruch und der Überfall auf Lisa Kaiser. Er spürte förmlich, dass es eine Verbindung zwischen den Fällen gab. Zufall? Sörensen glaubte schon lange nicht mehr an Zufälle. Dass Robert Lassen und Sven Kaiser die beiden Täter vom Überfall auf den Juwelier waren, das war für Sörensen mittlerweile klar. Dass Margot Iwersen mit von der Partie gewesen war, war bewiesen. Mit ihrem Auftauchen in Hattlund hatte sie einen Stein ins Rollen gebracht. Aber welchen? Und wie passte Clemens da hinein? Sörensen hatte ihn im Verdacht, der geheimnisvolle Kunstdieb zu sein. Zusammen mit Sven Kaiser? Der hatte schließlich das fachliche Know-how gehabt. Aber dieser Clemens Lassen war aalglatt und nicht zu fassen. Der ließ sich nicht in die Karten gucken. Wie hing das alles nur zusammen? Diese Fragen quälten Sörensen gewaltig. Erschöpft warf er den Motor an und fuhr nach Hause. Durch ein paar Stunden Schlaf hoffte er, einen klaren Kopf zu bekommen.

-43-

Gegen 9 Uhr trudelten die Beamten, nach mehr oder weniger ausreichend Schlaf, im Büro ein. Zu ihrer Erleichterung war ihr Vorgesetzter Petersen noch nicht im Haus, und sie konnten sich ohne seine Gegenwart ganz entspannt auf die nächtlichen Ereignisse konzentrieren. Sörensen sah auf die Uhr und beschloss, Lisa Kaiser im Laufe des Vormittags im Krankenhaus aufzusuchen. Sie war die einzige Zeugin, und er hoffte, dass sie etwas zur Aufklärung beitragen konnte. Nielsen hatte den leeren Bilderrahmen aus Svens Büro vor sich auf dem Schreibtisch liegen. »Ich möchte zu gern wissen, was in diesem Rahmen so Wichtiges gesteckt hat. Lass uns doch mal hören, was Frau Kaiser dazu zu sagen hat!«, rief er, schnappte sich den leeren Rahmen, und zusammen machten sie sich auf den Weg ins Flensburger *Diakonissen Krankenhaus*.

Lisa Kaiser lag währenddessen in ihrem Bett und hatte soeben erneut ein Schmerz- und Beruhigungsmittel bekommen, damit sie endlich zur Ruhe kam. Ihr Kopf schmerzte, und sie machte sich große Sorgen um Mia und Mads. Sie wusste sie zwar gut aufgehoben bei Marta Sörensen, aber trotzdem kam sie vor Sorge fast um. Lisa zermarterte sich das Gehirn, was der Einbrecher in Svens Büro gesucht hatte. Es gab dort weder Bargeld noch sonstige Wertgegenstände, beides hatte es im ganzen Haus nie gegeben. Der Einbrecher musste sich ganz einfach im Haus geirrt haben, redete sie sich ein. Wie sollte sie nur ohne Svens Hilfe zurechtkommen? Warum war Anna ihr nicht zu Hilfe gekommen? Normalerweise konnte Lisa Anna zu jeder Tages- und Nachtzeit anrufen, und sie stand sofort auf der Matte, so wie nach Svens Tod. Ob Clemens etwas damit zu tun hatte? Anna hatte vor einiger Zeit angedeutet, dass Clemens sich mehr und mehr negativ veränderte und sie sich nicht mehr wohlfühlte in seiner Nähe. In Lisa Kopf schwirrten 1.000 Gedanken herum, und sie war dankbar, als das Beruhigungsmittel zu wirken begann. Eine bleierne Müdigkeit überfiel sie und ließ sie alle Sorgen und Nöte vergessen.

Sörensen und sein Kollege betraten das Krankenhaus und fragten an der Rezeption nach der Station und Zimmernummer von Lisa Kaiser. Die Frau an der Rezeption erwies sich als harter Brocken, die nicht so einfach Auskunft über die ihr anvertrauten Patienten gab. »Gehören Sie zur Familie?«, schnarrte sie Sörensen an und musterte ihn missbilligend von oben bis unten. »Könnte man so sagen!«, konterte Sörensen knapp und hielt der Frau seinen Dienstausweis unter die Nase. Doch so leicht gab sich Frau Linke, wie Sörensen anhand ihres Namensschildes herausgefunden hatte, nicht klein bei. Sie griff zum Telefon und ließ sich mit der Station, auf der Lisa Kaiser lag, verbinden. Ein kurzer Schlagabtausch am Telefon, und sie widmete sich wieder Sörensen. Allerdings nicht so, wie erwartet. »Ich denke, dass Sie später noch mal vorbeikommen sollten. Frau Kaiser hat ein Beruhigungsmittel bekommen und braucht nun Ruhe!«, bestimmte sie, ließ die Beamten stehen und wollte sich wieder ihrer Arbeit zuwenden. Sörensen, der letzte Nacht kaum Schlaf gefunden hatte, war dementsprechend gerädert, und seine Laune war kurz vor dem Nullpunkt. Er zählte leise bis drei. »Sie sagen mir sofort die Station und Zimmernummer von Frau Kaiser!«, knurrte er sie leise an. Frau Linke sah ihn reichlich pikiert an und kniff ihre Lippen zu einem schmalen Strich zusammen. »Wie ich Ihnen bereits gesagt habe, Frau Kaiser braucht Ruhe!« Sörensen glaubte, nicht richtig zu hören. Was bildete sich diese aufgeblasene Schnepfe eigentlich ein? »Wir sind hier nicht zum Spaß, also wenn ich Sie bitten darf …! Es sei denn, Sie wollen, dass ich Ihren Vorgesetzten unterrichte!« Frau Linke lief dunkelrot an und fauchte Sörensen die Station nebst Zimmernummer über den Tresen zu. Dann drehte sie sich abrupt um und ließ Sörensen stehen. In ihren Augen war er damit entlassen. Nielsen grinste. »Mal was ganz Neues, dass eine Frau deinem Charme widersteht!« Sörensens Laune war aufgrund von Frau Linke nun vollkommen im Keller, und er quittierte Nielsens flotten Spruch mit einem giftigen Blick.

Der Fahrstuhl brachte sie schnell und fast geräuschlos in die dritte Etage. Nach kurzer Suche fanden sie das richtige Zimmer, und Nielsen klopfte an. Sie warteten einen Moment und betraten dann leise das Zimmer. Lisa Kaiser lag blass und zerbrechlich im Bett und schien zu schlafen. Um ihren Kopf war ein dicker Verband gewickelt, und ein tiefblaues Veilchen verunzierte ihr blasses Gesicht. Beim Geräusch der sich öffnenden Tür schlug sie ihre Augen auf und erkannte Sörensen. Ruhelos flackerten ihre Augen von Sörensen zu Nielsen und zurück. »Moin, Frau Kaiser. Fühlen Sie sich in der Lage, uns ein paar Fragen zu beantworten?«, fragte Sörensen sie leise. Er zog einen Stuhl heran und setzte sich neben Lisas Bett. »Was ist mit Mads und Mia?«, fuhr Lisa voller Unruhe hoch. »Den beiden geht es gut! Marta und Kalli passen auf sie auf«, beruhigte Sörensen sie. Beruhigt sank Lisa zurück in ihr Kissen. »Was ist letzte Nacht passiert?«, wurde sie leise von Nielsen gefragt. Lisa schloss kurz die Augen und atmete tief ein. »Ich habe Glas zerbrechen hören und bin davon aufgewacht. Ich dachte, dass Mads oder Mia in der Küche zugange waren. Kinder können schon mal auf merkwürdige Ideen kommen. Ich bin dann runter, um nachzusehen. Alles war ruhig, bis eine Taschenlampe aufblitzte und ich versucht habe zu telefonieren. Dann hat mich was Hartes am Kopf getroffen, und ich bekam einen Faustschlag ins Gesicht. Ab da weiß ich nichts mehr«, fasste Lisa mit matter Stimme zusammen. »Haben Sie den Täter sehen können oder hat er was gesagt?«, hakte

Sörensen nach. Lisa schüttelte vorsichtig ihren Kopf, was sie auch sofort bereute, denn ein stechender Schmerz schoss hoch. Nielsen mischte sich ein und hielt den leeren Bilderrahmen in die Höhe. »Können Sie mir sagen, was für ein Bild im Rahmen war?« Lisa sah ihn verblüfft an. »Da war eine eingerahmte Buntstiftzeichnung von Mads, die hatte sich Sven in sein Büro gehängt, also nichts Wertvolles«, verriet Lisa den Beamten ratlos. »Warum fragen Sie danach?« »Nun, das Bild ist nicht auffindbar. Es sieht fast so aus, als hätte der Einbrecher es mitgenommen. Waren Bargeld oder andere Wertgegenstände im Haus?«, wollte Nielsen von ihr wissen. Ein schwaches Lächeln huschte über Lisas Gesicht. »Weder das eine noch das andere! Wir haben keine Reichtümer, wir kommen mal so über die Runden«, klärte sie die erstaunten Beamten auf. »Was könnte der Einbrecher Ihrer Meinung nach gesucht haben?«, fragte Sörensen und sah Lisa ernst an. »Vielleicht die Beute aus dem Überfall, an dem Ihr Mann vor gut vier Jahren beteiligt war?« Lisa sah Sörensen an, als hätte er nicht alle Latten am Zaun, und richtete sich halb auf im Bett. »Wovon reden Sie? Was für ein Überfall? Sie müssen sich irren!« Erschöpft sank sie zurück in ihr Kissen und schloss wieder die Augen. Sörensen ließ es fürs Erste gut sein. »Gut, Frau Kaiser, ich lasse Sie jetzt in Ruhe. Gute Besserung, und wir melden uns wieder bei Ihnen«, verabschiedeten sich Sörensen und Nielsen und wollten gehen. Lisa riss ihre Augen auf und setzte sich umständlich auf. »Was ist mit Mads und Mia?«, wollte sie erneut wissen. »Machen Sie sich keine Sorgen. Wie gesagt, die beiden sind in guten Händen bei Marta und Kalli, bis Sie wieder auf den Beinen sind«, beruhigte Sörensen sie. Lisa fiel stöhnend zurück ins Kissen. »Dann ist es ja gut!«, murmelte sie kaum hörbar.

Die Beamten verließen leise das Zimmer. Draußen vor der Zimmertür blieb Nielsen stehen. »Glaubst du ihr, dass sie wirklich nichts von dem Überfall weiß?« Sörensen dachte schweigend über Nielsens Frage nach. »Gute Frage, aber ich denke schon, dass sie etwas weiß. Was hatte Anna Lassen noch über Sven gesagt? Sven Lassen hatte alles geregelt und sie regelrecht abgeschottet. Lisa war nur für die Kinder und den Haushalt da. Aber sie hatte es so akzeptiert und war zufrieden damit. Das Leben wird für sie ohne ihren Mann nicht leicht werden. Was wir brauchen, ist ein völlig neuer Ansatz. Dieser Clemens Lassen steht bei mir immer noch ganz oben auf der Liste, wir müssen uns komplett auf ihn konzentrieren. Im Moment ist der unsere einzige halbwegs brauchbare Spur, aber noch können wir ihn nicht festnageln. Mal hören, was unser geheimer Wachposten Clasen zu berichten hat.«

Für Anna Lassen war die letzte Nacht eine einzige Tortur gewesen. Als Clemens zu ihr ins Bett geschlüpft war, hatte sie sich schlafend gestellt, was Clemens aber leider nicht von seinem Vorhaben abhielt. Gierig wanderten seine Hände über ihren Körper, und er flüsterte ihr Dinge ins Ohr, was er alles mit ihr vorhatte. Worte, die sie völlig in Panik versetzten. »Los, runter mit den Klamotten, ich weiß genau, dass du wach bist!«, grunzte er lüstern. Anna bewegte sich nicht und wagte kaum zu atmen. Das törnte Clemens offenbar erst recht an. Er riss ihr mit einer Hand das Nachthemd herunter, warf sich schweratmend auf sie und drang brutal in sie ein. Anna schrie vor Schmerz leise auf und versuchte, Clemens von sich zu schieben, aber er war ihr kräftemäßig überlegen. »Stell dich bloß nicht so an! Hast du wirklich gedacht, dass ich nichts von Sven und dir gewusst habe? Das wirst du mir büßen, mein Täubchen«, knurrte er und küsste sie brutal. Anna war vor Angst wie betäubt, Clemens hatte die ganze Zeit von ihrer kurzen Affäre mit Sven gewusst? Ein schrecklicher Verdacht stieg in ihr hoch. Hatte Clemens etwa Sven umgebracht? Dann begann sie eins und eins zusammenzuzählen. Clemens' häufige nächtliche Unternehmungen. Regelmäßig am nächsten Tag fuhr er dann angeblich zu einem Töpfermarkt nach Dänemark. Anna hatte immer den vagen Verdacht gehabt, dass Clemens eine heimliche Geliebte in Dänemark hatte. Sie hatte ihn einmal vorsichtig darauf angesprochen, aber sofort hatte er einen cholerischen Anfall bekommen und den ganzen Abend getobt. Seitdem hatte sie nie wieder ein Wort darüber verloren. Doch jetzt sah sie ihn in einem ganz anderen Licht. Aber wenn er Sven getötet hatte, würde er sie auch umbringen? Doch Clemens hatte ganz andere Pläne mit ihr. Sie sollte nicht sterben, er wollte sie demütigen und ihren Willen komplett brechen. Das hier heute Nacht war nur ein kleiner Vorgeschmack von dem, was er noch vorhatte. Als er vor ein paar Wochen hinter Annas Geheimnis gekommen war, war er rasend vor Wut gewesen. Doch er hatte sich im Griff gehabt und sich nichts anmerken lassen. Er wartete auf seine Gelegenheit, Sven und Anna für ihren Verrat zu bestrafen. Nun war es soweit, erst Sven und jetzt Anna. Clemens fühlte sich unbesiegbar. Erst hatte er Sven aus Annas Leben entfernt, und Anna hatte ihm nun bedingungslos zu gehorchen und jederzeit zu Willen zu sein. Diese Blödmänner von der Polizei hatte er auch ausgetrickst. Anna hatte das Gefühl, dass diese Nacht nie ein Ende nahm. Stundenlang hatte Clemens sie misshandelt und missbraucht. Als er endlich von ihr abließ, liefen ihr die Tränen übers Gesicht. Ihr geschundener Körper schmerzte, und sie fühlte sich grenzenlos gedemütigt. Alles in ihr war tot. Sie registrierte, dass eines der Kinder aufgewacht war und die Treppe hinunterlief. Clemens hatte es auch gehört und sprang aus dem Bett. Er ging zum Fenster und sah hinaus, das, was er dort sah, amüsierte ihn grenzenlos. Wachtmeister Clasen krabbelte soeben steif und ungelenk aus einem der Knicks. Mit einer Thermoskanne unter dem Arm und einer Brotdose in der einen Hand stakste er steifbeinig davon. »Ich wusste es doch!«, murmelte Clemens leise und grinste. »Was für ein Idiot!« Dann drehte er sich zu Anna um. »Sieh zu, dass du hochkommst! Die Kinder warten auf ihr Frühstück!«, herrschte er sie an. Anna kroch stöhnend aus dem Bett, denn ihr malträtierter Körper schrie vor Schmerzen. Sie kam kaum auf die Beine und hielt sich am Bett fest. Doch Clemens kannte keine Gnade. »Geh duschen und mach, dass du in die Küche kommst!« Anna schleppte sich unter Clemens' hämischem Grinsen ins Bad. Sie stellte sich unter die Dusche und ließ heißes Wasser über ihren Körper laufen. Dabei weinte sie hemmungslos. Nur mit äußerster Willenskraft brachte sie es fertig, den Kindern das Frühstück zu machen und deren Brotdosen für die Schule und den Kindergarten fertigzumachen. Clemens ließ sie dabei nicht aus den Augen, er sah, wie ihre Hände zitterten, und wie sie versuchte, sich vor den Kindern nichts anmerken zu lassen. Man konnte genau sehen, wie er ihr Leid auskostete und genoss. Eine halbe Stunde später brachte Clemens die Jüngste höchstpersönlich in den Kindergarten und setzte den Großen vor der Schule ab. Anna saß zu Hause zusammengesunken auf einem Stuhl und überlegte krampfhaft, was sie tun sollte. Sollte sie Sörensen von ihrem Verdacht erzählen? Aber was brachte es, sie hatte keine Beweise und wäre dann Clemens' Aggression noch mehr ausgesetzt. Hoffentlich kam er nicht so schnell wieder.

Gegen Mittag befand sich Sörensen bei Polizeimeister Clasen, den alle im Dorf nur »Wachtmeister« nannten, in dessen Dienststelle. Clasen wirkte sichtlich übernächtigt, denn an Schlaf war nicht zu denken gewesen. Vor ihm stand ein großer Becher mit starkem schwarzem Kaffee. Er gähnte wieder herzhaft und hätte am liebsten kurz einmal seine Augen zugemacht. Aber unter Sörensens wachsamem Blick riss er sich am Riemen. »So, Clasen, nun erzählen Sie doch mal, was Sie letzte Nacht beobachtet haben!«, wurde er von Sörensen ermuntert. Clasen gähnte nochmals kräftig und suchte in seinem müden Hirn nach den richtigen Worten. »Tja«, begann er behäbig und rieb sich die müden Augen, »da gibt es nicht viel zu sagen. Die waren schon um 20.15 Uhr zu Bett. Das Licht war aus, und keiner hat danach das Haus verlassen. Ich habe die Haustür die ganze Zeit nicht aus den Augen gelassen.« Sörensen stutzte. »Nur die Haustür?«, hakte er misstrauisch nach, denn es schwante ihm Böses. »Was war mit der Hintertür zum Garten? Haben Sie die auch im Auge gehabt?« Clasen wurde blass, diese Tür hatte er schlicht und einfach vergessen. Die gesamte Nacht hatte er mehr oder weniger bequem im Knick gesessen und hatte sich nicht einen Zentimeter wegbewegt. Sörensen sah ihn fassungslos an, und Clasens Gesicht verfärbte sich dunkelrot. »Hab nicht dran gedacht!«, nuschelte er kaum hörbar. Aber Sörensen hatte es gehört. »Sie haben nicht daran gedacht, die Hintertür zu kontrollieren? Ich fasse es nicht! Clemens Lassen konnte also völlig ungesehen das Haus verlassen und ebenso wieder betreten? Und Sie haben nichts davon mitbekommen?«, polterte Sörensen ungehalten los. Von dieser

Observation hatte er sich einiges versprochen. Verdammt, er hätte besser auf Nielsen gehört und jemand Kompetenteren beauftragen sollen. Clasen machte sich so klein wie möglich. Am liebsten hätte er sich unter seinem Schreibtisch verkrochen. Mit einem lauten »Ich fasse es einfach nicht!« stürmte Sörensen wütend aus Clasens Dienststelle. Zurück blieb Clasen wie ein Häufchen Elend. Dass er seinen Auftrag so richtig vergeigt hatte, wurde ihm schmerzlich bewusst.

Sörensen sprang, außer sich vor Enttäuschung, in sein Auto und rief sofort Nielsen an. Clasen hatte von ihm die Chance erhalten zu zeigen, dass er ein verantwortungsvoller Polizeibeamter war. Und nun das! Die Observation war völlig in die Hose gegangen. »Dieser schusslige Clasen hat die Observation von Clemens Lassen vergeigt!«, knurrte er gereizt ins Telefon. »Alter, ich habe es dir doch noch gesagt! Wie hat Clasen das denn hingekriegt? Er sollte doch nur das Haus im Auge behalten«, wollte Nielsen kopfschüttelnd wissen. Sörensen fasste kurz Clasens nächtliche Aktivität zusammen. Nielsen war sprachlos. »Was hat er? Die Hintertür vergessen? Er war wohl zu sehr mit seiner Thermoskanne und seinen Käsestullen beschäftigt«, gab Nielsen ironisch von sich. »Was machen wir jetzt? Würde mich nicht wundern, wenn Clemens unseren Dorfsheriff gestern Nacht im Knick entdeckt hat. Damit ist der jetzt gewarnt und erst recht auf der Hut. Der passt auf, dass er sich nicht den kleinsten Fehler erlaubt. Rein theoretisch kann Clemens der Einbrecher bei Kaiser gewesen sein. Clemens hätte ungesehen das Haus verlassen und wieder betreten können. Aber es gibt keine Spuren, die auf ihn deuten«, fasste Sörensen resigniert zusammen. »Wir treffen uns im Büro.« Eine kleine Spitze konnte und wollte Nielsen sich nicht verkneifen. »Vielleicht hättest du lieber Kalli im Knick positionieren sollen«, feixte er lachend. »Um Gottes willen!«, keuchte Sörensen und legte auf.

Der Gerichtsmediziner Marcussen meldete sich kurz darauf bei Sörensen. Ihm war an den Leichen etwas aufgefallen, was ihn zu der Überzeugung brachte, dass der Mörder von Sven Kaiser und Robert Lassen ein und derselbe sein musste. Marcussen vertrat die Meinung, dass beide Opfer ihren Mörder gekannt hatten. Beide Opfer waren heimtückisch mit einem stumpfen Gegenstand von hinten niedergeschlagen worden, danach folgten zahlreiche brutale Schläge ins Gesicht. Beide wiesen keine Abwehrverletzungen auf. Die Kopfverletzungen waren identisch, also die gleiche Tatwaffe. Zum Schluss folgte der halbherzige Versuch, die Opfer zu erdrosseln, doch in beiden Fällen waren weder Robert noch Sven erstickt. Robert war ins Wasser geworfen worden und ertrunken, und Sven war schlicht und einfach verblutet. Der Täter hatte es nicht geschafft, sie mittels der Drahtschlinge zu erdrosseln. Vielleicht ein Anflug von Reue? Marcussen wollte sich in diesem Punkt allerdings nicht festlegen. Die dünne Drahtschlinge, mit der der Täter vergeblich versucht hatte, seine Opfer zu töten, hatte der Täter allerdings mitgenommen. Marcussen vertiefte sich in psychologische Überlegungen. »Nach dem ersten Mord ist die Hemmschwelle des Täters weiter runtergegangen. Robert Lassen hat er einfach achtlos ins Wasser geschmissen. Sven Kaiser hingegen hat er in der alten Kutsche regelrecht drapiert, als wollte er mit seiner Tat einfach nur prahlen. Ein Narzisst, der sich für cleverer als andere hält. Jemand, der es von Kindesbeinen gewohnt ist, immer seinen Willen durchzusetzen. Der sich für den Schlauesten und Wichtigsten hält und der es versteht, andere Menschen zu manipulieren. Diese beiden Opfer haben ihren Mörder gut gekannt und ihn gewaltig unterschätzt.« Diese Fakten trafen genau auf Clemens Lassen zu. Nielsen hatte schon versucht, etwas über Clemens' Kindheit und frühere Jahre herauszufinden, aber da war nichts. Es schien so, als hätte Clemens vor seiner Zeit als Töpfer in Flintby nicht existiert. Es gab weder DNA-Spuren noch Fingerabdrücke von ihm. Sörensen hatte eine Idee und rief Kalli an. »Sag mal, Kalli, hat Clemens den Eierkorb angefasst?« Vielleicht ließen sich auf dem Korb DNA- beziehungsweise Fingerabdrücke feststellen. Aber Fehlanzeige! Den Korb hatten nur Anna und Kalli angefasst. Clemens hatte den Korb zwar kurz in der Hand gehabt, aber komischerweise Handschuhe getragen. Kalli erzählte von einer Beobachtung, die ihm schon vor Langem aufgefallen war. Clemens trug immer Handschuhe, zu jeder Jahreszeit. Egal ob es warm oder kalt war. Darauf angesprochen, hatte er immer eine passende Antwort parat. Zum Beispiel, dass er unter chronisch kalten Händen litt oder dass er zarte Künstlerhände hatte. Mit einer flotten plausiblen Ausrede blockte er stets weitere Fragen geschickt ab. Im Gasthof am Stammtisch wurde er öfters mit seiner Marotte aufgezogen. Dann ließ er augenzwinkernd einen kleinen Scherz über kalte Händchen und Frauen los, was bei den Männern stets gut ankam. Für Nielsen war es glasklar, der Mann hatte was zu verbergen. Was sie benötigten, waren eine DNA-Probe und Fingerabdrücke von Clemens. Doch freiwillig würde der das nicht rausrücken, da er offiziell weder unter Tatverdacht stand noch eine beweisbare Straftat begangen hatte. Mit einem halbwegs guten Anwalt wäre ihr Anliegen sofort vom Tisch. Sörensen war stinksauer. Er konnte spüren, dass Clemens ihr Mann sein könnte, aber dieser Kerl war glatt wie ein

Aal. Man glaubte, man hätte ihn in der Hand, da glitschte er einem auch schon wieder durch die Finger. Sörensen ließ sich nochmals die Aussage von Marcussen durch den Kopf gehen. Was hatte er gesagt? Die Schläge auf den Hinterkopf von Robert und Sven waren nicht tödlich gewesen. Dieser unverhoffte Schlag hatte die Männer nur zu Boden gestreckt. Bevor sie auch nur einen Gedanken an Gegenwehr verschwenden konnten, hatte der Täter ihnen blitzschnell eine dünne Drahtschlinge über den Kopf geworfen und fest zugezogen, allerdings ohne Erfolg. Laut Marcussen war dieser Draht in jedem Baumarkt zu finden. Auch Clemens gebrauchte in der Töpferei einen dünnen Draht. Beide Opfer waren mit ihm verwandt beziehungsweise gut befreundet gewesen und hatten sicherlich an nichts Böses gedacht, als sie auf ihn trafen. Der Täter hatte einfach diesen Moment der Überraschung für sich genutzt. Damit rückte Clemens Lassen erneut in den Fokus der Ermittler. Aber leider war alles nur Theorie, wie konnten sie das nur beweisen? Hatte der Mörder Gegenstände entwendet, die man eventuell beim Täter finden würde? Sören überflog rasch die Akten, konnte aber nichts Aufregendes entdecken. Papiere, Handy, alles war bei den Opfern gefunden worden. Wieder eine Sackgasse! Die Tatwaffe und der dünne Draht könnten den Täter überführen, aber wo befanden sich diese Beweismittel?

-44-

Clemens plante den nächsten Einbruch ins Schloss Gottorf. Der Kunde bestand vehement darauf, dass er die Bronze jetzt und sofort haben wollte, dafür er durchaus bereit war, einen Bonus zu zahlen. Clemens hatte letztendlich zugesagt, auch wenn der Aufwand dieses Mal um einiges höher war. Es war ein risikoreiches Unterfangen, aber die Aussicht auf den Bonus und der Gedanke, die Polizei auszutricksen, stachelten Clemens richtig an. Morgen Nachmittag wurde die Bronze offiziell vorgestellt, was hieß, dass Polizei und Security sich dort auf die Füße trampeln würden. Sie würden jeden genau unter die Lupe nehmen, und auch in der darauffolgenden Nacht würde dort mindestens ein Beamter herumlungern. Also musste er schneller sein und ihnen wieder einen Schritt voraus sein. Clemens war sich mittlerweile durchaus bewusst, dass Sörensen ihn ganz oben auf seiner Liste hatte, ihm aber nichts beweisen konnte. Es stand für Clemens fest, dass er schon heute Nacht zuschlagen würde, ab über die Grenze nach Dänemark und weiter nach Schweden. Clemens hatte nicht vor, jemals nach Flintby zurückzukehren. Ein neues Leben, das war es, was er wollte. Doch erst einmal musste er seinen »Schatten« im Knick außer Gefecht setzen, und dazu brauchte er seinen Hund. Bella hatte ein paar Tage bei einem Bekannten verbracht, der ihr Manieren beibringen beziehungsweise sie richtig scharf machen sollte. Heute Abend konnte Bella dann mal zeigen, was sie gelernt hatte. Wer auch immer im Knick auf der Lauer lag, Bella würde ihm Beine machen und reichlich für Ablenkung sorgen. Diese Vorstellung trieb Clemens ein diabolisches Grinsen ins Gesicht. Morgen um diese Zeit hätte er in Kopenhagen bereits abkassiert und würde auf Nimmerwiedersehen abtauchen. Doch jetzt hieß es, alles akribisch und vor allen Dingen unauffällig vorzubereiten.

Beim Einbruch der Dämmerung hatte Polizeihauptkommissar Therkelsen, ein Beamter der Flensburger Polizei, Clasens Platz im Knick eingenommen. Im Gegensatz zu Clasen saß er strategisch so günstig, dass er jederzeit seinen Platz ungesehen verlassen und im Schutz des Knicks zum hinteren Teil des Hauses gelangen konnte. Therkelsen hatte von Clasens unrühmlicher Observation gehört und sich geschworen, es besser zu machen. Niemand befand sich draußen auf dem Gelände. Clemens' Auto stand nicht vor dem Haus. Aus dem hell erleuchteten Haus erklang fröhliches Kindergeschrei. Gerade schlich Therkelsen sich zur Hinterseite, als er ein Auto kommen hörte. Blitzschnell ging er in Deckung und sah, wie Clemens aus dem Auto stieg und im Haus verschwand. Vorsichtig hob Therkelsen den Kopf, um einen Blick in die erleuchtete Küche zu werfen. Die gesamte Familie saß am Tisch und war beim Abendessen. Alles wirkte völlig normal, bis auf die Tatsache, dass Anna Lassen nur auf ihren Teller starrte und jeglichen Blickkontakt zu ihrem Mann vermied. Clemens verließ die Küche, und Therkelsen verlor ihn aus den Augen. Er kroch leise zurück in sein Versteck und wartete darauf, dass Clemens das Haus verließ. Aber er wartete vergeblich. Inzwischen war es draußen stockdunkel, aus den oberen Fenster schien helles Licht in die Dunkelheit. Offenbar waren es die Kinderzimmerfenster, denn es drang Kindergelächter aus den geöffneten Fenstern. Eine halbe Stunde später wurde das Licht gelöscht, und es herrschte Ruhe. Therkelsen sah auf seine Uhr, 20.30 Uhr. Gespannt wartete er darauf, was als Nächstes geschah, aber alles blieb ruhig. Niemand kam oder verließ das Haus. Nur ein Lichtschein aus der Küche erhellte die Hinterseite. Er verließ seinen Posten und schlich sich wieder zum Küchenfenster. Vorsichtig warf er einen Blick hinein und bekam prompt einen roten Kopf. Clemens Lassen machte sich gerade ungeniert an seiner Frau zu schaffen. Er betatschte und küsste sie überall, seine Hände fuhren unter ihr T-Shirt und in ihre geöffnete Jeans. Anna wehrte sich nicht, als Clemens ihr das T-Shirt hochschob und Therkelsen so freie Sicht auf nackte Tatsachen verschaffte. Therkelsen war von Natur aus mit einer empfindsamen Seele ausgestattet und war schockiert über das, was sich dort vor seinen Augen abspielte. Am liebsten hätte er sich auf der Stelle diskret zurückgezogen, aber er sollte ja Clemens Lassen unter keinen Umständen aus den Augen lassen. Clemens schubste Anna auf den Küchentisch und versuchte, ihre Jeans herunterzuzerren. Seine eigene Hose war offen und rutschte herunter zu den Knöcheln. Therkelsen war mehr als entsetzt. Clemens würde doch jetzt nicht etwa …? Vor seinen Augen? Therkelsen klopfte das Herz bis zum Hals, und er schloss peinlich berührt kurz die Augen. Als er sie wieder öffnete, sah er, wie Clemens Anna vom Tisch hochzog und sie aus der Küche nach oben drängte. Dann wurde das Licht gelöscht, und alles war dunkel. Therkelsen atmete auf und noch tiefer durch. Mit weichen Knien stakste er zurück zu seinem Versteck, wo er sich erst einmal einen kräftigen Schluck Kaffee genehmigte.

Clemens hatte genau gewusst, dass da draußen jemand war, der das Haus beobachtete. Der wollte was zum Erzählen haben? Kein Problem, konnte er haben! Als die Kinder im Bett waren, kam er zurück in die Küche und zog seine Show ab. Anna würde es nicht wagen, sich zu wehren, dass wusste er genau. Es sollte alles nur eine kleine Showeinlage für den heimlichen Beobachter werden, aber diese Vorstellung hatte Clemens derart erregt, dass er nicht von Anna ablassen konnte. Anna versuchte noch aufzubegehren, aber Clemens stieß sie ins Schlafzimmer und warf sie aufs Bett. Viel Zeit hatte er nicht, aber seine Begierde wuchs immer mehr. »Los, zieh dich aus!«, befahl er Anna keuchend. Sie stand auf und versuchte mit bebenden Händen, sich auszuziehen. Clemens ging es nicht schnell genug, und er riss ihr eigenhändig die Unterwäsche herunter. Er warf Anna auf das Bett und band ihre Hände links und rechts am Bettpfosten fest. Dann fiel er wie letzte Nacht brutal über sie her. Eine halbe Stunde später ließ er von seiner wimmernden Frau ab, klebte ihr einen Klebestreifen über den Mund und legte halbherzig eine Decke über sie, die nur das Nötigste verdeckte. Schäbig grinsend warf er ihr einen Luftkuss zu und verließ gut gelaunt das Zimmer. Anna blieb hilflos zurück. Draußen im dunklen Flur ging Clemens zum Fenster und sah vorsichtig hinaus in die Dunkelheit, konnte aber niemanden entdecken. Aber er war sich sicher, dass dort draußen jemand auf der Lauer lag. Er ging zurück und überprüfte, ob alles, was er brauchte, im Rucksack verstaut war. Werkzeug, die Pläne und saubere Klamotten. Hinten im Garten lag sein Fahrrad wie zufällig hingeworfen im Graben und wartete auf seinen nächtlichen Einsatz.

Alles war perfekt durchdacht und vorbereitet, fehlte nur noch der im Knick versteckte Polizeibeamte. Clemens ging durch den Flur und öffnete langsam die Haustür. Therkelsen starrte wie gebannt von seinem Versteck auf die sich öffnende Haustür. Es schien sich etwas zu tun, wie er aufgeregt registrierte. Clemens trat langsam hinaus auf den Hof. Damit er auch wirklich gesehen wurde, blieb er einen Augenblick still im Lichtkegel der Außenbeleuchtung stehen. Prüfend sah er sich um und schlenderte lässig auf sein Auto zu. Therkelsen wagte kaum zu atmen, er spürte, dass gleich etwas passieren würde. Womit er auch recht behalten sollte! Insgeheim freute er sich darauf, Sörensen von dieser Observation berichten zu können. Tja, er war halt Therkelsen und nicht dieser Trottel Clasen. Aber es geschah nicht das, was er sich gedacht hatte. Clemens öffnete langsam die Heckklappe, und heraus sprang ein großer schwarzer Hund, auf den Clemens leise einredete. Der Hund hörte aufmerksam zu. Auf ein kurzes Kommando von Clemens schoss das Tier auf den Knick zu, in dem Therkelsen hockte, und stürzte sich hinein. Sekunden später raste Therkelsen kreischend wie von Furien gehetzt aus dem Knick heraus, schmiss Thermoskanne und Handy von sich und rettete sich auf einen um die Ecke stehenden Traktor. Der Hund verfolgte ihn bellend und umkreiste drohend knurrend den Traktor. Seine Beute ließ er weder aus den Augen noch ließ er Therkelsen eine Chance zu entkommen. Clemens stieß ein heiseres Lachen aus und zog sich zufrieden zurück. Im Haus löschte er das Licht, schnappte sich seinen Rucksack und schlüpfte geräuschlos durch die Hintertür aus dem Haus. Therkelsens verzweifelte Hilferufe, die durch die Dunkelheit gellten, blendete er komplett aus. Clemens zog das Fahrrad aus dem Graben und radelte circa einen Kilometer bis zu einem kleinen Waldstück. Dort warf er das Rad achtlos ins Gestrüpp und lief im schwachen Mondlicht einen schmalen Waldweg entlang, bis er zu einer kleinen Schonung kam. Hier hatte er vorgestern Abend Annas Mini Cooper versteckt. Er sprang hinein und raste rückwärts den Waldweg hoch bis zur Landstraße. Ab hier war es nur noch eine gute Viertelstunde bis nach Schleswig.

Clemens triumphierte und war allerbester Laune. Bis jetzt war sein Plan aufgegangen. Mit Vollgas raste er über die Landstraßen. Langsam kam Schloss Gottorf in Sicht. Auch heute lag das Schloss, von Scheinwerfern hell erleuchtet, auf der Museumsinsel. Wie beim letzten Mal fuhr Clemens den kleinen unbeleuchteten Parkplatz in der Nähe an. Von dort arbeitete er sich langsam an den im Halbdunkel liegenden hinteren Teil des Gebäudes heran. Clemens hatte herausgefunden, wo sich der Lagerraum für neue Kunstobjekte im Kellergeschoss befand. Er zog einen Plan mit dem Grundriss des Kellergeschosses aus der Tasche. Hier waren zu seiner Überraschung erstaunlich wenige Sicherheitsvorkehrungen getroffen worden, als rechnete man nicht mit einem Einbruch. Mit einem Dietrich fummelte er im Türschloss herum, und nach einer gefühlten Ewigkeit hatte er die Tür endlich geöffnet. Geschmeidig wie eine Katze glitt er ins Innere, knipste eine kleine Taschenlampe an und leuchtete damit auf den Plan. Der Plan zeigte ihm, dass er nach rechts gehen musste. Auf seiner Wanderung durch das Kellergewölbe stieß er auf zwei elektronische Sicherungen, die er dank Svens Anleitung einigermaßen flott lahmlegen konnte. Nach einer nervigen Sucherei fand er endlich den gesuchten Kellerraum und betrat ihn. Er ließ den Strahl der Taschenlampe über alle Objekte auf den Regalen gleiten. Wo war nur diese verdammte Bronze? Ungeduldig suchte er Regal für Regal ab. Die Zeit drängte, denn bald würde sicher jemand vom nächtlichen Sicherheitspersonal hier auftauchen. Im letzten Regal wurde er schließlich fündig, schnappte sich die Bronze und verstaute sie vorsichtig in einem mitgebrachten Stoffbeutel. Geschafft! Unbemerkt verließ er das Gebäude und verschwand in der Dunkelheit. Keine Sekunde zu früh, denn kaum hatte die Nacht ihn verschluckt, bog ein Wachmann um die Ecke. Clemens' Herz klopfte bis zum Hals, das war verdammt knapp gewesen. Hoffentlich bemerkte der Wachmann nicht, dass die Tür nicht verschlossen war. Die letzten Meter bis zum Mini Cooper rannte er und ließ sich erleichtert hinter das Steuer fallen. Morgen Mittag begann sein neues Leben mit neuer Identität und genug Barem in der Tasche. Die eingewickelte Bronze schob er erst einmal unter den Beifahrersitz und verließ rasch den Parkplatz. Kurz hinter Schleswig bog er auf die A7 in Richtung Kolding. Clemens ließ den Motor des Minis aufheulen und gab kräftig Gas, denn in spätestens 15 Minuten wollte er den Grenzübergang Ellund/Frøslev erreicht haben. Kurz vor der Grenze fuhr er auf einen kleinen Rastplatz, wo er die verräterischen Utensilien wie die Pläne vom Schloss Gottorf und das Einbruchswerkzeug in einem Müllcontainer versenkte. Doch wohin mit der Bronze beim Grenzübertritt? Es war schließlich möglich, dass ein übereifriger Grenzbeamter ihn überprüfte. Es war zwar mitten in der Nacht, aber man wusste ja nie. Clemens dachte kurz nach und entschied sich kurzerhand für die Aussparung für das Reserverad. Nicht besonders originell, aber das musste reichen.

Mittlerweile war es 1 Uhr nachts, und weit und breit war kein dänischer oder deutscher Grenzbeamter zu sehen. Clemens holte tief Luft und rollte langsam am Grenzhäuschen vorbei. Von Weitem winkte ihm ein Grenzposten müde zu und ließ ihn ohne Weiteres passieren. Clemens atmete erleichtert auf, und alle Anspannung fiel von ihm ab. Geschafft! Jetzt hatte er noch reichlich Zeit, denn sein Flug von Sønderborg nach Kopenhagen ging erst um 6.30 Uhr.

Deshalb verließ er an der nächsten Abfahrt die Autobahn und fuhr gemächlich über die Landstraße nach Sønderborg. Gegen 2.30 Uhr in der Früh erreichte er den Flughafen und hielt nach einem geöffneten Imbiss Ausschau. Aber um diese frühe Tageszeit hatten alle Läden noch geschlossen. Clemens beschloss, noch ein wenig zu schlafen, und klappte den Fahrersitz nach hinten. Kurz darauf fielen ihm die Augen zu.

-45-

Seit dem Fiasko mit Clasens vergeigter Observation war Sörensen besorgt, ob es mit Therkelsen besser lief. Mehrmals hatte er bereits versucht, ihn auf dem Handy zu erreichen, aber es lief nur die Mailbox, und seine SMS wurde nicht beantwortet. Sörensen kam das komisch vor, denn Therkelsen war ein überaus korrekter und zuverlässiger Beamter. Besorgt sah er auf seine Uhr, kurz vor Mitternacht. Eigentlich war er schon auf dem Weg ins Bett gewesen. Aber ein ungutes Gefühl ließ ihn nicht zur Ruhe kommen. Nervös sprang Sörensen wieder in seine Klamotten und wollte kurz in Flintby nach dem Rechten sehen. Unterwegs sprach er eine Nachricht auf Nielsens Handy. Um

0.35 Uhr erreichte er Flintby. Das Haus von Clemens kam in Sicht. Alles war dunkel im Haus. Sörensen schaltete den Motor und die Scheinwerfer aus und rollte fast geräuschlos auf den Hof. Nur das Knirschen der Reifen auf dem Kiesboden war zu hören. Leise öffnete er die Fahrertür und hörte sofort klägliche Hilferufe aus der Dunkelheit. Das klang beunruhigend nach Therkelsen. Therkelsen brauchte Hilfe, und Sörensen wollte aussteigen, um ihm zu Hilfe zu kommen. Doch wie aus dem Nichts schoss etwas großes Schwarzes auf ihn zu. Geistesgegenwärtig sprang er zurück in den Wagen und knallte die Tür wieder zu. Keine Sekunde zu früh! Eine riesige zähnefletschende Bestie mit rotunterlaufenen Augen warf sich gegen die Autotür. Entsetzt wich Sörensen vom Fenster zurück. Schlagartig war ihm klar, dass Therkelsen gewaltig in der Klemme sitzen musste. Eines war sicher, allein konnte Sörensen seinem Kollegen nicht zu Hilfe kommen, denn diese Bestie würde ihn glatt in Stücke reißen. Entschlossen griff er zum Handy und trommelte Verstärkung zusammen. Fast eine halbe Stunde saß Sörensen nun schon im Auto fest. Die Bestie umkreiste mit einem tiefen grollenden Knurren das Auto und sprang immer wieder drohend an der Autotür hoch. Auch ihre Beute auf dem Traktor ließ sie nicht aus den Augen. Sörensen konnte nur abwarten, dass die Kollegen auftauchten. Vorsorglich hatte er sie darauf vorbereitet, was hier los war. Wieder sprang das riesige Tier gegen das Auto, das bedenklich zu wackeln begann. Hoffentlich hielt der um Hilfe rufende Therkelsen noch durch. Plötzlich zerriss ein lauter Knall die Stille, und die Bestie sackte lautlos zusammen. Wer, zum Teufel, hatte da geschossen? Sörensen konnte niemanden sehen, und ihm wurde es etwas mulmig. Er schaltete die Scheinwerfer ein und tauchte die

Umgebung in helles Licht. Dann traute er seinen Augen nicht. Mitten im Lichtkegel stand sein Bruder Kalli mit dem Schrotgewehr im Anschlag. Langsam stieg Sörensen aus dem Auto. »Kalli, was zum Teufel ...?«, stieß er erleichtert aus. »Was machst du denn hier?« Kalli tippte den Hund mit dem Gewehrlauf an und überzeugte sich, dass das Tier wirklich tot war. »Schade um Bella, aber sie ist wohl bösartig geworden. Was ich hier mache? Ich war mit meinen Nachbarn Hansen und Kruschinski auf der Jagd. Wir haben Hilferufe und den außer Rand und Band geratenen Hund gehört. Wir sind dann gleich hier rüber«, sagte Kalli atemlos. Sörensen sah ihn entsetzt an. Hilfeschreie? Therkelsen! Sörensen raste in die Richtung, wo er Therkelsen vermutete. »Therkelsen? Wo stecken Sie?«, rief er suchend. »Ich bin hier!«, erklang eine klägliche Stimme hinter ihm, und der Beamte krabbelte umständlich vom Traktor. Der Mann war fix und fertig und sammelte sein verlorenes Handy zitternd auf. In diesem Moment erreichten ein Streifenwagen und auch Nielsen den Hof. Kalli klemmte sich den zitternden Therkelsen unter den Arm. Beruhigend sprach er leise auf Therkelsen ein und führte ihn zum Streifenwagen. Erleichtert sank er auf die Rückbank und bedankte sich überschwänglich bei Kalli. Verlegen winkte dieser ab und ging zurück zu dem toten Hund. »Was für eine Verschwendung!«, murmelte er kopfschüttelnd.

Die Scheinwerfer hatte auch Kallis Jagdfreunde angelockt. Zu dritt standen sie schweigend um den Tierkadaver herum. Sörensen war auf 180 und erzählte Nielsen, was sich hier abgespielt hatte. »Hier stimmt was nicht! Clemens Lassen muss doch den Hund und die Hilfeschreie gehört haben!« Kalli mischte sich ein. »Dein Kollege da im Streifenwagen hat mir gesagt, dass Clemens den Hund bewusst auf ihn gehetzt hat.« Sörensen sah ihn entsetzt an. »Du meinst, der hat das vorsätzlich gemacht?« Kalli nickte. »Dass ich mich so in Clemens getäuscht habe, ich kann es einfach nicht fassen!«, setzte er leise hinzu. »So, den klingle ich jetzt aus dem Bett!«, schnaubte Sörensen, schritt mit energischen Schritten zur Haustür und klingelte Sturm. Die Beamten warteten mit angehaltenem Atem, aber es rührte sich nichts im Haus. Nielsen schritt zur Tat und hämmerte mit der Faust an der Tür. »Aufmachen! Polizei!«, brüllte er, aber niemand reagierte. »So tief und fest kann man doch nicht schlafen!«, stellte Sörensen fest. Er kniete sich nieder und öffnete den Briefschlitz, um in den Flur zu sehen. Zuerst sah er nichts, doch dann erkannte er den ältesten Sohn von Clemens, der ängstlich in eine Ecke gedrückt stand. Er wollte ihn ansprechen, aber es fiel ihm partout nicht der Name des Jungen ein. Wie hieß der nochmal? Ach ja, Noah! »Hallo, Noah, du brauchst keine Angst haben. Wir sind von der Polizei, kannst du bitte deinen Papa oder die Mama holen?«, sprach er das völlig verängstigte Kind freundlich an. Noah rührte sich nicht von der Stelle und starrte mit weit aufgerissenen Augen zum Briefschlitz. Dann ging ein Ruck durch seinen kleinen Körper. »Papa ist nicht da, und Mama kann nicht aufstehen«, berichtete Noah leise. Sörensen stutzte. »Warum kann die Mama nicht aufstehen?« »Ihre Hände sind festgebunden, und ich habe sie zugedeckt, denn sie ist ganz kalt«, antwortete Noah ruhig. Sörensen und Nielsen sahen sich entsetzt an. Das hörte sich nicht gut an, sie mussten sofort ins Haus. »Noah, lässt du uns bitte ins Haus, damit wir deiner Mama helfen können?«, rief er dem Kind ruhig zu. Noah schien nicht zu wissen, was er tun sollte, und die Beamten traten nervös auf der Stelle. Sörensen wollte im Beisein des verstörten Kindes die Tür nicht gewaltsam eintreten. Kalli hatte alles mitbekommen und schob Sörensen energisch zur Seite. Ächzend ging er in die Knie und schaute durch den Briefschlitz. »Noah, hier ist Onkel Kalli. Machst du bitte mal die Tür auf?«, rief er dem Kind leise zu. Noah erkannte sofort Kallis Stimme und flog förmlich zur Tür, schloss sie auf und fiel Kalli überglücklich in die Arme. Kalli nahm ihn auf den Arm und brachte ihn nach draußen. Sörensen und Nielsen stürmten hastig die Treppe hoch und suchten nach Anna. Hoffentlich kamen sie nicht zu spät.

Nielsen fand sie im Schlafzimmer. Bleich und mit Hämatomen am ganzen Körper hing sie ohnmächtig in den Seilen, die ihre Hände an den Bettpfosten festhielten. Nielsen berührte ihr kaltes Gesicht und suchte nach einem Pulsschlag. Gott sei Dank, sie lebte! Sörensen rief sofort einen Rettungswagen, während Nielsen Annas Fesseln löste. Das leise Trappeln kleiner Füße erklang auf dem Flur. Noahs kleine Schwester war wach geworden und irrte nun verängstigt auf dem Flur herum. Sörensen lief hinaus, nahm sie liebevoll auf den Arm und brachte sie hinunter zum Streifenwagen. Die Beamten durchsuchten das gesamte Haus nach Clemens Lassen, aber der war wie vom Erdboden verschluckt. Wo, zum Teufel, steckte er? Sein Auto stand vor der Tür, also konnte er nicht weit weg sein. Bevor Anna ins Krankenhaus abtransportiert wurde, fragte Sörensen sie, ob sie wüsste, wo sich ihr Mann aufhielt. Doch sie hatte keine Ahnung, sie war einfach nur erleichtert, dass er weg war. Verständlich, so übel wie er sie zugerichtet hatte. Der Sanitäter wollte die Tür vom Rettungswagen schließen, als Sörensen einen Einfall hatte. »Anna, wo haben Sie Ihren Mini Cooper geparkt? Er steht nicht vor dem Haus«, fragte er Anna eindringlich. Sie sah ihn verwirrt an. »Den hat Clemens gestern Morgen mitgenommen und nicht zurückgebracht. Ich weiß nicht, wo der Wagen ist!«, flüsterte sie mit matter Stimme. »Danke!«, sagte Sörensen und ließ sie ins Krankenhaus fahren.

Sörensen sah Nielsen ernst an. »Verdammt, der ist sicherlich nach Dänemark abgehauen!«, fluchte Sörensen. Er zog sein Handy heraus und klingelte seinen dänischen Kollegen Anders Olsen in Sønderborg aus dem Bett. Olsen war nicht wirklich erfreut über diese nächtliche Störung. Doch als Sörensen ihm die Sachlage erklärt hatte, war dieser schlagartig hellwach. Er versprach, umgehend eine Personenbeschreibung an alle Grenzübergänge und Flughäfen zu mailen. Mehr konnten sie zu dieser späten Stunde nicht tun. Ein Wagen der *Kindernothilfe* fuhr auf den Hof, und eine resolute ältere Dame stieg aus. Sie wollte die beiden Kinder abholen und vorerst in einer Pflegefamilie unterbringen. Die Jüngste schlief tief und fest auf der Rückbank des Streifenwagens. Noah saß bei Kalli auf dem Arm und klammerte sich an ihm fest. Er weigerte sich vehement, mit der Frau zu gehen. Kalli stellte ihn auf die Füße, ging selbst in die Knie und redete beruhigend auf das Kind ein. Noah nickte ein paarmal ernst und stieg dann zu der Frau ins Auto. Als der Wagen abfuhr, winkte Kalli Noah zu. »Armer Stakkel!«, murmelte Kalli erschüttert.

Seine Jagdfreunde Hansen und Kruschinski hatten das nächtliche Geschehen wie ein Schwamm das Wasser aufgesogen. Für den nächsten Stammtisch hatten sie erst einmal reichlich Gesprächsstoff. Sörensen hatte inzwischen Museumsdirektor Knutzen aus dem Bett gescheucht und bat ihn umgehend, zum Schloss Gottorf zu kommen. Sörensen wollte ihn dort treffen. Knutzen war sichtlich verstimmt. »Wissen Sie eigentlich, wie spät es ist? Hat das nicht Zeit bis morgen? Was soll ich um diese Zeit im Schloss?«, blaffte er Sörensen giftig an. Sörensen blieb so ruhig wie möglich. »Sie sollen dort nach der Bronze schauen!«, knurrte Sörensen ihn an. Knutzen verstummte augenblicklich. »Wollen Sie damit etwa andeuten, dass sie gestohlen sein könnte? Ich mache mich sofort auf den Weg!«, keuchte er heiser ins Telefon und legte auf. »Hoffentlich liege ich falsch!«, murmelte Sörensen halblaut. Die Spurensicherung war eingetroffen, und Sörensen machte sich auf den Weg nach Schleswig. Nielsen fuhr hinter dem Krankenwagen her und begleitete Anna Lassen ins Krankenhaus.

-46-

Sörensen raste über die dunkle Landstraße nach Schleswig. Mit diesem Tempo hätte er locker jede Radarmessung zum Rotieren gebracht. Knutzen wartete bereits ungeduldig vor dem Schloss auf ihn. Aufgeregt schwenkte er ein dickes Schlüsselbund in der Luft herum. »Wo bleiben Sie denn?«, bellte er Sörensen zur Begrüßung an und marschierte entschlossen um das Gebäude herum. Sörensen stellte fest, dass zwar die Vorderseite des Schlosses hell erleuchtet war, aber hinten herum lagen einige Bereiche halb beziehungsweise ganz im Dunkeln. Mit fliegenden Fingern wollte Knutzen die Tür zum Kellergewölbe aufschließen, aber wie er zu seinem Entsetzen feststellen musste, war diese unverschlossen. Knutzen wurde blass, als er bemerkte, dass das Sicherheitssystem lahmgelegt worden war. Sörensen stieß einen leisen Fluch aus, denn er hatte bereits eine böse Vorahnung. Knutzen schritt mit großen Schritten stramm voran, Sörensen folgte dicht dahinter. Endlich standen sie vor dem gesuchten Kellerabteil, und Knutzen drängte sich hinein. Sein Blick schweifte hektisch über die auf den Regalen stehenden Kunstobjekte. Dann wurde er noch eine Spur blasser um die Nase und stöhnte hörbar auf. »Das darf nicht wahr sein!«, quietschte er fassungslos. Sörensen schob ihn energisch zur Seite und quetschte sich selbst in den engen Raum. Und da sah er die Bescherung, die Knutzen so aus der Fassung gebracht hatte. Mitten auf dem letzten Regal klaffte eine Lücke, dort, wo noch vor Kurzem die Bronze gestanden hatte. Knutzen jaulte auf und konnte es einfach nicht glauben. »Verdammt!«, stieß Sörensen wütend aus und fischte sein Handy aus der Hosentasche. Er versuchte, Nielsen zu erreichen, aber die dicken Kellermauern ließen kein Funksignal durchdringen. Fluchend raste er die Treppe hoch und lief ins Freie. Dort hatte er sofort wieder Empfang. »Dieser Mistkerl ist uns zuvorgekommen! Der hat es wirklich geschafft, diese Bronze heute Nacht zu stehlen!«, bellte er wütend ins Telefon. »Gib sofort eine Fahndung nach Clemens Lassen raus! Vielleicht ist er ja noch nicht nach Dänemark abgehauen!« Nielsen beruhigte ihn. »Ist alles schon geschehen! Frau Lassen ist aufgefallen, dass ihr Mann in letzter Zeit auffallend oft mit jemandem in Kopenhagen telefoniert hat. Und zwar jedes Mal, bevor er eine Nacht verschwunden war, und am nächsten Tag ist er dann angeblich zu einem Töpfermarkt nach Dänemark gefahren. Das klingt mir alles sehr merkwürdig, und ich denke, Clemens ist wirklich unser Täter, zumindest was die Diebstähle angeht. Gleich morgen früh werde ich bei seinem Handyanbieter die Verbindungsnachweise anfordern.«

Hinter Sörensen erschien ein völlig aufgelöster Knutzen. »Ich kann es einfach nicht glauben«, stammelte er, »wie soll ich das dem *Danevirke Museum* bloß erklären?« Für Sörensen hatte er nur einen überaus bösen Blick über. »Das wird noch ein Nachspiel für Sie haben, das verspreche ich Ihnen! Schließlich haben Sie mir versichert, dass nichts schiefgehen kann. Und nun das!«, knallte er Sörensen um die Ohren, bevor er in sein Auto stieg und wütend davonrauschte. Sörensen sah, wie der kleine rote Wagen von Knutzen hüpfend in der Dunkelheit verschwand. Auf eine Weise konnte er Knutzens Wut verstehen, aber es ließ sich jetzt nicht mehr ändern. Passiert war passiert! Dass der Täter oder die Täter schon heute Nacht zuschlagen würden, damit hatte er wirklich nicht gerechnet. Zähneknirschend musste sich Sörensen eingestehen, dass er die Lage völlig falsch eingeschätzt hatte. Ein gefundenes Fressen für Petersen, wie er sich selbst ärgerlich eingestehen musste. Fast 2.30 Uhr in der Nacht. Zu früh, um schon etwas zu unternehmen, und fast zu spät, um noch ins Bett zugehen. Die Fahndung lief, die dänischen und deutschen Kollegen hielten Ausschau nach Clemens und dem Mini, mehr ging im Moment nicht. Also machte Sörensen sich auf den Weg nach Hause, um vielleicht noch etwas Schlaf zu bekommen. Viel würde es nicht werden, aber besser wenig als nichts. Eine halbe Stunde später ließ er sich auf sein Sofa fallen und schlief auf der Stelle ein.

-47-

Ziemlich übernächtigt betrat Sörensen am nächsten Morgen sein Büro und wartete auf Nielsen. Dieser tauchte um kurz nach 8 Uhr mit verschlafenen Knopfaugen auf. Beide wechselten nach bester norddeutscher Manier nur ein knappes »Moin«. Mehr war nicht nötig, man verstand sich auch ohne große Worte. Die Fahndung nach Clemens war bis jetzt erfolglos geblieben, es schien, als wäre der Mann vom Erdboden verschluckt. Doch eine Stunde später überstürzten sich die Dinge.

Kriminaloberkommissar Anders Olsen rief aus Sønderborg an und hatte gute Neuigkeiten. »God Morgen!«, brüllte er gut gelaunt und ausgeschlafen ins Telefon. »Moin! Komm, mach es nicht so spannend«, maulte Sörensen ihn an. »Schlecht geschlafen?«, lachte Olsen vergnügt ins Telefon. »Nee, zu wenig!«, fauchte Sörensen zurück. Olsen schien sich königlich über seinen verschlafenen deutschen Kollegen zu amüsieren. »Heute am frühen Morgen hat der Zoll am Flughafen in Sønderborg einen deutschen Staatsbürger überprüft. Der Beschreibung nach könnte es der von euch Gesuchte sein, aber er hat einen Pass mit einem anderen Namen. Ich maile dir gleich mal ein Foto von ihm. Vi ses!«,[*] versprach er und legte auf. Zwei Minuten später empfing Sörensen Olsens Mail samt Foto. Neugierig öffnete er die Mail und war hellwach und stieß ein lautes »Ha!« aus. Nielsen sah ihn fragend an. »Was ist los?« Schweigend drehte Sörensen den Monitor um, sodass Nielsen einen Blick darauf werfen konnte. Nielsen sah nun auch das Foto und fing

---

[*] Mach's gut!

an zu grinsen. »Sieh mal einer an! Wenn das nicht Clemens Lassen ist, dann fresse ich einen Besen. Wie nennt der sich jetzt? Matthias Grüner, wie originell!« »Ich würde sagen, auf nach Sønderborg. Dann lass uns mal Clemens Lassen oder Matthias Grüner einsammeln«, meinte Sörensen nun gut gelaunt und schickte Olsen eine Mail, dass sie auf dem Weg waren.

Museumsdirektor Knutzen hatte einem guten Bekannten, der ein erfolgreicher Rechtsanwalt war, sein Leid geklagt und sich fürchterlich über Sörensens Versagen mokiert. Dieser Rechtsanwalt wiederum spielte mit Sörensens Vorgesetzten Petersen Golf und hatte die Klage von Knutzen prompt an diesen weitergereicht. Für Petersen war das natürlich das gefundene Fressen, um Sörensen mal so richtig zur Schnecke zu machen. Genau das hatte er sich für heute Morgen vorgenommen. Mit wehenden Rockschößen schoss er kampfeslustig durch die Gänge und riss die Tür zu Sörensens Büro schwungvoll auf. Er holte tief Luft, um loszupoltern, aber zu seiner Enttäuschung war das Büro leer. Sein Ärger verpuffte ungehört im Raum, und er machte enttäuscht auf dem Absatz kehrt. »Na gut, dann eben später!«, grummelte er verstimmt und marschierte zackig in das nächste Büro, um dort Stunk zu machen.

-48-

Clemens Lassen war in einen unruhigen Schlaf gefallen. Um
5.30 Uhr weckte ihn sein Handy mit einem schrillen Piep-
sen. Durch die unbequeme Schlafposition auf dem Fahrersitz schmerzte jeder Knochen. Steifbeinig krabbelte er
aus dem Auto und streckte sich ausgiebig. Verschlafen sah
er sich um. Es war noch fast dunkel, und weit und breit
war um diese Zeit kein Mensch unterwegs. Der Flughafen
erwachte nur langsam zum Leben. Clemens zerbrach sich
den Kopf, wie er die Bronze am Zoll vorbeischmuggeln
konnte. Vielleicht sollte er besser auf den Flug verzichten.
Sein Blick fiel auf eine Autovermietung in der Nähe. Mit
einem schnellen Wagen könnte er in knapp drei Stunden in
Kopenhagen sein. Das war die Lösung, er würde sich einen
Wagen mieten, anstatt zu fliegen. Damit wäre er seine Zoll-
sorgen schon mal los. Allerdings öffnete die Autovermietung erst um 8 Uhr, das könnte mit der Zeit zu knapp werden. Noch eine halbe Stunde bis zum Abflug, und er hatte
sich entschieden. Hektisch versuchte er, die kleine Bronze
ganz unten im Rucksack zu verstecken. Nee, das war nicht
gut genug! Unzufrieden riss er sie wieder aus dem Rucksack und löste ein Stückchen Naht am Boden auf. In diesen
Spalt schob er die Bronze und war einigermaßen zufrieden.
Rasch hatte er seine restlichen Klamotten in den Rucksack
gestopft und machte sich selbstsicher auf den Weg zur Zollkontrolle. Einen der Zollbeamten kannte Clemens flüchtig,
und wenn der heute Dienst hatte, war das ganze Unterfangen ein Spaziergang für ihn, und er kam, wie so oft, ohne
Kontrolle durch. Was Clemens nicht wusste oder auch nur

ahnte, war, dass der Zoll von Olsen ein Foto von ihm gefaxt bekommen hatte. Lässig schob er seinen Pass über den Tresen hinüber zum Zollbeamten und erwartete, dass dieser nur einen flüchtigen Blick darauf warf. Doch der Zollbeamte hatte heute scheinbar andere Pläne. Er sah sich den Pass aufmerksam an und verglich das Foto aufmerksam mit Clemens. Clemens grinste ihn an und erwartete, dass er seinen Pass zurückbekam. Doch weit gefehlt, der Beamte marschierte samt Clemens' Pass zu einem Kollegen. Dieser warf einen Blick hinüber zu Clemens und nickte seinem Kollegen zu. Clemens' Blutdruck stieg gefährlich in die Höhe. Aus dem Augenwinkel nahm er wahr, dass der Zollbeamte, mit seinem Pass in der Hand, zum Telefon griff. Clemens spürte, dass dieser Tag nicht so lief, wie er es geplant hatte. Hektisch sah er sich nach einer geeigneten Fluchtmöglichkeit um. Sein nervöses Verhalten war den Zollbeamten natürlich nicht verborgen geblieben, und sie ließen ihn nicht aus den Augen. Clemens saß in der Falle. Von hinten tippte ihm jemand auf die Schulter. Er schoss herum und sah in die ernsten Gesichter von zwei dänischen Polizeibeamten. Beide verzogen keine Miene und sahen ihn fest an. »Clemens Lassen, du er anholdt!«,[*] sprach der eine Beamte ihn zackig an. Clemens war alles andere als begeistert, aber so schnell gab er sich nicht klein bei. »Es muss sich um einen Irrtum handeln, mein Name ist Matthias Grüner!«, behauptete Clemens frech und wollte sich elegant an den Beamten vorbeidrücken. Doch mit der Nummer kam er bei ihnen nicht durch. Die Beamten nahmen ihn kurzerhand in die Mitte und führten den protestierenden Clemens ab. »Wieso? Was soll das? Was werfen Sie mir vor?«, tobte er und versuchte, sich aus dem festen Griff der Zollbeamten zu win-

---

[*] Clemens Lassen, Sie sind verhaftet!

den. Doch statt einer Antwort bekam er kurzerhand Handschellen angelegt. Kurz bevor er abgeführt wurde, hatte ein Zollbeamter die Bronze im Boden des Rucksacks entdeckt und hielt diese nun wie eine Trophäe in die Höhe. In diesem Moment verlor Clemens jegliche Beherrschung, und er bekam einen seiner cholerischen Anfälle. Wüste Drohungen, unhaltbare Anschuldigungen und Verwünschungen ausstoßend, flippte er total aus. Der tobende Clemens wurde aus dem Flughafenterminal geschleift, in einen Streifenwagen verfrachtet und abtransportiert.

Ein paar Stunden später waren Sörensen und Nielsen auf dem Weg nach Sønderborg, um dort Clemens Lassen abzuholen. Unterwegs erreichte Sörensen eine neue Mail nebst Anhang von Anders Olsen. »Hat der Zoll versteckt unten in Clemens Lassens Rucksack gefunden«, stand unter dem Foto. Es zeigte die gestern Nacht gestohlene Bronze. Die Laune der Beamten war nun bestens, und Sörensen fuhr entlang der Küste durch Sønderhav. Dieser Küstenabschnitt wurde bei den Einheimischen gern als die »dänische Riviera« bezeichnet. Schon jetzt, Anfang Juni, bevölkerten zahlreiche Touristen die idyllische Umgebung. Vorbei ging es an *Annis Kiosk*, wo es die besten *Hot Dogs* von Syddanmark gab, aber dafür war heute leider keine Zeit. Weiter ging es durch Rinkenæs nach Egernsund mit seiner Klappbrücke. Die Brücke kam in Sicht und mit ihr ein kleiner Stau, denn die Brücke klappte soeben hoch. Sörensen machte den Motor aus und genoss das Schauspiel der vorbeiziehenden Segelschiffe, die durch die hochgeklappten Seitenteile der Brücke hindurchfuhren. Zehn Minuten später klappten die Seiten wieder herunter, und sie setzten ihren Weg nach Sønderborg fort. Sörensen bog nach rechts ab in Richtung Dybøl. Vorbei ging es an Dybøl Banke, dort wo sich 1864 Dänen und Preußen gegenübergestanden hatten. Sønderborg kam in Sicht, und sie fuhren über die Kong Christian X. Brücke direkt in die Innenstadt, wo sie nach kurzer Fahrt im Ringridervej vor dem Polizeirevier hielten.

Sörensen und Nielsen waren sich sicher, dass auf Clemens so einiges zukommen würde. Die Einbrüche und Diebstähle gingen schon mal auf sein Konto. Dann wären da noch die häusliche Gewalt und Körperverletzung an seiner Ehefrau, nur das letzte Puzzleteil, das ihn mit den Morden an Robert und Sven verband, das fehlte noch immer. Aber Sörensen war überzeugt, dass das nur eine Frage der Zeit war. Noch bevor sie in Flensburg losgefahren waren, hatte er einen Durchsuchungsbescheid für Clemens' Haus und Werkstatt beantragt und ihn auch sofort genehmigt bekommen. Jetzt gerade nahm die Spurensicherung das Haus auseinander, und die Kollegen waren gründlich, wie Sörensen zufrieden dachte.

Anders Olsen erwartete seine deutschen Kollegen bereits, und nach einem freundlichen Small Talk ließ er Clemens Lassen aus seiner Zelle holen. »Moin, Herr Lassen, oder lieber Herr Grüner?«, wurde er von Nielsen freundlich begrüßt. Clemens Lassen schnaubte nur verächtlich. Sörensen konfrontierte ihn als Erstes mit der Körperverletzung gegen seine Frau Anna, aber Clemens winkte nur hämisch grinsend ab. »Was wollen Sie? Mit meiner Frau kann ich machen, was ich will! Wenn sie nicht spurt und nicht ihren Pflichten nachkommt, dann helfe ich eben nach. Selber schuld, wieso treibt sie es auch mit Sven Kaiser!«, behauptete er eiskalt und zeigte keine Gefühlsregung oder gar einen Funken Reue. Als Nielsen ihm zum Beweis Fotos von Annas geschundenem Körper hinschob, lachte er nur darüber. »Hat sie sich selbst eingebrockt!«, sagte er eiskalt und schnipste die Fotos von sich. In diesem Moment wäre Nielsen ihm am liebsten an die Gurgel gesprungen, aber ein warnender Blick von Sörensen hielt ihn zurück. »Nun, es steht hier nicht nur eine Anklage wegen Körperverletzung im Raum, Herr Lassen. Sie werden in mindestens vier Fällen wegen Einbruch in Museen und Galerien und Diebstahl von Kunstgegenständen angeklagt. Das dürfte Ihnen ein paar Jahre einbringen«, knallte Sörensen Clemens um die Ohren. »Wer hat Sie dazu beauftragt?« Clemens lächelte vor sich hin und schwieg. »Ich habe damit nichts zu tun. Ich weiß nicht, von was für einem Auftraggeber Sie reden. Und diese angebliche Körperverletzung? Meine Frau liebt es halt etwas härter, wenn Sie verstehen, was ich meine. Mein Anwalt haut Ihnen Ihre sogenannten Beweise um die Ohren, und ich marschiere als freier Mann raus. Sie können mir gar nichts!«, grinste Clemens Sörensen frech ins Gesicht. Er strotzte nur so vor Selbstsicherheit. Auf weitere Fragen machte er komplett dicht, denn er dachte nicht daran, seine Geldquelle zu verraten. Wenn es hart auf hart kam und sein Anwalt versagte, saß er eben kurz im Gefängnis, und dann konnte er sein Wissen gegen seinen Kunden in Kopenhagen zu Geld machen. »Der hält sich wohl für oberschlau!«, knurrte Nielsen kaum hörbar seinen Kollegen zu. Aber Sörensen hatte noch einen Trumpf im Ärmel. Bevor sie das Büro von Olsen betreten hatten, hatte er eine Mail von der Spurensicherung bekommen. Man war in puncto Beweise fündig geworden. Gut versteckt in Clemens' Werkstatt hatten sie eine große Stabtaschenlampe mit Blutspuren und Haaren gefunden. Weiter war ihnen ein Paar Lederhandschuhe, ebenfalls mit Blutspuren, in die Hände gefallen. Doch das Highlight war eine Rolle Draht, exakt der Draht, der für die Drahtschlingen verwendet wurde. Aber erst einmal wollte er die Ergebnisse des Labors abwarten, denn um Clemens zum Einknicken zu bringen, brauchte er wasserdichte Beweise und Fakten. Ansonsten wäre er mit einem halbwegs guten Anwalt wirklich eins, zwei, drei wieder auf freiem Fuß, und das wollte Sörensen unter allen Umständen vermeiden. Man beschloss, zurück nach Flensburg zu fahren und dort das Verhör fortzusetzen. Clemens wurde wieder in Handschellen gelegt und im Auto verstaut. Sörensen versprach, Olsen auf dem Laufenden zu halten. Olsen war versessen darauf, den ominösen Auftraggeber dingfest zu machen. Zurück ging es in einer halben Stunde über die Autobahn bis zum Grenzübergang Ellund/Frøslev. Von dort aus einmal quer durch Flensburg, und sie standen vor dem Polizeigebäude. Clemens wurde ihnen von einem Uniformierten abgenommen und in eine Zelle gesteckt. Clemens reagierte nur spöttisch grinsend darauf. Sein Gesicht spiegelte das, was er dachte: »Ihr könnt mir gar nichts!« Eine knappe Stunde später mailte das Labor die vorläufigen Ergebnisse. Nielsen überflog die Mail und nickte erleichtert, denn das, was er dort sah, war genau das, was sie brauchten. Ein Knopfdruck, und der Drucker spuckte die Ergebnisse schwarz auf weiß aus. Nielsen griff sich den ausgedruckten Bogen, und ein breites Grinsen überzog sein Gesicht. Nielsen reckte einen Daumen in die Höhe. Er sah zu Sörensen, der gerade telefonisch anordnete, dass Clemens unverzüglich ins Büro gebracht wurde. Zehn Minuten später ging die Tür auf, und Clemens wurde hineingeführt. »Nehmen Sie doch bitte Platz!«, wies ihn Sörensen höflich an, sich zu setzen. Clemens war irritiert, dass man ihm nicht die Handschellen abnahm. Ärgerlich fuchtelte er mit seinen gefesselten Händen herum. »Was ist hiermit?«, forderte er aggressiv. Nielsen lächelte ihn liebenswürdig an. »Den Handschmuck behalten Sie an!« Das wiederum passte Clemens ganz und gar nicht. »Ich verlange auf der Stelle, dass Sie mir diese Dinger abnehmen!«, schnappte Clemens. »Wo ist mein Anwalt? Sobald er hier ist, werde ich gehen. Sie haben keine Handhabe, mich hier festzuhalten!«

»Ich denke nicht, dass Sie sich in der Position befinden, in der Sie Forderungen stellen können!«, wies ihn Sörensen knapp zurecht. »Es geht hier schließlich nicht nur um Einbruch und Diebstahl, sondern um Mord!« Clemens sah ihn erst verdattert an, doch dann fing er schallend an zu lachen und spielte den Obercoolen. »Ihnen gehen wohl die Verdächtigen aus, und nun wollen Sie mir einen Mord in die Schuhe schieben? Vergessen Sie es!« Sörensen ließ Clemens nicht aus den Augen. »Unsere Spurensicherung war so frei, Ihr Haus komplett auf links zu drehen, und was soll ich sagen, die Jungs waren gründlich und haben Beweise gefunden. Beweise, die Sie eindeutig des Doppelmordes überführen werden!«, klärte Sörensen ihn ruhig und sachlich auf. Clemens wurde blass, und ihm verging schlagartig das Lachen. Doch er hatte sich rasch wieder im Griff. »Beweise? Was für Beweise sollen das denn sein?«, wollte er herausfordernd wissen. Nielsen schnappte sich die Beweisliste und zitierte den Kollegen der Spurensicherung. »Nun, eine Stabtaschenlampe mit Blutspuren und Fingerabdrücken. Dann wäre da noch ein Paar Lederhandschuhe, ebenfalls mit Blutspuren, und ich wette mit Ihnen, dass im Inneren der Handschuhe Ihre DNA zu finden ist. Ach ja, und eine Drahtschlinge, genauso eine wie die Drahtschlinge, mit der Sie Ihre Opfer versucht haben zu erdrosseln. Haben Sie die Drahtschlinge als Andenken aufbewahrt? Nun, ich denke, dass diese eindeutigen Beweise locker reichen dürften, um Sie für immer aus dem Verkehr zu ziehen!« Clemens ließ sich nicht einschüchtern. »Die Beweise haben Sie mir untergeschoben! Die Blutspuren können von jedem sein. Das beweist gar nichts! Außerdem können Sie nicht beweisen, dass die DNA von mir ist«, schäumte Clemens sichtlich beherrscht, denn es war ihm klar geworden, dass man versuchte, ihm den Boden unter den Füßen wegzuziehen. Nielsen grinste ihn an. »Die Kollegen haben unter anderem in Ihrem Badezimmer eine Zahnbürste von Ihnen sicherstellen können, und was meinen Sie, was darauf war? Ihre DNA! Und jetzt hören Sie mir mal ganz genau zu. Die Blutspuren an der Taschenlampe konnten 100-prozentig Ihrem Bruder Robert Lassen zugeordnet werden, und der Teilabdruck eines Daumens darauf stammt eindeutig von Ihnen. Das Gleiche gilt für die Blutspuren an den Handschuhen, die gehören zu Sven Kaiser, und in den Handschuhen befand sich nur Ihre DNA. Daran gibt es nichts zu rütteln!«, hielt Nielsen Clemens vor.

Die Beweise waren erdrückend, aber Clemens gestand nichts. Ganz im Gegenteil, er stritt alles vehement ab und behauptete unverschämt, dass die Beamten schlampig gearbeitet hätten. Und die Zahnbürste gehörte ihm sowieso nicht, wie er behauptete. »Falls Sie es schon vergessen haben sollten, ich habe für beide Tatzeiten ein Alibi«, rief er bissig aus und sah die Beamten triumphierend an. »Sie meinen, dass Sie eines *hatten*. Ihre Frau hat zugegeben, dass Sie sie dazu genötigt haben. Somit sind Ihre Alibis geplatzt! Und die Zahnbürste wurde von Ihrer Frau als die Ihrige identifiziert! Also, geben Sie endlich auf, aus der Nummer kommen Sie eh nicht mehr heraus!«, bellte Nielsen ihn an, denn so langsam hatte er genug von Clemens' Lügen und Spielereien. Dass seine Frau seine Alibis hatte platzen lassen, brachte Clemens derart in Rage, dass er aufsprang und auf Nielsen losging. Doch dieser war schneller und drückte ihn unsanft zurück auf seinen Stuhl. »Diese Schlampe! Wenn ich die in die Finger bekomme, dann ...!«, schrie er cholerisch herum. Nielsen war zwar von kräftiger Statur, hatte aber alle Mühe, ihn zu bändigen. Sörensen reichte es jetzt, und er rief zwei Uniformierte, um Clemens zurück in seine Zelle bringen zu lassen. Mit großer Anstrengung schleppten die Beamten den tobenden Mann aus dem Büro. Clemens' wütende Drohungen hallten durch die leeren Flure. »So, die zwei Morde wären abgehakt, aber da wäre noch der an Margot Iwersen. Die Kollegen haben keine Spuren von ihr im Haus oder in der Werkstatt gefunden. Da können wir Clemens leider nichts nachweisen. Ich denke, ich schau mal bei Marcussen vorbei. Vielleicht kann der irgendwie weiterhelfen«, meinte er und verließ das Büro.

Kurz darauf saß er bei dem Gerichtsmediziner Marcussen und erzählte diesem von Clemens Lassens Verhaftung und den belastenden Beweisen. »Aber den Mord an Margot Iwersen können wir ihm nicht nachweisen. Aber ich bin überzeugt, dass die Fälle irgendwie zusammenhängen. Nur weiß ich nicht, wie. Es ist zum Verrücktwerden! Hast du noch eine Idee?«, stöhnte Sörensen auf. Marcussen sah ihn ernst an. »Wie das alles zusammenhängt, kann ich dir auch nicht sagen, das musst du schon selbst rausfinden. Was ich dir sagen kann, ist, dass der Mord an der Iwersen eine ganz andere Vorgehensweise hatte. Diese Tat war sehr persönlich und voller Hass. So, wie die am Fahnenmast hing, da wollte der Täter sie zur Schau stellen, sie lächerlich machen, sie demütigen. Für mich ist es völlig klar, dass wir es mit zwei Tätern zu tun haben«, zählte er auf. Das klang auch für Sörensen irgendwie schlüssig, und er versank grübelnd in Gedanken. Die Iwersen hatte sich recht schnell reichlich Feinde gemacht, somit könnten viele als Täter in Betracht gezogen werden. »Sag mal, könnte auch eine Frau zu dieser Tat fähig gewesen sein?«, wagte Sörensen einen Schuss ins Blaue. Marcussen legte seine Stirn in Falten und dachte kurz nach, war aber dieser Theorie durchaus nicht abgeneigt. »Doch, eine Frau mit einer Riesenportion Wut im Bauch könnte dazu durchaus in der Lage gewesen sein.« Damit rückte für Sörensen Lisa Kaiser in den Fokus. Sie hatte selbst eingeräumt, dass sie Margot Iwersen nicht leiden konnte, schließlich hatte die sich an ihren Mann herangemacht und drohte, ihre Familie zu zerstören. Aber würde Lisa wirklich so weit gehen? Sörensen konnte sich nur schwer vorstellen, dass diese zierliche kleine Frau so kaltblütig handeln würde. Marcussen schreckte ihn aus seinen Gedanken hoch. »An den Handfesseln von der Iwersen sind übrigens winzige fremde DNA-Spuren gefunden worden. Allerdings relativ wenig, aber vielleicht können die im Labor noch was machen. Weißt du was, ich ruf da gleich mal an. Besorg denen mal vorsorglich eine Probe von Lisa Kaiser und Anna Lassen zum Abgleich«, sagte Marcussen und griff zum Telefon. Sörensen verabschiedete sich und eilte zurück ins Büro, um Nielsen die Neuigkeiten zu erzählen.

Nielsen hatte sich zu Anna Lassen ins *Sankt Franziskus-Hospital* aufgemacht, um auch sie um eine DNA-Probe zu bitten. Obwohl ihr Motiv sehr dürftig war, wollte Nielsen auf Nummer sicher gehen. Vor Annas Zimmertür wurde er von einer Krankenschwester energisch abgefangen. »Frau Lassen braucht viel Ruhe und keine Aufregung! Zehn Minuten!«, befahl sie ihm mit einem strengen Blick und rauschte mit raschelndem Kittel davon. Nielsen sah ihr hinterher, klopfte dann leise an die Zimmertür und trat ein. Im

Halbdunkel des Zimmers konnte er Anna nur schemenhaft erkennen. »Darf ich ein wenig die Gardine zurückziehen?«, fragte er Anna. Sie nickte, so gut sie konnte, und Nielsen zog eine Hälfte der Gardine zur Seite. Er erschrak über Annas Zustand, als er sie sah. Vorsichtig zog er einen Stuhl heran und setzte sich neben das Bett. Anna sah wirklich furchtbar aus. Ein dickes Veilchen und eine aufgeplatzte Lippe verunstalteten ihr Gesicht. Zahlreiche blaue Hämatome zogen sich über ihre Arme. Nielsen hatte schon mit dem behandelnden Arzt vorab ein kurzes Gespräch gehabt und wusste, dass Clemens sie furchtbar misshandelt und mehrfach vergewaltigt hatte. Eiskalte Wut stieg in ihm auf, als er Anna so gezeichnet sah. Klein und zerbrechlich lag sie in dem großen Krankenhausbett. Als er sie um eine DNA-Probe bat, willigte sie ohne Weiteres ein. Eigentlich hatte er noch einige Fragen, aber er brachte es einfach nicht übers Herz, sie jetzt damit zu belästigen. Er befand sich in einem Dilemma, denn die Fragen waren wichtig. »Darf ich Ihnen noch ein paar Fragen stellen?«, hob er leise an, als die Tür aufgerissen wurde und die strenge Krankenschwester ihren Kopf hereinstreckte. »Ich sagte zehn Minuten!«, herrschte sie ihn an. Normalerweise hätte Nielsen sich jetzt mit Freuden mit der Schwester angelegt, aber Annas Zustand hielt ihn davon ab. Er stand auf, bedachte die Krankenschwester mit einem kalten Blick und verließ das Zimmer.

Sörensen war zur gleichen Zeit auf dem Weg zu Lisa Kaiser. Sie war gerade mit den Kindern nach Hause gekommen, als Sörensen die Auffahrt zum Haus hochfuhr. »Herr Sörensen, was führt Sie denn zu mir?«, fragte sie ihn erstaunt und bat ihn, auf eine Tasse Kaffee mit ins Haus zu kommen. Sörensen willigte ein und folgte ihr und den Kindern. Die beiden verschwanden hinaus in den Garten, und Sörensen setzte sich zu Lisa in die Küche, wo sie die Kaffeemaschine anwarf. Kurz darauf saßen sie am Tisch, wo sie vor sich einen Becher mit dampfendem Kaffee stehen hatten. Lisa war blass, der Überfall und die Verletzungen hatten sie sichtlich mitgenommen. Am Tod von Sven hatte sie anscheinend auch ganz schön zu knabbern. »Sie haben Svens Mörder, wie ich gehört habe?«, durchbrach sie das Schweigen. »Nicht zu fassen, dass es Annas Mann war. Bringt erst seinen Bruder um und dann Sven. Aber warum? Ich verstehe das alles nicht.« Sörensen sah sie ernst an und ging auf ihre Frage nach dem Warum nicht weiter ein. »Ja, das stimmt, wir haben Clemens Lassen überführt. Aber der Mord an Margot Iwersen ist noch ungeklärt!«, antwortete er und ließ sie nicht aus den Augen. Lisa war noch blasser geworden. »Und was wollen Sie dann von mir?«, hauchte sie fast. »Um Sie auszuschließen, hätte ich gern eine DNA-Probe von Ihnen. Ist das für Sie in Ordnung?«, fragte Sörensen sie. Lisa zögerte kurz und willigte dann ein. »Was ist mit Anna?«, wollte sie von Sörensen wissen. »Frau Lassen liegt im *Sankt Franziskus-Hospital* in Flensburg. Ich denke, dass sie eine gute Freundin an ihrer Seite gebrauchen kann, aber geben Sie ihr noch etwas Zeit«, teilte er ihr mit. Lisa nickte. »Gleich morgen früh, wenn die Kinder aus dem Haus sind, werde ich zu ihr gehen!«, versprach Lisa. Sörensen sah sie ernst an und hoffte inständig, dass sie nichts mit dem Mord an Margot Iwersen zu tun hatte. Er wollte einfach nicht glauben, dass diese zarte Person eine eiskalte, rachsüchtige Mörderin war. Sörensen stand auf und verabschiedete sich von Lisa. Sie brachte ihn zur Tür und sah ihm noch lange hinterher, als er davonfuhr. Sörensen war schon längst außer Sicht, und sie stand noch immer dort.

-49-

Gestern war Clemens festgenommen worden, und heute Abend traf sich Kalli, wie jeden Mittwochabend, mit seiner Skatrunde. Clemens Lassen war *das* Gesprächsthema Nummer eins im Dorf. Es gab jede Menge Mutmaßungen, keiner wusste leider etwas Konkretes, und so kochte die Gerüchteküche gewaltig hoch. Heute Abend war Sörensen mit von der Partie, zwar nicht aktiv zum Skatspielen, aber er hatte Marta versprochen vorbeizukommen. Kalli, Detlef Johannsen und Pastor Gutbier saßen bereits um den Esstisch versammelt, aber die Skatkarten lagen noch unberührt auf dem Tisch. Erstaunt schauten die drei hoch, als Sörensen hereinkam. Marta schob ihrem Schwager einen Becher Kaffee hin und setzte sich ebenfalls an den Tisch. Erwartungsvoll sahen sie Sörensen an. Sörensen erzählte ihnen von Clemens' kriminellen Machenschaften, zumindest das, was er guten Gewissens durfte. Marta war einfach nur entsetzt, und Kalli war fassungslos über das, was er da zu hören bekam. Wie konnte er sich nur so abgrundtief in Clemens getäuscht haben? Marta gab auf diesen Schock erst einmal einen *Aquavit* aus, quasi als Erste Hilfe. Auch Detlef Johannsen war total am Boden zerstört. Sollte alles, was Clemens gesagt und angeleiert hatte, nur ein Schwindel gewesen sein? Eine einzige, große ökologische Lüge? Fassungslos kippte er hektisch seinen *Aquavit* herunter und rang als Resultat danach heftig nach Luft. Seine ökologische Welt war gewaltig ins Wanken geraten. Nur Pastor Gutbier steckte die schlechten Nachrichten relativ gelassen weg, brauchte aber unbedingt noch einen zweiten *Aqua-*

vit. Wie gewöhnlich konnte er auf einem Bein nicht stehen, aber dieses Spielchen kannte Marta ja schon zur Genüge. Gutbier wedelte lächelnd mit seinem leeren Glas. Marta schmunzelte, ließ sich erweichen und den *Aquavit* auf dem Tisch stehen. Dadurch wurde aus der niedergeschlagenen nach und nach eine recht muntere Runde, und der Pegel in der Flasche sank rasant. Doch Marta drückte dieses Mal ein Auge zu und richtete schon mal vorsorglich das Gästezimmer für Pastor Gutbier. Doch er, schon nicht mehr ganz sicher auf den Beinen, zierte sich und wollte wie immer partout nach Hause laufen. Erst als Marta ihn ernsthaft fragte, ob er lieber wie beim letzten Mal in der Schubkarre nach Hause geschoben werden wollte, gab er peinlich berührt nach. Zum Gespött von Flintby wollte er sich nun wirklich kein zweites Mal machen. Bevor Sörensen die lustige Skatrunde verließ, nahm er Marta diskret zur Seite und stellte ihr einige Fragen zu Lisa Kaiser. »Sag mal, Marta, würdest du Lisa Kaiser einen Mord zutrauen?«, zog er sie ins Vertrauen. Marta sah ihn entgeistert an, als hätte er sie des Mordes beschuldigt. »Wie kommst du denn auf so einen Quatsch?«, fauchte sie ihn empört an. Sörensen ging innerlich schon mal in Deckung, denn wenn Marta ihn so angriff, musste er seine Taktik ändern. »Versteh mich bitte nicht falsch«, versuchte er erneut sein Glück, »aber ich muss jeder Spur nachgehen, und Lisa hatte nun mal ein gutes Motiv, diese Iwersen aus dem Weg zu schaffen. Was weißt du über Lisa und ihre Beziehung zu Sven? Wie kamen sie miteinander aus? Hatten sie Probleme?« Marta entspannte sich und sah ihren Schwager ernst an. »Sicherlich hatten die beiden wie jedes andere Ehepaar ihre Probleme, aber Lisa liebte ihn schon fast abgöttisch. Sven war sehr dominant und hatte das Sagen, aber Lisa hat es so akzeptiert und war glücklich mit ihm«, erzählte Marta. Doch dann sah sie Sörensen nachdenklich an. »Eigentlich hat Sven immer alles bestimmt und beschlossen. Aber, wie gesagt, Lisa hat ihn angehimmelt. Wenn ich mir vorstelle, dass Kalli versuchen würde, so mit mir umzuspringen, na, dem hätte ich ganz schön den Marsch geblasen!« Das konnte Sörensen sich allerdings sehr gut vorstellen, und er musste grinsen. »Wenn nun jemand von außen versucht hätte, ihr den Mann wegzunehmen und somit ihre Familie zerstört hätte, könnte sie da so ausgetickt sein, dass sie jemanden umbringen würde?«, formulierte Sörensen vorsichtig seine Frage neu. Marta dachte eine Weile nach. »Kann ich mir schwer vorstellen, aber man sagt ja immer, die ganz Stillen sind die Unberechenbarsten. Willst du damit andeuten, dass die Iwersen sich an Sven herangemacht hat?« Dann holte sie einmal ganz tief Luft. »Das hätte die mal bei Kalli versuchen sollen, die hätte ich mit der Mistforke eigenhändig vom Hof gejagt!«, fügte sie kampfeslustig hinzu. Auch das konnte Sörensen sich sehr gut vorstellen. »Hättest du sie beseitigt?«, wollte er noch von Marta wissen. Marta nickte grimmig. »Das weiß man nie. Aber wenn diese Dame dermaßen penetrant hier herumgelungert und meine Ehe mit Kalli in eine Schieflage gebracht hätte, kann ich mir durchaus vorstellen, dass ich was Unüberlegtes getan hätte!«

Beide ließen diesen unrühmlichen Gedanken unkommentiert in der Luft hängen. »Kannst du dich noch an den *Årsmøde* Nachmittag erinnern, war Lisa wirklich die ganze Zeit da?«, hakte Sörensen nach. Marta überlegte kurz und stutzte dann. »Jetzt, wo du fragst, fällt mir ein, dass Lisa wirklich eine Zeit lang wie vom Erdboden verschluckt war. Ich erinnere mich so genau daran, weil Sven darüber ziemlich sauer war. Der typische Kontrollfreak eben! Als sie dann nach einiger Zeit wieder auftauchte, machte sie einen leicht verwirrten Eindruck. Sven hat sie dann wütend angefaucht, wo sie denn gewesen war. Sie behauptete, dass sie etwas auf dem Herd vergessen hätte und deshalb kurz nach Hause gerannt wäre. Das klang alles recht weit hergeholt und verworren. Selbst Sven hat sie deswegen merkwürdig angesehen und sie kopfschüttelnd stehen gelassen.« Sörensen hatte für heute genug gehört, verabschiedete sich und ließ eine nachdenkliche Marta zurück.

Auf der Fahrt zurück nach Flensburg kam Sörensen ein Gedanke. Wenn Lisa es getan hatte, wann hatte sie dann Margot an den Fahnenmast drapiert? Sörensen fuhr rechts ran und telefonierte mit Nielsen. Mit einem kurzen Bericht setzte er ihn ins Bild und gab ihm den Auftrag, Lisa Kaiser zum Verhör einzubestellen. Eine Stunde später saß Nielsen Lisa Kaiser gegenüber. Lauernd wie zwei Katzen kurz vor einem Revierkampf sahen sie sich an. Niemand sprach, bis Nielsen Lisa ansprach. »Frau Kaiser, Ihr Alibi vom *Årsmøde* Nachmittag ist geplatzt. Wie Zeugen bestätigt haben, waren Sie über eine halbe Stunde wie vom Erdboden verschwunden. Sie haben behauptet, dass Sie zu Hause waren. Das allerdings kaufe ich Ihnen nicht ab. Also, wo waren Sie wirklich? Haben Sie die Zeit genutzt, um Margot Iwersen zu töten?«, knallte er ihr schonungslos um die Ohren. Lisa war um einige Schattierungen blasser geworden, aber sie schwieg eisern und rutschte unruhig auf ihrem Stuhl herum. Minuten vergingen. Sörensen betrat leise den Raum und setzte sich unauffällig in eine Ecke, um zuzuhören. Langsam wurde Nielsen ungeduldig. »Sie wollen nicht mit mir reden? Gut, dann hören Sie mir einfach nur zu, und ich erzähle Ihnen, was passiert ist. Sie hatten genug von Margot Iwersen, weil diese sich dreist an Ihren Mann heranmachte und dann auch noch versuchte, ihn zu erpressen. Sie hatten Angst, dass die Iwersen Ihnen nicht nur den Mann wegnimmt, sondern auch die gesamte Familie zerstört. Habe ich recht?«, sagte Nielsen in einem leichten provokanten Tonfall. Doch Lisa zuckte mit keiner Wimper, starrte auf die Tischplatte und schwieg weiter. Nielsen schlug eine neue Taktik ein. »Aber vielleicht war es ja auch ganz anders? Ihr Mann war verrückt nach der Frau und wollte Sie verlassen. Vielleicht wollte er sogar die Kinder mitnehmen?« Lisa hob langsam ihren Kopf und sah ihn mit hasserfülltem Gesicht an. »Das hätte er nie gemacht! Diese Schlampe hat ihn nicht in Ruhe gelassen und hat versucht, ihn zu erpressen. Das konnte ich nicht länger zulassen. Ja, ich habe dieses Miststück erledigt. An dem Nachmittag habe ich gesehen, wie sie in den Keller gerannt ist, um diesem Trottel von Hausmeister die Ohren mit Lügen vollzujammern. Ich bin ihr gefolgt und habe mich in einem der Räume versteckt und auf sie gewartet. Als sie der Meinung war, dass sie ihren Erwin gefunden hatte, hat sie sofort angefangen zu jammern. Als sie mich dann erkannt hat, ist sie wie eine Furie auf mich los. Aber ich hatte eine Eisenstange dabei und habe einfach zugeschlagen. Sie hat mich noch blöd angesehen und dann war sie endlich still!«, schrie sie ihr Geständnis in den Raum. Nielsen war entsetzt über den Hass, den sie an den Tag legte. »Aber wann und wie haben Sie die Leiche aus dem Keller geschafft und an den Fahnenmast gebunden? Wer hat Ihnen geholfen?«, wollte er wissen. Ein diabolisches Blitzen flammte in ihren Augen auf. »Mir hat niemand geholfen. Sven musste spätabends noch mal weg, und ich bin zurück zur Schule. War schon eine verdammte Plackerei, das Weibsbild aus dem Keller nach oben zu schleifen. Aber ich habe sie so gehasst, das hat mir genug Kraft verliehen. Eigentlich wollte ich sie draußen im Dreck liegen lassen, doch ich fand, es war eine bessere Idee, sie an den Fahnenmast zu binden. Jeder sollte sie sehen, wie sie dort hing!«, klärte Lisa ihn auf. Dann verlangte sie energisch nach einem Anwalt, was Nielsen recht war, denn er hatte, was er wollte. Ein Geständnis. Sollte der Anwalt doch kommen, das Geständnis und der Teilabdruck ihres Daumens auf dem roten Seil reichten allemal für eine Anklage.

Sörensen war erschüttert über Lisas Tat, bis zuletzt hatte er doch gehofft, dass sie es nicht getan hatte. Nachdem Lisa in eine Zelle verfrachtet worden war und dort auf einen Anwalt wartete, trug Nielsen alle Fakten zusammen und schrieb einen ausführlichen Bericht. Sörensen machte früher Schluss und fuhr nochmals nach Flintby. Er wollte Marta von Lisa Kaisers Geständnis berichten, denn sie sollte es von ihm erfahren, bevor der Dorfklatsch die Runde machte. Sörensen hatte bemerkt, dass Marta Lisa und ihre Kinder ins Herz geschlossen hatte. Dass Lisa Margot Iwersen tatsächlich umgebracht hatte, könnte Marta umhauen.

Kurz nach 18 Uhr erreichte er den Hof seines Bruders. Unterwegs rauschte Kalli auf seinem Fahrrad an ihm vorbei in Richtung Stammtisch. Das passte Sörensen gut, denn so konnte er in Ruhe mit Marta reden. Die erwartete ihn schon und hatte ein kleines Abendessen für ihren Schwager vorbereitet. Noah Kaiser und seine kleine Schwester, die zurzeit bei Marta und Kalli untergebracht waren, schliefen bereits tief und fest in ihren Betten. Sörensen strahlte Marta dankbar an, denn das war jetzt genau das, was er brauchte. Nach dem Essen brachte er Marta schonend bei, dass Lisa Kaiser den Mord an Margot Iwersen gestanden hatte. Wegen der laufenden Ermittlung durfte er ihr keine näheren Einzelheiten erzählen, aber Marta reichte schon, was sie zu hören bekam. Sichtlich schockiert eilte sie in die Küche und kam mit einer Kanne starken Kaffee zurück. Da, wo Kalli einen *Aquavit* brauchte, brauchte Marta einen starken schwarzen Kaffee. »Was wird nur aus den beiden Lütten? Der Vater ist tot, und die Mutter muss viele Jahre ins Gefängnis oder in die Psychiatrie, einfach unfassbar«, dachte Marta laut. »Um die Kinder kümmert sich erst einmal das Jugendamt. Ich bin mir sicher, dass sie in eine liebevolle Pflegefamilie kommen«, beruhigte Sörensen sie. »Kalli war heute aber früh unterwegs zu seinem Stammtisch.« »Hör mir bloß auf mit dem Stammtisch! Die Männer sind ja total von der Rolle! Ein Mitglied tot, einer im Knast und einer, der sich nicht blicken lässt!«, rief Marta empört aus und konnte darüber nur den Kopf schütteln. Sörensen sah sie fragend an. »Sven Kaiser und Clemens Lassen sind aus dem Spiel, aber wer ist denn der Dritte?« »Na, was glaubst du? Herbert Clasen, der hatte doch die Überwachung versemmelt. Das hat natürlich im Dorf wie ein Lauffeuer die Runde gemacht«, klärte sie ihn auf. Sörensen sah sie erstaunt an und verstand nicht so recht, was sie meinte. »Du kennst doch deinen Bruder, der hat zufällig was von unserem Gespräch mitbekommen und ist dann natürlich gleich losgelaufen und musste das Gehörte sofort breittreten.« Sörensen schwante, was passiert war.

Sörensen war an diesem Tag außer sich vor Wut gewesen, die verpatzte Überwachung hatte bei ihm das Fass zum Überlaufen gebracht. Leichtsinnigerweise hatte er sich den Ärger bei Marta von der Seele geredet. Dummerweise hatte Kalli zufällig das Gespräch mit angehört und beim nächsten Stammtisch nach ein paar *Korn* alles brühwarm unter die Leute gebracht. Clasen war bei Sörensen in Ungnade gefallen und ging ihm geflissentlich aus dem Weg. Bei den

Männern vom Stammtisch war er nach Kallis blumigen Schilderungen erst einmal ganz unten durch und wurde nur noch veräppelt. Seitdem zog es Clasen vor, sich vorerst nirgendwo mehr blicken zu lassen. Lieber wollte er erst einmal Gras über diese für ihn peinliche Episode wachsen lassen. Sörensen hatte für sich beschlossen, Clasen eine Zeit lang zappeln zu lassen, bevor er wieder ein Wort mit ihm wechseln würde. Marta erkundigte sich besorgt nach Therkelsen, der zweite Versuch im Knick. Therkelsen weigerte sich vehement, jemals wieder mit Sörensen zusammenzuarbeiten. Die bangen Stunden in der Nacht, die er auf dem Traktor, der von einer großen schwarzen Bestie umkreist wurde, verbracht hatte, hatten ihn nachhaltig traumatisiert. Für ihn stand eines bombenfest: nie wieder Außendienst! Dann sah Marta Sörensen ernst an. »Du meinst, die beiden Lütten kommen in eine Pflegefamilie? Kalli und ich haben die beiden richtig ins Herz geschlossen, meinst du, wir hätten als Pflegefamilie eine Chance?«, wollte sie wissen. Sörensen sah sie erstaunt an. »Ernsthaft? Finde ich eine tolle Idee von euch. Ich denke schon, dass ihr eine gute Chance habt. Schließlich kennen die Kinder euch, und sie könnten auch in ihrer gewohnten Umgebung bleiben. Weißt du was, ruf doch mal morgen Frau Diedrichsen vom Jugendamt an«, sagte er und schob ihr einen Zettel mit Namen und Telefonnummer über den Tisch. »Das ist eine ganz nette Dame. Grüß sie schön von mir.« Marta atmete auf, das hörte sich ja gut an.

Die Arbeit war getan, und Nielsen und der Gerichtsmediziner Marcussen wollten noch ein Feierabendbier trinken und auf die erfolgreich abgeschlossenen Mordfälle anstoßen. Sörensen sollte mit von der Partie sein, aber er war bereits verabredet. Camilla hatte sich plötzlich wieder gemeldet und ihn zum Essen eingeladen. Nielsen konnte seine Neugierde einfach nicht im Zaum halten, denn er ging davon aus, dass Sörensen eine neue Flamme hatte. »Und wer ist es? Kenne ich die Dame?«, wollte er gespannt wissen und platzte fast vor Neugierde. Sörensen sah ihn verlegen an und druckste herum. »Camilla hat gekocht und mich zum Essen eingeladen und … na ja …« Nielsen klappte die Kinnlade runter, als er hörte, mit wem sein Kollege verabredet war. »Echt jetzt? Sag mir, dass das ist nicht dein Ernst ist! Mit Camilla? Ich dachte, du hast sie endgültig abgeschossen?«, stieß er fassungslos aus. Auch Marcussen fühlte sich dazu berufen, seinen Senf zu diesem Dauerthema zu geben. »Mann, Alter, ich glaub es nicht! Was hat sie dir denn versprochen, dass sie sich ändert? Glaub mir, die wird sich nie ändern!«, knallte dieser gnadenlos Sörensen um die Ohren. Sörensen stand verlegen wie ein Schuljunge mitten im Büro, ihm war dieses Thema sichtlich peinlich. Ja okay, er war mal wieder eingeknickt, aber das war schließlich seine Sache. »Nun lasst mal gut sein. Jeder hat noch eine Chance verdient«, rief und verschwand schnell aus dem Büro, bevor seine Kollegen noch mehr vom Stapel ließen. Die beiden Zurückgebliebenen schüttelten nur resigniert ihre Köpfe. »Was wollen wir wetten? Das hält dieses Mal höchstens eine

Woche, sag ich dir!«, meinte Nielsen grinsend. »So lange? Ich halte dagegen, maximal drei Tage!«, entgegnete Marcussen lachend und legte einen Zehneuroschein auf den Tisch. »Die Wette gilt!«, sagte Nielsen und legte noch einen Zehner obendrauf. Gut gelaunt brachen die beiden zu ihrem Feierabendbier auf.

Das Büro war leer, als Petersen mal wieder schwungvoll die Tür aufriss. Er kam soeben von einer kleinen Pressekonferenz, die er anlässlich der aufgeklärten Mordfälle gegeben hatte. Auf der von ihm persönlich angeleierten Pressekonferenz war er nicht müde geworden zu betonen, dass er es war, der zur Aufklärung maßgeblich beigetragen hatte. Nielsen hatte davon gehört und hatte sich wirklich ernsthaft die Frage gestellt, was Petersen eigentlich überhaupt zur Aufklärung beigesteuert hatte. Er konnte es drehen und wenden, er kam immer zum gleichen Ergebnis: absolut nichts! Aber war das was Neues? Auf Petersens Gesicht zeichnete sich angesichts des schon wieder verlassenden Büro Enttäuschung ab. Nicht, dass er seinen Leuten zum gelungenen Abschluss gratulieren wollte. Da hatte er mehr an eine Lobrede auf sich selbst gedacht. Aber das fiel ja nun flach, und so schloss er leise die Tür und verzog sich in sein eigenes Büro, wo ein guter Tropfen zur Feier des Tages auf ihn wartete.

Sörensen hatte sich mal wieder mit Camilla versöhnt. Nachdem er das Polizeigebäude verlassen hatte, rief er kurz bei Camilla an. »Hallo, ich wollte nur mal hören, was es denn zu essen gibt. Ich könnte dann den passenden Wein dazu besorgen«, wollte er wissen. Aber ihre Antwort fiel anders aus, als er gedacht hatte. Ein knappes »Nichts!« zischte sie reichlich unterkühlt in sein Ohr. Sörensen zuckte erstaunt zurück und machte ein ratloses Gesicht. Amüsiert fragte er noch mal nach, denn er meinte, sich verhört zu haben. »Nichts? Das wird aber schwierig, dazu den passenden Wein zu finden.« Doch Camilla fand seine Aussage alles andere als witzig und kam jetzt erst richtig in Fahrt. »Wieso?«, schnappte sie. »Mir ist soeben gehörig der Appetit vergangen.« Sörensen verstand nicht, worauf sie hinauswollte. Ernsthaft fragte er sich, was passiert war, denn er konnte sich Camillas Stimmungswandel absolut nicht erklären. Wieso war die so auf Krawall gebürstet? Auf eine Auflösung brauchte er auch nicht lange zu warten. Camilla war mittlerweile locker auf 180. Mit mühsam beherrschter Stimme klärte sie ihn prompt auf. Doch erst einmal holte sie hörbar tief Luft und legte dann los. »Also«, hob sie entschlossen an, »ich war in der Stadt und wollte dich auf dem Rückweg zu Hause überraschen. Aber offensichtlich warst du ja anderweitig beschäftigt!«, bellte sie ihn giftig an. »Kurz vor deiner Haustür standest du in inniger Umarmung mit einer rothaarigen Dame, und ihr wart so miteinander beschäftigt, dass du mich nicht einmal bemerkt hast. Das ist doch der Gipfel der Unverschämtheit!«, schäumte

Camilla. Sörensen dämmerte es langsam, was sie meinte. Verdammt! Eine alte Flamme war ihm unverhofft über den Weg gelaufen. Franzi! Diese hatte es sich natürlich nicht nehmen lassen, ihn überschwänglich zu begrüßen, und er war, wenn er ganz ehrlich war, auch nicht ganz abgeneigt gewesen. Verdammt! Sörensens Gehirn ratterte auf Hochtouren, was sollte er zu seiner Verteidigung sagen? Krampfhaft überlegte er, wie er Camilla diese Situation erklären konnte. »Hör mal«, setzte er vorsichtig an, »das war nur eine alte Bekannte. Die ist immer so impulsiv, das hat überhaupt nichts zu bedeuten. Du missverstehst das«, sagte er entschuldigend. »Was, bitte schön, gibt es da falsch zu verstehen?«, wurde er giftig angefaucht. »Deutlicher ging es wohl nicht. Mit uns hat es sich jetzt endgültig erledigt. Es ist aus! Ruf mich nie wieder an!«, schleuderte Camilla Sörensen um die Ohren. Dann brach die Verbindung abrupt ab, und nur das Freizeichen piepte fröhlich in die Stille. Sörensen stand wie ein begossener Pudel mit seinem Handy in der Hand da. Das war jetzt wirklich blöd gelaufen. Sörensens Gedanken schlugen Purzelbäume. Was war bloß los in letzter Zeit? Seine Gedanken blieben bei Lisa Kaiser hängen, die den Rest ihres Lebens wohl im Gefängnis bleiben würde. Wenn alles klappte, dann würden ihre Kinder bei Kalli und Marta aufwachsen und hoffentlich rasch zur Ruhe kommen. Der Vater tot und die Mutter im Gefängnis, das war nicht leicht zu verkraften. Doch Sörensen war überzeugt, dass sie bei den Sörensens eine glückliche Kindheit verleben würden. Das beruhigte ihn ungemein. Doch was war mit Anna Lassen? Sie hatte Furchtbares durchgemacht und würde ihren Mann Clemens sicherlich nicht vermissen. Sörensen war sich sicher, dass Anna mit der Hilfe eines guten Therapeuten ihr Leben wieder in den Griff bekommen würde. Von Clemens hatte sie nichts mehr zu befürchten, der war sicher hinter Schloss und Riegel, und das für immer. Und Sörensen selbst? Camilla hatte ihn abgeschossen. Er war wohl wieder Single, aber wollte er das?

Obwohl … Sörensen überlegte kurz und wählte dann Nielsens Nummer. »Wo seid ihr?«, fragte er den verdutzten Nielsen. Dieser nannte ihm den Namen eines Lokals. »Wartet auf mich, bin in zehn Minuten da!«

*Weitere Titel finden Sie auf den
folgenden Seiten und im Internet:*

WWW.GMEINER-VERLAG.DE

Anne Nørdby
Rot. Blut. Tot.
Thriller
512 Seiten, 13,5 x 21 cm,
Premium-Klappenbroschur
ISBN 978-3-8392-0430-6
€ 17,00 [D] / € 17,50 [A]

»Da war der Wolf. Er kam jede Nacht. Nebelgrau, mit
gelben Augen und mächtigen Pfoten. Er konnte seine
Krallen durch den Stoff seines Hemdes spüren. Sie
drangen in ihn ein. Der ganze Wolf drang in ihn ein …«

Nach 30 Jahren Haft kehrt ein entlassener Mörder
in seine alte Heimat auf die Insel Møn zurück. Alle
wissen, was der „Wolf von Møn" damals getan hat.
Als Leichen mit brutal auseinandergerissenen Kiefern
auftauchen, beginnt für die Super-Recognizerin Marit
Rauch Iversen und ihre Kollegen von der Kopenhagener Mordkommission eine Menschenjagd.

GMEINER SPANNUNG

WWW.GMEINER-VERLAG.DE
Wir machen's spannend

DIE NEUEN Lieblings-plätze

ISBN 978-3-8392-0154-1
AM INN

ISBN 978-3-8392-2730-5
AUGSBURG UND BAYERISCH SCHWABEN

ISBN 978-3-8392-0155-8
FÜNFSEENLAND

ISBN 978-3-8392-0158-9
HARZ

ISBN 978-3-8392-0160-2
NORDSEEKÜSTE NIEDERSACHSEN

ISBN 978-3-8392-0159-6
LÜNEBURGER HEIDE

ISBN 978-3-8392-0161-9
NIEDERRHEIN

ISBN 978-3-8392-0163-3
OSTSEE MECKLENBURG-VORPOMMERN

ISBN 978-3-8392-0164-0
OSTSEE SCHLESWIG-HOLSTEIN

ISBN 978-3-8392-2626-1
SACHSEN

ISBN 978-3-8392-0156-5
BODENSEE

ISBN 978-3-8392-0157-2
NORDSEE SCHLESWIG-HOLSTEIN

ISBN 978-3-8392-0166-4
SÜDLICHE WEINSTRASSE UND PFÄLZERWALD

ISBN 978-3-8392-0166-4
SÜDTIROL

ISBN 978-3-8392-2838-8
USEDOM

ISBN 978-3-8392-0168-8
WIESBADEN RHEIN-TAUNUS RHEINGAU

GMEINER KULTUR

WWW.GMEINER-VERLAG.DE
Mensch, Kultur, Region